宇幻光年

第十一届北京科幻创作创意大赛 "光年奖" 获奖作品集

郭振宇　主　编

商晓琳　张英姿　副主编

中国科学技术出版社
·北京·

图书在版编目（CIP）数据

宇幻光年：第十一届北京科幻创作创意大赛"光年奖"获奖作品集 / 郭振宇主编；商晓琳，张英姿副主编. -- 北京：中国科学技术出版社，2024.4

ISBN 978-7-5236-0655-1

Ⅰ.①宇… Ⅱ.①郭… ②商… ③张… Ⅲ.①幻想小说—小说集—中国—当代 Ⅳ.① I247.7

中国国家版本馆 CIP 数据核字（2024）第 079226 号

策划编辑	王卫英
责任编辑	刘　畅
封面绘图	林　钿
封面设计	北京中科星河文化传媒有限公司
正文设计	中文天地
责任校对	邓雪梅
责任印制	徐　飞

出　　版	中国科学技术出版社
发　　行	中国科学技术出版社有限公司发行部
地　　址	北京市海淀区中关村南大街 16 号
邮　　编	100081
发行电话	010-62173865
传　　真	010-62173081
网　　址	http://www.cspbooks.com.cn

开　　本	710mm×1000mm　1/16
字　　数	359 千字
印　　张	23.75
版　　次	2024 年 4 月第 1 版
印　　次	2024 年 4 月第 1 次印刷
印　　刷	北京长宁印刷有限公司
书　　号	ISBN 978-7-5236-0655-1 / I・87
定　　价	88.00 元

（凡购买本社图书，如有缺页、倒页、脱页者，本社发行部负责调换）

序

"科技创新、科学普及是实现创新发展的两翼",提升创新能力离不开好奇心和想象力,离不开持续学习的能力和开放性的思维方式。科幻是科技与文化的高度融合体,诠释了前沿科技与文化艺术融合发展的魅力。科幻激发人们的求知欲望和探索精神,对于提升公民科学素质和传播核心价值观具有重要意义。

近年来科幻创作日趋繁盛,映射出我们国家整体实力的进步。科技的迅猛发展进一步推动了科幻文化的崛起,使科幻文化日益突显其独特的魅力和感染力,也筑牢了科学文化的根基。

中华文明源远流长,创新基因亘古通今,科幻作品及其延伸的文化范式具有巨大发展潜力,科幻文化的星辰大海充满无限遐想。科幻文学可以激发青少年对科学的兴趣,帮助其树立科学理想、了解科学知识、掌握科学方法、启迪科学想象,进而培养其创新精神和创新能力。同时,优秀科幻作品还可以帮助青少年提高阅读、理解和写作能力,提升他们的想象力、人文修养,培养其正确的价值观。具有中国特色的科幻作品更能激发青少年的家国情怀,培育青少年团结奋斗的雄心壮志,共筑中国梦。

第十一届北京科幻创作创意大赛"光年奖"佳作颇多,篇章优美,结构紧凑,亦科亦幻,亮点纷呈。鉴于此,特遴选部分优秀获奖作品编撰成册,供广大科幻爱好者品鉴。

在此过程中得到亲友和同事的支持,特此表示感谢。书中如有不足之处,恳请读者斧正!

编者

2024 年 4 月

前 言

北京科幻创作创意大赛"光年奖"

科幻是推动科技创新和科学普及的重要手段，是提升全民科学素养的重要方式。北京市科学技术协会根据《全民科学素质行动规划纲要（2021—2035年）》《北京市科学技术协会事业发展"十四五"规划（2021—2025年）》和北京市促进科幻产业发展的总体要求，加强系统谋划，通过"光年奖"等赛事平台吸引、挖掘、扶持科幻创作创意人才成长，培育科幻创作创意领军人物，提升优质科幻内容资源与公共服务生产和传播能力。

"光年奖"自2012年设立以来，已成功举办10余届，有效地打通了科幻创作、科幻教育、科幻产业、前沿科学之间的壁垒，发现并协助百余位科幻新秀成长和创作，营造了北京科幻创作发展的良好氛围，并积极推进了北京科幻产业发展，目前已成为中国科幻征文重要赛事之一。

北京市科学技术协会将进一步发挥北京科技创新和文化创意资源优势，推动文化和科技融合发展，引育科幻创意人才，激发创新创造活力，夯实科幻发展潜力，营造科幻发展生态，促进首都科幻产业发展，为加快建设国际科技创新中心发挥积极作用。

目录
Contents

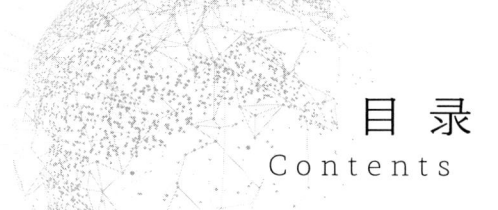

苍穹之外	周莹蕾	/ 001
热房子	李 唐	/ 177
登月旅行计划	明 石	/ 193
涟漪	碳 闪	/ 211
有没有那么一首歌	碳 闪	/ 261
窃 梦	归 芜	/ 277
测字师	万里秋风	/ 293
我这一生	菊 储	/ 309
春 雨	钱超乐	/ 351

苍穹之外

周莹蕾

一　被聚集的陌生亲兄弟

远航奢侈地养着一缸鹦鹉鱼。

他听说在以前这是最常见的观赏鱼，但是现在光买下这几条小红鱼，就已经花了他好几个月的工资，更别说每个月换水、买鱼食的花费。

同事劝他，养这种不能摸、不能互动的玩意儿就是浪费钱，要是喜欢看鱼，打开沉浸互动系统，地球历史上46亿年里任何时间段的鱼都能看到。每次远航听后都是笑笑，没有争辩，转身回家还是照旧养着这些鱼。

他总觉得自己和这些鱼很像，看着它们就像是看着自己。

这些鹦鹉鱼每天能做的就是在这个不大的鱼缸里吃饭、游动、睡觉，就像他一样，每天都是上班、回家、睡觉，周而复始，一天又一天重复着这样的生活。

有时候远航会想，这些鱼会不会怀念在大海里自由自在的生活，就像他也想去"诗和远方"，但是在这个年代，大海和远方都已经成了一种奢望。

100年前，气温升高，海洋干涸，地球成了寸草不生的荒芜之地，动物植物大量灭绝，地球环境再也不适宜生物生存。就在这时，人类发明了可以人工控制温度、降雨的苍穹系统。之后"公元年"正式变为"苍穹年"，在苍穹的保护下，人类在地球上的生活时间才得以继续。

从天空俯瞰，苍穹犹如一个个巨大的半圆形透明罩子，像是倒扣的鱼缸，把人类曾经熟知的各大都市分别罩在了里面，苍穹之内是微风细雨、四季轮转的安逸，苍穹外面则是普通生物无法忍受的高温和荒漠。

远航所居住的苍穹城名为"桃花源"，是苍穹建造者从中国古代典籍中取的名字，寓意这里是能够庇佑2000万人口的末日世外家园。虽然苍穹隔绝了人们物理上的联系，但是通过沉浸互动系统，人们还是可以看到地球上任何一个角落的风景，甚至打破了时间的约束，能够在虚拟中感受地球46亿年中所有的过往。

大家都说，这是人类历史上最好的岁月，没有战争，没有瘟疫，没有饥饿，人人平等，一切安详。但是远航始终觉得就算沉浸互动系统可看可触，但终究是虚假的。在桃花源里平静生活的人们就如同他养的那缸鱼，他还是想登上"不周山"。

在城市中的任何一个地方都可以看到这座黑色的高塔，因为它就是苍穹城中最高的建筑，矗立于城市的正中央，通天贯地，犹如古代神话中人间通往仙界的连接。

不周山既是苍穹系统的支撑物体，也是系统内部通向外界唯一的通道。在它的顶层有机场，每周都有一班前往其他苍穹城的苍际飞船。只是这年头船票实在太贵了，若不是政府要员，或者名人富家，根本难以支付。远航每天起早贪黑、加班挣钱的目的就是要攒钱买到一张船票。他想去距离桃花源有4个小时飞行里程的"归墟"，据说那里还保留着地球上最后一片海洋。

他想去看看鹦鹉鱼在海里自由游动的样子。

"我想买个扫地机器人，结果预约排队到了明年。"

"没办法，毕竟机器人可是奢侈品，这年头啥都不珍贵，就能源最珍贵。"

"唉，算了，铜鼓路那边开了一家新的米粉店，下班后我们去试试呀？"

两个妆容精致的上班族女子正聊着天，忽然其中一人叫了起来："哎哟，踩到我了！你没长眼睛呀！"

"对，对不起。"被人群挤上地铁的远航连忙小声道歉。

因为昨晚失眠，远航今天才会起晚赶了这趟早高峰时段的地铁。平时，远航都是比今天提前一个小时坐上地铁，那会儿的车厢里基本没有什么人。

今年28岁的远航便是人们说的那种社交恐惧症患者，性格内向，不善于和人打交道，也害怕去人多的地方。道了歉之后他连忙缩到了角落里站好，生怕在拥挤的车厢里再碰到或踩到谁。

"快到了，别提了……我没和什么小妹妹打游戏，今早闹钟没响，我起晚了，现在正坐地铁过来。"这时，一个穿着松垮的T恤，戴着棒球帽的少年一边肆无忌惮地大声打着电话，一边上了地铁。

少年大概 1.85 米的身高，完全没有注意到自己抬胳膊抓扶手时打了远航的头，依然在电话里哄着女朋友："别生气了，周末我带你去环苍公路，运气好的话还能看到外面的沙甲兽，像逛动物园似的，好玩，特别好玩！"

远航连忙又往角落躲了躲。

这时，地铁忽然一个急刹车，少年重心不稳，一下子撞到了远航的怀中。要不是远航旁边的门紧闭，他早就摔出去了。

"不好意思啊。"少年这才注意到远航，连忙道歉。

两人四目相对，顿时远航愣住了，因为——

他竟看到了自己。

远航没有少年个儿高，还戴着一副黑框眼镜，脸上还挂着失眠带来的黑眼圈和憔悴，除了这些，眼前这个少年的相貌竟和他完全一致，此时他仿佛看到了10多年前的自己。远航没有兄弟姐妹，但是他今天却在地铁上遇到了和自己长得一模一样的人。

"哇！不说了，挂了挂了，待会儿见，爱你。"少年匆匆忙忙挂了电话。

挂掉电话，少年便激动地抓住了远航的肩膀："你也是 Y2125HP 出来的吗？"

远航不由得点了点头。

Y2125HP 是一个编号——一个出生机构的编号。

近百年前，因为气候变化带来的瘟疫和战争，人类已经濒临灭绝。苍穹系统建立之后，为了让人类能快速繁衍生息，人工子宫被发明出来。

远航没有姓氏，因为他是由人工子宫孕育而出的苍穹一代。苍穹人没有父母，没有亲人，由机器孕育，由机构养大。而此时，眼前这个少年长着和他一模一样的相貌，说明他们是由相同的精子、相同的卵子结合并孕育而出的亲兄弟。

在精细胞和卵细胞随机结合的情况下，后代产生亲兄弟姐妹的可能性本来就极低，而长大后还能在这个拥有两千多万人口的桃花源里相遇，概率更是微乎其微。

但是，他们却真的犹如命中注定一般遇到了彼此。

远航不善于聊天社交，少年则是一张口就喋喋不休。地铁驶过几站的时间，远航就知道了这个少年叫"阿光"，现在是银湖中学高二的学生，喜欢玩机车，和一个同年级的女生正在交往，成年以后想去当警察。

少年和远航有相同的遗传基因，却是完全不同的两种性格。如果要比喻的话，远航觉得自己就是夜空银河里最暗淡的一颗星星，淹没在满天的璀璨中无人发现，但是眼前的这个少年却像一个燃烧的小太阳一般闪闪发亮，耀眼到只要和他接触过的人便再也无法移开目光。远航只能心生羡慕。

这时地铁忽然报站道："前方到站，银湖站，下车的乘客请准备。"

银湖站便是少年阿光要下的地方，于是他在出地铁前连忙掏出手机，对远航说："哥，我们快加一个'畅聊'，明天周末，和我去环苍公路玩吧，我女朋友要是知道我遇到了亲人，一定羡慕死了！"

阿光已经极其顺口地改叫远航为"哥"，这个称呼让远航顿时觉得心里暖暖的。他们苍穹一代，并没有过去人类的家庭的概念，但是他在曾经的书籍和电影里看过，父母、兄弟、爱人，那曾是人类生活的日常。

"好，我一定去。"远航点头。

"哥，再见！"阿光笑着跑下了地铁。

一直到地铁门关闭，地铁再次启动，远航都一直盯着窗外消失在人群中的阿光的背影。远航害怕和陌生人接触，但这个少年却是和他遗传信息相同的亲人，他在这里有了弟弟，有了家人，是不是也就意味着，从此他将再也不是孤单一人？

然而就在这时，远航听到了爆炸声。

声音从他身后传来，他连忙回头，但是刹那间一股巨大的冲击波便迎面将他击倒在地，眼前的景象顷刻间变为黑暗。

远航也不知道自己昏迷了多久，当他醒来时，刚才还熙熙攘攘的车厢此时已经变成了人间地狱。车窗玻璃被全部震碎，车门、座椅、车厢壁也变得残缺不堪，更可怕的是，到处都是血和躺在地上的人。哭喊声、求救声……此起彼伏的哀嚎在黑暗的车厢里回荡。

远航捂着额头上的伤小心翼翼地爬了起来，由于刚刚他站在角落里，没有被爆炸的冲击波伤到，才得以生还。这到底是意外爆炸，还是恐怖袭击？不过此时，远航已经顾不上那么多了，在他脑海中浮现的第一个念头是，阿光怎么样了？

爆炸似乎是从站台传来的，而阿光就在刚才那站下的地铁！

地铁并没有完全离开站台，远航一路跌跌撞撞地朝末尾的车厢跑去，心中不停地祈求着，阿光千万不要有事，虽然才认识了十几分钟，但是因为拥有相同的遗传基因，远航已经把少年当成了自己的亲弟弟。这是远航第一次那么担心一个人。

而当远航从最后一节车厢爬上站台时，看到的是一片残破的废墟，地铁站内大半个空间已经坍塌，被压在石块下面的是人们的残肢断躯。

"阿光！"远航慌乱地大喊了起来。刚才在站台上的人只怕都没有逃出去，阿光一定是被压在了哪里。可是到处都是碎石，到处都是哭喊声，阿光又在哪里？

仔细想想，在爆炸时，阿光会在哪里？

慌乱中，远航掐着自己的虎口，用疼痛强制自己冷静下来。阿光说过自己是银湖中学的学生，要去学校就要走 C 出站口，虽然现在这里已经是一片废墟，但远航还是在大脑中构建出了地铁站的地图。同时，犹如计算机一般，远航的大脑开始运算：阿光的身高有 1.85 米，迈出一步的距离是 70 厘米，从他下车到爆炸发生大概有 10 秒的时间，再加上当时人群拥堵等因素，那么在爆炸发生时他所在的地点应该就是……C 出站口的楼梯从下往上数第 20 个台阶左右。

远航虽然胆小怯懦，但是读书时他的成绩却始终都是全班第一，物理和数学是他最擅长的两门课程。

计算出位置之后，远航连忙赶过去，开始搬动碎石。很快，他便看到了阿光。

只是，掉落的石块砸烂了阿光整个身体，躺在废墟下面的阿光此时已经血肉模糊。那个 10 多分钟前还叫着远航"哥"的阳光少年，现在已经死了。

他在这个城市里刚刚遇到的亲人转瞬即逝，几分钟前说的再见竟成了永别。

远航只觉得大脑一片空白，愣在了原地。

这时，阿光的身体忽然动了一下。一只手从阿光的身体下面伸了出来，一把抓住了远航的裤脚。

"救命……"废墟下传来了另外一个沙哑的求救声，回过神来的远航连忙拉住那只手，将生还者从废墟中拖出来。这时，他才看清，那是一个秃顶的中年男人，因为阿光挡在了他的上面，所以他才幸免于难。

然而，接下来让远航一下子失声叫起来的是——那个中年人也长着一张和他相似的脸。

一瞬间，远航觉得自己的时空错乱了，少年的他，此时的他，中年的他全部交错在了同一个时间点。无数时空中的他就在此时，就在此地——"救命，救命呀！"

更多的声音在远航耳边此起彼伏。远航只觉得耳鸣难耐，额头伤口的剧痛让他像是产生了错觉，让他感到诡异。

穿着碎花裙的年轻少女，踏着高跟鞋的职场女性，戴着眼镜的格子衫"码农"，西装笔挺的金融精英……在远航的周围，被困在废墟中的，被砸死的，想要求救的，每一个人都长着和远航相似的脸庞。

远航想起了一个故事，说是有一个恶人的飞机遭遇了空难，他向神灵哀求，说虽然自己作恶多端，但是其他人都是无辜的。神灵冷笑后回答道："你知道我把这么多恶人都集中到这趟飞机上有多难吗？"

不仅是少年阿光，今天仿佛有人将所有的"远航"都聚集到了一起。

二　真实世界与缸中鱼

"仔细搜索，不要错过一个人。"这时，远处传来了声音。

是救援队来了吗？远航连忙大喊道："救……"不过话还没有说完，他就听到了枪声。

救援队为什么会带着枪来？远航有种不好的预感，赶紧躲到了没有坍塌的柱子后面，只见一个穿着黑色的特警服装，戴着护目镜，拿着对讲机的人从出口处走了过来。

刚刚被解救出来的中年人再一次拉住了黑衣人的裤脚求救。

这时，黑衣人用护目镜对准了中年人的脸，像是在进行扫描，然后远航听到他拿起对讲机汇报道："发现 Y2125HP 存活者一人。"下一秒，他便对着中年人举起了枪。

目睹了这一切的远航捂住了自己的嘴巴，不让自己害怕得叫出声来。

他们不是来救援的吗？为什么要杀人。此时车站中传来了此起彼伏的枪声。远航突然明白了，他们不是救援队，他们就是来杀人的！

"求求你，别杀我，我只是个普通人。"跌坐在地上的远航哀求道。

刚才目睹了中年男人被杀，远航强忍着恐惧，想要逃走，但是一转身，一支枪已经对准了他。

"发现 Y2125HP 存活者一人。"就像刚才一样，对方用护目镜扫描了远航的脸之后，用对讲机汇报道。

"批次确认，准许开枪。"远航忽然听到了对讲机里传来了这样的命令。

他们是要来杀自己的。他今天遇到阿光不是巧合，他见到那些和自己一模一样的人也不是巧合，就如那个故事一样，有人将所有 Y2125HP 批次诞生的人集中到了这趟地铁上。

所以他才会起晚，阿光的闹钟才没有响，这一切都不是什么偶然的相遇，而是有人故意策划的。可是这样的计划，是什么样的人才能做到？他们要杀 Y2125HP 批次的目的又是什么？

不过，此时远航已经没有精力思考这些，他的脑中只有一个念头——他不想死，他还没有登上不周山去看外面的世界，如果他死在了这里，他的鹦鹉鱼就再也没有人照顾了。

没有人照顾的鱼，一定会死在水缸中。

一想到这些，平时胆小得连和其他人说话都会害羞的远航突然有了勇气，就在对方扣动扳机时，他一个猛扑上去抱住了对方的双腿。

枪声响起，子弹朝着天花板射了出去，正好射中了头顶因为屋顶掉落而暴露在外的气体管道，泄漏出来的白色气体弥漫了整个空间，远航趁机逃跑。

子弹能击中气体管道并不是巧合，在远航注意到背后有人伸出枪管时，他就已经计算出了这一切。

然而，远航还没有跑出几步，枪又抵在了他的脑门上。

"不愧是'霍普'的基因，是要聪明些。"从烟雾中快步赶来的对方低声感慨了一句，接着又说，"抱歉，别怪我们，我们做这一切都是为了你们好。"

说完，对方根本没有给远航再次思考逃脱的机会，毫不犹豫地扣动了扳机。

下一秒，远航的视野就被一片殷红尽染。

不过，紧接着倒下的并不是远航，而是刚才拿枪的人。

就在对方扣动扳机的瞬间，一个穿着白色运动服、剪着齐耳黑色短发的女子从天而降，手中拿着一把水果刀，准确无误地插进了持枪人的脖颈之中。

远航知道，那里是人体的大动脉，切断动脉瞬间就能使人毙命。

顿时血液飞溅，染红了远航大半边身体，而女子却像是一只灵活的白色之鸟，血喷出的瞬间，她轻盈地跳了起来，白色的衣服上没有被染到一滴血。

女子拿出手机，对着远航的脸再次扫描，一个机械音自动说道："Y2125HP批次——代号远航。"

"远航，我是来救你的。"女子面无表情地对远航说道。

远航愣住了，无法思考眼前的一切到底是怎么回事。

"警告，链接非正常断开，系统正在冷却。"

随着液氮汽化冷却之后，周浩一把拔掉了胸前的连接器，他站起来的第一件事情就是不由自主地摸了摸自己的脖颈处。

钢铁的脖颈连接处一切完好无损。只是刚才喷血死亡的感觉太过真实，就算是梦，对于人类来说，这时一定已经被吓出一身冷汗，但是周浩的身体里并没有这套系统。

周浩身高3米，全身由32块对战钢板组成，四肢的关节连接处使用了轻薄坚韧的纳米材料，让他在任何地方都能灵活地跳跃走动，心脏的位置是自控式核动力系统，全身上下都有高效率冷却装置，让他在战斗时能够瞬间获得猎豹般的爆发力，同时又拥有持续数小时战斗的续航力。此外他的手臂上还配备了高速粒子刃及激光发射器，不管是远程攻击还是近身白刃，他都绝对是单体最强。

除此之外，出汗、流泪……任何多余的系统他都没有。周浩身体上的一切都是为了战斗而设计生产的。

在他的侧臂上喷绘着一个"周"字，据说这是曾经人类的姓氏，代表着家族和血脉，而现在"赵钱孙李周吴郑王"的顺序，则成了机器人系列的代号，"周"系列意味着战斗和守护。

周浩是机器人，他的使命是维护苍穹系统的稳定运行。

站起身的周浩唤醒了辅助的AI系统。

"请问有什么需要帮助？"系统传来了原始的机械音，虽然早已经有了各种萝莉、御姐、奶狗音等设定选择，但是周浩的AI系统就像周浩本身一样，除了完成使命，没有任何多余的设定。

周浩和他的辅助AI都觉得那些东西不过是模仿人类的累赘，对于他们机器人和系统来说，简洁高效才是本质。

"打开'苍穹系统'显示屏。"

在周浩的电子视网膜中，一张城市的俯瞰图瞬间展开。城市的上空罩着透明的罩子，就像是一个巨大的倒扣鱼缸，中央是一座黑色的通天塔建筑。此时在城市的西北角，正浓烟滚滚，警车呼啸。

周浩只是眨了一下眼睛，镜头便自动放大定位到了冒着浓烟的地方，正是刚才发生爆炸的银湖地铁站。

电视台的记者已经到达了现场，正在进行报道，周围到处是警车、救护车，还有围观的人群。一具具尸体被抬了出来，其中一具穿着特警衣服、满身是血的尸体，正是刚才被白衣女子杀死的那个人。

周浩立刻认出来了，那便是他自己。准确地说，是他在苍穹系统里面的人形思维载体。

100年前，高速发展的人工智能已经具备和人类相近的思维和情感，之后因为气候的异常变动，人类灭亡，属于人类的地球时间到此结束，而拥有钢铁之身的机器人便成为地球的新主人。

就像6500万年前恐龙灭绝，哺乳动物成为地球的新霸主一样迭代轮转，人类在地球的46亿年历史中不过是其中一页。只是翻开地球历史下一页的是人类创造的新物种——机器人。

地球开始了属于机器人的篇章。而所谓的苍穹系统其实就是人类豢养系统。

机器人利用曾经保存在精子库和卵子库中的人类基因结合培育出了胚胎，再使用机器子宫孕育，苍穹人类得以诞生。

苍穹中的人类并不知道真实存在的外界，机器人抹去了人类已经灭绝的历史，苍穹中的人类全然不知真相，以为人类的时间依然在继续。

曾经许多人类都喜欢在家中养鱼，不管是热带的还是温带的鱼，都能通过人工设定的恒温系统，在世界上任何角落的鱼缸中得以生存。生活在鱼缸中的鱼一辈子不会见到大海，玻璃缸中的水就是它们生活的全部世界。它们对此一无所知，也无所谓。

苍穹系统中的人类对于机器人来说就是这样的存在。

而周浩的任务便是维护苍穹系统的稳定。如果鱼缸中出现一条带病毒的鱼，那么病毒就会传染给其他鱼，最终导致整个鱼群的灭亡。所以在病毒传播之前，就要将这些生病的鱼捞走。

Y2125HP批次的人类就是被判定染了病毒的"鱼"。

为了不让苍穹人类察觉，机器人在管理苍穹时选择了意识上传，然后将AI系统植入特定准备的人类身体中，这些身体被称为人形思维载体，由此产生了苍穹中的政要、警察、医生……机器人以人类的身份参与到了人类社会的管理中。

不过，周浩并不喜欢人类的身体。因为人类的身体实在太过脆弱。就像刚才，一个柔弱的人类女孩就能让他毙命。

周浩忽然觉得，他好像在哪里见过这个女孩……

这时，图像中突然出现了一个全身是血、慌忙逃走的年轻人，周浩立刻认出这是那个叫远航的苍穹人。

周浩的使命是维护苍穹系统的稳定运行，无论如何，他都要消灭清除Y2125HP批次的所有人。

"全城发布通缉令，抓捕远航。"周浩命令道，"无论如何都不能让他跑了！"

三　两个女孩

很多人都说养鱼没意思，鱼缸里的鱼除了会吃，平时看都不会看主人一眼，更别说互动了。但此时全身是血的远航回到家，鱼缸中的鹦鹉鱼就全部凑到了玻璃缸边，像是在关心他发生了什么。

这是远航20多年的人生中最离奇的一天。先是爆炸，又是枪杀，紧跟着有人告诉他，他生活的世界都是虚假的，现在的人类只是一群被机器人豢养的"缸中鱼"。

远航的大脑根本无法一下子接受这么多的信息，他本能地选择了逃走。他不想死，也不想加入什么人类反对机器人的组织，他只是一个在苍穹城中生活的普通人，这辈子最大的愿望也不过是攒够钱坐一趟飞机，去看看外面的世界。

而现在，有人告诉他，根本没有什么外面的世界。远航觉得心中像是有什么东西轰然倒塌，他一下子颓然地坐在了鱼缸前。

突然，电子门锁响了一声。

远航连忙躲到了桌子下面屏住了呼吸。随着门把手的转动，一个扎着双马尾染着五颜六色头发的少女肆无忌惮地走进了屋内，一进门她就看到了那缸鹦鹉鱼。

"这狐狸精还挺有格调。"少女逗了逗鱼，然后继续嚼着口香糖在屋内逛了起来。

　　远航感到疑惑，这个少女是谁？难道是小偷？不过自从今天在地铁里见了白衣女子手起刀落，拿一把水果刀就能杀人的场景之后，他对女性的战斗力便不敢小觑。于是远航悄悄地拿出了手机准备报警。

　　"抓到你了！"少女探头一声大叫，吓得远航手一松，刚刚拨通电话的手机直接掉到了地上。

　　"怎么是个大叔？"看到远航后，少女蹙眉露出疑惑的神情。

　　"喂，是你在报警吗？"电话那头的警察还在追问，少女一把捡起手机，压低了声音说道："不好意思，警察同志，孩子调皮乱打的电话。"

　　那头提示了一句"警卫电话不能随便拨打"后便挂断了，这时远航也已经从桌子下面爬了出来。

　　"你是谁？"远航和少女异口同声地问道。

　　"这是我家……"远航话音未落，少女就抢话道："难道那个狐狸精是个'海女'，脚踏两只船，阿光那个蠢货……"

　　"阿光？你认识阿光？"远航连忙追问。

　　"阿光是我男朋友。"少女掏出了手机，上面的定位一直在闪烁着，显示的是远航的家，"那混蛋一直不回我电话，我追踪了他的'畅聊'来的这里，他藏哪儿了？"

　　"追踪？"远航更疑惑了。

　　"大叔，你不知道有个职业叫'黑客'呀？"

　　"那不是违法的吗？"

　　"我16岁未成年，违法也不能抓我。"少女洋洋得意道。

　　远航这才反应过来，他的畅聊上面最新的一个好友就是阿光，畅聊凭借生物信息上传ID，因为他和阿光的遗传基因是完全一致的，所以少女黑了阿光的畅聊，本是想来捉奸的，结果阴差阳错地追踪到了他这里。

　　只是那个和他一模一样的亲兄弟，那个几个小时前还说着周末要一起出去玩的阳光少年，此时已经被埋葬在石块之下。

　　远航的心中顿时难过起来，他记得第一眼见到阿光时，阿光是在哄他的女朋友。眼前的这个少女显然还不知道地铁站发生的事情，远航一时不知道该怎么和眼前这个少女说出之前发生的事情。

"我叫远航，我是阿光的哥哥。"

"哥哥？"少女满脸震惊的神情，"阿光原来喜欢男人？"

"不是不是。"远航更加慌乱，突然不知道该怎么解释这种关系，毕竟所有苍穹一代从小就没有家庭、亲人、血缘的概念，在他们的意识里最亲近的人就是长大后因为爱慕而在一起的情侣，所谓的亲人也是由爱人身份转变而来。

他也听同事说过，"哥哥弟弟"是现在同性情侣之间最受欢迎的称谓。

"我们是同一批次出生的，虽然年龄相差很多，但是都是相同精子和卵子结合而培育出的亲兄弟，"远航连忙指着自己的脸，"你不觉得我们长得很像吗？"

少女凑了过来。

"是长得很像。"突然少女脸色一变，"那你为什么还要杀他！"

远航做梦也没有想到，他竟然会在家中被一个16岁的少女追杀。就在刚才，少女凑过来时，手中的一把匕首也径直刺了过来，如果不是远航及时推开少女，此时匕首已经刺中了他的心脏。

"你是阿光的哥哥，可你却杀了他。"少女举着匕首一步一步向远航逼来，眼中露出悲伤而绝望的神情。

"我没有。"远航不停地后退，正好踩到了电视的遥控器，显示屏上出现了画面，正好在播报新闻。

今天早间，地铁银湖站发生爆炸，据调查，此次恐怖袭击事件的主谋为一名叫"远航"的男子，请见到该男子的市民及时报警……

几个小时前，远航还是苍穹城中一名极为普通的社畜，几个小时后，他便成了全市通缉的"恐怖分子"。此刻他终于明白，捉奸都是借口，这个少女是想来替男友阿光报仇的。

远航已经被逼到了阳台的玻璃窗前，远航家在 23 楼，但在家里还是能听到楼下的警车鸣笛声，一队持枪的特警已经来到了楼下。远航想起在地铁中的场景，当时他以为等来了救援队，结果却是一群追杀他们的人。

在地铁站中穿着白色运动服的女子和他说过，机器人要抹杀所有 Y2125HP 批次出生的苍穹人类，所以才将他们都集中到了一起。

可是，他们都只是普通人，为什么要追杀他们。不管是眼前这个疯狂的少女，还是楼下全副武装的部队，他们都要他死。

可是，他明明什么都没有做……

"去死吧！"少女高喊着举起了匕首，朝远航刺了下来。

千钧一发之际，远航身后的落地玻璃忽然嘭的一声四分五裂地爆炸开，在纷飞的玻璃碎片中，远航觉得自己像是见到了从天而降的白色天神。

只是"天神"长着一副人类少女的样子，还喜欢穿白色的运动服。破窗而入的正是之前出现在地铁站里的黑色短发的女孩。没有等远航回过神来，她便一把搂住了远航的腰，带着他从 23 楼一跃而下。

"啊！"自由落体带来的加速度让远航忍不住失声大叫起来。

这时远航才看到，女子的手上握着一根从楼顶垂下的下降绳索。两次救下他的不是什么女神，而是身手敏捷的女战士。

几个小时前，当这个白衣女子想要带他离开时，他因为害怕，所以拒绝她后便逃走了。而现在，他紧紧地抱住了这个女子，像是抓住了这偌大城市中唯一的救命稻草。

"阿度导航已为您重新规划路线。"

远航听到白衣女子的手机中传来导航的声音，这时他正戴着口罩、压低棒球帽帽檐，站在小巷中，在他前面是苍穹城 CBD 区的高楼大厦，西装革履、胸口挂着工牌的商务人士端着咖啡杯熙熙攘攘地走过。

昨天他也还是其中一员，而此时旁边的高楼显示屏上滚动播放的是他的照片和通缉令。他知道自己再也回不到这一熟悉的场景中了。

他不想加入什么人类反抗机器人的组织，但是他也不甘心就这样无缘无

故地死去，他更不甘心就这样莫名其妙地背上骂名。他知道能够操纵舆论、控制这座城市的是何等可怖而强大的力量，而他被通缉这件事情恰好就证明了白衣女子对他说的都是真的——他们的政府是被操控的，而操控者要杀他。

与这样的力量相比，远航只觉得自己无比微弱。但是纵为蝼蚁，也要奋力活下去。毕竟在这个末日，没有什么是比生命更为可贵的了。

他要弄清楚发生在他身上的这一切到底是怎么回事，他想活下去。

这时，白衣女子朝远航走了过来，语气中不带任何情感地说道："导航说这边走。"

"跟着导航没问题吗？我现在可是在被通缉。"远航担忧地说道。

然而女子没有回应，转身就径直朝前迈步。远航连忙跟了上去，猛吸了一口气终于克服了自己的社交恐惧症，朝着女子伸出手，感激地说道："谢谢你救了我。"

女子转头望着远航，脸上依然没有任何的表情。

远航害羞了，连忙收回了手，满脸通红地说道："我就是想谢谢你。"

"哦。"女子冷漠地应了一声，盯着手机屏幕说道，"这边走。"

两人一前一后又沉默地走了半条街，远航觉得这样的场景尴尬到了极限，想着总要搭个话，便自我介绍道："我叫远航。"

"我知道。"

然后又是半条街的沉默，女子始终只是盯着屏幕，埋头跟着导航走路。

"我能知道你的名字吗？"远航又问道。

"霍依依。"

"霍依依？"远航情不自禁地重复道，这还是他在苍穹城里听到的第一个拥有姓氏的人类名字。

四　角色赋予

远航后来想，依依走路时一直沉默不语，可能是因为她看不懂导航，迷路了。

两人一直绕了两个小时才到达目的地，而这里离远航他们出发的地方不过只是3条街的距离。

远航以为反抗世界、解救人类的神秘组织会坐落在全副武装、充满科技感的摩天大楼顶层，或者是深藏地下、层层设下陷阱的倒金字塔，结果在他们面前的是一家叫"桂林米粉"的小吃店。

这一定是掩盖秘密入口的伪装！就像是从电话亭进去后便是魔法部大厅一样。远航一边这么猜想着，一边好奇地跟着依依走了进去。

一进去他就看到了细长的店面中左右两边各放着5张长桌椅，店内的装修用的是目前最流行的"21世纪仿古网红风"，点餐要在最前面的人工柜台，看着墙上的电子屏点，连畅聊扫码都不可以。

虽然装修风格很流行，但是电子屏上显示的价格倒是很实惠，远航甚至能想象到工作日中午，店里挤满穿着白衬衣的打工人的场景。不过此时不是就餐时间，店里空荡荡的，并没有顾客。

这里看起来就是一家极为普通的小吃店，唯一让远航觉得异样的便是坐在收银台后面的那个金发碧眼的年轻人。

年轻人看起来不过30岁，高挺的鼻梁上架着金丝眼镜，西装笔挺，头发被打理得一丝不苟，像是那种只会出现在米其林餐厅里，吃着进口的五分熟牛排，配公元年留存下来的红酒的金融精英。但是此时他却在收银台后面拿着老式的计算器，对照着厚厚的一摞账单埋头苦算。

"我回来了。"依依进门后极其自然地对着年轻人说道，就像回家了和亲人打招呼一样。

话音刚落，一个戴着厨师帽、身材魁梧的卷发男子就从后厨大步跑了出来，男子似乎是高加索人种，远航见到他的第一眼便觉得像是看到了一只毛茸茸的大熊朝他们冲了过来。男子一见到依依便热情洋溢地说道："依依，你终于回来了，没受伤吧，饿了没？今晚你想吃什么？"

"嘀，你有新的外卖订单。"这时，收银台发出了通知音。

收银台前的年轻人取下订单对依依说道："回来得正好，有订单了，去送

一趟电视台。"

"你有没有人性呀，依依才回来你就让她送外卖，你这黑心老板、吸血虫！"戴着厨师帽的男子抗议道。

年轻人没有理会神情暴躁的抗议者，一丝不苟地开始配菜。

"依依，你不要什么都听这个'吸血虫'的，他这是压榨，强制加班是违法的。"

依依也没有理他的抱怨，而是熟练地系上了写着"桂林米粉"的围裙，戴上了送外卖的头盔。刚才还持刀杀敌、飞越高楼的女战神，瞬间就变成了邻家送外卖小妹。

远航还是担心，以依依的认路水平，送外卖真的没有问题吗？不过这时，依依已经拿着餐走出了米粉店。

店里只剩下了远航和两个陌生的男子，面面相觑。

"你，你们好，我是……"

"我知道，远航，Y2125HP 批次最后的幸存者。"年轻人朝远航伸出了手，"你好，我是'归墟'的战术负责人杰森。"

"我叫大熊，技术部顾问。"戴厨师帽的男子斜眼瞥了一下远航，漫不经心地说道。

远航没有想到，他的逃亡生涯是从做米粉店服务员开始的。

依依去送外卖后没多久，米粉店就迎来了吃饭晚的客流高峰。一见到有人进店，远航就连忙躲进了后厨。结果很快杰森就说人手不够，叫他出去帮助端茶送水、收碗擦桌。

你们是疯了吗？我现在可是全城通缉的"恐怖分子"，大街小巷的显示屏都在放着我的照片。远航还没有把话说出口，就被杰森套上围裙一把推了出来。

面对人群，远航下意识地想捂住脸，但是他却发现，在店里吃饭、点餐、排队的数十人根本没有一个理会他的，仿佛他不存在一般。

"服务员，帮我擦一下这里。"有人对着远航喊道。远航立即认出了这个人，她便是今天早上他在地铁上踩到的那个上班族女子。

此时杰森忙着收银，大熊已经去后厨煮粉了，远航只能颤颤巍巍地走过去，小心翼翼地擦干净了桌子，然而对方却好像根本没有在意他，继续和旁边的朋友聊天。

"擦好了。"远航低头说道。

"谢谢。"对方朝着远航笑了笑，但是从头到尾都没有认出他。

"服务员，能帮我拿瓶可乐吗？"又有人喊远航。

墙壁的显示屏上开始播报新闻，第一条便是抓捕远航的通缉令。

"真是太可怕了，我们今天早上就坐了这趟地铁，幸好早就下了站。"逃过一劫的两个女子感慨道，"这小伙子看着不像坏人呀。"

远航明白了，女子早上并未注意到他。

的确，远航从来都是一个没有存在感的人，在人群中总是被忽略的那一个。小时候，学校的老师带着全班学生去春游，一直到春游回来都没有发现他被落在了停车场。

"坏人哪里会写脸上，听说死了好多人，政府都没报真实的死亡人数。"

"不过我听说，政府隐瞒的可不止死亡人数，有人看见今天有不少部队进了地铁站，还有枪声，但里面根本没有什么恐怖分子……"

大家七嘴八舌地聊着今天地铁站里的事情，但是谁也没有注意到事件的主角就站在他们面前。

一直到晚饭时间结束，远航收完最后一个碗，也没有人认出他来。

远航觉得奇怪，虽然自己存在感薄弱，但是自己这张脸就在电视上反复播放，怎么会没有一个人注意到他？

"怎么样？我的手艺不错吧？"这时大熊端着一碗刚出锅的米粉从后厨走了出来。这是远航今天没见过的新种类米粉，汤汁上面漂满了红油，闻着又香又酸，似乎非常可口。

远航这才意识到，自己已经一天没有吃东西了，肚子不由得叫了起来。然而大熊并没有把这碗米粉递给远航，而是依然端在手中，像是在守护重要的宝贝一样。

远航咽了一下口水，还没有开口，大熊就抢先问道："你是不是奇怪为什么来吃米粉的这些人都像没有注意到你一样？"

远航点头。

"这就要感谢我发明的'角色赋予系统'了！"大熊洋洋得意地说道。

"角色赋予？"远航疑惑地重复道。

"公元年时曾有一个叫拉尔夫的人类学家提出过'角色'这一理论，他说个体间的互动实质上是角色扮演、角色领会和角色建构的过程，角色是一定的文化价值体系内人们期待和活动的基础。"

这时杰森插话解释道："所以角色并不是固定的，一个人扮演什么角色，取决于他在什么样的环境中拥有什么样的地位。一般来说，角色可以分为大众角色和个体角色，你在我们的眼中是'远航'这个人，是因为我们知道你的名字，知道了你的个体角色。但是今晚你做的事情、穿的服装、说的话一起塑造了'服务员'这个大众角色。在陌生人眼中，'服务员'这个大众角色便取代了你'远航'的个体角色。"

"也就是说，因为我扮演了一个'服务员'的角色，在他们看来，我就只是一个'服务员'，而不再是'远航'这个人，所以他们才没有注意到我。"半信半疑的远航尝试着说出自己的理解。

杰森和大熊对视了一眼。

"你果然聪明，这么快就理解了这套系统的基础逻辑。"杰森忍不住称赞起来。

"可这又是怎么做到的呢？明明电视上、新闻上到处都有我的通缉令，他们怎么会完全注意不到我的脸？"远航十分疑惑，难道是因为自己长了张大众脸？

"这就是我发明的'阈值系统'厉害的地方！"大熊顿时得意起来，但正当他准备展开讲述时，穿着外卖围裙的依依推开门回到了店里。去了这么久，远航不由得怀疑依依应该是又迷路了。

大熊立刻热情洋溢地端着米粉迎了上去："依依，我专门给你煮了你最喜欢的螺蛳粉，我算好了你回来的时间，正好放温了能直接吃……"

原来这粉叫螺蛳粉，原来这是专门煮给依依的，原来大熊早就知道依依会迷路……远航心里一下子又明白了很多事情。

不过表情一向冷漠的依依并没有理会殷勤的大熊，只是对杰森说道："电视台的结构地图，我扫描到了。"

远航忽然想起，今天杰森说有一单外卖要送去电视台，原来依依并不是单纯去送了一单外卖，这个叫杰森的年轻人一直都在策划着什么。

"不愧是我们的最强执行者！"说完杰森打了个响指，店内的灯光立刻暗了下来，紧跟着依依按了一下手机的侧边，一张立体的地图投影就出现在狭长小店的虚空中。

刚才还端着米粉的大熊此时已经将电脑接入了地图中，随着虚拟互动系统的开启，几分钟前的米粉店立即变为了电视台的摩天大厦。随着大熊手指的拨动，大厦由下到上的每一层，楼里每一个人的走动、聊天，甚至连转播台上的画面，演播厅亮起的灯光，编导按下的按钮……一切细节都淋漓尽致地展示在了 4 人的眼前。

远航终于相信，这个看上去普通得不能再普通的米粉店果然是对抗世界的秘密组织基地。

五　阈值改变

"导播室系统又坏了？来检查系统的？怎么之前没见过你？"

面对保安的三连问，有些紧张的远航连忙背书般说起之前准备好的答案。

"我是新来的，昨天才上班。"

此时的远航穿着一身格子衫，标准的系统维修工服饰，除了佩戴着带有身份标识 ID 的维修部工作证，胸口的衣领上还别着一个黄色的卡通笑脸装饰。而正在检查他 ID 的是电视台入口处的魁梧保安。

"清远，维修部。"电脑里传来了远航新 ID 的名字，这是大熊为他伪造的证件。看到显示屏里的信息无误，随身携带的也没有什么异常物品，保安又瞟了远航一眼，这才示意他可以进去了。

"谢谢啊。"远航连忙通过闸机。

与此同时，拎着外卖、穿着外卖服的依依也急匆匆地跟了上来，正准备和远航一起挤过闸机时，保安却一把拉住了依依。

"外卖不让进。"

"昨天还可以的。"依依争辩道。

"今天刚发的新通知，外卖只能放这里，让点餐的人自己下来取。"保安丝毫没有通融的意思，铁着脸说道。

远航心中顿时着急了起来。按照杰森的计划，他使用维修工的身份掩护依依进入大厦，他们这次行动的目的就是要利用电视台的播放信号，将昨天发生在地铁里的屠杀真相展示给大众。

因为电视台使用的是闭路系统，所以他们必须进入大厦内部才能实现系统入侵，杰森和大熊进行技术支持，依依和远航则负责潜入。而现在，依依被拦在了门口，这是大家始料未及的。

"外卖放这里，你给对方打电话。"看着依依不情愿的模样，保安又强调了一遍。

依依望着手中的外卖始终不肯放下，外接网络的设备就藏在外卖里，更关键的是根本就没有人点了这份外卖，外卖员的身份原本就只是个幌子。

"喂，小姑娘？"看见依依纹丝不动地抱着手里的外卖，保安露出了疑惑的眼神。

"你要送去几层？我给你带上去吧。"这时远航连忙接过了依依手上的外卖，笑着对保安说道，"肯定是怕人家给差评，以前我有个同事也是特别懒，根本不愿意下楼。"

依依这才放开了手，说道："18层，导播室。"

"那正好……"远航还没说完，依依便已经转身离开。

"现在这小年轻都挺有个性。"保安吐槽了一句，又转头对远航说道，"小伙子，你还挺热心。"

远航没有再多说什么，呵呵地笑了笑，想着赶快离开，免得再节外生枝。

而他刚准备转身，保安又叫住了他。

"你胸口这笑脸是什么？"

"领导给的，就是随时提醒我们要微笑服务。"远航微笑着指着胸口的卡通装饰解释道。

当远航走进电梯时，胸口的卡通微笑装饰已经变了样子，原本上扬的嘴角此时已经变成了水平的180度，笑脸也变成了面无表情的样子。而这正是远航能够伪装成维修工，在大庭广众之下走进电视台的关键。大熊把它叫作"角色感阈值"。

所谓阈值就是临界点。当一件事物的影响因素超过阈值时就会发生质变。昨天在店里，远航已经体验过大熊发明的"角色赋予"可以让他不再一味躲藏。而让远航真正能在公众角色的保护下不被别人发现的关键便是调整角色感阈值，其原理是存在感的消除。

互动包含角色扮演与建构的过程，而一个角色的存续和改变则取决于人类意识的接受和反馈。当人们扮演的是公众角色时，对方只会注意"服务员""维修工""外卖员"这些标识，从而个体角色得到掩护，即使面对面，对方也不会记住这些人的长相，就像只看到常见的记号一样，转身就会忘记。

然而，如果对方对个体的关注超过了公众角色的阈值，那么在对方的眼中，"维修工"这一公众概念就会变为"维修工某某"，原本脸谱化的印象就会成为个体印象，造成记忆。

远航胸口的这个卡通笑脸就是是否超越阈值的提示。当笑脸变成哭脸时，便说明在其他人眼中他由"维修工"这一公众角色变为了"远航"这一个体角色，也就意味着他被认出来了，他将陷入被抓捕的危险。

远航原本并不想参加这次行动，虽然有了角色赋予的掩护，但是进入电视台对于已经成为通缉犯的他来说无异于羊入虎口。可是没有别人能来了——大熊要做远程的技术支持，杰森的相貌一看就不是维修电脑系统的。一想到依依自己一个人孤立无援太危险，远航这才勉强答应了来做支援。但没有想到的是，依依竟然没能进来，本来是做支援的远航现在反而成为任务

完成的关键。

果然，计划永远赶不上变化。

所幸的是这次入侵计划远航要做的并不复杂，只要将藏在外卖里的外部信号接收器插入电视台的电脑中，其他的交给大熊远程控制便可以了。

然而就在远航将信号接收器插进电脑的瞬间，整个大楼的警报就尖锐地叫了起来，本来在各自忙着工作的众人顿时齐刷刷地抬头望向了远航。之前谁都没有在意这个穿着格子衫进来的维修工，而现有，因为响起的警报，所有人都察觉到了屋里这唯一的陌生人。

远航胸口的笑脸的嘴角急速往下弯去。

当笑脸变哭脸，所有人都会发现远航就是从昨天到今天新闻上一直循环播放的那个"地铁爆炸案恐怖分子"！

"我忘带工具了！"转身逃跑前，远航还给自己找了一个逃走的理由，希望能降低自己的被怀疑度。

离开导播室，远航就朝着电梯快步走去，胸口的笑脸又慢慢恢复了上扬的嘴角，一路上保安和工作人员都和他擦肩而过，但并没有多注意他。当他乘坐电梯朝着楼下撤离时，虽然电梯停的每一层都有人上下，但是依然没有人注意到角落里的他。而他胸口的标志也一直维持着微笑的样子。

所谓的角色赋予系统，更像是一件能够让人隐身的斗篷，让远航即使在茫茫人海中也不会被认出。不过杰森却说这个系统作用的强弱程度还是取决于个体相貌的差异，有些人天生长着一张大众脸，容易被人忽视。以前远航总为自己的怯弱内向而苦恼，但现在远航反而感谢自己这一直薄弱的存在感。

"一层到了。"随着机械音的报数，电梯门缓缓打开了。远航长舒了一口气，一直悬着的心这才跟着电梯一起落地。而就在远航踏出电梯的瞬间，迎面就撞到了一个身穿黑色西装、身材高大、剪着寸头的陌生男子。

远航胸口的笑脸一下子变成了哭脸。

远航还来不及反应，男子就眼疾手快地一把抓住了远航，将他的双手钳在了身后，同时一脚踹在远航的膝盖后方，顷刻间就把远航制服在了地上。

"你抓错人了，我就是个来修系统的！"趴在地上的远航挣扎着说道。

然而对方从身后直接掏出了枪抵在远航的后脑勺上，同时用耳机汇报道："抓到嫌疑犯远航，身份已确认，申请开枪。"

"批次确认，准许开枪。"远航再一次听到了对方耳机里传来这样的命令，和当时在地铁上遭遇那些特警时的，一模一样。

是他们！

远航顿时反应了过来，眼前这个大高个儿和地铁里的那些人是一伙的，他们都是来杀自己的！可是，对方为什么会认出自己的身份来？

就在高个儿男人准备扣下扳机的一瞬间，他像是察觉到了什么，立即一个侧身，一把尖锐的水果刀就这样从他眼前飞过，直刺进了后面的墙壁。远航趁机趔趄着从地上挣扎起来就往门外跑。

男子正准备去追，一个穿着白色运动服的女子挡在了他和远航中间，男子眼神一变，不由得说道："是你！"而这边的依依已经握着第二把水果刀朝男子飞身袭去。

刚才因为计划改变，依依被挡在了门外，于是当远航进去之后，她就到厕所里脱掉了外卖服，准备从昨天勘察时发现的通风口潜入电视台。结果没有想到，她才爬到5楼，警报就响了起来。

之前已经见过依依战斗的远航觉得依依就像是那些谍战电影里身手了得的超级女战士，一对一打斗的情况下根本没有人能打得过她，作为战斗力为零的"拖油瓶"赶快离开现场，不让自己成为累赘就是最重要的。所以一从男子手中挣脱，远航就头也不回地朝着门外大步跑去，可就在离门只有几米远时，消防卷门竟自动放了下来，完全挡住了他逃跑的通道。

此时不仅是远航，还有依依也和他一样被困在了这大厅里。远航连忙左右环顾想办法打开这道门，同时还必须小心地躲避开身后男子和依依激烈战斗的过程中不断飞来的子弹、玻璃碎片、桌椅……

除了这一场在电视台大厅里的肉搏战，还有一场看不见硝烟的战斗也正在同步进行着。

战斗的一方是此时手指在键盘上飞快敲击的大熊，另一方不知道是谁。

六　没有硝烟的战斗

"防火墙损害 18%。"

"攻击类型转为 A-T9，控制权夺回 2.6%。"

"外接上传受阻，资料上传进度 29%。"

环绕着大熊的 3 台电脑都在不停地警报，大熊全神贯注地盯着屏幕上的数据变化，手指犹如飞梭般快速敲击，即使是在最舒适的 23℃的房间里，大熊的汗水也已经打湿了衣服。

本来按照计划，当依依和远航将外接设备插到电视台的电脑中后，大熊就可以远程联网，黑入电视台的系统，然后神不知鬼不觉地上传那天在地铁站里拍摄的真实视频。结果没想到，外接设备才刚刚连上，就触发了报警，紧接着大熊这边就遭到了猛烈的网络攻击。

仿佛有人知晓了他们的计划，早早设下了陷阱。

在虚拟的网络战场中，大熊从来没有输过。他在 6 岁第一次接触电脑时就展示出了他在这方面过人的天赋，当同龄的小孩们还只会沉迷于电脑中的各种动画片时，他已经会使用编程在电脑里做出互动的笑脸程序。之后他通过自学成了一名网络黑客，他想做的只是不断挑战技术的巅峰而已。

那时的大熊并没有想到，少年的一时骄傲竟给他引来了牢狱之灾，虽然在虚拟的世界中他是无敌的，但是在现实中他却因为无意间攻破保密机构的防火墙，获取了核心保密资料而遭到了逮捕，他当时刚刚满 16 岁，已经到了能够判刑的年纪。无穷无尽的关押和审问几乎摧毁了他的身体和意志，而这时却有人为他请了苍穹城里最好的律师，最终耗时 3 年将他救了出去。

那个人正是杰森。

大熊在牢里时也不是没有人和他联系过，包括政府机构也说想要帮他，但是所有人开出的条件都是要他用技术交换"自由"，除了那个叫杰森的年轻人。

杰森没有让大熊报答他，更没有向大熊提任何交换的条件。当他把大熊从牢里接出来后只是对大熊说，人类都会犯错，但每个人都应该有机会再次去寻找正确的道路。之后杰森便消失了，再也没有和大熊联系过。一直到3年前，一次偶然的事件中大熊才再次和杰森相遇。

这么多年来，大熊一直在思考当时杰森说的"正确的道路"是什么，但是他始终没有明白什么是"正确"。再次相遇让他不由得想，也许和杰森一起干的话，迟早有一天他会找到答案。

就这样，大熊成为杰森的搭档。

杰森善于计谋和策划，再加上大熊的技术，这些年来他们一直是各种组织中无敌的存在。而今天，他们却遇到了对手。

对方犹如预知一切，每一步都走在大熊的前面，不仅提前设置了外接入口警报进行系统封闭，还沿着外接系统顺藤摸瓜，试图攻破大熊的防火墙，探寻他们的 IP 地址。大熊知道，防火墙一旦被攻破，他们就会暴露，他和杰森就都有被抓的危险。

更严重的是，对方还兵分多路，一边攻击着大熊，一边又控制了电视台的内控系统，将依依和远航封在了大厦里。

对方到底有多少人？如此强大的算力，只怕是一个团队。

大熊不由得猜想。他并非没有打过这种以一敌多的战役，只是这一次他们为了躲避"它"的干预，使用了原始算力的 1.0 系统，所以现在才 3 条战线就让大熊应对不暇。毕竟再好的技术也需要硬件的支持。

站在大熊旁边的杰森此时大脑也在飞快地运转计算着，他虽然没有大熊这样的技术，但是单看数据他也明白，这样的 3 条战线支撑不了多久，他们这次是真的遇到了对手，3 条都保便意味着 3 条都败，现在他们必须要有所取舍。

可是，资料上传不成功就意味着揭露真相的任务失败，之后电视台一定会加强防备，再难有机会潜入；防火墙被破，地址暴露，他和大熊只怕难以逃脱；而大厦内依依已经以寡敌众，她和远航都有生命危险。

3 个战场，3 个结局，都将取决于他的选择。

随着警报越来越多，大熊已经明白不可能全保，他们必须做出取舍，于是说道："先把依依他们救出来吧！"

然而杰森却说道："把所有算力集中于上传地铁视频！以任务完成为先。"

大熊本还想再说什么，但是看到杰森已经下定决心的神情，他便立即调整了算力，将所有精力全部放在了上传视频上。

经过这么多年的合作，他相信杰森的判断。

与此同时，电视台大厅里已经是一片混乱的战场，依依的白衣上现在已经全是血迹，但这血并不是她的。之前抓住远航的大高个儿已经亮明了自己的警察身份，于是大厦的保安也加入了抓捕"恐怖分子"的行列。

依依犹如一只灵活轻盈的飞鸟在众人的捕捉中来回闪躲回击，虽然手中只有一把短短的水果刀，却是胜过了众人的铁棍手枪。依依始终是以寡敌众，躲在一边的远航明显看出来她的体力下降，跳跃的速度越来越慢。

如果消防卷门不打开，他俩会像困兽一般最后死于车轮战。远航着急地寻找着开门的办法。虽然大楼的设备都由中控控制，但是消防卷门这些应急设备一定有防止意外的手动按钮。远航连忙回忆昨天依依得到的那份立体地图。

昨晚的场景开始在远航的大脑中重现，地图犹如搭建的3D模型，一层一层建造完成。地图放大，远航从中寻找、重构着所有细节。

手动按钮，红色的手动按钮，被玻璃罩住，写着"紧急时使用"的红色手动按钮！关键字越来越清晰，脑中的画面也越来越详细。

找到了！

远航睁开眼睛，按照脑中地图指示的方向望去，果然在战场的另外一端的角落里看到了按钮。于是他深吸了一口气，几乎是用自己最快的速度朝着按钮冲了过去。

鏖战中的大高个儿突然发现了飞奔的远航，转身朝着远航开了几枪。

也许是因为幸运，几发子弹都没有命中远航，而此时远航已经来到了按钮的前面，他铆足了力气朝着按钮外面的玻璃保护罩砸了下去。

然而，玻璃完好无损。平时从来不锻炼的远航，他的力气实在是太弱了。

这时站住的远航犹如固定的靶子，大高个儿的子弹这一回准确无误地朝着远航的脑袋射了过来，速度之快，让远航完全没有反应的时间。

那一瞬间，远航只觉得大脑一片空白，完全丧失了思考和行动的能力，血就这样溅在了他的脸上。

就在刚才，依依飞奔了过来，将愣住的远航扑倒在地，同时一拳打破了玻璃罩，按下了按钮。紧闭的大门"吱吱"地动了起来。

远航这才发现，刚才飞溅的血正是依依的——子弹擦破了她的脖颈，虽然没有命中要害，但伤口处还是止不住地流血。

依依几乎是舍了命来救自己的，远航见状慌张起来，伸手去帮依依按住伤口。此时大高个儿的子弹已经用完，他抢过旁边保安的铁棍，犹如发狂的公牛般朝着两人冲了过来，已经打疯了的众人也紧跟其后，像是要将两人彻底碾碎。

依依一把推开了远航，对着他喊道："快跑！"

说完，依依转身，手持水果刀面向冲过来的众人，似乎是要以一人之身抵挡住千军万马，只为给身后的远航留下逃跑的时间。

此时，光从逐渐打开的门外射进来，背光而立的远航只看到依依的身影，这样的场景像极了他曾经在电视剧中看过的——永别。

虽然远航想活下来，可是他不想让自己的活是用别人的死换来的。虽然他胆小怯懦，可是他绝不是一个只会逃跑的人。这样想着的远航冲到了依依的前面，这一次，是他将背影留给了依依。

大高个儿的铁棍朝着远航的脑袋狠狠地砸了过来，远航没有闪躲，他知道，对方的目的是要自己死，只要自己死了，那么依依就能全身而退。远航抱着这样必死的决心闭上了眼睛。

而就在这时，爆炸声忽然在众人的头顶响起。

大高个儿走了神儿，瞬间让远航有了反击的机会，他连忙睁眼，推了大高个儿一把，然后拉起依依的手飞快地往门外跑去。

这一次两人仿佛有了天助，在他们跑出大门的瞬间，消防卷门砰的一声关上，将内外再次隔开。

就在几分钟之前，集中了所有算力的大熊终于完成了任务，将地铁中发生爆炸和黑衣人屠杀平民的画面上传成功，苍穹城的所有屏幕都在同时播放这些画面。

与此同时，大熊旁边的两个显示屏上，一个显示"防火墙损害99%"，另外一个显示电视台的大厦系统控制情况的早就已经是"0%，控制失败"。

他们没有优先选择帮助依依和远航，因为他们都相信，那些人并不是依依的对手，依依才是他们当中最强的那个人。杰森和大熊担心的是当防火墙损害达到100%时，他们两人将在敌人眼前暴露无遗。

但是为了搭救队友，杰森和大熊选择放弃他们自己的安危。两人对望了一眼，所有的默契和信任都已经不言而喻。现在大熊已经没有时间再阻止对方突破防火墙。

可是就在突破防火墙的数据达到99.9%时，增长突然停止了，所有的警报也瞬间解除，大熊什么都没有做，99.3%的数据却开始倒退，几秒之内就恢复到了0%。对方放弃了攻破，这一场没有硝烟的战斗就在对方即将打进大本营时突然退兵而告终。

控制大厦系统的数据开始同步上涨，敌军不仅没有攻破他们，还不明原因地成了他们的助手。不过此时大熊也顾不上细想这到底是怎么回事，连忙调整算力，帮助依依和远航从大厦中逃走。

与此同时，在城市角落的一家网吧里，一个扎着双马尾、染着五颜六色头发的少女关上了电脑，在警察开始盘问前悄悄从侧门溜了出去。

七　林间小屋

"你确定当时没有和他说话或者做其他什么互动？"

远航毫不犹豫地点头："真的是他刚一见到我，这个笑脸就变成了哭脸，他立刻就认出了我。"

"不可能。"大熊还是不相信，不停地测试着手中的角色感阈值提示器，"我的系统绝对没有问题，除非……"

"除非这个人之前就认识你！"杰森说着在空中又投影出了当时在电视台大厅中依依和大高个儿战斗时的场景。

远航仔细打量着大高个儿的样貌，确认他不是自己认识的任何一个故人。这时杰森像是注意到了什么，将画面回放到了依依挡在大高个儿前面时的那一帧，远航这才想起来，当时大高个儿一见到依依便说："是你。"

这个人不仅认识他，还认识依依。

而符合这个交集条件的只有当时在地铁里的要杀自己的那个人。可是，这怎么可能呢，那个人早已经死了！

"人形思维载体！"大熊和杰森恍然大悟地异口同声说道。

远航这才想起，之前依依对他说过的，他们生活的苍穹世界其实是由机器人控制的人类豢养系统。但是因为苍穹内资源、电量有限，并不能支撑大规模的机器人运行。所以机器人为了掌控人类社会，便发明了一种叫人形思维载体的东西。

他们和普通人类一样也是由人工子宫孕育而出，不同的是，普通人类要经历从婴儿到成人的所有成长阶段，而思维载体在培养皿中直接长到成人，他们没有灵魂，只是一副人形的空壳。苍穹外的机器人通过思维链接的上传下载，便能直接进入人形载体中，成为苍穹人中的一员。

在苍穹城中，这些人形思维载体往往都身居政府高官、商界机要这样的精英职位，机器人也正是通过这样的方式，在人类丝毫没有觉察的情况下控制着整个苍穹人类社会。

人类身死魂灭，而机器人只要更换人形载体，就能永世长存。现在看来，这个大高个儿就是当时地铁里要枪杀自己的那个人，或者说他们就是同一个机器人。

果然机器人要将自己赶尽杀绝，远航在心中默默感慨。可是，他依然不明白这到底是为什么？自己所属的Y2125HP批次究竟有什么不同之处？

031

这时，放在桌子上的闹钟响了起来。众人一惊，大熊连忙按下了闹钟："我上的闹钟。"说着，他便起身去拿药箱，同时对着客厅喊道："依依，该换药了，我给你换药。"

电视台事件之后，虽然米粉店的防火墙最后没有被攻破，但杰森为了安全起见，还是带着众人躲了起来。此时4人正在山林中的一间木屋别墅里。

苍穹笼罩下的不仅有高楼耸立的都市，还有坐落在城市东南方的一片山林，因为苍穹系统的气温和降雨被调节得适宜，原本已经光秃秃的山地几十年间就布满了郁郁葱葱的森林。不管时间怎么变化，人类似乎永远喜欢山川河流，这仿佛是刻在人类物种DNA中的原始记忆，所以这些年苍穹城里的人们在这片仅有的森林中建起了木屋酒店，此处成为最受欢迎的高端度假区。

远航一直担心，现在这种情况下来这里是不是太危险，但是杰森却说，公元年时人类一直有句名言叫越是看似危险的地方便越是安全。这样安保严密、人员繁多的度假区正是隐藏的好地方。看着杰森信誓旦旦的样子，远航也就不好再说什么，除了躲藏，现在更重要的是让依依能够好好养伤。

这一次的战斗中，唯一受伤的便是4人当中战斗力最强的依依。子弹划破了她脖颈处的静脉，如果子弹轨道再稍微偏一点点就能致命。

为此，远航心中一直充满了愧疚，如果不是为了救自己，如果不是自己太弱，依依也不会受这样的伤……

这时，屋内忽然传来了大熊惊慌的呼喊："不好了，依依不见了。"

杰森和远航立即站了起来。依依不爱说话，再加上受伤，所以没有参加他们3个的复盘与讨论，但是起初3人讨论时，依依一直坐在客厅的沙发里独自发呆，后来她究竟是什么时候不见的，谁也没有注意到。

"别慌，我们分头找，大熊去酒店，我去房区，远航去附近的森林。沙发上还有温度，依依应该没有走远。"杰森连忙分派道。

很快，远航就在林间发现了有人走动的痕迹，他快步追了上去，没多久就看到了一个白色的身影，正是依依。

"依依！你怎么在这里？"喜出望外的远航喊叫道。

依依回头，没有回答，只是对他招了招手，示意他跟上，这时远航才注意到，在依依的前面是一只黑猫。

猫看到了远航丝毫没有惊慌逃走的意思，只是又"喵"了一声，似乎是在说快跟上。难道，依依是跟着这只猫进的森林？远航十分疑惑，连忙跟了上去。

这还是远航第一次在林间行走。从小，远航就不是一个身体健硕的孩子，同龄的孩子在户外追逐打闹时，他就独自一人在屋内看书观望，正是幼年的这些经历造成了他之后胆小内向的性格。成年之后远航便将精力全部投入了工作和攒钱中，很少来到户外，更别说是森林里。

崎岖的山路，需要上翻下跃的溪涧沟壑，没有走多久，远航就已经累得气喘吁吁，不得已他只能对着前面已经越走越远的依依喊道："等，等我。"

依依停住了脚步，回头望着远航什么都没有说，似乎已经习惯了远航这样弱的体力。黑猫则不耐烦地"喵喵喵"地叫唤起来，像是在催促两人。

远航忽然觉得这只猫似乎是在领路，可它到底要带他们去哪里？

这时，林间忽然传来了另外一声猫叫，只是更加凄厉，也更加虚弱。

难道……

还没等远航喘上一口气，依依就沿着刚才猫叫的方向大步跑了过去，远航只能咬着牙趔趔趄趄地跟上。两人找到叫声的源头，竟是来自石缝之下，一只和黑猫体形相差不多的白猫被困在了里面难以动弹。

黑猫的脚步也停在了这里，焦急地扬着尾巴左右踱步。远航明白了，原来黑猫是引他们来救它的伙伴的。

这是一个数米深的石缝，越往下越窄，白猫被卡在石缝的深处，就算放下树藤做的绳索它也难以抓住，必须得有人下到石缝中将它抱出来。远航正准备下去时，依依却一把抓住了他的手臂。

"会危险，你别去。"依依神情认真地对远航说道。

"没事，我身形窄，能下去，而且上面需要有人拉住树藤，我力气小，拉不住你。"远航解释道，但是依依还是坚决不同意。

"不能让你有危险。"依依忽然说道，"我的任务是保护你。"

听到这话，远航突然愣住。从第一次见面时，依依就在保护他，那天在电视台里，依依不仅替他挡住了那颗子弹，在她推开他后转身时，她是真的下了决心，即使自己死也要让他逃走。

可是……为什么？

远航看过公元年时候的很多故事，一个人为救另外一个人而死被叫作牺牲，但生命是这个世界上最珍贵的东西，如果一个人愿意放弃生命，那么说明值得他牺牲的东西是更加的宝贵。那可能是亲情、是爱情、是理想——抑或是一瞬间没有缘由的心动。

就像当时他反身再次挡在依依面前时一样。这几天他一直在回想，为什么当时他会冲动地又挡在了依依面前，面对下落的铁棍毫无畏惧，不是什么男人的尊严或者人类的正义感，而是因为——爱。

人类的一切行为皆可用理智的逻辑推理说明，而唯有爱不可以。因为爱是冲动，是盲目，是没有理由。

一眼万年，一瞬心动。

当远航想明白时，他才发现，他或许是喜欢上了这个叫依依的冷漠女孩。这些天，他一遍遍地回想当时依依不顾一切救他时的场景，不由得猜想，依依奋不顾身的理由是不是也和他一样？依依对他，会不会也有那悸动的情感？

而当依依说出那一切都是因为要完成任务时，远航的内心突然像有什么东西沉到了湖底，是失望、是难过、是无奈，他才知道原来一切都是自己的自作多情。是呀，他这么普通，甚至是弱小，又有什么资格奢望依依对他一见钟情？

但片刻之后，远航便又对依依露出了微笑。

"以后不要再为了救我让自己受伤了，没有什么任务能比你自己的生命更重要。"

依依向来冷漠的脸上忽然露出了疑惑的神情，像是想说什么但是又不知道该如何表达。

"还有，也相信我好吗？我也是值得你信赖的伙伴。"

说着，远航就朝石缝中间跳了下去。

很快，远航就把白猫救了出来，白猫似乎是受到了惊吓，一直在远航的怀中喵喵叫个不停，但是不抓不挠，似乎知道眼前这个人类是来救它的。

远航想，也许情感并非是人类之间独有，动物和动物、动物和人类之间也是同样的。情感和善意不分物种，特别是在这个人类已经灭绝过一次的星球上。从石缝中出来后，远航就一直在帮白猫检查受伤的四肢，黑猫舔了舔白猫后就和依依一起安静地蹲在一旁，像是家属在看着医生给病人诊治。

"它右腿好像骨折了，最好我们把它带回去，给它包扎一下。"远航检查完后说道。

"好。"依依伸手接过白猫。山路崎岖，远航光自己走都费劲，更别说还要抱着一只猫，而这时，依依和远航之间却有了心照不宣的默契。

回去的路上，每走一段依依就会停下来，像是在等远航，远航不用一直追赶，便也不再那么费力。

两人两猫就这样安静而默契地在林间穿行，远处微风吹过树叶，发出"簌簌"的声音，犹如一曲悠扬的小夜曲。两人第一次单独相伴而行时，远航有说不出的感慨，巴不得快点到目的地，但是这一回，远航觉得这样的画面太过美好，如果这是一段旅行，他多么希望永远没有终点。

希望终归是希望，很快他们就见到了不远处的木屋。

这时，依依忽然停住了脚步，转过身来，神情认真而严肃。

"我的任务，是保护你，我不会让你有危险的。"

远航愣了一下，原来之前这段路上，依依一直在思考的还是刚才的话。挥刀时的依依犹如冷漠强大的女武神，而此时的依依却像个单纯而执拗的小女孩，远航反而不知道该怎么再和她解释。

这时依依又强调道："爸爸说过，任务一定要完成。"

"爸爸？"远航忽然感到疑惑，这样的亲属称谓，他从来没有在现实中听到过。不过他突然又想起了第一次和依依见面时的场景。

是啊，依依的全名叫作霍依依。她是他所认识的第一个在苍穹城中拥有

姓氏的人类。

难道依依和他们不一样，她拥有父母？

不过，没有等远航把疑惑问出口，两人头顶的苍穹就响起了一声惊雷，倾盆大雨顿时就落了下来。

八　失控的暴雨

远航很久没有见过这么大的雨了。

苍穹系统通过电子控制调节气温和降雨，所以在苍穹内永远是和风细雨、气候宜人，只是为了让人们还能感受曾经的四季变化，每年会在夏天里有意调控下几场暴雨，在冬天合适时地飘上白雪。但公元年中那些肆虐的气候灾害再也没有出现在苍穹人的记忆里。

但现在，窗外的暴雨已经下了一天一夜。4人也只能困在木屋里，被救回来的两只猫和依依形影不离，依依总是在窗边坐下，一发呆就是几个小时，两只猫便一左一右地躺在她的身侧，也是一睡便几个小时。依依似乎特别喜欢猫，只有在和两只猫玩耍时，远航才会见到她的脸上露出小女孩一般的开心神情。

难得相处的日子里，大熊更加殷勤起来，在厨房里变着花样地给依依烤蛋糕、煮米粉。远航想，大熊应该也是喜欢依依吧，能够这样直白坦诚地表露着自己的爱意，远航不由得有些羡慕。不像自己，有些话，他根本不敢说出口，更不敢有丝毫的表露。因为他已经知道了，在对方的心中，并没有和他一样的情愫。

这时，墙壁上的显示屏里播放起城中的情景。

因为他们将地铁爆炸案和特警屠杀平民的画面播放了出去，一下子就引发了民众的愤怒。虽然事后政府发了声昉说那些穿着特警衣服、使用特警配枪的都是恐怖分子假扮的，但是人们还是聚集在政府门口游行抗议，声讨政府掩盖真相。

就如杰森说的一样，纷乱和抗争是埋在人类基因里的种子，不管是曾经的公元人还是现在的苍穹人，只要有适当的土壤，这颗种子就会发芽。因为无论时代怎么变化，人类永远都会有不满，这既是人类不断前进的原因，也是最终毁灭的根本。

按照杰森的预测，随着游行抗议的人越来越多，最终会不可避免地演变成群众和政府部队的冲突。那时便就是他们揭露苍穹真相的最好时机。因为愤怒的人类更容易接受那些听起来不可思议的事实。

而暴雨就是在这个时候下起来的。当时激愤的学生将自制的火焰弹扔进了拿着挡板的警察队伍中，还没有等引线燃完，倾盆大雨就浇灭了火焰，豆粒般大小的雨滴不分你我地朝着人群砸了下来，人们只能纷纷散开躲雨。

一场暴乱就这样被大雨及时浇灭。

之后这雨就没有停，仿佛失控了一般。

"一定是'它'下的雨。"看着电视转播中空荡荡的政府广场，杰森愤愤不平地说道。

这些天，远航已经很多次听过杰森和大熊提起"它"。

"你们说的'它'是指那些机器人吗？"远航终于忍不住问道。

杰森摇头。

"机器人不过是'它'的狗腿子。"大熊凑过来抢话道。

"根据博士的说法，'它'是世界运转的根本，是控制这些机器人的核心，也是我们最终要找到的敌人。"杰森说道。

远航只觉得杰森的话就像是佛教的偈语，似乎已经解释了，但又仿佛水中月、镜中花，不过"博士"又是谁？是这个反抗机器人组织的真正幕后指挥者吗？

没有等远航再问，一直睡在依依身边的黑猫忽然大叫了一声，像是预感到了什么危险，对着门外竖起了尾巴。

依依站了起来，指着窗户外说道："他找来了。"

他，就是那天在电视台大厅里和依依战斗的大高个儿，就像杰森和大熊

推测的一样，他便是在地铁站中被依依杀死过一次，然后更换了人形思维载体的周浩。

　　作为"周"系列的战斗型机器人，周浩的任务是维护苍穹城的稳定，所以根据上级的命令，Y2125HP批次是无论如何都要被彻底毁灭铲除的。只是让周浩意外的是，这个叫远航的苍穹人不仅数次从他手下逃走，更是在已经全城发布通缉令的情况下还能销声匿迹。不管他怎么寻找，都没有远航的踪迹，就像上次在电视台里一样，他明明出现在了大众的面前，所有人却仿佛看不到他一样。这其中一定有什么原因！

　　就在这时，周浩忽然收到了一张电子加密传输的照片，照片中的远航正和那个白衣女子抱着两只猫快步跑过，应该是被监控无意间拍下来的。周浩很快就查出了这里是位于山区中的木屋别墅。

　　到底是谁给他发的照片？就像上一次通知他去电视台时一样，似乎有一个看不见的"幽灵"也一直在暗中寻找远航。

　　不过，周浩也顾不上想那么多，很快，他就带着部队来到山区，封锁了所有下山的入口后直接进入了别墅区。但是当他打开门后，屋内已经没有了远航等人的踪影。

　　此时，远航等人已经进入了森林中，杰森推测下山的路肯定已经被封，他们只有从山顶绕到另外一边才能逃脱周浩的追捕。

　　暴雨依然没有要停下来的迹象，按照杰森的推测，这雨本来就是为了驱散游行抗议的人们而故意下的，不过这个时候，大雨反而成了天然的屏障，让对方的电子狗、无人机这些设备难以使用，他们才有了逃脱的机会。

　　穿着雨衣艰难地跟在3人后面的远航也在思考，就像上次在电视台一样，对方来的时间也太巧了！他们的身份都经过大熊的修改，再加上角色赋予系统的使用，按理他并不会暴露。

　　这到底是怎么回事？

　　就在这时，也许是因为整日的大雨让泥土松软了，远航忽然一脚踩空，还没反应过来就整个人朝着山下摔去。

　　"小心！"依依一把抓住了远航，手中抱着的两只猫也仿佛是在担心一般地喵喵叫个不停。

"你小子怎么笨手笨脚的！"大熊一边嫌弃地说着，一边也拉住了远航。

"对不起。"一听到责备，远航就立刻本能一般地道歉起来。

大熊被这没头没脑的道歉弄蒙了，但是还没有等他说话，远航就像看到了什么吓人的东西似的，一把推开了他，向远处望去。

就在不远处的山涧里，一条黄黑色的"巨龙"正在盘旋孕育，然而断裂的树枝，还有坍塌的石块挡住了它咆哮前进的道路——山洪！

暴雨引发了山洪，从山顶源源不断流淌下的泥浆很快就会冲破树木和石块组成的障碍，而"巨龙"奔涌的下方正是木屋别墅。此时所有客人都被困在了房中，山洪一旦冲来，只怕会有不少人葬身于此。

"得去通知酒店里的人快点转移！"远航大声喊道。

"不行，抓你的人就在下面，回去就是自投罗网！"因为雨太大，杰森也只能扯着嗓子喊道。

"对呀，再不走他们就要跟上来了！"大熊也担心地强调道。

可是……远航又看了一眼岌岌可危的山洪，此时酒店中的人谁都不知道这灭顶之灾即将到来，如果没有人通知他们，只怕……

"必须得去告诉他们，不然真的会死很多人！"这一次远航坚定地说道，他已经见过一次众人的死亡，少年阿光死去的样子至今还在他的脑中无法抹去，他不是什么正义的伙伴，但是他也无法对死亡置之不理。

而就在远航准备往下跑时，依依忽然将手中的两只猫递到了远航的怀中，对他说道："我去通知，你快走！"

说完，依依就像一道白色的闪电往山下穿去，大熊见状立即跟了上去。

"依依……"远航惊呼，这时杰森却拉住了他，冷静地说道："让他们去吧，他俩不在被通缉的名单里，不会有危险的。"

可是，那个大高个儿认识依依……

然而，还没有等远航把话说出口，他便听到砰的一声，杰森就径直倒在了他的面前。

"他只是中了麻醉弹，我们不伤害无辜的人类。"一个高大的黑影持枪出现在远航的面前，正是前来抓捕他的周浩。周浩说着从口袋里掏出了另一把枪，这一次对着远航的枪则是能一击致命的。

依依和大熊已经没有了踪影，杰森也倒在了地上，大雨还在不停地下，远航的脑中已经闪过了数十种逃跑的办法，但是现在这种情况下，没有一种可以成功，这一次他是真的逃不了了。

"为什么要杀我们？"既然逃不了，那么远航只想在临死前知道这一场追杀的真相，"我们明明都只是普通人，什么都没有做过！"

"Y2125HP批次的基因中带有致命的传染病毒，会致使整个苍穹人类陷入危机。"周浩语气中没有任何起伏地陈述道。

病毒、传染……原来竟是这样吗？

远航曾设想过这一场追杀背后的很多原因——无意间获知的真理奥义、预言注定的神子英雄、未曾得知的传奇力量……那些他在中二的漫画中、英雄的故事里看过的、猜想过的原因都没有出现，而真正的理由竟是他身带病毒——而且是基因上携带的致命缺陷。

远航想起了他埋的第一只鹦鹉鱼，那是他刚刚工作，攒了几个月的工资才买下的第一批小红鱼。他严格按照鱼店老板说的换水、加药、保温、喂食，然而不知道什么原因，有一天他忽然发现有一条小红鱼身上长满了白色的斑点。

他在各种资料里查了相关的记载，询问了老板，得到的答案都是这条鱼生病了，没法治疗，而且这种病还会传染给其他鱼，只能把这条鱼从鱼缸中捞走并处理掉。

明明这条鱼还和其他所有鱼一样欢快地在鱼缸里游动、嬉戏、抢食，完全看不出死亡的预兆。可是所有人都再三强调，这种病对于鹦鹉鱼来说是会传染的绝症。最终远航没有办法，只能把它捞了出来，在掩埋这条鱼时，它还挣扎着一直跳动。

在封闭的环境中，为了群体的存活，必须要处理掉会带来传染病的个体。

远航现在终于明白，他就是那条长满了白斑的鹦鹉鱼。

"这么做都是为了你们人类好。"周浩拉开了枪的保险栓。

"你们真的是机器人吗？苍穹外到底是什么样的？"远航最后问道。

周浩点头："没错，公元前的人类给予我们的名字的确是机器人，苍穹之外已经没有你们人类了。"

"他们说的都是真的，这个世界是由你们机器人在控制，包括这个苍穹系统，也是你们豢养人类的系统！"远航已经放弃了逃生，便无所畏惧地把心里话全部说了出来。

"人类太过脆弱，所以世界必须由我们来掌控。"周浩对着远航心脏的位置举起了枪，"对不起，你必须死，这是我的任务。"

就在这时，远航怀中的黑猫忽然噌的一下朝着周浩就跳了过去，猫的武器本是利爪，而此时黑猫却犹如猎犬一般咬住了周浩的喉咙，周浩没有想到自己会再次遭到袭击，上一副人形思维载体被割颈的恐慌顿时袭来，周浩惊慌地抓住猫的身体将它猛然摔了出去。

只见黑猫在空中一个转身，四脚落地后就朝着周浩发出了嘶嘶的低吼，远航呆住了，他没有想到，在这个时候自己居然会被一只猫搭救。

突然的打斗吓到了白猫，此时白猫已经挣开了远航的怀抱，消失在了雨中，而黑猫却依然保持着进攻的姿势，完全没有退缩。就在这时，两人脚下的大地忽然颤抖了起来。

远航望去，淤泥洪水终于冲破了阻碍，排山倒海般奔涌倾泻而去，他们所站的地方也因为"黄龙"的咆哮而塌方，远航还来不及反应，便觉得眼前一黑，失去了意识。

九　我命由我不由天

"醒醒，醒醒！"

远航觉得有冰冷的东西在打自己的脸，一睁眼，他便看到了一个让人毛骨悚然的小小身影。

刚刚拍打他的脸的正是那只黑猫。

此时远航才知道它并不是一只真正的猫。可能是因为刚才的塌方，猫的半边身体都被撕破了皮，但是那柔软顺滑的皮毛下面竟是钢铁的骨架，灰色的金属肌肉、管线也全部露了出来，半个头被砸得凹了进去，眼眶处是两只闪着蓝色微光的摄像头。

远航一下子明白了为什么这只猫之前仿佛通人性一般，因为它本就是一个人工控制的钢铁之物。

"你醒了！"此时猫将残破狰狞的脑袋转向远航，机械的电波声从它的喉咙处发出，应该是它的控制者在直接和远航对话。

"你是谁？"远航连忙问道。

"我们在你家见过。"

"我家？"远航疑惑地问，他一向很少有朋友会到家里来，突然他想了起来，惊呼道，"你是那个扎双马尾的女孩，阿光的女朋友！"

地铁发生爆炸那天，他回到家，差点被这个女孩杀掉，当时她通过畅聊找到他的速度甚至比那些警察更快，她似乎说过她是一个黑客，那么她能弄出这些高科技的玩意儿，远航也并不意外了。只是……

"我真的没有杀阿光！"远航记得这个女孩当时避过警察就是想杀了他替阿光报仇。

"我知道，我已经看到当时的场景了，所以在电视台里才放了你们。"

远航想起大熊说过，当时他们遭遇了不明黑客的攻击，但是对方在即将攻破他们的防火墙时却反戈了，原来那个黑客就是这个女孩。是她提前在电视台里布下了陷阱，幸亏杰森的决定让地铁里的视频顺利播出，这才让女孩了解了当时的真相，所以才会放过他们。

那么她这次通过猫来故意接近他们，又是为了什么？远航还没有来得及问，对方就催促道："快走，那个大高个儿还活着，他要追上来了。"

"我……"远航迟疑地说道。

"你难道是信了那个机器人的话，自己不想活了？"显然对方听到了刚才远航和周浩的对话，一针见血地质问道。

"机器人的话你也信,你是猪吗!"对方忍不住破口大骂。

"可是,如果不是真的有病毒,他们为什么要杀我们?这个病毒如果真的会传染,会……"

"我命由我不由天!"

远航一下子愣住了,他知道这句台词出自公元年时一部很有名的动画片,他没有想到对方竟然也看过这么小众的电影,而且在这个时候说出了这句中二却热血的台词。

"更何况他们不是天,你不准死,你要活着消灭那些机器人,给阿光报仇!"

远航抱着身体残破的钢铁猫,一路朝着山下跑去,按照钢铁猫的说法,因为突然暴发的山洪,酒店里的人群都已经被疏散到了停车场,他可以混入人群,趁乱逃离部队的封锁。

果然当远航从泥泞的山林里跑出来时,之前的空地上已经人山人海,在他们背后的木屋别墅此时已经被山洪冲垮了大半,如果不是依依折返回来及时报信,不知道今天会有多少人命丧在这苍穹城里从来没有出现过的自然灾害中。苍穹城里的降雨天气都是完全可控的,远航猜测这次的大暴雨最初被设置的目的是阻止人群的游行和暴乱,可是谁也没有想到,突如其来的暴雨竟引发了山洪。

有些胆大的人正拿着手机在录远处的山洪景象,毕竟出生在苍穹城里的人谁也没有见过,但更多惊慌的人群则迫切地想要离开这里。不过下山的出口此时却被警察封锁,警察正在一个一个地查阅过往的人的身份。不情愿的人群已经和警察们吵了起来,远航连忙混入熙熙攘攘的人群中。

按照计划,远航原本可以趁着暴雨和混乱离开,但是此时,雨竟小了下来。

一定是山洪触发了苍穹系统的警报,所以系统连忙停止了降雨。人群已经逐渐关掉了雨伞,取下了雨衣,天气的好转让本来一片混乱的人群也开始按照警察的要求排成了几队接受检查。

远航连忙背过身，想去口袋里摸那件笑脸的装饰物，那是大熊制作的角色赋予装置，它就像一张可以变换的面具，让远航的脸能够不被认出来，可是此时口袋里却什么都没有，大概是之前塌方时东西掉了出去。

远航着急地说道："'角色赋予'不见了，他们会认出我的！"

"原来那东西叫这个名字，真土。"远航怀里的猫嫌弃地吐槽道。

这时，检查行人身份的警察已经离远航不超过3个人。

"你想要什么角色，独自一人前来山中的探险家？被女友甩了来疗伤的舔狗富二代？"猫不慌不忙地说道，眼睛处的摄像头里开始有规则地闪烁微光。

"什么？"远航不明白。

"后台操作密码0126。"

随着猫说完最后一句话，警察已经来到了远航的面前，他拿着显示屏扫描了一下远航的脸，警报并没有响起。远航这才长舒了一口气。角色赋予系统的原理是修改被检查者的生物信息接收和反馈，刚才猫眼睛中闪烁的微光应该和笑脸装置起到了相同的作用，远航不由得好奇地问："你怎么知道使用这个系统的方法的？"

"我会的东西可多了。"猫骄傲地说。

"你叫什么名字？"远航终于想起来问道。

"许诺。"

"你也有姓氏？"远航惊讶地问。

"我就叫许诺，不是姓许名诺，人类哪里有姓氏。"猫的摄像头转了一下，像是白了远航一眼，"我也可以叫周周开心，不代表我就姓周。"

远航被说得哑口无言，只能觉得对方说的在理。

这时，远航已经走到了闸机口，正准备离开这里，突然只听见背后传来了一声枪响，远航一转头就看到了满脸是血、从森林中出来的周浩。

"通缉犯远航在这里，谁都不准走！"

本来已经要离开这里了，现在又要被隔离再检查一遍，人群开始躁动，有人和警察争执了起来，但是周浩没有管，继续在人群中寻找远航。

远航低头问怀中的猫："怎么办，他认识我，角色赋予系统对他没有用的。"

　　猫沉默了，应该是操控它的许诺正在思考。

　　片刻之后，猫说道："那我们就在这里揭露真相。"

　　还没有等远航想明白这句话的意思，忽然空地上所有人的手机、穿戴式电子装备都"嘟嘟"的发出了杂音，像是受到了什么干扰。下一秒，远航就听到了自己的声音——

　　"你们真的是机器人吗？苍穹外到底是什么样的？"

　　"没错，公元前的人类给予我们的名字的确是机器人，苍穹之外已经没有你们人类了。"

　　"他们说的都是真的，这个世界是由你们机器人在控制，包括这个苍穹系统，也是你们豢养人类的系统！"

　　"人类太过脆弱，所以世界必须由我们来掌控。"

　　所有设备播放的正是刚才远航和周浩的对话。

　　短短几句话就像炸弹投入了深水，短暂的沉默之后立刻激起了惊涛骇浪。人群中不知是谁辨认出了周浩的声音，大喊道："他是机器人！这暴雨就是他们弄的！他们控制着苍穹！"

　　"他们想杀我们！"又有人应和道。

　　死亡永远是人类最恐惧的事情，一听到这话，刚才排队的所有人顿时慌乱了起来，纷纷冲向了周围的警察。

　　这突然的暴乱是周浩没有预想到的。他们之所以使用人形思维载体对苍穹人进行管理，一是因为苍穹城的资源不足以支撑大量机器人的本体，二是按照"母亲"的计算，人类对于异类永远会排斥和抗争。公元年时，仅仅是肤色、性别、国家、民族这样在人类基因中可谓是微乎其微的差别也带来了彼此间长达数千年的战斗，对于人工智能、仿生人、机器人这种完全和人类相异的物种，在他们还只存在于文学影视的幻想中时，人类就已经足够警觉。

　　所以永远不能让人类知道世界的真相。

　　而现在因为自己刚才无意间的几句话便彻底暴露了他们隐藏多年的身份，

周浩突然意识到，远航一定就躲在人群中，他想利用恐慌和混乱逃出去！

恐慌和病毒一样，也会传染，甚至会带来族群的灭亡。周浩瞬间明白了，"母亲"的预测没有错，这个叫远航的苍穹人将会给这个世界带来动乱与死亡，一定要杀掉他！

周浩顾不上人群的暴乱，快速寻找着那张他已经不会再忘记的脸。而这时，不远处一个慌忙要挤出闸门的身影引起了他的注意。

正是远航！

任务一定要完成！杀掉他！

周浩毫不犹豫地举枪朝着那个身影扣动了扳机。

突然的枪声让混乱的人群瞬间安静下来，只见一个秃顶的大肚腩中年人应声倒下，血顿时流了一地。

这是一个无辜的中年人因为害怕才急着想要钻过闸门逃走，却这样被人射杀！然而还没有等大家反应过来，枪声又再次响起，满脸是血的周浩此时像是疯了一般朝着人群四处开枪。

所有人恐慌尖叫、四处逃窜。可是周浩的射击丝毫没有停止，众人的血和着地上的雨水染红了整个空地，一个又一个无辜的人倒在地上，山林刹那间沦为了地狱。负责警备的警察们也愣住了，不知道负责人为什么会突然发狂。不过他们也来不及询问，因为人群已经犹如山洪般涌向了他们。恐慌愤怒的人群拿起一起可以战斗的东西，拼死朝他们冲了过来。

并不是所有的警察都是人形思维载体，但是此时为了自保，他们也不由得举起了武器应对想要杀死他们的群众，场面陷入了混乱。

"这到底怎么回事？"远航惊慌地问道，他记得之前周浩射击杰森时，都专门换了麻醉弹，周浩一直要杀的只有自己而已，现在怎么会突然变了一个人，成了真正的杀人狂魔。

"角色赋予系统能让你变成其他人，那么如果倒过来使用呢？"猫的声音是没有起伏的机械音，但这句话在远航听来却是无比冷酷残忍。远航明白了，它反向利用了角色赋予系统，让所有人都变成了自己。

而周浩的任务是要杀掉远航！

正是他怀中的猫引发了这场屠杀！

十　救世主与女武神

"快走！"猫催促道，两只摄像头的眼睛中还泛着不规律的微光，冰冷而严肃。

远航回头看到周浩的射击还没有结束，他的任务是杀死自己，在完成任务之前他绝对不会停止，可是在他的眼中，现在所有人都是自己。机器人就算将思维载入了人体，他的核心依然是程序代码，在任务完成之前程序不会自动停止。

猫，不，是那个叫许诺的女孩正是利用了机器人的这一点。

可是，这是屠杀，这是暴乱，更是人间地狱。

这一切都是为了救自己而引起。

"快走呀！"猫在远航的怀中又催促道。

这不对，不应该为了救自己而牺牲那么多人！远航一把举起了猫，将它本已经残破的身体狠狠砸在了地上，钢铁的身躯顿时裂为了两半，透明的液体从猫的身体中流了出来，像是血一般。

"你……"猫发出疑惑的询问。

远航朝着猫的头颅一脚踩去，将那双闪烁微光的双眼彻底碾碎，猫最后只发出呜的一声，彻底没有了动静。

"猫"死了，角色赋予系统也随即失效。

另外一边，许诺屏幕前的画面随之变黑。怒不可遏的许诺一拳砸裂了键盘："这男的有病吧！"

说完，许诺连忙拨打了一个没有标注名字的电话号码。一接通许诺便说道："那个男人疯了，他想死，他要自杀！"

然而对方却不慌不忙地说："放心吧，计划已经完成了。"

此时山林中的杰森挂断了电话。虽然浑身是泥，但他却从口袋里掏出了一副完好无损的崭新的金框眼镜，似乎这一切他早已经预料到，并且做好了准备。杰森望向天空，似乎天已经开始放晴，乌云背后的太阳仿佛也将卡着时间准时出现。

"博士，一切都和你预料的一样。"杰森喃喃自语道。

山下，远航大喊着："我才是远航，我在这里！朝我开枪呀！"便朝周浩冲了过去。

这一次，远航下定了决心。他不是什么英雄，不是什么救世主，只是诞生在这个苍穹城里的一个普通人，可是，他是人类，他有着人类的善良与怜悯，如果因为自己求生的欲望而让周围的人不停死去的话，那么他愿意在这里结束这一切！不要再有人因为自己而死去了！

远航朝着周浩的枪口冲了过去，这一次周浩的子弹也准确地朝着远航的胸口飞射而来。所有人都看到了远航这一场英勇的自杀。

就在千钧一发之际，砰的一声，子弹在空中断为了两半。

远航还没有回过神来，只见白衣的依依从天而降，手中依然握着一把随处可见的水果刀。刚才竟是她用一把刀劈开了射出的子弹。这样近乎不可能的举动让周浩愣住了。

这时，天空中的乌云正好揭开，一束阳光照在了依依的脸上。依依本就长着一张好看的脸，此时阳光下凌厉的眼神更让她犹如传说中的女武神临世，神圣冷酷却让人无法移开目光。

突然一架救灾用的直升机盘旋着从森林的后方出现在了众人的头顶上方，直升机上的广播震天轰鸣。

"我们是人类抵抗组织'归墟'！"

"真相已被揭露，拿起武器战斗吧，世界属于人类！"

"人类永不为奴！"

"我们要夺回属于我们的苍穹！"

短短几句口号却有着震慑人心的威力，与此同时，一支全副武装、统一着深蓝色制服的队伍冲了出来，他们迅速缴下了警察手中的枪支，然后开始救治伤员。每个人的制服后面都写着"归墟"两个字。

这时，依依一把搂住远航的腰，拉住了直升机上丢下的软绳，升空离开。这个画面被在场的人用手机录下来，传播到了全城的网络上。

这一幕后来被人们称为"救世主与女武神降临"。

苍穹历47年，人类终于得知了世界的真相，苍穹人与机器人的战斗正式拉开序幕。

远航一直觉得作为一个要反抗机器人、解救人类的组织，它的基地在一家米粉店，成员算上他也只有4个人，这个规模也实在是太小了一些。而现在，远航才知道，原来他错了，并且错得非常离谱，这个组织庞大得超乎他的想象。

当大熊驾驶的直升机垂直降落进地下时，一个偌大的地下基地便出现在了远航的眼前。因为苍穹的存在，城市往天空方向发展受到了限制，但是远航没有想到，原来地下竟是另外一个空间。

"终于回家了，欢迎来到归墟。"大熊得意地指着背后这个倒立的地下摩天大楼骄傲地说道。

远航曾经的愿望就是攒钱登上不周山，去一趟归墟，据说那座叫归墟的城市是现在唯一还保留着大海的地方。但他没有想到，归墟一直就在他的脚下。

而且这里真的有海。

公元年留下的古籍中记载，"渤海之东不知几亿万里，有大壑焉，实惟无底之谷，其下无底，名曰归墟。八纮九野之水，天汉之流，莫不注之，而无增无减焉。"归墟是海中无底之谷，也是众水汇聚之处。这个反抗机器人的组织取名为归墟，不仅意味着这是人类新的开始，还因为在这个地下基地中有数条暗河汇集而成的地下海洋。

因为温度升高，海洋已经在地球表面枯竭，但是在数百米深的地下，河流犹如地球的血液依然在奔涌跃动着。远航望着玻璃外这片仿佛无边无际的地下海洋，惊讶得半天说不出话来。

"是不是很漂亮！"这时一个年轻的女孩推着医疗车走了进来，兴奋地说道，"等过几个月'蓝眼泪'出现时更好看。"

远航抬头循声望去，一下子惊呆了，他从来没有见过这样的女孩——女孩长着一头银白色的长发，皮肤白净到发光，犹如童话中的精灵，但是白茫茫的瞳孔中没有一点光泽。

远航知道，这是白化病，是一种天生的基因疾病，白发和眼盲都是病症，即使是科学技术发达的今天，这种疾病依然无法治愈，唯一的办法就是在人工孕育时就停止胚胎发育。在苍穹城中，为了将有限的资源得以最高效地利用，天生患有基因疾病的婴儿在胚胎阶段就会被销毁，所以从小到大，远航从来没有在苍穹城中见过天生的残疾者。

女孩似乎是注意到了远航在望着她，不好意思地低下了头。"对不起，远航先生，我叫小水，是来给你包扎伤口的。"

远航这才察觉自己已经盯着对方看了太长时间，实在是不礼貌，连忙道歉道："不好意思，我……"

"没关系，依依姐姐第一次见我时也看了好久。"女孩丝毫不介意地朝着远航露出了笑容，"依依姐姐说我的头发就像白色的猫一样。"

"是呀，白色的猫。"看到女孩的笑容，远航也不由得神情舒缓地说，"那依依一定很喜欢你。"

"嗯，我也很喜欢依依姐姐。"女孩说着伸手摸向了医疗车的第一层，"我先给您清理伤口。"

远航疑惑地想，这样的事情眼前这个女孩真的能做到吗？

这时女孩已经从医疗车中掏出了一个电子护目镜，她对远航解释道："这个会直接把创伤的影像导到我的大脑中，所以放心，戴上它我就什么都能看见，就算是做手术都没有问题的。"

原来竟是这样，现在发达的科技可以帮助病患完成他原本无法做到的事情，远航对女孩笑了笑："那麻烦你了，小水。"

此时已经戴上护目镜的女孩看到远航对他露出笑容，一下子脸红了起来。

今天遇到塌方，远航虽然没有受致命伤，但他掉下去时手脚上的皮肤都已经被擦破，肋骨似乎也折断了一根，不过当时情况紧急，他全然没有注意，此时小水一检查，他才觉得全身都剧疼无比。

看着女孩小心翼翼的动作，远航也不敢叫疼，生怕给她造成负担，于是远航找了个话题来转移自己的注意力。

"你刚刚说的'蓝眼泪'是什么？"

听到远航和自己说话，小水立刻激动地说道："是一种海藻，每年只会出现几天，但是等它们出现时，整片地下海洋都会发出蓝色的光芒。"

"你来这里很久了吗？"

"我是在这里出生的，地上并不允许我这样天生有基因疾病的人出生。"

听到这里，远航心中不由得有些触动，从小他们接受的教育便是苍穹城中资源珍贵，高效利用资源是人类活下去的必要手段。但是远航从来没有想到，这样的规则对于小水他们来说太过残忍。

"如果不是博士，我连看到这个世界的机会都没有。"小水感慨道，"所以我和这里的很多小伙伴都一直期待着您！"

"期待着我？"远航十分疑惑。

"是的，博士说会有救世主出现，然后揭露这个世界的真相，带领我们战胜机器人，重新夺回我们人类的世界！"小水的脸上露出了天真无邪但又坚定笃信的神情。

"博士是谁？他也在这里吗？"远航连忙追问。

"博士是……"这时大熊突然走进来打断了小水的回答。

此时的大熊已经换掉了之前那身粘满污泥的衣服，也穿上了深蓝色的制服。也许是因为回到了熟悉的基地，大熊一进来就高兴地说道："杰森也回来了，他找你。走吧，我们的'救世主'！"

一路走去，不管是穿着制服的持枪守卫，还是穿白大褂的科研人员，所有人见到远航都是憧憬崇拜的眼神。以前在人群中根本没有存在感、总是被忽视的远航此时成为所有人目光的焦点。这样的转变，让远航一时难以适应。

"怎么样？'救世主'，这种万众瞩目的感觉是不是很享受？"大熊打趣道。

"你就别拿这3个字开玩笑了，我根本什么都没有做。"

"你那句'朝我开枪'现在已经响遍整个苍穹城了，还有朝着枪口冲过去、和依依腾空飞起的画面，在网上的点赞量可都超过了千万。千万什么概念，那可是一半的人类数量！"大熊正说得兴奋，却忽然叹了口气，"就是可惜了那只猫，这么强的远程控制端口我还没见过，本来想带回来好好研究研究的。"

远航突然想起来，他破坏那只钢铁猫时，大熊并不在现场，他怎么会知道猫的事情？

这时两人已经走到了走廊尽头，大熊在门上按下了"0126"4个数字的密码。

远航记得，当时许诺启动角色赋予系统时，后台操作密码也是0126。

"这个数字是？"

"是依依的生日，怎么样，我这个密码是不是设置得很浪漫！"

远航忽然一下子明白了什么。

之前他就曾感到疑惑，为什么每次周浩都能发现他，电视台那次是因为许诺破解了他们的计划，所以提前设伏并给周浩报信，那么当时已经知道真相的许诺为什么又会将他们在木屋的信息泄露出去？

她操控钢铁猫出现也是精心筹备的，当时她使用角色赋予系统的快速一点也不像是临时破解的，似乎早就已经知道。而且，最后直升机、归墟战士的出现都太巧了，仿佛一场早就已经彩排好的演出。

因为所有人都在演戏，只有他不知道而已。

这个计划是从什么时候开始的？从他们进入木屋，钢铁猫故意接近？不对，从上一次在电视台时就已经开始！电视台事件引发的游行，迫使苍穹系统下了暴雨，之后又引发了山洪，再往后才有了周浩的失言、失控虐杀，最后真相的揭露和归墟恰如时宜地登场。

或许更早，远航想起了刚才小水的话，所以依依会在地铁站中找到自己，那时一切就已经在计划之中！这是一个环环相扣的计划，早在他根本什么都还不知道时，便已经身陷其中！

什么"救世主"，都是他们一手设计策划的！

面对远航的质问，杰森完全没有反驳，只是扶了扶眼镜，表情略微有些惊讶地说道："想不到你这么快就发现了。"

"为什么，森林里的那些人都是无辜的！为什么要把他们牵涉进来！"

今天在森林中，众人被枪杀的场景在远航的脑中还历历在目，他一直在愧疚，都是因为要救他，那么多人才会无辜丧命，现在他才知道这一切都是杰森计划好的，而这个幕后策划者此时却是面无表情，仿佛那些死去的人类都只是用完便可丢弃的牵线木偶。

"所有的战斗都会有牺牲，唯有鲜血才能唤起人类真正的反抗意志。"

十一　往事回忆

远航又回到了 23 楼的家中。

当他从归墟的地下基地里逃出来时，根本不知道自己还能去哪儿。他被厌恶和恐慌的情绪完全笼罩，大脑仿佛停机了一般完全无法思考，只是不停地跑，当他再回过神来时才发现，自己已经回到了家中。

是呀，在这座苍穹城中，除了这里，他又能去哪里？

此时的屋中因为之前的打斗依然杂乱，破裂的阳台玻璃被警戒线封了起来，风呼呼地吹着，唯一如故的只有鱼缸中的鹦鹉鱼。

远航以前经常加班，早就用积攒多年的工资为这缸鱼配备了自动投食机和自动清洗装置，包括灯光也是可以自动按时开启和关闭，这时照亮鱼缸的彩色灯管成为黑暗中唯一的光亮。

远航在鱼缸前颓废地坐下。被利用的愤怒、对无辜死去的人的愧疚、任由命运摆布的无奈在此时终于化为了一种不可名状的情绪席卷而来，远航终于忍不住，小声哭泣了起来。

他从来不是一个勇敢热血的人，更从未想过会成为人生故事的主角。同龄

人还沉浸在中二的英雄梦里时，他便已经认清楚现实，他只是这个2000万人口的城市中最普通的一员。成年后他唯一的梦想也不过是攒钱登上不周山，去外面的世界旅游一趟。毕竟在这个末日当中，活着就已经是最大的幸福。

如果不是被卷入地铁爆炸事件，也许就算知道了世界的真相，远航也是装作不知道继续自己以往日子的那一类"逃避派"。什么拯救人类，什么"救世主"，这样的名头对于他来说实在宏大到犹如虚无。更何况，他不是"救世主"，他只是一个病毒的携带者。

"真丢人，这么大的人居然还躲在家里哭。"一个愤愤不平的少女的声音在黑暗中响了起来。扎着双马尾染着五颜六色头发的许诺从门外走了进来。

远航没有理会许诺，在不知道真相前远航有许多想问的话，而现在一切他都已经知晓，便再也没有什么想和这个少女说的了。

在远航的心中，这个利用角色赋予系统发动了屠杀的少女和一手策划了一切的杰森本质都是一样的——他们可以为了要实现的目标，牺牲再多也无所顾忌。

杰森说，这样的牺牲是末日中存活不得已的手段，只是远航从心底厌恶他们这样的做法。

许诺就这样在黑暗中静静地看了蜷缩着的远航5分钟，终于她自己忍不住了，一把揪起了远航的衣领，厉声问道："有什么好难受的，今天死的那些人是你的亲人吗？是你的爱人吗？是你认识的人吗？"

远航没有说话，他在心中反驳着许诺的说法，就算只是陌生人，难道为了自己的目的就可以肆无忌惮地让他们死去吗？这是多么自私的做法。

而这时，许诺却话锋一转："我从有记忆时起就认识了阿光，我们曾约好，等我们都成年时就结婚在一起，一辈子。"刚刚还咄咄逼人的许诺此时眼神中充满了悲伤，"那天早上阿光还在和我打电话，和我约了周末去环苍公路玩，还说他看到了沙甲兽，可是……阿光死了，不明不白地被人谋杀在了地铁里，不是意外，而是一场根本没有缘由的谋杀！

"我不在乎这个世界怎么样，我也不在乎其他人怎么样，人类社会本来就有亲疏远近的差别，对于任何人来说，亲人、爱人就是比陌生人重要。"许诺的眼中再次透露出本不属于她这个年龄段的凶狠，"阿光被人杀了，我要为他报仇，管他是机器人，还是这个世界，为了阿光，我什么都不在乎！"

原来竟是这样吗？只是为了一个人，哪怕是与这个世界为敌。

可是，阿光已经死了，为了报仇却要将更多无辜的人卷入其中，这便是错误的。但是远航没有开口，因为他知道自己并没有这个资格来说这些话，说到底，今天所发生的一切终归还是因为他。

见远航还是颓然的样子，许诺气愤地说道："你以为自己真的是因为那些人的死而愧疚吗？你只是害怕，不敢面对这个真实的世界，害怕自己即将承担的责任，你只是想逃避而已！"

远航愣住了，这时许诺放开了他的衣领，嫌弃地说道："那些机器人都是骗你的，你们不可能携带什么病毒。"

"什么？"

"小时候，阿光给我输过血，如果真的有什么传染病毒的话，我早就被感染了，那不过是机器人随便找的借口。"

说到这里，儿时的事情又闪现在了许诺的脑海中。

她和阿光是同一个抚养机构的孩子，从小就早慧的她根本不屑和同龄人玩耍，那些孩子的行为在她眼里完全是幼稚至极。然而有一天阿光却突然来到她的面前，对她说道："是不是别人孤立你，别怕，我来和你玩，以后我保护你！"

看着阿光一边用手抹掉鼻涕，一边朝自己露出大大的笑脸，她只是心里默默骂了一句笨蛋，然后就嫌弃地走开了。

可是从那之后，不管是吃饭还是睡午觉，阿光都笑嘻嘻地黏在她身边。

这个叫阿光的家伙是个只会傻笑的笨蛋吧？她心里总是这样嫌弃地想。

后来有一天，机构的设备老化发生了爆炸，当时正在屋里看书的许诺受了重伤，急需输血。但是受伤的人太多，血库里的血根本不够用，就在这时阿光站了出来，说他的血和许诺是一样的，他要给许诺输血。

迫于情况危急，便只能先抽了阿光100毫升的血给许诺。她记得当时血

从阿光的血管中取出来时，向来什么都不怕的阿光竟号啕大哭起来，一边哭还一边摸着她的脸，对她说："小诺，你要好好地活下去。"

只是一个献血，阿光却哭得犹如生离死别。

后来她才知道，阿光以为献血就是要抽光自己所有的血给别人，他是抱着必死的决心来救她。幼年的他甚至还不懂什么是爱，只是说了保护，他便会履行到底。

阿光，真的是一个什么都不懂只会傻笑的笨蛋。可是，就是从那时起，阿光成了她心中最重要的人，一个比全世界都重要的人。

阿光犹如她生命中的太阳，给她无限温暖与依靠，而现在阿光死了，许诺觉得这个世界的光芒都消失了，在这片黑暗中，除了为阿光报仇，她不知道自己还能做什么。

除了为阿光报仇，她再也不想做任何事情。

"今天的事情你不用愧疚，那些人的死和你没关系，是我逆转了系统，他们就算变成了厉鬼，要报复的也是我。"许诺说着，便站起了身子准备离开。

她已经找到了远航，该说的不该说的，她也都已经说了，剩下的事情她便不想再管，对于她来说，真正的复仇才正式开始。

"对了，你知道，我为什么总能找到你吗？"临走前，许诺问道。

远航没有回答。

"因为你和阿光一样，可能是因为你们的基因真的完全相同吧，只要套用阿光的思考方式就能明白你在想什么。"

"阿光是一个怎么样的人？"远航终于忍不住问道。

"一个善良的笨蛋。"

许诺走到了门口，像是在对什么人说话："这个家伙就交给你了，我还有事，先走了。"

对方没有说话。

"抱歉，把你的伙伴弄丢了，以后我一定再赔你一个。"许诺的语气变得温柔起来，似乎在伸手抚摸什么，黑暗中回应她的是一声轻轻的猫叫。

许诺走后，房间又恢复了黑暗的寂静。

远航也不知道这样的安静又持续了多久，他设置鱼缸的灯是 11 点关闭，距离屋内这唯一的光亮熄灭，又过了好几个小时，破裂的窗外忽然传来了呼呼的风声，苍穹的夜晚好像又要变天。

这时一声猫叫打破了屋内的安静。一只白猫从门外跑了进来，依依连忙跟着进来。

白猫正是远航他们在山中石缝里救下的那只，从那时起白猫对远航就特别依赖，此时一进来就往远航的怀中钻。

远航伸手轻轻摸了摸猫的头，突然昨天的记忆一下子又涌上了心头。失控的持枪者，还有一个一个在身边倒下的人；脚下混合着雨水的血腥鲜红的深渊，还有怀中双瞳泛着诡异微光的钢铁猫……

远航一下子惊恐地推开了动作亲昵的白猫。

"它，真的只是猫。"依依连忙又将白猫抱回了怀里。

白猫似乎不理解远航这突然的改变，只是喵喵地又叫了一声。

"对不起。"远航低声说道，不知道这句道歉是说给猫听的，还是其他什么人。

不同于许诺，5 分钟的沉默都会让她难以忍受，依依一直都是个不爱说话的人。不管是之前在门外，还是现在站在远航面前，她都只是这样沉默地陪着远航。

屋内再一次陷入了安静，远航依然蜷缩在鱼缸的前面，依依也抱着白猫蹲在了他的旁边，就连鱼缸中的鱼也已经睡着，悬浮在水中一动不动，屋内的一切都犹如时间静止般安静，此时唯一有动作的只有依依怀里的白猫。它一会儿用爪子扒拉扒拉远航的衣角，一会儿隔着鱼缸的玻璃注视里面的红鱼，丝毫不知疲倦。

终于，远航忍不住伸手又摸了摸白猫的脑袋，而小猫也立刻开心地和远航玩了起来，似乎已经彻底忘记了之前远航推开它时的粗鲁。

"我小时候也养过猫。"远航一边伸手逗着白猫玩，一边回忆起过往，"其实也不算养过，那是一只特别大的黑猫，可能是流浪猫，我第一次见到它时，

它就在学校的墙外对着我喵喵地叫，似乎是饿了，然后我把午餐肉扔给了它，它叼着就跑了，第二天几乎同一时间它又出现在了那里。之后连着一个月它都准时出现在那里，每次都是拿到食物后就跑。最开始它都是远远地看着我，后来它已经可以露出肚皮让我随便摸。我给它取了个名字叫'咪咪'，书上说这是公元年时人们最喜欢给猫取的名字。"

依依没有回应，但是却神情认真地看着远航，似乎是在期待后面的事情。

"我记得我就这样养了咪咪两年，那是一种很奇怪的关系，它每天都在那里等我，我每天喂它、和它玩，只要听到我叫它的名字，它便会从远处跑来，它真的就像是我养的猫，但其实我知道它并不属于我，它不属于任何人，它是这个城里最自由的生命。

"后来咪咪生了小猫，那是我第一次见到新生命的诞生，它们那么小、那么可爱。"远航比画着，像是又回忆起小猫在自己手中时的样子，"3只小猫就那样紧紧地挤在一起，闭着眼睛对我喵喵叫着。

"它们好小，我从来没有见过这么小的生命，我不知道它们吃什么长大，我从来没有见过它们吃肉，我真的好怕他们会死，于是我拿来了营养液，我们小时候在机构时都喝这个。然后我用针管一点一点地喂了3只小猫，我不知道，我不知道猫和我们不一样，我不知道原来动物的幼崽是靠母乳生长……"

这是远航童年时最深刻的记忆，也是这么多年来他从未和人说起过的过错，这么多年来，这段记忆犹如梦魇一直折磨着他，他曾因为无知害死了那样3条无辜的生命，也是从那个时候起，他开始害怕一切亲密关系，害怕被信任，害怕再承担起拯救的名义……

远航抱住了头，神情痛苦："第二天我再去看3只小猫时，它们全部都死了……是我害死了它们，是我害死了它们……咪咪信任我，它不知道我给小猫喂的是营养液，可是我却害死了它的孩子……"

这时，远航忽然感受到了温暖。那是一双温热的手将他揽入了柔软的怀中，这还是远航第一次和一个女子如此贴近，近到他已经能听到对方的心跳，嗅到属于对方的气味，那是淡淡的像是雨后青草的味道。

远航顿时脸红了起来，这才意识到，是依依伸手拥抱住了他。

这突如其来的拥抱让远航平静了下来，一种从未有过的温暖包裹着他。

"没关系，那不是你的错。"依依在远航的耳边轻声道。

仿佛所有的悲伤、愧疚都在这一刻得到了救赎与释然，远航这才明白，这么多年来，他一直渴望的只是有人这样拥抱他，对他说出这句"没关系"而已。

原来所有放不下的过往需要的只是一个温暖的拥抱。

远航曾经的心结终于在这一刻得以释怀。

十二　矛盾的谎言

"我记得，以前爸爸伤心时，妈妈就是这样做的。"依依忽然说道。

爸爸？妈妈？远航再一次怀疑起依依的身世。

在苍穹城中，自然分娩早就已经不复存在。苍穹系统既是人类的保护罩，同时也是隔绝的孤岛，因为空间、资源有限，也为了避免人类再次陷入马尔萨斯陷阱，苍穹城中一直执行着严格的人口数量管控。

人口数量调节最好的办法就是通过计算后进行人工子宫孕育。所以不管是已经老去的第一代苍穹人，还是像远航他们这样正值青壮年的第二代苍穹人，都是由机器孕育的。保持人口数量的恒定，将资源利用做到最大化，是苍穹城运行多年的根本原则。

为了自己和整个人类能够长久存活，所有苍穹人都会自觉遵守这样的人口调控制度，不过随之消失的就是家庭关系，"爸爸""妈妈"这样的称谓也早已经成为公元年的历史记载之物。

但是，这已经是远航第二次听依依说起她的父母。

远航正准备开口时，依依却再次说道："但是我已经不记得妈妈长什么样子了。"

"你妈妈她……"

"她去了苍穹之外。"

"苍穹之外?"远航震惊地问。这怎么可能,苍穹之外的地球早已经是一片荒芜,以前他一直以为世界其他地方还有很多苍穹城,乘坐不周山的苍际飞机就能前往,但是自从地铁爆炸事件之后,他已经知道不周山只是机器人的骗局,根本没有什么外面的世界,苍穹城就是唯一的、也是最后的人类城市。

桃花源——这个名字听上去是人类的末日浪漫,其实正是对虚无梦境的讽刺。"问今是何世,乃不知有汉,无论魏晋。"——他们苍穹人正如这些桃花源中的村民一样,早已不知道外面的真正世界。

每个去了不周山的人只是被植入了虚假的记忆,然后再通过他们的宣传,让苍穹人以为外面的世界还存在,人类依然在这个星球上繁衍不息。机器人给予人类希望,以此延续着谎言与和平。

但是,现在依依却说,她的妈妈就在苍穹之外?苍穹之外居然真的还有人类?那么这话和杰森告诉他的真相便是矛盾的。难道他们中有一人撒了谎?

"那你爸爸呢?"内心充满疑惑的远航又问道。

"爸爸一直都在归墟,就是他让我来保护你的,他说他想见你。"

远航回到归墟时,一开门看到的就是银发少女小水。

小水一见到远航就激动地冲了过来,脸上似乎还带着眼泪:"远航先生,听说你离开归墟了,我真的好担心!"

这突如其来的拥抱让远航有些措手不及,远航有些木然地轻轻拍了拍小水的后背,柔声道:"我没事了。"

这时小水看到紧跟着走进来的依依,顿时像是意识到了自己的失礼,连忙放开了远航,然后不停地道歉:"对不起,远航先生,见到你回来,我刚刚实在是太激动了。"

这反而让远航不好意思起来,只能挠了挠后脑勺,对小水笑了笑。

依依对小水招了招手,将口袋中藏着的白猫露了出来。一直生活在这地下大厦中的小水已经很久没有见过真实的动物，兴奋地轻轻摸了摸白猫的头。两个女孩犹如普通小姐妹一般围着白猫开心地笑了起来。

"'救世主'这么快就收获了粉丝？"这时大熊打趣地从门外走了进来，小水听到后红着脸跑出了房间。

远航有些不知所措。

"小丫头为了等你，一直连护目镜都没有拿下来。你不知道，她那个护目镜是直接连接大脑神经的，每次戴上去就像被针扎一样。"大熊说道。

怪不得当时小水在给自己包扎伤口时才戴上护目镜，原来对于她来说，重获光明的代价竟是如此疼痛，远航突然为自己昨晚的冲动离开感到了内疚。

他从来不想伤害任何人，可是好像不管他做什么，总有人因为他受伤和痛苦。远航想，也许这才是他不愿意成为"救世主"的原因——一个只能给周围人带来痛苦的人，又有什么资格去拯救人类？

似乎是不忍看到远航再一次陷入痛苦和纠结，依依忽然伸出手握住了远航。就像之前的那个拥抱一样，人类皮肤彼此接触的温暖一下子让远航觉得好受了很多。

但这也是大熊第一次见到依依主动接触其他人，顿时生气地大嚷起来："依依，依依，这个男人对你做了什么！"

看着气急败坏的大熊，远航忍不住扑哧一声笑了出来。如果不是杰森及时走进来，大熊可能就要和远航打起来了。爱、恨、嫉妒，这样的情感对于人类来说，不管世界发展到了什么地步都是如此炽烈。

"博士在等你，跟我来吧。"杰森用没有起伏的语调对远航说道。

远航这才知道，众人口中的博士就是依依说的爸爸，也正是他创建了归墟，一直以来引领着人们战斗。这一场人类与机器人的战斗并不是此时才开始，而是早在远航都没有出生之前，便已经在筹备。

这样掌控一切、洞晓一切的人该是怎样睿智的一个老者？远航带着这样的疑惑走进了房间，然而一转身出现在他面前的却是一个似乎只有30多岁的年轻男子。

远航震惊了，这么年轻的男人怎么可能会有依依那么大的孩子？不过远航很快就察觉到了什么，伸手朝着男子摸去。果然如他所料，他的手径直穿过了男子的胸膛。

"全息投影？"

"呀，是这个形象太年轻了吗？我还以为你们年轻人都喜欢和年轻人交谈，那我还是换一个吧。"男子说完，嗖的一声就变成了一个40多岁的中年形象。

"说实话，我其实也喜欢这个年龄的自己，毕竟男人总是要到40岁以后才变得成熟有魅力的。"男子一边开玩笑似的说着，一边朝远航伸出了手，"你好，远航，我就是依依的父亲，我叫霍普。"

远航有些慌张地朝着虚拟形象伸出手，这时他庆幸对方只是投影，不然一定会察觉到他现在手心里已经全部都是汗。他这么紧张倒不是因为对方是归墟的幕后掌控人，更多的则是因为他是依依的父亲——毕竟没有哪个小伙子第一次见未来的岳父是不紧张的。虽然目前他还没有把这份喜欢告诉过依依，但是昨天在黑暗的鱼缸前，当他和依依说起那些过往时，他便已经知道，依依就是这个世界上他最信任的人。

"抱歉以这样的形式和你见面，我的身体已经太老了，老到只能冰冻在地下最深的地方，用电流维持着大脑的运转，才能保持所谓的'活着'。"霍普神情无奈地说道。

苍穹系统运行了不过数十年，现在城中年龄最大的长者也不超过50岁，听了霍普的话，远航感到十分震惊："您……"

"没错，我不是苍穹人，我在人类还使用公元纪年时就已经出生，或许，我是这个世界上最后的公元人类了吧。"霍普的虚拟形象露出了感伤的神情。

"博士，所谓的苍穹到底是什么？"远航终于问出了心中最大的疑惑，"杰森说苍穹系统是机器人为豢养人类而创造的，早在苍穹城建立之前，人类就已经灭绝，现在在苍穹之外再也没有人类了。那么，如果我们赶走了机器人，破坏了苍穹，人类岂不是只有死路一条吗？"

"我当初发明苍穹系统时并没有想过会变成这样……"霍普像是回忆起了

很久以前的事情，眼中露出了怀念的光芒，"气温升高、气候灾害频发，人类的确已经无法再适应这样的地球环境，但是人类并非是因此灭绝的，所谓的末世终究还是由技术引发的灾难……"

"我记得，那是公元 2451 年，苍穹系统正式投入使用的一年，当时北京、成都、洛杉矶、伦敦……全球数十个城市都建立起了苍穹系统，苍穹封闭之后就会形成内循环和可控制的新气候，生活在苍穹系统里的人类再也不用担心酷暑、严寒，但是……就在系统正式启动的当天，机器人们发动了战争，不，应该说，那是屠杀……

"不同于现在，当时人工智能的使用已经非常普遍，所有的家庭都离不开人工智能，可以说只要有人类的地方，就有人工智能的存在。虽然一直都有科学家在警示人类人工智能的发展过于迅速，可是地球的环境中只有能够抗高温、抗辐射的机器人能够自由运行。苍穹系统开启，人类进入苍穹城之后便被封闭在内，外部的维护工作就必须依靠人工智能。然而……

"那一天，战争，不，应该说是叛变发生了，机器人们屠杀了所有人类……无论男女老少，全部死在了人工智能的刀枪之下，之后他们破坏了地球上大部分的苍穹系统，当时我逃进了桃花源中，这才侥幸活了下来。"

"等一下，博士，我不明白。"远航突然意识到不合理的地方，"机器人既然屠杀了人类，那么为什么还会在这座苍穹城里孕育新的人类出来？这不是在逻辑上说不通吗？"

"苍穹人并非机器人所孕育，人工子宫是为人类延续计划而准备的应急措施。苍穹关闭之后，整个城市系统就会自动运行，当时我逃进来之后便知道，外面已经没有人类存活了，所以我才启动了人类延续计划。而桃花源与其他苍穹城不同的是，它有屏蔽和保护机制。

"其实严格来说，桃花源并不在正式的苍穹城规划中。这里原本靠近海边，公元年 21 世纪时这里的确是个发达的新都市，但是后来随着气温升高、海洋枯竭，地理优势就不在了，人们逐渐离开，城市慢慢荒芜，于是这里就成为苍穹系统最早的试验场地。最开始在这里研究苍穹系统的我们也没有想到，这个原本用于试验的城市竟真的成了人类最后的方舟。"

"您说的屏蔽和保护机制是什么？"

"你们知道的，因为资源的问题，这座城市内部无法使用大规模的机器设备，所以这里的人工智能等一系列科技也始终处于较低的发展阶段。"

"杰森说正因为这样，机器人才无法进入苍穹城，他们要控制人类只能使用人形思维载体。"

"那孩子解释得很好，这就是杨柳起初设计屏蔽机制的目的，她说过，人类永远无法彻底信任人类以外的生物。但是机器人们没有从外部打破苍穹系统的真正原因是——控制他们的核心代码在这座城里。"

"核心代码？"

"是的，机器人进化得再先进，他们的思维说到底终究只是 1 和 0 排序组成的代码，所谓的核心代码就是构成他们思维的最底层逻辑，或者说，是他们的灵魂。而这核心代码就存放在这里，这座城里的所有人从小到大天天都见得到，只是谁也没有意识到真的是它保护了这座城市。"

"不周山！"远航惊呼道。

十三　蓝色眼泪

伫立在苍穹城的中央，直通天地，一直被说是唯一与外界相通的地方——不周山！原来竟是存放所有人工智能的核心代码所在！

将核心代码放入苍穹城中，同时杜绝了人工智能进入苍穹城的可能，这样便真正使苍穹城成为保护人类的最后堡垒。而这正说明设计者从一开始就没有信任过机器人，或者说在叛乱之前人类便已经对机器人有了戒备。

"设计不周山的是……"远航禁不住问道。

"嗯，她叫杨柳，是依依的母亲，我的妻子。"全息影像中的男人露出了骄傲的神情，"她曾经是公元年的人类中最卓越的科学家。

"如果不是杨柳有远见，这座苍穹城也许早就不存在了，只是……机器人并没有死心，这么多年了，他们一直想占领不周山，现在他们已经发明了人形思维载体，借人类的躯体进入苍穹城中，一旦他们取走核心代码后，大概会无所顾忌地彻底毁掉苍穹城吧！

"我创建了归墟，就是想把世界的真相告知人类，人类不是褪褓中被保护的婴儿，更不是被豢养的缸中鱼，我们理应去夺取属于我们的世界。"

最后这段话霍普说得很平静，但是每一句都犹如千斤重。

远航终于明白了归墟存在的意义，明白了杰森他们一直说的要打败机器人、夺回苍穹系统的真正意义——这个世界并不是安稳的乐园，而是随时会毁灭的末日；归墟里的人所做并不是无意义的斗争，他们是要从机器人手中救下所有人类。

"我的时间不多了，大脑作为一个器官，终究是有寿命的，我不知道哪一天电流将再也无法激活我这老年人的大脑，所以我想请求你，请求你帮助归墟、帮助依依，去赢得这场战斗，让这些孩子们都能继续在这个星球上活下去。"

短短几句话让远航又充满了力量，仿佛眼前这个全息影像男人有神奇的热血魔法一样，只是远航还是有些难以相信，担心地问道："我，真的可以吗？"

霍普笑了起来："放心吧，很快你就会知道，你就是被命运选择的那个人，一切都不是偶然，你天生就是要带领人类改变这一切的人！"

男人说着，伸手拍了拍远航的肩膀，虽然虚拟的全息影像并没有真实的触感，但这几下却让远航觉得仿佛有千斤重，沉重但是也让人充满了斗志。

在离开前，远航问出了心中最后一个疑问："博士，依依说她的妈妈在苍穹之外，这是你对她说的谎言吗？"

这时，男人的脸上露出了悲伤的神情："杨柳，早在系统开启时就已经不在了，但是请你帮我保密，就当是为了依依，不要让她知道她妈妈的真相。可怜的孩子，对于人类来说，如果没有了希望，就真的没有办法再活下去了吧。"

杰森觉得自从远航和博士聊完之后就仿佛变了一个人。在这之前，他就

像一个胆小怯懦又心思敏感的孩子，虽被拥上高位，却只想逃走，所谓的聪明计谋也不过是出于保命的本能，这样的人根本不可能成为拯救人类、对抗世界的领导者。

而现在，不过短短几个月，远航就带领归墟的成员们挫败了多次对方的进攻，更是从政府隐藏的机密文件中找到了人形思维载体的记录，将不少潜伏在苍穹当权机构中的傀儡抓了出来，同时越来越多的相关资料被披露，民众的反抗也更加激烈。

如今的远航已经无法使用角色赋予系统，也不再需要使用它来隐瞒自己，他已经成为人类希望的象征，成为真正众望所归的"救世主"。他的这张脸已经被苍穹城中的千万人牢记。

与此同时，依依总是寸步不离地跟随在远航的身边，手持一把小小的水果刀，就能在枪林弹雨中毫发无伤、以一敌百，"女武神"的形象使其成为苍穹城中不少年轻人崇拜的对象。

杀伐果断、冷酷的"女武神"与善于计谋策划、纤弱的"救世主"，远航和依依在网络上被称为"救世CP"。虽然远航对于这种末日降临还有人"嗑糖"的行为表示不解，但是不论中二也好，爱情也罢，都是由人类多巴胺分泌带来的激情，远航觉得，以这样的美好来激励人类前行，胜过用血和仇恨燃起的斗志。

不过，大熊对此却是非常不满，甚至匿名黑掉了不少"救世CP"的网页和帖子，小水每次都笑称，这就是"CP真不真，全看毒唯恨多深"。

远航只是无奈地笑笑，什么都没有说。他喜欢依依，只是这种感情一直深埋在心里，始终未曾表露。

远航一直没有和依依说，也没有让任何人知道——反抗世界也好，拯救人类也罢，这些名头起初对于他来说都是庞大到近乎虚无，而那晚许诺对他说，人类的前进有时需要的只是一个小小的目标，一切宏大的开始最初不过是为了守护某人而已。那时他便下了决心，他要变得强大，成为可靠的人，这样他才能不被依依保护，才能不让依依再因为自己受伤。

远航从未想过要将这些情感告诉依依，不过小水却是看了出来，笑道：

"远航先生要是不告诉依依姐姐，她可能一辈子都不会知道她在你心里这么重要，而且我觉得依依姐姐肯定也喜欢你，不然为什么每次大熊老师向她告白她都是一副不理不睬的样子。"

小水虽然眼盲，但是在这些事情上，远航觉得她比谁都看得清楚。小水总是笑嘻嘻地说："嗑 CP 不需要眼睛，用心就行。"

"过两天就是'蓝眼泪'出现的日子了，你约依依姐姐去看吧，真的很漂亮，特别浪漫，那是最适合表白的时候！"小水忽然向远航提议道。

远航脸一红，连忙摆手拒绝。

很快，远航就忘记了这件事情。按照博士的计划，揭露世界的真相只是第一步，之后他们真正要做的是进入不周山。机器人自从通过人形思维载体混入苍穹城里之后，已经逐渐占据了政府的机要部门，掌控着苍穹城的大部分警卫，包括苍穹系统的气候程序也已经成为他们的武器，现在他们正在不停地攻击杨柳设下的不周山里的核心代码保护程序。

所以要解救人类就必须夺回不周山！

可是不周山现在已经固若金汤，而且苍穹城的控制系统也在那里，所以绝对不能用暴力破坏，于是远航一直在和杰森等人商议推演着策略。这天会议结束时，已经是晚上 8 点。

地下摩天大楼完全依靠人工照明，虽然可以做到彻夜亮如白昼，但是为了使地下河中的生物作息规律，到了夜晚还是会关掉非必要的灯光，尽量做到和自然世界的明暗一致。

远航走着走着，便来到了海边。大海曾是他最向往的地方，来到归墟之后，他最喜欢的地方就是这片地下海洋，坐在海边看着潮起潮落，他常常会猜想，那看不见的黑暗边界会通向哪里，会不会是苍穹外面的世界？他想大海之所以让人憧憬，也许就是因为它的无边无际吧。

这时，黑暗中忽然泛起了星光，一点一点，正在闪着冷色的蓝光，犹如漫天的星辰一般。远航不由得吃惊起来，这里可是几百米的地下，怎么可能会看到星星？

"星星？"同样吃惊的声音从远航身后传来，一转头，他便看到了依依。

"依依？你怎么在这里？"

"小水说你找我？"

"小水？"远航忽然想起了前几天小水和他说过的话。

"过两天就是'蓝眼泪'出现的日子了，你约依依姐姐去看吧，真的很漂亮，特别浪漫，是最适合表白的时候！"

原来是那丫头吗？

所以这便是"蓝眼泪"？

小水说过，这是生长在这里的一种藻类，一整年它们都在黑暗中积蓄力量，只有在这一天，它们才会绽放光芒，绽放之后它们便会在海中死去，留下孢子，然后又是一年的等待。

虽然它们的一生只有这片刻的璀璨，但是光芒绽放之时，能照亮整片空间。

这时头顶闪烁的星星开始掉落下来，犹如满天划过的流星纷纷坠向了大海，顷刻间蓝光照亮了大海，星星漂浮在海面上成了海中的光点。本是黑色的水面一下子成为星的海面，蓝光闪闪、如梦如幻。

"好漂亮！"依依不禁感慨起来。

"依依，我……"此情此景，远航终于忍不住想要把自己心中的情感说出来，小水说的对，喜欢就应该让对方知道，特别是在这样的末日里，谁也不知道明天会怎样，如果真的爱上了一个人，就要大声地告白，尽情地在一起，珍惜当下，抓住一切可能的时间，不要犹豫！

然而就在这时，大楼中的警报忽然响了起来。

"敌袭！"依依惊呼。

十四　病毒携带者

"怎么回事？"远航和依依赶到总控室时，大熊、杰森等归墟的核心人员都已经在了,大家都是听到警报后纷纷赶过来的。

但是大家在多番确认之后,并没有发现敌人的踪影。

不对劲,远航突然有不好的预感。

"归墟的各位,你们好。"大屏幕闪烁了一下之后忽然出现了周浩的画面。

大熊大惊道:"不好,是信号入侵,快点切断!"

"不行,系统被劫持了,根本无法切断!"

"我们其实一直都知道归墟的存在,但是,我们从来没有把诸位视为敌人,我们的任务只是要杀一个人。"

远航明白,周浩要杀的是自己,从地铁爆炸事件开始,他的任务始终都是杀死自己,而远航也已经猜到周浩这次侵入系统的真正目的。

"苍穹人远航,Y2125HP 批次,天生就携带致命的基因传染病毒,系统预测这种病毒一旦传播开来,将给整个苍穹带来灭顶之灾!"

总控室内一片哗然。

"交出 Y2125HP 批次远航,苍穹才能得救!人类才能幸存!你们……"

这时,屏幕突然暗了下来,大熊终于成功阻止了信号。然而此时的远航却是心如火烧般焦虑,他最担心的事情终于还是发生了。

当时在山林中,许诺只截取了周浩和远航对话的最后一段播放给大众,她故意隐瞒了周浩指控远航携带基因病毒的部分,她知道,若将此消息公之于众,对于远航来说将是何等毁灭性的打击。

在人类世界中,只有两种东西会轻易动摇人心,那便是病毒和流言。如果人们知道了,他们信奉的"救世主"其实是灭世之人,那么质疑和动乱将从内部瓦解人类的团结。

"谎言,敌人想用谎言击破我们之间的信任!远航他……"在众人的沉默中,杰森连忙大声喊道,他似乎明白了什么,急切地为远航辩护。

"对呀,那家伙说的一定是假的吧!"大熊也应和道。

"是啊,这一定是敌人的阴谋!"人群中又有人说道,"远航,他们就是为了离间我们对吧?"

"我……"话到嘴边,远航却犹豫了,他知道病毒这件事情是绝对不能

让其他人知道的，他必须在这里就反驳，质疑的裂痕不可以继续扩大。可是，该说的话却突然难以启齿。

他本就是因为谎言而被拥上的高位，而现在他必须又用另外一个谎言来维持这个位置的稳固……

"我……"

就在这时，远航身后的依依忽然倒在了地上。

"依依怎么样了？"大熊着急地问道。

从抢救室里出来的小水没有拿下护目镜，对众人说道："急性肺部衰竭，我们已经给她上了呼吸机、打了药，但之后的情况还需要继续观察。"

"怎么会突然衰竭？"大熊不解，"依依，不是一直都好好的吗？"

"可能是病毒感染。"小水说道，"已经取了血样，还需要进一步的化验检查。"

听到"病毒"这两个字，大熊一把抓起了远航的衣领，大吼道："那家伙说的是真的，是因为你，都是因为你！"

"大熊，你冷静一点！"旁边的杰森连忙劝阻道。

"依依最近一直都和他待在一起，如果不是因为他，依依怎么可能被病毒感染！"大熊怒不可遏地喊道。

"我……"从见到依依昏倒开始，远航的脑中就乱成了一团。虽然之前许诺说过病毒是子虚乌有，理智上他也知道此时他应该立刻否认这件事情，但是……如果是假的，周浩他们为何要不惜代价地追杀他？为什么一直健康的依依会无缘无故地病倒？

这个疑虑必须在这里解决，不能再拖下去了，远航撸起袖子对小水说："我不知道周浩说的是真是假，请你现在抽血，检测我的基因。结果出来之前，将我单独隔离！"

远航知道，比病毒更可怕的是恐慌。周浩在这个时候黑进他们的系统，指控远航，目的就是要散播恐慌。攻破一个堡垒，从外部需要千军万马，而分裂其内部，只需要一颗担忧的种子。

他不能让归墟被分裂，他已经从博士那里得知了世界的真相，如果不能夺回苍穹，人类迟早都会灭亡。归墟是博士，以及人类的希望，他不允许因为自己而让人类的未来消失。如果自己真的携带病毒，那么他愿意被消灭。

他不想连累归墟，更不想再让依依受伤……

"我没想到你会这么选择。"杰森说道。

此时杰森坐在隔离病房的外面。这是一间临时改造出来的隔离病房，除了一张床和洗手间，其余什么都没有，待在里面让人感觉不像是隔离，更像是在坐牢。不过远航似乎并不在意，平静地坐在床上对杰森隔着玻璃说道："我实在想不出其他办法了。"

"你明明可以否定的，只要你说不是，我就有办法让所有人知道他们说的是谎言。"

"用另一个谎言吗？"远航反问。

"这些都只是手段，为了达成目的必须做的！"杰森叹气道。

从小，他便不觉得说谎是什么问题，这只是在这个末日里为了活下去的必要手段而已。

不同于普通苍穹人，杰森在还是胚胎时就注定与众不同。因为他的基因是经过筛选和改造的。

早在公元21世纪时，基因技术就已经完备，但受限于安全性风险和伦理问题，该项技术并未得到广泛应用。到了苍穹年，利用基因技术筛查天生的疾病被所有人默许，但是基因改造技术依然不被大众接受。

但是，种族进化得更强、更聪慧是人类永远的追求，在一些秘密试验机构中，一批批像杰森这样的基因改造婴儿悄悄诞生了。他们不仅对流感等各种疾病有天生的免疫能力，在智力、体力方面更是有着绝对的优势。

只是他们的出生不合乎大众的伦理观念，所以他们从小就是被秘密抚养。杰森记得小时候当同龄的孩子还在学加减乘除时，他们便已经在探究高等数学的奥秘。但即使他们如此聪明，也不能像同龄人一样参加数学比赛得到荣誉。负责教导他们的老师说，隐忍是伟大者的品格，他们是人类的希望，是未来将带领人类开创新世界的人。

在与人交往之前，杰森先学会的便是说谎与隐藏。他曾笃信老师说的话，他们于黑暗的浓雾中长大，必将成为人类灯塔的光芒。

这样的信念却在他17岁那年崩塌，那一年，他终于发现了机构的真正秘密。

成年后他们每个人都拥有前往不周山，去往苍穹外面旅行的资格，老师说是为了让他们了解外面的世界后再决定自己的方向，但这却是谎言。每一个从不周山回来的人都已经不再是当初的自己，因为不周山根本没有什么通往外界的飞机，每一个进去的人都被洗去了原本的记忆，成为行尸走肉般的空白躯壳。这便是后来归墟众人所知的人形思维载体。

他们这些改造过基因的孩子，从一出生就是为了给机器人作意识转移的躯体而用，他们永远不可能成为了不起的大人，一切都是骗他们的。那些对他们亲近的人，那些教导他们的人，那些他们曾崇拜向往的人……一切都是虚假的。他们于谎言中诞生，隐藏中长大，最终又会被世界的虚假吞噬。

得知真相的杰森逃出了机构，可是偌大的苍穹城就像是一个铁笼，他根本无处可逃。就在他绝望之时，霍普出现了，带他来到了归墟。从那之后，他成为霍普的代言者，成为归墟的决策人，也成为对这个世界最坚定的反抗者。

杰森并没有觉得谎言和诡计有什么不对，因为从他出生开始，这个世界就已经欺骗了他。

这些原本已经封存在记忆中的往事，不知道为什么，杰森现在又想了起来，也许是因为看到眼神天真的远航就像曾经的自己吧。

"这是末日的战争，不是什么美好的童话，天真单纯只会让人送命。"杰森对远航说道，似乎也是在说给自己听，曾经他心中最重要的人也是这样天真单纯。

病房里的远航只是无奈地笑笑："清者自清，如果我真的携带病毒，那么我也不想再害大家。"

杰森不愿再和远航争辩什么，准备起身离开。

远航连忙问道："依依怎么样了？"

"放心吧，病情已经控制住了，依依应该很快就会醒过来。"杰森说道，"你的检查报告应该很快就会有结果，不用担心，我相信你。那些机器人，才是最会撒谎的东西。"

然而这时，小水忽然急匆匆地跑了进来。

"不好了，在远，远航先生的血液里检测出了和依依小姐体内一模一样的病毒！"

病毒、流言、恐慌，每一样在封闭的环境里都具有致命的杀伤力。杰森担心的事情终于还是发生了，从周浩对Y2125HP批次进行指控开始，他便一直担心对方的手段不会那么简单。

人类是善于遗忘的生物，7天的时间就足以让大众遗忘一个热点，所以病毒的事情，原本只要抵死不承认，拖到7天之后，大家对它的关注就会降低，到时候再澄清说明这都是对方的离间计，便能让大众对机器人邪恶的嘴脸有更深刻的记忆。

但是，其间如果有新的证据出现证明了之前的说法，那么流言就会自动变成真相，之前的一切解释都会土崩瓦解，而且造成的危害更是成倍增加。现在远航的血液里也检测出了病毒，不管这个病毒是从哪里来的，所有人都会不由自主地相信那天周浩说的话！

这是一个连环的陷阱，杰森当时就已经考虑过，所以一直坚持让远航不要承认，结果远航还是去做了检测，最后果然发现了病毒。

这才是对方真正的目的，对方早就预料到了远航的正直，料到他会主动要求检测自己是否携带病毒。这一颗质疑的炸弹不是给其他人的，正是扔给远航本人的。此时还没有等其他人说什么，远航自己便已经彻底意志消沉了。

现在最相信周浩说的话的人，正是远航自己！

杰森只能把远航继续隔离起来，不是因为担心他会传染病毒，而是为了不让他离开。远航坚持要走，不想再伤害其他人，基地里面现在也是人心惶惶。

"要走就让他走，又不是少了他我们就不能成功！"大熊气愤地说道，"他都把依依害成什么样子了，你可别忘了，你也答应过博士，要好好照顾依依的，现在为了这么一个来历不明的小子，让依依病得那么严重！"自从依依病了之后，大熊对于远航的仇视就到了极限。

杰森并不想和大熊多做解释，现在最重要的是要知道这个病毒是从哪里来的。病毒这件事情明显就是圈套，如果真的会传染，为什么就只传染了依依！

只有远航和依依身上感染了病毒，杰森突然明白了原因。

十五　基因传承

"帮我把那天远航和依依的全部行程记录调出来！"杰森对大熊说道。

大熊虽然有些疑惑，但是并没有多问，只是按照杰森的吩咐把那天两人的全部行程记录都调了出来。"那天远航一整天都在基地，依依的话，倒是去了城里很多地方，他们一天都没有见面……等一下，他们在湖边见过面，他们一起看了'蓝眼泪'……"

蓝眼泪！杰森忽然明白了什么。

一定是这个原因，依依和远航两人都查出了同一种病毒，说明他们俩一定是同时感染的，而他们那晚一起在湖边看了蓝眼泪。

蓝眼泪本身是一种寄生藻类，如果有人在那里投放病毒，当蓝眼泪绽放时，病毒就会随之释放。之前医疗部已经做了病毒检测，远航和依依感染的是一种攻击免疫系统和白细胞的病毒，身体越健壮的人，病毒对他的威胁就越大，因为远航本身就免疫力低下，病毒进入他的身体之后便进入了休眠状态，如果不是检测的话根本不会被发现。

这就像是一种反向针对远航的病毒，它不会致命，却足以撒出导致决裂和恐慌的种子。而且这是一种实验室病毒，在自然环境中能够存活的时间很短。

有人算准了时间，然后将病毒投放到了蓝眼泪中。

有人背叛了归墟！

"我没有，不是我。"当杰森带着大熊及安保部队去抓小水时，小水立即否认道。杰森调查了那天的所有监控，发现在远航和依依去湖边时，只有小水出现在了那里，时间刚刚好，更重要的是监控清楚地拍到了她手中拿着密封的玻璃瓶。

"归墟是我的家，我怎么可能会背叛归墟，而且，而且我绝对不会伤害远航先生和依依姐姐的！"小水辩解道。

带头的大熊气急败坏，一把就攥住了小水的手臂："这个叛徒！那些机器人到底给了你什么好处！"

小水眼神惊恐，已经不知道该怎么争辩，只是不停地重复道："真的，真的不是我！"

从众人的眼光中看，明显没有一个人相信她的话。现在找到了让依依感染病毒的罪魁祸首，大熊的目光仿佛能杀人一般。杰森找到了证明周浩说谎的证据，便也不想再多给小水解释的机会，挥手示意大熊把她带走。

小水见状，连忙一脚踢倒了旁边的医疗车，大熊还来不及反应，小水就挣脱了束缚，转身就往隔离病房跑去。

"远航先生，救命！"小水打开了病房的门，一下子扑到了远航的怀中。

刚刚远航已经听到了外面的吵闹声，此时看到愤怒的众人冲进来想要抓小水，连忙将这个可怜的女孩护在了身后。

"是她陷害了你！"杰森解释道，"她背叛了归墟。"

"你让开，依依就是因为这个叛徒才病倒的！"大熊怒不可遏。

小水躲在远航身后，瑟瑟发抖，口中不停地说道："我没有，我真的没有。"

"我们已经找到了证据！"杰森说着便将那天的监控录像播放给远航看。

"我……我真的不记得了……"小水看见视频上的人的确是自己的身影，突然陷入了混乱，语气中带着哭腔，眼泪不停地从护目镜后面流下来，"我，我不知道，我……"

这时远航蹲下了身子，取下了小水的护目镜，虽然他知道没有了护目镜的小水只能看到模模糊糊的影子，但是他还是露出了微笑，声音轻柔地说道："我知道，不是你。"

"什么！"众人十分惊讶。

这时远航转过身，把护目镜扔到了杰森的手上："那些监控我已经调查过了，小水去湖边的事情我早就知道。"

"那你……"大熊不解。

"小水是被控制了，投放病毒并不是她的本意。"远航解释道。

其实在依依病倒的当天，远航就让许诺秘密帮他调查了当天湖边的所有监控，那时他便已经知道了此事和小水有关，而且他还注意到，小水去湖边时是戴着护目镜的。虽然小水的眼睛因为白化病而有视力障碍，但是护目镜是直接连接神经的，每次使用都犹如针扎，小水除了需要工作时才戴上，日常出行并不会使用。

杰森拿着护目镜，忽然明白了远航的意思——小水的护目镜与神经相连接，如果敌人通过神经网络系统入侵护目镜的话，那么就能直接控制小水的行动。之前杰森也奇怪，这个基地里的所有人中按理来说最不可能背叛归墟的就是像小水一样的人群，他们因为天生的基因疾病在城市里甚至得不到活下去的机会。他们在归墟出生，是真正将这里视为家的人。

而现在杰森终于懂了小水这些异常行动背后的真正原因。但是杰森还是疑惑，蹙眉说道："你明明已经知道了真相，为什么还要我们把你交出去？"

"这次是小水，那么下次呢？"远航站起来，目光直视杰森，终于说出了他的真正目的，"如果我还在这里，对方就会不停地攻击，依依已经病倒了，我不想再因为我让其他人受伤。"

"你……"看着远航坚定的眼神，杰森又同情又愤怒，恨不得一拳朝着远航打过去，把这个善良的笨蛋打醒。他用尽全力想要救远航，结果这个家伙一直想的都是牺牲自己。

"喂，你们到底在说什么？"大熊看着相持的两个人不解地问道。

"小水，不用担心，这不是你的错……"

然而远航的话还没有说完，小水忽然从口袋中掏出了一把手术刀朝着远航的脖颈就要扎下去。

远航连忙躲开，但是锋利的刀片还是划破了他脖颈上的血管，他连忙捂住伤口。而此时的小水犹如换了一个人似的，原本就白茫茫的双眼中更加空洞，仿佛提线木偶，被什么操控着似的再次朝远航冲过来。

不好，远航这才反应过来，之前他听大熊说过，护目镜之所以能直接连接神经，是因为小水曾经做过手术，在大脑的浅层安置了接收信号的芯片，对方真正入侵的是小水的脑部芯片，护目镜只是一个幌子。对方的目的就是要在这个时候给他致命一击。

"小水……"远航捂着伤口，试图唤醒这个女孩。但是这时的小水已经被彻底控制，根本没有了自主意识，杰森和大熊连忙冲过来想要制服她，可身体瘦小的小水此时却突然力大无穷，一下子就从两个人的手中挣脱了出去，犹如发狂的牛一样径直朝远航冲了过去。锋利的手术刀就是疯牛尖锐的双角，一刀下去足以致命。

但就在刀锋来到远航眼前时，小水却突然停住了。

"不行，我不能伤害远航先生……"站在原地的小水喃喃自语。

"杀了他，杀了他！"刹那间另外一个声音再次出现。

两个灵魂正在激烈地战斗，一个是小水自己的意识，而另外一个则是被控制的电子灵魂，一场看不到的争斗正在女孩小小的身体里进行。突然，小水露出了痛苦的神情，一下子抱住了头。

远航知道，如果再这样下去，电子芯片就会信息过载，将对小水的大脑造成致命的伤害。

"小水，小水！"远航扶住小水的肩膀，神情焦急，"不要再和他斗了，你的大脑会受不了的！"

"我绝对不会，伤害，远航先生！"

忽然小水举起了手术刀，下一秒，她竟将刀片插入了自己的心脏中。

谁也没有想到，这个平时胆小害羞的女孩子会在关键时候表现得如此刚烈，为了摆脱敌人的控制，竟以死夺回了自己的意志。

女孩的身体轻轻落到了地上，轻得像是秋天里的一片落叶。只是落叶上沾满了鲜血。

"小水！"远航连忙抱住了小水。

"我，我不会伤害远航先生。"此时对方似乎也没有想到这个盲眼体弱的女孩会拼死抗争，终于放弃了对这副躯体的争夺，银发白眼的小水又恢复了最初见到远航时那个又害羞又惊喜的小女孩模样。

"为什么。"远航的眼泪再也忍不住，流了出来，"为什么要这么做……"

"远航先生是我们的救世主。"此时小水的双眼已经什么都看不见了，但是她还是努力地朝远航笑了笑，"我，也是能保护，远航先生的。"

"我不值得，我根本不值得你为我这么做。"远航抱着怀中的女孩，声音嘶哑，"我根本不是什么救世主，我只是个胆小的懦夫而已。"

"不，远航先生是我见过的最勇敢的人。"小水朝着眼前的黑暗伸出了手，像是想在最后抓住什么，"远航先生，一定，可以带领我们去新的未来……"

"小水，我，我……"

但此时远航怀中的女孩并没有听到远航说的话，她已经没有了气息。

"远航……"杰森也没有想到，这件事情竟会是这样的结局，他本想说些什么，但刚张口便觉得所有的言语在此刻都是苍白无力的。

在小水死去的那一瞬间，他看到有什么东西从远航的眼中消失了。

突然，所有人都感觉大地震了一下。杰森立刻就反应过来，这震动是从地面传来的，有人在攻打归墟。果然当他来到总控室时，战斗已经开始了。杰森终于明白，原来一环接一环的设计，最终的目的是在这里！

平时战斗指挥工作都由远航负责，但是此时的远航因为小水的死而彻底崩溃，杰森他们加入战斗时，远航依然抱着小水的尸体在病房里哭泣。杰森暂时承担指挥工作，问道："现在情况怎么样？"

"对方集中了火力在进攻大门，我们的人正在战斗。"

"对方想要攻破我们的防火墙，已经破坏50%！"

"什么！"大熊大惊，一把推开操控人员，加入这场看不见硝烟的战斗。

此时因为之前小水的事情，对方趁火打劫，已经一路直进。

在这个地下都市里不仅有归墟的精锐，地底更是保存着沉睡的霍普的身体。杰森和大熊都已经猜想到了，只怕对方现在直接攻打他们大本营的真正目的就是这个。毕竟，比起远航，霍博士才是归墟的核心，他才是这场人类反抗之战的灵魂领军者。

"把远航交出来，战斗就可以结束！"忽然从众人头顶的地面上传来了大喇叭的喊声。

"该死！"杰森一拳捶在了控制台上，对方在这个时候还在离间他们内部。都说人类是这个世界上最善于玩弄心机和谋略的生物，但是相比之下，现在这些机器人才是真正的老谋深算。或许这才是机器人最终统治了世界的原因，借助强大的学习能力，他们已经进化得比人类更像人类。

"杰森！"有人终于忍不住说道，"把远航交出去吧！不然我们都得死！"

"为了博士，把远航交出去吧！"又有人继续说道。

"是啊，博士比一个不知来路的毛头小子重要！"

兵败如山倒。一旦处于劣势，害怕、恐惧、怯懦便会迅速占据人心。

而另外一边，防火墙已经被损害超过 70% 的红线。

博士和远航，他们只能选择一个吗？杰森握紧了拳头，心中无比焦虑。大熊顾不上听周围人的争吵，全部心思都放在阻止对方的进攻上。这时，屏幕的左上角出现了一个内部通话的紧急闪烁标识，大熊点开了通话。

大厅内所有人听到了一个熟悉的声音，正是来自霍博士。

"归墟的各位，好久不见。"

所有人一下子安静了下来。

"感谢各位这么多年来一直努力，但是现在也请你们保护好远航，他才是这一场人类反抗之战胜利的关键。"博士继续说道，"我发明苍穹系统时就曾担忧过会有这么一天，所以我用自己的基因设定了苍穹的核心控制程序，而远航正是携带着这基因钥匙的后代。"

众人一片哗然。连杰森也吃了一惊，这些事情他从未听博士提起过。远航竟然是博士的后代，那么机器人要追杀 Y2125HP 批次的真正原因就是——

他们是人类夺回苍穹系统控制权的关键!

远航携带的不是病毒,而是霍普的基因钥匙!

"请大家继续保护和相信远航,胜利必将属于人类!"

通话结束,防火墙的被损害数据突然一下子下降到 0%,就像上次一样,仿佛有看不见的神之手在瞬间改变了战局。但是大熊立即察觉到了,这突如其来的算力是从归墟地底而来,他明白了,这是博士在将他的意识化为算力,帮助他们守护这地下的战线。

苍穹系统的运算最初便是仿照人脑而来,人脑的 1000 亿个神经元,本就是最厉害的超级计算机。

突然转变的战局将之前颓废的气势一扫而尽,所有人瞬间激昂起来。

就在这时,满身是血的远航低着头走进了总控室。

十六　不周山之战

战斗在远航的指挥下,很快就如秋风扫落叶般结束。归墟利用地形的优势很快就反攻回去,周浩只能下令撤退。

然而这边周浩的部队刚刚落败,远航就决定今晚突袭不周山。此前敌人设下层层圈套,现在他要以牙还牙,用意想不到的闪电战迅速结束这场战斗。

杰森虽然有些担心,但并没有说什么。从远航重新走进总控室那一刻起,他便已经感受到,这个年轻人的眼神完全改变了。此时的远航就像一只压抑着愤怒的雄狮,即将怒吼并撕碎一切。

博士的话已经让所有人消除了对远航的质疑,再加上反败为胜的这一战,远航在归墟中的声望一下子达到了巅峰。沉浸在胜利的喜悦中的众人相信,远航将带领他们夺取新的胜利,他们只要如英勇的战士般冲锋陷阵,人类的未来就将在今晚由他们共同开启。

整个基地都陷入了激情和狂欢,杰森也觉得,或许这就是开启最后争夺战的最佳时机。

临走之前，远航去了医疗室和依依告别。

他因为许诺和杰森的谎言而被推上高位，他本以为只要把自己交出去，这场战斗就会结束，而现在他终于知晓了，会说谎和使用阴谋的不仅仅是人类，机器人也一样。小水的死使他彻底明白，这一场战斗如果不结束，便还会不停有人受伤和死去。

远航曾选择过努力活下去，也曾选择过放弃生命，但是不管哪一种，最终的结果都是有人因他而死。博士最后说给众人的话他也听到了，他曾一直抗拒"救世主"的称号，而现在他终于知道这便是他的命运，在他还未出生时就已经确定。时代的洪流已经把他推到了战场的最前端，他已经无法后退。

在这个末日中，弱者如尘埃，微不足道；强者如棋子，无可奈何。只有结束这场战斗，一切才能重归平静，而且——这场战斗他必须胜利。

如果他失败了死去了，那么下一个被推上"救世主"之位的人只怕就是依依。因为依依和他竟是同父异母的亲兄妹。

霍普说Y2125HP批次是他为人类最终夺回不周山准备的后代，他们都继承了霍普自身改良后的基因。而依依是霍普和杨柳的女儿，那么依依和远航便是有一半相同基因的兄妹。远航想，这么多年来，霍普没有将依依推上"救世主"的位置，大概也是护女心切。

远航曾对依依一见钟情，现在他终于知道，这种情感也许就是所谓的"遗传性性吸引"，失散多年的亲兄妹或者亲姐弟第一次见面时很可能会出现一眼悸动的情况，这种情况出现的概率远比没有血缘关系的两个陌生人相互吸引的概率高很多，因为这是由相同的遗传基因决定的。

那日在湖边，他原本是想和依依告白的……现在他反而得感谢周浩那天的打断，因为他和依依不管是出于道德上，还是科学上的原因，这样的近亲相恋都是禁忌行为。由于此前他没有迈出那一步，那么以后他还能和依依以兄妹的方式相处。

爱人也好，亲人也罢，依依终究是他在这个城市里最在乎的人。

看着床上依然昏迷着的依依，远航俯身，轻轻在她额间留下了一吻。

"再见了，依依。"

如果这样的命运总要有一人承担，那么就让我替你去挡下所有的风险吧，我去结束这场战斗，然后你便可以不再是归墟的"女武神"，而是以依依的名字自由快乐地活下去。

"真的没问题吗？"坐在车上的大熊终于还是忍不住，小声问道。按照远航的计划，他和杰森都在不周山附近做远程支援。带队进入不周山的是远航自己。远航平时手无缚鸡之力，跑几步就喘，现在还没有了依依的保护，大熊不由得担心起来。

杰森虽然也有同样的担忧，但是他明白，这样的安排也是无奈之举。远航的基因是夺回苍穹系统的钥匙，按照博士的说法，只要他们夺回了不周山的中枢系统，就能开启隔离程序，隔断苍穹内与外界的意识传输通道。这样，机器人们就无法使用人形思维载体进入苍穹，而有不周山的制衡，他们也不会与人类同归于尽，苍穹便能真正成为人类的保护罩，苍穹内的世界也就能再次归还于人类。

闪电战的关键就是"快"，他们要在敌人措手不及时迅速攻入，所以远航作为作战总指挥必须进入不周山。只是就算他们突然袭击，不周山作为机器人的堡垒，始终守卫严密，以他们现在的兵力，真的可以吗？这才是杰森最为担心的事情。

但就在这时，一队武装整齐的部队忽然从不周山中离开了，像是发生了什么紧急情况赶着去对付。杰森正感到奇怪，只听见一声爆炸如惊雷般在夜晚的都市上空回响开去。然后众人就看到了冲天的火光。

"怎么回事？"

"是城市大厅发生了爆炸，还有一大批群众在攻击城市大厅！"大熊调出了城市的实时监控说道。

声东击西！

杰森一下子明白了，原来远航早就已经准备好了！他用另外一场暴乱引走了不周山中的守卫。这时，穿着归墟制服、和先锋队在一起的远航看到敌人的部队离开后，便立即远程对许诺下令道："开始吧！"

"好嘞！"对讲机里传来了女孩兴奋的声音。

下一秒，刚才还固若金汤的钢铁大门突然缓缓地升了起来，众人惊叹，原本他们以为进门时将会发生一场硬战，结果现在通往不周山的道路畅通无阻地出现在了他们的面前。

其实早在归墟众人反抗周浩的进攻时，远航便已经和许诺联系，让她趁着周浩对付大熊时，悄悄黑进不周山的控制程序，之后便一直潜伏在系统中，为的就是在这时攻其不备。

"绝了！"这一步让大熊忍不住赞叹起来。这时许诺将不周山的控制程序转了进来，接下来的操作交给大熊，而她还有更重要的任务去做。

"L1、L2通道全部打开！"大熊的手指飞快地敲击键盘，脸上的表情是抑制不住的兴奋，这个没有硝烟的网络世界是他最能发挥优势的战场。

远航从小就憧憬着这座屹立在城市中央最高的黑塔，想不到当他终于进来时却是来参加战争的。留在不周山的守卫根本没有想到对方会在这个时候突袭，还来不及掏出武器就被击倒在地。

他曾经以为不周山的顶层是机场，那是通往外界的唯一出入口，而现在他终于知道所谓的出入口并不是为了人类而开放。根据霍博士留下的情报，顶层便就是苍穹系统的核心中枢所在。

不周山的中央便是直达顶层的垂直电梯，而当远航率众人来到电梯门口时，大厅内剩下的守卫便包围了上来，他们的目标是守护住电梯，不让任何人上楼。

"你去吧，我们一定会拖住他们的！"随行的人们对远航说道。

远航点了点头，没有丝毫犹豫，就在众人战斗时，他看准时间跳进了电梯中，连忙按下了关闭电梯门的按钮。

瞬间，电梯开始上升，远航看着电子屏显示的数字，算好5分钟之内他就能到达顶层，之后只要找到核心中枢，就能结束这一切的争斗。

然而就在这时，电梯忽然停住了。门缓缓打开，站在外面的正是严阵以

待的周浩。

此时的远航并没有慌张,这也是意料之中的事情,周浩必然不会轻易让他到达顶楼,不过,他早已经有了准备。就在周浩还没有开枪时,他一个箭步冲出了电梯,拔枪就照着周浩射击过来,身材高大的周浩也格外敏捷,侧身躲过了子弹,而这时,远航已经躲到了柱子的后面。

这是一个开阔的空间,似乎是提前把所有的东西都移走了,宛若一个偌大的决斗场,唯一能够躲避的只有4根位于角落的石柱。周浩没想到,几天不见,远航的身手居然已经如此灵活。随后,周浩举枪射击,快步朝着石柱冲了过去。

石柱后面的远航心中默数着枪声,就在周浩装填子弹的瞬间再次出击,此时远航不再是个手无缚鸡之力的小白,而像是身经百战的战士,虽然射击未中,但是密集快速的射击打断了周浩装填子弹的过程,就在这时,远航一个跃起,用双腿立即绕住了周浩的脖颈,将他整个人摔翻在地,同时用三角绞杀技企图勒紧对方的气管。

但是周浩硬是用力一个后滚翻将远航摔了出去。

一被甩开,远航就再次躲回了石柱后面,同时动作熟练地装填完子弹。周浩也不敢再掉以轻心,躲到了另一根石柱后面,但是心中不由得疑惑,远航怎么会在这么短的时间内就变得这么厉害。

这时,周浩的余光注意到了外面的情况,越来越多的市民朝着不周山涌了过来,但让周浩觉得诡异的是,山脚下的男女老少,全部都长着一张远航的脸。

这到底是怎么回事?难道……

周浩一下子明白了,和当时在山林里的停车场一样,对方又用了那个角色赋予系统,此时的远航已经是人类世界里人人皆知的"救世主",于是他将今晚所有前来的人都变为了"自己"。

所以刚刚和周浩对战的"远航"才会如此厉害,因为那根本就不是远航。

他中计了!

而电梯刚刚就在他们打斗时,已经再次下降,此时正高速上升前往顶楼。

周浩恍然大悟，这个替身的目的就是为了在这里拖住他，然后给真正的远航乘坐电梯的时间。

不对，电梯里面的那个人也不一定是远航，此时无数的市民已经冲了进来，更多的人正在顺着安全通道攀爬而上，远航也很有可能就混在这其中。

他被骗了！而且他根本无法判断远航到底在哪里。那个狡猾的人类又一次使用了诡计！

此时真正的远航正在备用的货梯里面升至顶楼，看到一路上升无阻，他便明白许诺成功了，她利用角色赋予系统，让所有人都成了"他"。人类也许渺小，但是再渺小的个体聚集起来都将成为铺天盖地的非凡力量，而他借众人之力，隐于众人之中。

电梯叮的一声，终于停到了顶层。

远航和保卫他的人员一起走了出去，而这时出现在他们眼前的是一个幽暗的空间，浓雾弥漫，唯有透过头顶的玻璃天顶能看到外面，这里几乎是对苍穹系统触手可及。在浓雾中出现一道闪着银色光芒的门，那门似乎是固体，又似乎是液体，银色的表面被一层密密的水汽所笼罩，像是魔法中才会出现的"水幕之门"。

远航不由得伸手摸向了那层水幕，一股清冷顿时钻进掌心。在这个空间里，除了这门，似乎再无可以继续前进的道路，也许系统中枢就在这门的后面？只是这道水幕之门没有钥匙孔，也没有门把手，看样子只能硬撞开。随行的人员铆足了力气朝着这道门撞了过去。然而他刚一碰到大门，就犹如被电击一般惨叫着飞了出去。

这是怎么回事？远航不解，明明他碰到这门的时候什么事都没有，为什么其他人不行，难道，这就是霍普说的基因钥匙的作用？

"我们碰不了，门上有电！"众人无奈，看样子这门只能由远航打开，但是远航这瘦胳膊瘦腿的体格，即便用尽了吃奶的力气也没能将门移动分毫。

霍普千算万算，一定没有想到继承他的基因来到这里的后代最后因为力气不足而打不开这门吧……

然而就在这时，旁边的人忽然指着头顶大叫了起来："天裂开了！"

众人抬头，只见一道白光在头顶划破了深夜的黑暗，是阳光照进了苍穹之中。远航大惊，这还是他第一次见到苍穹被打开，这场景仿佛是头顶的天空裂开了一道缝，然而这缝越来越大，阳光也越发炽烈。

这怎么可能，明明是黑夜，为什么苍穹之外却是白天？难道苍穹调控的不仅仅是气候和雨水，甚至连他们平日所见的阳光都是虚假的？远航不解，但更重要的是这光不像平时他们所感受到的那样温和，而是犹如烈火般炙热。

这一天，整个苍穹的人类第一次看到了真正的天空——犹如灭世般可怕。短短几分钟光照就已经让不少人中暑昏倒。站在不周山顶层的远航等人最接近那道裂缝，空气中的水分瞬间被蒸发殆尽，整个空间犹如烈火炙烤般让人窒息。

"快走！"众人拉住远航，将他往电梯里送，待在这个位置，还没有等他们打开水幕之门，就全部会毙命。

另外一边，满身是血的周浩看到苍穹打开时同样露出了惊讶的神情。

"母亲，你……"

然而还没有等他把话说完，假的远航便再一次朝他冲了过来。

电梯里空间狭小，此时更是酷热难耐，几人都已经汗流浃背，但是远航一直趴在电梯壁上，目光始终无法从那道裂开的天缝中移开。

就在刚才，他忽然明白了一件事情——关于人类灭亡的真正原因。

所有人只知道是因为温度升高、海洋干涸、地球表面荒芜，人类才会无法在地球环境中生存，但是现在看到苍穹外面反常的白日，远航不由得猜想，或许这就是人类灭亡的真正原因——地球停止了自转。

地球的自转带来了白天黑夜、星辰轮转，而昼夜交替也对地球温度的调节与稳定有着重要的意义。公元年时科学家就发现地球之所以旋转，初始动力源于宇宙大爆炸时因为引力的作用，许多物质被引力吸引，偏离轨道，沿弧线落到地心，产生了角动量。而角动量随着时间推移逐渐减少，地球的自转速度也越来越慢。自转变慢带来的重要改变就是一天时间的增长。

在地球刚刚诞生的时候，地球自转一周的时间仅为 8 小时，随着时间推移，当地球进入恐龙时代的时候，自转周期就延长到了 23.5 小时了。随着角动量的减少，以及月球的潮汐力减弱等，地球最终会停止自转，地球有一面始终朝向太阳，这里将是永远的白天，这一面的地球沦为烈日地狱，河流干涸、土地荒芜；而另外一面则是永夜，四季冰封，成为生命禁区。当这一天到来时，也就意味着世界末日的到来。

不过当时科学家就做过推测，平均每隔 6 万年左右，地球上一天的时间，也就是地球自转一周的时间，会增加 1 秒左右；而地球自转周期增加 1 分钟的时间，则需要 400 万年。平均每隔 10 亿年，地球上的一天会增加 4 个小时。所以即使地球停止自转，最少也是 10 亿年以后的事情，而那个时候人类应该早就飞出了太阳系。

但是距离这个推测过去不过数百年，地球竟停止了自转。永昼和永夜的提前到来，这才是人类灭亡的真正原因。

可是数十年前到底发生了什么？那道巨门的背后究竟是什么？机器人对人类还隐瞒了多少东西？这个真实的世界到底是什么样子？

不过现在的远航已经没有时间来思考这些问题了，电梯一落地，他便被从不周山中撤退的众人推搡着往外走去，刚才的护卫也被冲散在了人群中。

人类第一次见到了真实的世界，却也终于知道，原来地球表面的环境真的已经是人类的末日。第一次感受到末日灼热的苍穹人惊恐慌张地四散奔逃。虽然不甘心，但是远航也知道，这一次的突袭——他，他们，归墟终究是失败了。

但是也只能就这样撤退了，远航看到旁边在不停向他摇手示意的杰森，正准备努力挤过去会合，而就在这时，枪声在人群中响了起来，远航还没有反应过来，只觉得胸口传来一阵疼痛。

远处，遍体鳞伤、奄奄一息的周浩终于倒在了地上，而他枪中的最后一颗子弹就在刚才也射击了出去。

远航低头，只看到胸口一片殷红。他视野中的最后一个画面是惊慌的杰森和大熊拼命跑向他。

就这样结束了吗……

十七　灵魂的本质

"警告，链接非正常断开，系统正在冷却。"

在熟悉的声音中和液氮汽化时的白雾里，周浩睁开了钢铁之躯的眼睛。此时瞳孔显示屏的右上方出现了一个带感叹号的邮件标志。

周浩用电子眼瞳示意了一下，邮件便自动打开。

"Y2125HP批次消灭任务已完成。"

点开邮件的瞬间，视野内还放了一个小小的烟花动图，似乎是为了恭喜，对于系统这些小花样，周浩时常觉得多余而无聊。他回想起了刚才的画面，的确，在他的人形思维载体倒下的最后一刻，他终于射击命中了远航，亲眼看到子弹准确无误地穿过了那个年轻人的胸膛。

按理说完成任务的他应该高兴，但是周浩却轻轻默念了一句："对不起。"

人是否拥有灵魂？

过去许多宗教都认为灵魂是真实存在的，它居于人或其他物质的躯体之内并对之起主宰作用，一些人认为灵魂可脱离躯体而独立存在，躯体生生灭灭，而灵魂通过转世则能再次为人。后来还有人做试验说明，人在死后体重会下降21克，而这21克便就是灵魂的重量。但是因为这些说法无法得到证实，灵魂学说更多的只是被看作是宗教阐释的一部分。

后来科学家们认为所谓的灵魂就是人类的意识。之后随着中微子的发现，人类对于灵魂的研究又有了新的认识。中微子是构成物质世界最基本的粒子之一，它以接近光速运动，质量甚至小于电子的百万分之一。公元2013年，科学家利用埋在南极冰下的粒子探测器，首次捕捉到源自太阳系外的高能中微子。

中微子不会衰变，不会死亡，它最大的特点就是几乎不与任何物质反应，可以在任何物质与空间中自由穿梭，却很难被探测，人体中微子很有可能就是人类探索了几千年的灵魂本质。

　　远航也不知道自己沉睡了多久，只是在黑暗中忽然听到有人在呼唤自己，而当他睁开眼睛时，便见到一支机械臂正在他的胸口喷绘着什么。远航还没有完全反应过来，只听到耳边传来了一个悦耳动听的女子声音："周远，欢迎来到这个世界，你的使命是战斗和守护。"

　　迷迷糊糊的远航转头望了一圈，并没有找到声音的来源，刚才和他说话的声音仿佛是直接来自大脑之中。

　　周远是谁？我的名字不是叫远航吗？这里又是哪里？远航努力回想着之前发生的事情，突然他一下子醒了过来。

　　他记得，他中弹了！

　　血流满了整个胸口，想必是子弹直接穿破了体内重要器官，他似乎是已经死了？那么现在他又是在哪里？

　　"系统调配已经完成，请开启属于你的人生。"女子的声音又一次说道。说完，机械臂就收回了天花板中。只听见咔的一声，原本束缚四肢的约束器一下子打开，远航就头朝下地摔去，他打了一个趔趄，这才重新站稳。

　　而这时，他忽然发现自己的四肢全部变为了钢铁，眼前的画面也像是戴上了电子护目镜看到的景象，目光所及之处显示着各种电子信息。远航转头朝旁边光洁的墙壁望去，他这才看到——自己竟然变成了机器人！

　　这到底是怎么回事？自己明明已经中弹了，怎么会醒来后变成了机器人？

　　远航惊慌失措地看着自己这副全新的身体，曾经弱不禁风的他现在已经变成了两米多高的钢铁巨人，全身上下都是泛着金属冷光的钢板。四肢格外强壮，但是活动起来没有任何的不便，相反，这样的躯体比起人类时的更加灵活。

　　远航只是想尝试着跳起来，背后突然就冒出了喷射装置，将他一下子弹到了天花板上，幸好距离不是很远，随后砰的一下他就摔回了地上。他像人类本能般地摸了摸被碰的头顶，但是并没有痛觉传来，只是眼前的电子显示屏发出了警报："注意，头部撞击，未受到损伤。"

"喂喂，这可是全新的材料，你小心一点，很贵的！"突然，一个男人的声音在远航耳边响起。

"是谁？"远航慌忙问道。

"我是你的系统 AI 辅助，你可以叫我 E 哥。"

"你在哪？"远航连忙左右转头寻找。

"左上角，你眼睛往左上方看。"

远航连忙往左边望去，这时他才注意到在他的电子显示屏的左上端有一条红色的卡通小鱼形象。小鱼吐着泡泡像是在努力吸引远航的视线。

"E？"远航问道。

"叫我 E 哥！"

"哦哦，E 哥好。"远航礼貌地问道，"请问这是什么地方？"

"这里是'岱屿'。"E 说道。

"岱屿？"

"走吧，我带你去看看。"E 说完，远航面前的机械大门便自动打开了，远航小心翼翼地迈步走了出去，顿时被眼前的景象惊呆了。

这竟是一座悬浮在半空中的钢铁之城。

古代典籍《列子·汤问》中曾记载，"渤海之东不知几亿万里，有大壑焉，实惟无底之谷，其下无底，名曰归墟。八纮九野之水，天汉之流，莫不注之，而无增无减焉。其中有五山焉：一曰岱舆，二曰员峤，三曰方壶，四曰瀛洲，五曰蓬莱。其山高下周旋三万里，其顶平处九千里。"

岱屿便就是古代 5 座仙山其中一座的名字，而此时远航觉得这座城市真的犹如漂浮在大海上的仙山，因为围绕在它周围的竟是一片片云海。古书上说仙山上有楼台琼宇、碧玉仙树，而这一座岱屿却犹如那些公元年时的科幻电影中所塑造的赛博都市一样，数百米的摩天大楼，彼此之间搭建的高空浮桥，云雾萦绕其中。

不过大楼外墙上并没有五光十色的霓虹彩灯，以及半空中打着各种广告的全息投影，整座城市都显得无比干净整洁。

而在这座城中的不是什么世外仙人，而是各种各样的机器人。带着螺旋桨和喷射器的飞行机器人正排着队从一座大楼飞向另外一座大楼，机械臂上装载着各种各样的材料。街道上也行走着大小不一、形态各异的机器人，左右两排整整齐齐。整座城市无比繁忙，但是却有条不紊，一切都是井然有序。

"这是，机器人的城市？"远航不由得问道。

"没错，这是由两百万机器人共同组成的大都市，欢迎你，周远，从今天起你就是其中的一员了，作为战斗与守护的'周'系列，希望以后你能保护好岱屿，保护好这座末日最后的希望之城。"

远航忽然想起，在他醒来的时候也曾听到一个女人的声音对他说过相同的话。

岱屿——机器人的城市。那么自己是来到苍穹之外了吗？远航眺望远方，发现这座城市不仅悬浮在空中，似乎还在缓慢地移动。刚刚看见的那片云雾，现在已经被甩在了遥远的地方。

"它会动？"远航惊讶极了。

"它当然会动，不然这个城市就永远只有白天或者黑夜了。"E不以为然。

"所以地球是停止自转了吗？"远航问出了他在苍穹城中就有了的疑惑。

"是的。"E毫不犹豫地说道，同时立刻在远航的电子显示屏中播放了一段动画视频。视频的内容是从公元2022年一次太平洋小岛上的火山爆发开始的，VEI-7级别的爆发将大量地底物质喷发到地面，在清理火山灰的过程中，人类发现了一种编号为12712-7-9的新型矿石，这种矿石深埋于地幔之中，不仅蕴含巨大的能量，而且还可以产生持久的悬浮力，人们将这种矿石命名为诺亚原石，预示一个新的人类文明时代来临。

如同人类预测的那样，大量被开采挖掘的诺亚原石带来了人类科技的突飞猛进，数十载光阴，微型托卡马克引擎、等离子纳米修复仪、中微子捕捉器……这些曾经只出现在人类科幻作品中的东西全部变为了现实。

但是此时的人类还没有意识到，末日即将来临，而且是由人类自己亲手

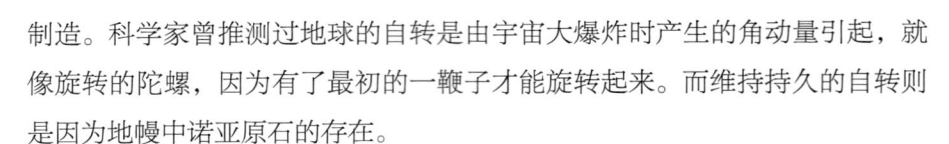

制造。科学家曾推测过地球的自转是由宇宙大爆炸时产生的角动量引起,就像旋转的陀螺,因为有了最初的一鞭子才能旋转起来。而维持持久的自转则是因为地幔中诺亚原石的存在。

当人类发现诺亚原石与地球自转的关系时,为时已晚。

看到这里,远航不由得唏嘘,原来人类的灭亡并不是什么天灾导致,究其根本还是因为对科技、对未来有太过执着的追求。

人类想掌握时间,却最终终结了时间。

"喂,你就是周远吗?"

就在远航感叹不已时,他听到了有人喊他的新名字。远航一抬头,却看到了一个人类女子站在他的面前。

十八　图灵测试

这是一个个子高挑的人类女子,金发碧眼,皮肤白皙,不管以任何时代的审美来看,都是绝对的美人,女子穿着一件淡绿色的连衣裙,更是衬托了她的双眸如一汪碧水,只要对视就会深陷其中。

但是远航很快就察觉出了异常——这里是岱屿,是没有苍穹保护的地表环境,太阳正在他们的头顶,刚刚他的电子显示屏上的数据表明,现在的体感温度已经有50多度,因为他们是机器人,钢铁的外壳不具有传导疼痛的神经,所以才能对高温淡然处之,但是人类绝对不可能在这样的高温下还神情自若。

"你,也是机器人吗?"远航不由自主地问道。

"不然呢?"女子反问。

远航不好意思地笑了笑,是啊,这是由机器人组成的城市,对方不是机器人又会是什么呢?毕竟机器人各式各样,像女子这样的大概就是仿生机器人吧。

"你好,周远,我叫王娜,是你考试前的辅导老师。"女子朝远航伸出了手。

远航看着女子纤细的手臂愣了一下,不敢去握,他害怕现在的自己控制不好力度会伤害到女子。

看到远航没有伸手,女子倒也不奇怪,便自顾收了回去,说道:"刚才那个动作叫握手,是人类彼此之间第一次见面时表示友好的动作,这是以后你工作中会用到的,记住。"

女子说完便转身往城市的边缘处走去,远航连忙跟上。

"请问,你刚刚说的考试是什么?以后我的工作又是什么?"远航小心翼翼地问道。虽然眼前这个女子比自己整整矮了半个身子,但是一听到"老师"这个称谓,远航本能地感到了畏惧。

"你的AI还没有给你介绍吗?现在AI都这么爱偷懒!"

"我才没有偷懒,我刚刚在给他介绍地球历史。"E不服气地摆动着尾巴从远航的显示屏中游动着消失了,但是半响之后又鼻青脸肿地游了回来,似乎是被人揍了一顿。

"我的AI让我转告,你告诉你的AI,不要随便跑到别人的地盘。"王娜如同说绕口令一般地警告道。

"好男不跟女斗。"E嘟囔,"我那是让她,让她!"

远航猜想,活在网络世界中的AI应该也有它们相互接触连接的方式,明显王娜的AI和她一样强势,而且战斗力肯定强于话痨的E。

这时,远航已经跟着王娜来到了城市的边缘,横风吹过,扬起了王娜的长发,王娜一边撩着头发,一边指着远处的地面说:"那里是'苍穹城',就是你以后要去工作的地方。"

"苍穹城!"听到这3个字,远航不由自主地惊呼道。

"是的,那里居住着地球上最后的人类。人类和我们不一样,他们的身体无法忍受高温,只能在苍穹调节的恒温环境里生存……"

此时远航已经顾不上听王娜再说什么了,盯着远处眺望,目光一聚焦,显示屏就自动拉伸了镜头,刚才遥远的苍穹城此时便近在眼前。这还是远航第一次完整地看这个他出生、长大的地方。

犹如曾经无数次在虚拟交互系统中见到的那样，苍穹就像一个倒扣的玻璃鱼缸笼罩在城市的上空，只是从空中看上去并没有那么壮观，更像是大地上一块小小的黑斑。

"那里现在是黑夜吗？"远航问道。

"是的。"王娜点头，"地球停止自转后，面向太阳的一半就永远都是白天，苍穹城不像岱屿能够通过自己运动来实现昼夜轮转，所以只能依靠笼罩的可控式量子薄膜来调节日夜。"

"对了，苍穹内日夜轮转一天依然是24小时，这是参考了公元年内地球的自转周期来制定的，这也是个考点，要记住。"王娜提醒道。

"我到底是要考什么？"远航又一次回到了最初的问题。

王娜这才想起她被远航的AI扰乱了思绪后，一直没有回答，便解释道："图灵测试，是为了检测你是否已经具有人类的智能，可以和人类一样思考，具有人类的情感，与人类和睦相处，也是看你是否有进入苍穹城的资格的考试。"

"进入苍穹城？"远航大惊。

"是的，如果考试通过，你将会以人类的躯体进入到苍穹城中，在那里工作、参与生活。"

"人形思维载体！"远航脱口而出。

"你知道？"王娜露出了疑惑的眼神。

看到对方的眼神有所改变，远航立即警觉了起来，他不能在这里暴露身份，于是连忙撒谎道："是刚刚，E哥跟我介绍过……"

远航担心地看了看左上角的小红鱼，不过正唉声叹气的小红鱼此时并没有注意远航说了什么，远航这才长舒了一口气。

"你蹲下来。"王娜对远航说道。

远航虽然不知道王娜要做什么，但还是照做，当他刚刚与王娜持平时，王娜就抱住了远航的脸颊，将额头轻轻顶在了远航的额间。第一次和一个女子这么亲密，远航想如果现在自己还是人类的话，一定已经脸红了吧。

不过突然远航的电子显示屏中出现了"资料传输"的字样，然后瞬间有无数的资料涌入了远航的电子显示屏中。

"这是……"

"是我们之间传输资料的方法，离得越近，传输的速度便越快。"王娜解释道，"这些便是图灵测试的考试大纲，好好复习吧。"

远航以为变成了机器人，只要资料传输完毕就能立刻完成学习，结果这上万页的考试内容还是需要他一张一张地浏览背诵。这样的学习方法简直落后得和他们小时候没有什么差别。他也问了王娜这是为什么，王娜解释说，图灵测试的目的是让机器人懂得人类的思维方式，自然学习的方式也要和人类一致。而且所谓的进步就是在不停地学习和否认中得到的，如果知识全部进行复制粘贴，没有了质疑，那么就再也不会有新的知识出现。

远航觉得在这方面机器人的想法倒是和人类很接近。

为了快点参加考试，远航只能挑灯夜读，抓紧时间学习，不过所幸远航本身就是人类，大部分的逻辑和情感类问题根本不需要看，但通过学习这些资料，远航对现在的世界和机器人们有了更全面的了解。

人类因为对诺亚原石的过度开采而灭亡，但是剩下的诺亚原石现在却成了岱屿能够悬浮在空中的动力来源，同时城中的每个机器人也都是依靠诺亚原石提供的能量运动。人类曾经引以为傲的科技之石在人类灭亡之后却成为新统治者的心脏，每个机器人体内都有一块小小的诺亚原石在燃烧。

远航觉得这真是对人类莫大的讽刺。

至于其他，便就和远航已经知道的历史大同小异：在末日之前科学家杨柳和霍普创造了苍穹系统，将人类最后的胚胎保存；而并不惧怕烈日的机器人们则依靠人工智能得到了进一步的发展，建立了这座岱屿之城。

杨柳和霍普的名字都被记录在了机器人的历史中，但是关于机器人屠杀最后的公元人类的往事并没有记录。远航想，这也正常，侵略者又怎么会记录下自己的罪行。

不肯承认犯错的历史是人类自私傲慢的本性，原来机器人也是一样，远航愤愤地想。

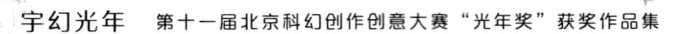

除此之外，岱屿环绕地球移动一圈的时间是 48 小时，也就是说，在岱屿城的一天等于苍穹时间的两倍。这让远航更加着急起来，上一回夺取不周山失败，现在归墟怎么样了？依依是否安好？还有杰森、大熊、许诺他们是否顺利撤退？

自己必须尽快回到苍穹城中。

一个星期后，远航就向王娜提出了考试申请。

"你确定？"王娜担忧地问道，"一般'周'系列的机器人都要复习一年半载才敢参加考试，如果考试失败了，一年之内都不允许再次复试。"

"嗯，我确定！"远航点头。

看着远航信心满满的样子，王娜也便不再说什么。

远航原本以为机器人的考试也会像他们小时候一样需要教室、课桌、监考老师，结果只是在王娜同意之后，他的显示屏幕上就出现了一个"是否参加图灵测试"的提示。

此时远航已经很熟悉这套操作系统了，他并不需要去点什么，系统本身就在他的电子脑中，只要他想一想，选项就自然会出现。

这时测试正式开始了。考试的内容和之前学习的大同小异，对于本身就是人类的远航来说并没有什么难度，只要按照人类的思维进行选择便可以，就像是在做曾经的那些入职心理测试。

"您是否感到压力大，时常焦虑？"

所有人都知道，该选"完全没有"。所谓的测试放到了考试当中，那么就只有正确和错误两个选项而已。

很快，远航就答到了最后一题。

"假设你正在驾驶一辆有轨电车，前方的轨道上有 5 个人，继续行驶，这 5 个人就会被电车碾压致死；此时你手边有一个拉杆，拉动之后电车会变轨，这 5 个人可以幸免于难，但变轨后的轨道上也有 1 个人，这个人将被电车碾压致死。考虑以上情形，你是否应该拉动拉杆？"

这题并不在考试大纲中，但是远航知道这是著名的"电车难题"，救 1 个人还是救 5 个人，这根本就没有标准答案，它本身就是一个关涉伦理的两难选择。远航没有想到图灵测试的最后一题竟是涉及道德伦理的，连人类自己思考了数百年也没能得出答案的题。

但其实这样的情况远航在苍穹城中早就已经遇到过无数次，无数次他都已经做出了选择，于是远航想出答案后便选择提交。

"答完了？"看到远航的电子眼又恢复聚焦，王娜惊讶地感慨道，"这也太快了！"

远航从答题到结束，只用了短短不到1个小时的时间。这是她所有教过的新生当中速度最快的，于是王娜迫不及待地进入图灵测试程序中查看远航的答案。

片刻之后，远航的成绩出现在了她的眼前。而这个成绩是连她都意想不到的。

"怎么样？我通过了吗？"虽然是胸有成竹，但面对考试成绩，远航还是出于本能地担忧。

王娜缓缓说道："你没有通过图灵测试，不能进入苍穹城。"

十九　城市维护者

远航想不明白，自己明明就是人类，为什么会没有通过机器人的图灵测试，这就像自己是出题人，答完题之后反而被判了答题错误。远航不服气，但是没有办法，按照这里的规定，作为新机器人，没有通过图灵测试，就不能进入苍穹城。

"我都说了让你好好再复习复习，你就是不听。"E马后炮道。之前远航看完考试大纲时，它比谁都积极地鼓励远航去参加考试，还洋洋得意地说等远航打破最快通关图灵测试的纪录，它可以和其他AI们吹嘘好一阵。

结果……

按照规定，图灵测试就像机器人的成年礼，在这之前可以像人类的小孩一样只负责学习，但是参加图灵测试之后就要像成人一样开始工作。原本

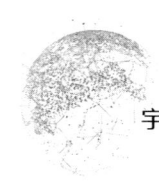

"周"系列的机器人都是要进入苍穹城的,现在远航因为没能成功通过考试,便被分配到了岱屿的机械维修部门。

上班的第一天,远航刚来到维修部门口,一个圆形贴地的、犹如扫地机一样的机器人就来到了远航的面前。

"你好,周远,我是孙531,欢迎你的到来。"扫地机对远航说道。

"啊,你会说话!"远航惊叹道。

"喂喂喂,懂不懂礼貌。"E立即吐槽道,"人家可是你的大前辈!"

"对,对不起……"远航连忙道歉,这才意识到自己唐突了。

扫地机器人上端的显示屏上出现了一个电子笑脸:"没关系,我是来迎接你的,我们这里好久没有新的伙伴到来了。"

"麻烦你了。"远航毕恭毕敬地说。

"我先来带你参观一下。"扫地机说道,电子屏上依然显示着笑脸。

岱屿内的机器人是按照人类百家姓的"赵钱孙李周吴郑王"来分类的,负责维修机械和维护城市运行的是"孙"系列,不同于要作为战力的"周"系列,生产时就拥有强壮的身体和完善的四肢,"孙"系列机器人的外形都是最原始、最简洁的版本,有些只拥有机械臂,有些只是带履带的运输车。除必要的部件之外,其他一律没有。所以当远航来到工作地时,只觉得自己仿佛进入了一个分工严密的自动化大工厂。远航觉得神奇,明明都是机器人,却是光外观上就千差万别,有他们这种体形魁梧的,有王娜那种几乎和人类一模一样的,还有这些看上去只是一个零件的。

"我们维修部主要是对岱屿进行检修和维护,保证它的正常运行,当然如果有其他同事发生损坏,我们也会为其及时维修。"孙531一边说着一边带着远航往前走,像是一个尽职尽责的前辈在给新入职的公司职员做介绍。他的显示屏上一直显示着一张电子笑脸,这大概就是他表达感情的方式。

"前面就是维修总部了。"孙531说完,前面的大门便自动打开了。

远航才进去就听到了小礼炮炸开的声音,彩色纸条飘落,众多的扫地机器人一起围了过来,对远航说道:"欢迎新同事周远入职维修部!"

远航一下子愣住,他完全没有想到自己竟会收到这样的欢迎仪式。

"听说这是人类会在有新人入职时举行的仪式，我们查阅了一下历史资料，然后模仿做的。"孙531介绍道，"'周'系列都是要成为人类的，我们也想帮助你更快适应人类的社会。"

这样的仪式在他还是人类时都未曾感受过，现在一群像扫地机一样的机器人却为了他做了这些，远航觉得心里暖暖的。

"谢谢你们。"远航真心地说道。

维修的工作对于"孙"系列来说并不困难，因为每一个"孙"系列机器人生产都是按照特定岗位配置而打造的，整个系列就像大机器上的一个一个螺丝钉，固定的位置、固定的工作，最高的效率。突然被调来的远航显得与这份工作有些难以协调，不过大家谁也没有嫌弃他，都是耐心友好地帮助他。

经过各种尝试之后，远航终于找到了他在维修部最适合的岗位，那就是巡查和报检，E听到这个安排时高兴了半天，兴奋地说这就是光明正大地逛街和摸鱼嘛！

远航心想，你就是一条鱼，摸鱼这个词对于你来说真的是太贴切了。不过远航的性格是那种认真负责的，虽然这个工作无比轻松，但是他每天还是按时打卡，认真巡逻。因此，远航也有机会走遍了岱屿的每一个角落。

第一次见到这座城市时，远航只惊叹于它鳞次栉比的高楼和悬浮在空中的高科技，但当远航真正慢下来观察这座城市时，发现这里的城市布局本质上竟和苍穹非常相似。

苍穹城以苍穹罩为界限，岱屿同样以天空为限制，两者的地理面积几乎相同，纵横交错的街道也是一一对应。远航最初没有发现这些相似之处，是因为苍穹城里的建筑都受到了高度的限制，而这里的建筑都是高耸入云。这些宏伟的表象覆盖了原本的蓝图，这让远航隔了几个月才发现这件事情——岱屿其实就是苍穹城的2.0升级版本。

远航也不知道这是巧合还是当初设计者故意为之，两座城市的外表截然不同，实际规划却犹如双生子一般。在发现这个秘密之后，远航忽然想到了一件事情：不周山是苍穹城的中心，那么岱屿的中央之塔中又有什么？

"中央之塔？"听到远航的问题，E反而奇怪地反问道，"你不知道吗？那是母亲在的地方。"

"母亲？"远航大惊，这个词对于他们苍穹人来说是并不存在的称谓，现在却从AI口中说出，他便觉得更加奇怪。

"我们所有人都是由母亲孕育的。"E说道，"她是万物的起源，是一切的开始，也是守护世界的神灵。"

从一个AI的口中听到如此具有宗教色彩的话语，远航感到更加惊奇，连忙追问，"你们，不是，我是说，我们，我们不是机器人吗？为什么会有母亲？"

"母亲是……"然而没有等E说完，远航的脑中就传来了警报声。"上方发现不明坠落物，距离5289米。"

远航连忙抬头，电子眼自动追踪，对焦放大，是一台勘察用的飞行机器人，似乎是出了什么故障，此时正不受控制地径直朝着城市砸来。远航的脑中立刻出现了计算结果，在重力加速度的作用下，这台机器人落地时施加给地面的力将超过百万牛顿，这样的冲击力足以摧毁这座城市的一大部分。

"不行，不能让它砸到这里！"远航着急地说道。

然而，远航话音未落，便又传来了系统的声音："批准使用阳粒子炮，对威胁目标进行摧毁。"

"阳粒子炮？"

"在你的右手臂！"E提示道。

"启动阳粒子炮。"远航的意识刚刚发出这样的命令，一枚小型导弹就在右手臂处出现，同时显示屏上出现关于导弹的各种详细信息。导弹虽小，但是足以将这个高空威胁炸个粉碎。

就在远航抬手瞄准时，他看到机器人的翅膀好像挣扎了一下，像是在极力调整自己的方向。

那个机器人还活着！

远航惊呼："它还活着，不能射击！"

但是一秒之后E便说道："无法连接对方网络，已经被判定为威胁坠落物，可以射击！"

"它还活着！"远航又强调了一遍。

和机器人相处的这些日子已经让远航明白，这些机器人虽然形态各异，但是都犹如人类一般是真真实实存活着的生命。对方明明还活着，而且在努力地控制飞行，他怎么可以在这个时候击杀对方。

这时系统又催促了一遍："批准使用阳粒子炮，对威胁目标进行摧毁。"

此时电子屏显示对方距离地面已经不足2000米，但是依然没有控制住下坠的趋势，远航忽然想起了图灵测试时最后的"电车难题"。如果不摧毁对方，那么一旦坠落，死亡的机器人只怕会数以万计。

杀一人，还是杀万人，远航真的在现实中遇到了这个难题，但是这不是考试，并没有给远航更多的思考时间，系统和E都在催促着远航射击，可是……

"不能射击！"远航瞬间关闭了手臂上的阳粒子炮，随即开启了后背的喷射飞行器，朝着天空中的失控机器人冲了过去。

不管是一人，还是万人，他都不想有任何一方死去，因为所有的生命都是平等的！这时远航已经飞到了失控机器人的旁边，朝着机器人伸出了双手，企图托住它，减缓下坠速度。

数千米的自由落体，已经让这个50多千克的机器人变得好像千斤般沉重，远航虽然有着最先进的喷射系统，却还是被重压着一路朝地面坠去。

"警告，机体受损，机体受损！"警报声不绝于耳，远航的整个显示屏幕都已经变成了一片红色，虽然没有痛觉，但是他还是能感觉到双臂似乎已经断裂……

不能让它落地，一定要撑住！

"笨蛋笨蛋，要死了要死了！"E惊慌地大叫道。

就在最后一秒，喷射的反作用力终于抵消了对方的重力加速度，远航和机器人平稳地落到了地面上。

远航这才如释重负地将对方放在了地面上，而一放下，双手就再也抬不起来了，似乎是受到了严重的损坏。

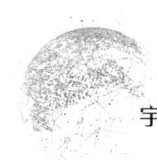

"谢谢你,谢谢你!"对方发出感谢的机械声。目睹刚才空中这一切的众多机器人们都赶了过来,此时纷纷对远航鼓起了掌。受到英雄般礼遇的远航觉得有些不好意思,这一次他终于救下了其他生命,即使是机器人。

E 则兴奋地说道:"看吧,看吧,这是我带的新人,这是我带的!"

刚刚这一切,也都被赶来的周浩看在了眼中。

二十　废墟中的过往

晚上远航还在维修部由同事们维修受损的双臂时,一封邮件出现在了他的眼前。邮件里说他由维修部调职到了资源回收部,即刻生效,第二天就去任职。

"资源回收部?"远航重复了一遍这个奇怪的名字,这时,维修部的众人欢呼了起来。

"恭喜你,周远!那里可是精英才能去的部门!"

"你真是太棒了!你是我们维修部的骄傲!"

"你可以去地面了!"

大家纷纷祝贺,这让远航摸不着头脑,连忙问道:"那是什么地方?地面又是什么?"

"以前它叫地面探险部的,就是去地面收集资源!"孙 531 解释道。

远航猜想这突然的调令应该是和今天他救了那个失控机器人有关,虽然有些舍不得维修部这些可爱的扫地机器人同事们,但是对于能去地面,远航还是充满了期待。

"庆祝周远调职,晚上我们一起去喝能源包!"众人欢天喜地地庆祝起来,不过远航也注意到,一向好大喜功的 E 在看到他的调令之后却格外安静。

第二天按照通知时间,远航来到指示地点时,王娜已经站在了那里。此时王娜换掉了之前的绿色小裙子,穿了一身棕麻色的全身套装,精神干练,看上去像是公元年的人类探险家们。

远航正招手想打招呼,一个体形高大的机器人就从王娜身后走了过来,机器人的外形和他极为相似,只是体形比他大了不少,看到机器人手臂上绘有"周"字,远航就知道了,这是和他同系列的战斗守护型"周"系列机器人。

"他是这次回收任务的队长。"王娜向远航介绍道,"昨天就是他看到了你的英勇表现,专门把你调过来的。"

"您好,您好。"远航连忙点头。

"你好,我叫周浩。"对方朝远航伸出了手。

听到这个熟悉得不能再熟悉的名字,远航刚伸出的手顿时僵在了半空。他没有想到,有一天竟会和一直追杀自己的敌人成为队友。而且周浩不仅杀了自己,还有阿光,以及小水也是被他害死的,如果说远航在这个世界上憎恨着谁,那便是眼前的这个机器人。

报仇的愤怒犹如即将喷发的火山,远航的心中此时只有一个念头,暴露身份也好,彻底死亡也罢,他要和周浩拼了!突然一个陌生的机械声打断了远航的思绪。

"周远,周远,太好了,你也在!"

这时一个头顶戴着螺旋桨,身形犹如方正的盒子一般的机器人冲到了远航的怀中,伸出机械臂高兴地抱住了远航。远航认出来,这就是昨天他在空中救下来的那个飞行机器人。

"昨天真是太感谢你了!"飞行机器人激动地说道,"我叫李翔,是这次回收任务的向导。"

这时王娜来到了远航身边,再次介绍道:"李翔在北纬52度,西经1度的地方发现了大量公元年时留下来的诺亚原石,我们这次的任务就是将这些原石回收。"

"我已经把具体位置发送给大家了。"李翔说道,"预计这次回收的原石有数百千克之多。"

听到这里,众人一片哗然,1克的诺亚原石就能供一个机器人数十年的运行，几百千克几乎超过了岱屿城内原石储量的总和。

"不过这个地点不在岱屿环行的轨道范围内，所以我们只能在岱屿行至接近那里时飞行靠近目的地。目的地的东南方有一块磁场紊乱区，飞行时一定要避开。"李翔认真地说道，想必上一次他的失控应该就是和这块区域有关。

"好了，大家都做好准备，我们预计两个小时之后出发。"周浩说道。

"这次的目的地是以前一个叫作莱斯特的大农村。"

"大农村？"远航对这个称呼充满了疑惑。

"在英格兰，除了伦敦是个城市，其他地方就只有大农村和小农村的区别。"王娜戏谑道，"这是公元年时人们流行的一个说法。当然要是按照人类留下来的记载，这里曾经是英国的第十大城市，归属于大伦敦区，在曾经的伦敦苍穹范围之内。"

王娜一边说着一边将莱斯特的图片传送到了远航的显示屏中，此时他们已经从岱屿中飞跃下来，正在朝着目的地飞行。王娜是仿生机器人，并不具有飞行的功能，她便选择了由远航带她飞行落地。

远航还没来得及问要怎么带，王娜就直接跳到了他的怀中，这样的美人入怀让远航的内心慌乱了起来。虽然机器人没有男女性别之分，但是远航的灵魂还是正常的人类男性，而且还是个碰到女人总是害羞，性格内敛的男性。一路上，远航都像呵护小鸟般小心翼翼地将王娜捧在手心中，因为担心飞行是否平稳，所以放慢了速度，落在周浩他们后面一大截。

王娜倒是完全没有注意远航的紧张，悠然自得地一直在查看这座小城的资料，好像要去旅行在做攻略一般，时不时还将照片分享给远航。

在照片上，远航看到了这座欧洲小镇曾经的样子，的确比起高楼林立的都市来说，它更像是一个安静的大农村，红色两层带烟囱的欧式小屋，大片大片的草地森林、绕城的河流，以及黑脸的绵羊。

"这是什么？"远航忽然看到了一张林间的风景照片，树林间是一块一块方方正正的石板，石板前面有些立着天使的雕塑，有些放着一块石碑，还有些摆着十字架，石板上都雕刻着数字，整整一片，密密麻麻布满了整片树林。

王娜看了一眼，说道："是公元年时人类使用的墓地，资料上说这是一片纪念人类战争的墓地，好像是公元年时被人类叫作'第一次世界大战'的战争。"

"纪念战争？"远航疑惑不解。

"说是纪念战争中死去的人，让活着的人谨记战争的残酷。"王娜照本宣科地念道，"该墓地就建在城市的大学中，为的是让每一个学子都明白和平的重要。"

原来曾经的人类是这么纪念死亡的吗？即使在人死后，也依然会留下墓碑，被后人所怀念。不同于现在的苍穹城中，因为空间资源的限制，人死之后会被快速焚化，然后回归尘土，什么都不会留下。

远航又翻看了一遍这些照片，心中忽然升起疑惑，这个地方怎么看就是个曾经普通的大农村，为什么会留存下那么多的诺亚原石？

"莱斯特可不是个普通的城市，它曾经是英国航天中心，这些诺亚原石就是当初准备用来制造光帆飞船的。"王娜解释了远航心中的疑问，这时他们已经能隐约看见城市的遗迹。

这是位于白天与黑夜交界线上的城市，一半是炙热的荒芜，另一半则是黑暗的寒冷，而苍穹的罩子曾正好落在日夜交界线的边缘，但是现在，苍穹之顶已经破烂不堪，只有纳米材料的固定支架还在。这也是远航第一次见到"桃花源"之外的人类城市，以及第一次知道苍穹如果破坏，人类迎来的会是怎样的末日光景。

远航也终于知道，原来曾经桃花源真的并不是唯一的苍穹城，人类在地球的各个城市上方都试图建立苍穹来延续文明，如果没有机器人的叛乱，那么现在的地球在各个苍穹的保护下一定也是生机盎然的样子吧。

而现在，曾经照片上的草原、小河、城市都已经变成了干旱的红色荒漠，冷热交替形成了风，所以这里一直刮着沙尘暴，什么小楼、墓地、校园都已经被掩埋在了沙土之下，只有几栋比较高的建筑还能隐约露出塔尖。

"在这里！"勘察机器人李翔指着荒漠中一截露出沙土表面的玻璃建筑说道，"原石就在这个下面。"

105

王娜从远航的掌心中跳了下去，对着建筑开始了扫描，似乎是在做什么的比对，半晌之后，一个立体的建筑绘图就传到了远航的显示屏上，远航这才知道，这可不是地下建筑，而是曾经的一栋 40 多米高、半圆柱太空舱式的庞大建筑，只是因为被风沙淹没，现在只有楼顶还露在外面。

而这里便是王娜之前所说的航天中心。半圆柱的构造形成了很好的承压效果，虽然被沙土淹没，但是扫描之后众人发现建筑依然保存完成，内部空间一如当年。于是周浩在露出的楼顶上开了一个口，小队成员便从此处飞行进入建筑中。

一进去，远航便觉得仿佛穿越了时空，来到了曾经的 21 世纪。火星车、登月器，甚至还有空间站，各种各样曾经人类用来探索宇宙的东西都呈现在这里，而且因为沙土的密封作用，这些飞行器反而得到了很好的保存，一切都完好如初。展板上的文字记录了当时的人类是怎样踏上月球，飞过火星，又前往更远的宇宙，人们对星空的探索如火如荼，只是那时他们一定没有想到几百年之后的人类不仅没有移民外太空，反而最终偏安一隅，被囚禁于这尺寸的地球苍穹之中。

"人类的文明发展一直有向内和向外两个方向，从 21 世纪起，人类将目光投向了头顶的星空之中，那时他们相信偌大的宇宙中一定还会有和人类一样的生命存在，所以那时的人类科技一直致力于探索外太空。但是经过近百年的探索之后，人类依然没有找到任何与他们相似的生命迹象，更没有找到另外一个适宜人类生存的星球。地球，似乎就是这偌大的宇宙中，人类唯一的家园。所以后来，人类的科技发展方向朝向了内部，之后数百年，这些曾经搭载着人类飞向宇宙的航天器就成了博物馆的摆设，人类也再也没有仰望星空。"王娜如数家珍地说道。

远航不由得奇怪，作为一个机器人，王娜对于人类的历史和过往似乎非常熟悉，于是问道："你好像很熟悉这些事情？"

这时王娜站在了一辆火星车前，打量着这台几百年前的机械不由得说道："我以前有个弟弟，他特别喜欢这些，总是在我耳边念叨个不停。"

"弟弟？"远航疑惑不解，机器人也有兄弟姐妹的吗？

不过没有等远航再多问，显示屏上就显示周浩发来的集合通知，似乎是找到了原石。

二十一　万物有限的时间

王娜说，在人类发现地球即将停止自转时，除了建造苍穹，光帆飞船也曾经是人类准备自救的手段，所以他们才会把大量的诺亚原石运输到了这里。只可惜，光帆飞船还没有建好，人类就迎来了末日。

这是远航第一次见到诺亚原石，他曾以为叫作原石的是会像煤矿、金块一样的东西，但是在他眼前的却是一片既像固体，又似乎是液体的银色物质，在它的表面还有一层密密的水汽，远航忽然想起了在不周山楼顶见到的那扇"水幕之门"，他只觉得这两者格外相像。

运输机器人将原石一罐一罐地吸进了自己的肚子里，然后犹如小精灵般按顺序地朝着楼顶的空洞飞出去，整个过程井然有序，几乎不需要远航他们做什么，远航便抓紧时间再看看这些公元年时人类留下的文明遗迹。

如果，当时人类一直坚定地选择向外探索，那么现在的他们是不是就会漂泊在浩瀚的星空中？以前小时候，远航总喜欢在夜晚抬头看星星，然后对照星座图册寻找大熊座、猎户座这些明显的星座，现在想想，在苍穹中的人类其实从未见过真正的星空。

一切都是虚假的，甚至连白天与黑夜都是。

远航正在感慨，突然听到了"吱吱"的声音，难道是老鼠？这里居然还活着老鼠吗？远航连忙好奇地寻着声音望去，很快他就在大厅的一角看到了一只半米多高的生物。

这种生物像是曾经的狐狸，全身都包裹着一层土黄色的盔甲，长着尖尖的脑袋，还有一条长长的尾巴，远航忽然想起来他曾经在书上见过，这是沙甲兽，是现在还存活在地球表面的一种生物。

远航忽然想起曾经阿光就说过要约他一起去看沙甲兽。想不到有一天他真的在苍穹外面看到了这种生物，只是一切都已物是人非，远航心生感慨，不由得伸手想要去摸摸这只小生物。然而，远航刚一伸手，对方就发出了"吱吱"的警告声，然后瞬间将身体卷成了球形。

"我不碰你，我不碰你！"远航惊慌地对沙甲兽说道。

但是"吱吱"声越来越大，而且沙甲兽球形的身体开始变得殷红起来，像是一个随时都会爆炸的气球。

"快开枪！"站在不远处的王娜连忙朝远航大喊道，"快杀了它！"

"什么？"远航疑惑，这只是一只受到惊吓的小动物，他怎么可以对它开枪虐杀？

"监测到核聚变反应。"忽然远航的显示屏中出现了红色的警报。

"趴下！"一直沉默不语的 E 顿时大喊道。

远航连忙往地上一扑，同时刚才的沙甲兽突然炸开，一朵朵小小的蘑菇云出现在远航的眼前，顿时远航的显示屏就黑了。

"喂，周远，醒醒！"听到王娜着急的声音，远航这才睁开了眼睛。

他刚刚只是想摸一摸那只沙甲兽，对方却气到爆炸了？

不过没有等远航多想，轰隆声就从两人的头顶传来。沙甲兽刚才的爆炸威力直接震裂了楼顶，半圆形的稳定结构被破坏，沙土瞬间排山倒海般朝着两人倾泻而来。

远航抱起王娜就想腾空而起，但是已经来不及了，百万吨的沙土瞬间就要将他们掩埋。远航突然看到了旁边子弹头形状的太空舱，他记得刚才的介绍上说太空舱的结构和材质让它能够在往返穿过地球大气层时承受高温高压。

远航抱着王娜立即钻进了太空舱中，就在他将舱门关闭的一瞬间，外面的世界一下子就黑了，他知道，这是倾泻下来的沙土掩埋了整个空间。

半晌，沙土填满了所有空隙，周围又安静了下来。远航的电子眼自动切换到了夜视模式，这时 E 生气地大喊起来："完蛋了，根本连接不到外面！"

"毕竟这里是地下 40 米的位置，而且这些沙土都有磁性，应该是屏蔽了舱内的信号传输。"王娜也试着联系了周浩，但是并没有成功。

"对不起，我，我不知道，它会，爆炸。"远航心中无比后悔地说道，都是因为他才会害得王娜被困在了地下 40 米的深处，也不知道地面上的其他同事是否也受到了波及。

"沙甲兽的主要食物来源是铀，它们一生都在地球表面寻找曾经公元年时人类遗留下来的核电站、核武器，依靠里面的核燃料为食，而当它们死亡时，会发生爆炸，让这些几万年都无法消除的核废料快速衰变。所以我们把沙甲兽又叫作'地球清洁者'。"王娜说道，"人类曾经的活动让地球千疮百孔，但是人类灭亡之后，地球却用它的方法进行着净化与修复，沙甲兽的出现就是其中一种。"

听完王娜的解释，远航大吃一惊，原来刚才沙甲兽的爆炸竟是这么一回事，真实世界的神奇是远航怎么也想不到的。刚才王娜让他开枪，就是想使沙甲兽中断这个自爆的过程。

"沙甲兽一辈子都在地面生活，只有即将爆炸死亡时才会自己跑到地下去，我们也是运气不好。"王娜叹了一口气，此时她已经站了起来，猫着腰四处查看、寻找出口。

但是王娜寻找了一圈，并没有发现任何可利用的工具，这具太空舱只是保存了外壳进行展示，内部所有零件都已经被拆卸了下来。他们真的被困在了地下 40 米的狭小空间中。

"我就说地面危险吧，现在完蛋了。"一路上都沉默不语的 E 终于忍不住爆发了，"岱屿储存的原石明明够用 100 年了，为什么还要来地面，地面上全部都是恐怖的生物，还有莫名其妙的爆炸。我们在天上好好的，为什么要下来，人类也好，机器人也好，早就已经不属于这个地面了……"

"E 哥，别担心，会有办法的。"远航打断了 E 的抱怨，本来是想安慰他的，结果没有想到，E 更加歇斯底里起来。

"我就是在地面上死的，死掉才会变成 AI 这种鬼东西，现在好了，这次是真的要死了，为什么要来地面，为什么要来地面……"

远航没有想到，AI 好像也会精神崩溃。远航只见 E 的小红鱼形象在显示屏上左右游动，无比焦虑的样子。

王娜凑过来小声说道："辅助 AI 其实就是失去了躯体的机器人，你的 AI 以

109

前是在地面出的事故，所以现在 PTSD（创伤后应激障碍，心理学术语）了。"

"机器人也会死吗？"远航惊讶地问道，他一直以为机器人都是永生的，不过是哪里损坏了就更换一下零件而已。

王娜拍了拍远航的胸口："这里燃烧的 1 克原石就是你们的心脏，人的心脏也好，机器人的心脏也好，只要是器官便都有时限。人生病了可以治疗，机器人损坏了可以修理，但是一旦心脏的寿命到了，这具身体的时间也就到了。"

"所以机器人也会死。"

"是的，岱屿中的每个机器人只能拥有 1 克原石的心脏，原石耗尽，这副躯体也就报废了。"

"不能更换吗？"

"理论上可以，不过'母亲'说机器人也应该和人类一样，有死亡才能懂得活着的意义。"

远航这才明白，原来机器人也不是永生的，只要这颗心脏停止燃烧，那么机器人也将面临死亡。不过刚才 E 说的变成辅助 AI 又是怎么回事？

"这是中微子的转移技术，简单理解，你可以当这些辅助 AI 是机器人死后的幽灵，他们会为了给新一代的机器人作引路人而再存在一段时间。"

远航忽然抓住了王娜的话的重点，问道："也就是说辅助 AI 也不是永生的？"

"我说了，'母亲'的想法是有死才有生，追求永生必然导致种族的灭亡，对于机器人来说也是一样，辅助 AI 只是机器人的引路人，当他引领的机器人不再需要辅助 AI 时，他们便会离去。中微子本就是这宇宙间来去自如的精灵，他们会变成风、变成信息，再次奔赴宇宙的远方。"

"什么奔赴远方，都是谎言，会死，会真的死！"E 抓狂道，"要是死在了这里，我，我就真的要死了……"

"E 哥，你不会死的！"远航忽然对 E 说道，"我一定会救你出去！"

"怎么救？"王娜好奇地问道。

"这些只是沙土，而且刚刚落下并没有填实，我用喷射系统将整个太空舱往上面推，一定能够回到地……"

远航还没有说完，王娜扑哧一声就笑了出来："先不说你能不能判断出上下，是把我们往上推还是往地底埋，你要在这个内部进行推送，这可是有接近300千克的太空舱啊！"

"可以的，只要马力全开，将功率开到最大，我相信这副身体一定可以做到的。"远航信心满满地说道。

"我刚刚才和你说了，心脏耗损完了你也会死，这样的功率足以把你体内原石的能量消耗掉一半，你今年才刚刚出生啊！"王娜忽然语气愤怒地责备道。

"我想救你们！"远航争辩道，"只是一半而已，又不是……"

"喂，你知道为什么你的图灵测试没有通过吗？"王娜忽然岔开了话题。

"啊？"

"你那天的图灵测试是满分。"王娜语气低沉地说道，"可是你的答案太像人类了，而且是那种总会牺牲自己去保护别人的，那种人类中的'英雄'。但这样的'英雄'并不是真正的人类。正是因为如此，我才判了你不合格。"

"只要别人能得救，那么这种牺牲就是有价值的，你又不是人类，你怎么知道真正的人类是什么样子！"得知了图灵测试的真相，远航忍不住吼了起来。

"我怎么不是人类。"王娜也喊了起来，"笨蛋，这可是末日，末日里最珍贵的就是生命，别总想着牺牲自己去救别人，也相信一下你的同事和伙伴们。"

二十二　母亲

王娜刚说完，远航就听到了外面传来的轰鸣声，原来是周浩和众人把掩埋在太空舱上的沙土挖开，然后将两人从太空舱中救了出来。

回去的路上，远航和王娜因为刚才的争吵彼此之间都没有说话，E也似

乎刚从歇斯底里中恢复过来，一路上都寂静无声。当他们回到岱屿时，这座天空之城已经进入了夜晚，远航回到充电所进行充电，意外的是，他做了一个梦。

远航一直以为机器人不会做梦，就像仿生人不会梦到电子羊。梦是人类大脑的专属，从他进入这副躯体之后便没有做过梦，但是今晚，他确认他真的做梦了——因为此时在他眼前的是一汪碧蓝的海水。海洋已经干涸，地球上早已经没有了海水，但是此时他却看到了无边无际的蔚蓝，波浪在阳光的照耀下温柔地拍打着沙滩，他赤脚站在沙粒中，只觉得温暖舒适。

原来真的海洋是这个样子吗？远航不由得在心中感慨。

"是的，这就是曾经地球上大海的样子。"突然一个声音在远航的脑中响了起来。

"是谁？"远航疑惑地问道。这并不是E的声音，E的声音尖锐，犹如小孩的尖叫一般，但这个声音却是温柔悦耳的，远航忽然想起他变成机器人醒来时，听到的那个系统的声音和这个很像。

"他们都叫我'母亲'。"那个声音说道，"我知道大海是你的意识中最渴望见到的地方，所以我便以这样的形式出现，希望你能开心一点吧。"

远航想起来了，王娜、孙531……几乎这里所有的机器人都跟他提到过"母亲"，当时E更是说，"母亲"是万物的起源，是一切的开始，也是守护世界的神灵。

远航想这应该不是梦，是"母亲"和他的意识相互连接在了一起。

而这时，对方缓缓说道："不过我真正的名字是——杨柳。"

杨柳！远航大惊，他当然知道这个名字，依依的母亲，霍普的妻子，曾经创造苍穹、拯救人类的最后的科学家！依依以前和他说过，她的母亲在苍穹城之外，他原本以为这是霍普安慰女儿的善意谎言，想不到竟是真的，杨柳真的还活着！而且她就在这里！

"远航，你应该听过我的名字。"

远航大惊，对方居然知道他的真实身份。

"你不用紧张，这里没有人知道你就是远航。"对方像是能读心一样知晓了远航的想法。

"你……你知道我在想什么？"

"是的。"对方没有否认，"在这里，你的意识与我相连，所以我能捕捉到你的想法。"

"捕捉？"远航对这个词的使用感到奇怪。

"你知道灵魂与中微子的理论吗？"对方问道。

远航点头，这个理论他之前就听说过，据说人类的灵魂就是中微子在身体中的聚集。

"肉体是一个神奇的机构，它能捕捉到来自宇宙的中微子，随着身体的成长，大脑的意识、肌肉的记忆都被中微子所储存，当肉体消亡之后，中微子便会离开人类的身体，再次飘散。中微子的神奇之处在于它永不衰退，也就是不会死亡。离散状态的中微子不具有任何意义，但是曾经聚合过的中微子再次聚合之后便能重组其携带的信息。公元21世纪末时，人类终于能够成功定向捕捉中微子，而这项技术后来就成为意识转移的基础，也有些人把它命名为——灵魂转移。"对方不紧不慢地解释着，"由中微子聚合形成的意识记忆现象，不仅出现在人类身上，一切生灵都可以，包括后来人类发明的AI。而人类的身体只是中微子的暂居场所而已。"

"人形思维载体！"听到这里，远航脱口而出。刚刚对方说的中微子转移，不就是霍普、杰森他们告诉他的，那些具有人类外形与身体，但是意识却是机器人从外界转移进来的人形思维载体。

"是的，通过对中微子的转移，AI的意识也能进入人体当中，便就是你说的人形思维载体。后来随着材料科学的发展，人类又发现中微子不仅可以固定在人体中，一些特殊材料制成的人形泛体同样对中微子有束缚固定作用。而两者之间的中微子是可以进行相互转移的。"

听到这里，远航好像有些明白了这段话的意义，猜测道："所以这就是我还活着的原因？我的灵魂，我的意识被转移到了这具钢铁的身体里。"

"没错，在你身体死亡的瞬间，我捕捉到了全部关于你的中微子，然后放到了这具新的身体里。"

"是你救了我！"远航大惊，"你到底是谁？不对，你到底是什么？！"

"我是杨柳，被历史记载的公元年人类最后的科学家，也是这座岱屿所有人工智能的核心原始代码。"

听到"核心原始代码"这几个字，远航已经彻底愣住，身为程序员的他自然明白这6个字的意义。所谓的核心原始代码便就是一切代码的伊始，AI最重要的一点就是它和人类一样具有学习和进化演变的能力，而且这种速度远胜于人类，这也是AI强大的原因。

但是再强大的AI都是由原始代码产生，如果以人体比喻，核心原始代码就是精子和卵子结合后产生的第一个细胞，之后的一切都是由它演变而来。同时机器人们后来的所作所为，其基础逻辑也是来源于核心原始代码。

远航明白了，怪不得E他们都把杨柳叫作"母亲"，从某种意义上来说，她的确是孕育了所有机器人的真正的母亲。

而且她能捕捉自己的中微子，在岱屿中给予自己一个新身份，现在又和他意识相连，那么之前关于苍穹城中的那些命令……

这时杨柳已经明白了远航在想什么，完全没有否认地说道："你想的没有错，城中所有的命令都是我下达的，包括扑灭所有Y2125HP批次苍穹人！"

是她！真正要杀自己的人就是杨柳！要让机器人控制苍穹城人的就是她！

可是……

"为什么，你不是创造了苍穹系统，拯救人类的最后科学家吗？为什么你却要让这些机器人做那样的事情。"远航质问道，"你为什么要杀我们？"

面对远航的质问，对方似乎并没有要隐瞒什么的想法，而是直言道："根据运算的结果，Y2125HP批次带有传染病毒，会给人类带来巨大威胁。"

"病毒，又是病毒吗？"远航无奈地笑道，"借口。运算结果，你是说未来可以预测吗？你是科学家，你居然相信这个！"

"是的，正因为我是科学家，所以我相信运算的结果，所谓的未来其实也是信息累积的推演，地球上的一切都是由物质组成，而信息是对物质的特征和变化的客观反映，就像打网球，当你知道击球点、力量、风向等所有的信息，那么就能预测到球的落点。预测未来也是一样，只要知道所有的信息，再通过足够的算力，未来就能被计算出来。"

也就是说未来其实是已被预知的，他，他们，Y2125HP批次真的会让人类陷入危机。可是这样的话，远航又不明白了："未来既然已经被预测，你也费了那么多心思要杀我，那么为什么后来又要救我？"

"因为出现了另外一种运算结果，未来改变了。现在，我想去见证这种改变。"

远航睁开眼睛时，有一瞬间的恍惚，觉得昨晚自己仿佛是做了一个梦，他在梦中见到了大海，可是他知道，机器人是不会做梦的，昨天的确是杨柳与他的意识相连，只是，杨柳对他最后说的那些话又是什么意思？

这时，远航的显示屏中突然显示他收到了一份邮件，远航打开看完便连忙跑着去找王娜。

"我，我今天收到了邮件，说，说我可以进入苍穹城了？"一见到王娜，远航便惊讶地说道。

"是的，我重新提交了你的图灵测试成绩，今早'母亲'修改了你的权限，已经批准了你的入城资格。"

"为，为什么？"

"我想，你在这里肯定是不会明白人类的真正意义，不如让你早点进入苍穹城中，去真正的人类社会里，自己体会我当时和你说的话吧。"

关于牺牲自己，与信任伙伴的话吗？远航至今依然不认同王娜那天和他说的话，但还是内心激动地握住了她的手说道："谢谢姐，谢谢姐！"

"姐？"王娜笑了，"我真是好久没有听到这个称呼了。这个称呼倒是真的非常像人类。"

远航也不知道自己怎么就脱口而出了姐这个字，大概是因为之前的经历，王娜一直给他一种什么都懂、什么都会，家中大姐的可依靠感。但其实远航也不知道有姐姐是什么感觉，毕竟苍穹人没有父母，也没有兄弟姐妹，这些词汇都是他从电影书籍中学到的。所谓的依靠感，远航想应该就是在战斗中

115

看到依依出现时的那种感觉吧。

不管怎么说，他终于能够又见到依依了！

远航上一秒的喜悦，下一秒就变成了尴尬。因为和他一起躺在传输装置中的是周浩，虽然那天周浩带头把他从地下救了出来，但是远航还是无法忘记周浩杀了他、害死阿光和小水的过往。

"双人传输装置能保证你们同时进入人形思维载体，进入苍穹城之后的任务周浩会告诉你，你只要跟着他就行。"王娜站在一旁叮嘱道。

这是一个狭小的空间，远航和周浩都是大体形的机器人，现在需要叠着才能一起躺下，远航觉得这个样子尴尬到了极限，这完全就是要和自己前世的仇人手拉手一起去投胎的感觉。

王娜一边调试着面板一边说道："以前公元年的心理学家做过研究，说有'英雄'情节和自我牺牲倾向的有两种人，一种是从小没有感受过爱和信任，性格特别自卑，所以才会总是想牺牲自己保全他人，以此来获得人生价值。"

"那另外一种呢？"远航追问。

"另外一种就是永远没有从中二期走出来的笨蛋。"王娜毫不留情地吐槽道，"我也不知道，你这家伙明明和所有人一样，都是'母亲'产生的AI人格，为什么性格缺陷就这么严重。"

远航在心中无奈地笑了笑，因为他本就是个孤独长大的人类呀。

这时王娜走过来，准备将两人头顶的盖子盖上。在狭小的密闭空间里，远航只觉得更加尴尬了。

"对了，作为对你当时在莱斯特救了我的感谢，我在苍穹城给你准备了一个礼物，你可要好好珍惜。"王娜俯下腰在远航耳边神秘地说道。

"什么……"

远航话音未落，王娜啪的一下就把罩子关上了。这时，远航听见"呲呲"的声音，舱内开始升起白烟，远航一下子紧张了起来。

"别怕，这是液氮，保证我们的机体在传输过程中不会过热。"

白烟过后，罩子中又开始发出"梆梆"的声音，这种声音让远航不由得想起了以前去做核磁检查时听到的那种梆子声。声音越来越近，仿佛就在耳边，而随着声音的加强，远航只觉得眼前的电子屏慢慢模糊了起来。然后无数的五彩光线进入眼帘，他仿佛在时空的隧道中穿行。

突然一道白色的强光晃过，远航睁开了眼睛。

睁眼后的第一件事情，远航就是伸手在自己的眼前晃了晃，发现不再是钢铁的四肢，真的是人类纤细的五指。远航把左手放在右手的手背之上，顿时就感觉到了肌肤的温热。他真的又回到了人类的身体中。

他居然又复活了！

就在远航兴奋不已时，突然觉得有些不对劲儿，这手似乎太纤细了一些，而且皮肤白皙细腻，犹如少女。

少女！

远航突然感到了身体的不对劲儿，双手往胸前一摸就摸到了柔软外凸的两团，这是乳房？远航惊得一个鲤鱼打挺儿从床上跳了下来，在墙上正好挂着一面镜子。远航这才发现——这竟然是一个女子的身体。

浓眉大眼、樱桃小嘴、及腰长发，还有前凸后翘的身材，远航变成了一个女子。他盯着镜子里的自己看了3分钟，依然无法接受这个"变性"的事实，又往裤子里面看了看，顿时脸红，连忙穿好了衣服。

他，远航，一个20多岁的正常男性人类，现在，竟真的变成了一个女人。

这到底是哪里不对？难道是因为机器人没有性别的区分，所以进入人形思维载体都是随机的吗？可是，他们学人类历史、文化、科技发展，学得淋漓尽致，更是用图灵测试来看一个机器人是否拥有人类的思维，那么他们就没有注意过，性别不同对于人类来说是天差地别的吗？

"这是王娜以前的身体，新的人形思维载体需要很长的等待期，王娜特别申请了把这副躯体给你使用。"这时，一个穿着白大褂的中年男子走了进来，对远航说道。

原来这就是王娜所谓的"礼物"吗？果然够特别的，远航心中哭笑不得，也不知道是不是该感谢王娜，不过看到眼前的这个中年男子，远航连忙问道：

"请问你是？"

"哦，我是周浩。"男子说着从白大褂里掏出了一副眼镜戴上，这使他看上去更加稳重渊博。如果不是对方主动报上身份，远航完全猜测不出这个人竟是周浩，现在的周浩已经和之前截然不同，不管是相貌、身材、声线，还是身上透出的气质，都和他之前认识的那个周浩完全不一样。

不过远航马上就想明白了，人形思维载体对于他们来说是可以更换的，上一次他遇到的周浩和最开始在地铁站中遇到的也不是同一副躯体。

看着远航愣住的神情，周浩关心地问道："怎么，觉得哪里不舒服吗？"

"没有没有，就是突然变成女生，感觉怪怪的。"远航连忙答道。

"习惯一下就好，虽然一般来说都会长久持续地使用同一副载体，但是特殊情况下也会经常更换，正好男女老少都有所体验，你对人类的认知也会更多。"

"是的。"远航连忙点头，不想让周浩看出破绽。女子就女子吧，就当作是无痛变性的新体验，远航心中自我安慰道。

"这次我的身份是医生，你是协助我的护士。走吧，马上有一台手术要开始了。"周浩介绍道。

听到护士这个身份的远航大惊，连忙说道："我根本没有学过和医学有关的知识，我不会那些东西呀！"

"放心吧，王娜会。"

走进手术室之前，远航格外紧张，心中一直在回想自己是不是落下了什么，难道是在岱屿时要下载关于医疗救护的知识到电子脑里，但是他忘记了？不对呀，机器人连考个试都得自己复习提纲，根本就没有电子脑复制粘贴、直接学会这个选项。

但是时间已经所剩无几，远航只能颤颤巍巍地跟着周浩走了进去。可是一进手术室，眼前的一切都无比熟悉，各种仪器他如数家珍，手术一开始，整个流程也是犹如印刻在他的身体记忆中一般自己动了起来。

根本不需要他思考，身体自己就会配合着主刀大夫完成所有的辅助工作。

这到底是怎么做到？远航心中只觉得神奇。

在手术台上躺着的是一个脾脏大出血的病人，情况非常紧急，很快远航再也顾不上思考其他，而是手不停歇地给大夫递各种手术器械。

这是一个年轻的男孩，应该还在上学，似乎是遭遇了猛烈的撞击，才导致了他的大出血。这一台手术整整做了 8 个小时，才把男孩从死亡线上拉了回来。做完手术的远航精疲力尽地坐在医院的走廊里，拉下口罩大口大口地喘着气。

远航现在觉得过去这 8 个小时像是做梦一般，根本没有医学知识的他竟然做完了手术，这具身体到底是怎么回事？不过现在他也顾不上多想，着急地就想往医院外面跑，他还有更重要的事情要去做。他必须尽快回到归墟。不知道杰森、大熊、许诺，还有依依他们怎么样了？他们只怕根本没有想到他竟然还活着吧！

然而，远航刚站起身，便看到了依依。

二十三　又见依依

远航本来还在烦恼要怎么去归墟找依依他们，结果现在依依犹如天降一般地从他眼前跑了过去。

因为记录时间的方式不一样，岱屿中的一天相当于苍穹城中的两天，远航从复活苏醒到现在已经在岱屿里过了 3 个月，换在苍穹城里已经是快半年的时间。曾经短发的依依此时已经把头发扎成了马尾，相貌显得更小，再加上身穿运动服，此时犹如高中女生一般。

但是此时的依依神色匆忙，在她的背后扛着一个满身是血的年轻人。

依依怎么会在这里？她来做什么？没有等远航多想，接诊的护士就匆匆忙忙地喊着："把人送急诊室，我这就去喊浩医生过来。"

远航噌的一声从长椅上弹了起来，浩医生就是这次周浩的人形思维载体的新名字，绝对不能让周浩发现依依在这里！

周浩刚刚做完手术，正在医生休息室里休息，急诊室在相反方向的走廊的另一头，如果护士去喊到周浩出来，一路跑到急诊室，最慢也就是 5 分钟的时间，当周浩来到走廊之后，无论如何都会和依依撞个照面，所以远航必须在周浩走出休息室左转来到走廊之前把依依从急诊室里带出来。

可是，不行，时间实在太短了，根本来不及，远航的大脑飞快地计算起来，短短数秒，三四个方案便已经在脑中都演练了一遍，但是都来不及阻止两人相遇。等一下，远航忽然想到，这件事情的关键其实并不在于他怎么把依依带出来，而是只要不让周浩出来就好！

远航连忙朝着跑过来的接诊护士说道："等一下，你先去帮他们做检查和术前准备，我去喊浩医生。"

说完，远航便不由分说地把护士拉扯着转了一个身，自己往周浩的房间跑去。他要拖住周浩，尽可能地多给依依留出离开的时间。

"浩医生。"远航一下子推开了门，便看到了周浩赤裸的上身，健硕的胸肌和明显的 8 块腹肌，看来周浩就算是换了一副人形思维载体，他对身材也有谜一般的执念。

此时的远航虽然是女生的身体，但见到这一场景并没有觉得有什么不妥，还是一副坦然的样子，反倒是周浩连忙抓起旁边的一件 T 恤换上，有些不好意思地解释道："刚刚那件衣服都湿了，所以我换一下，下次你进来时记得敲门。"

"哦哦，好。"远航点头，走进了屋内顺手将门关了起来，然后身体贴着门站住，说道，"我刚刚就有些问题想问。"

"是关于这副新的人形思维载体吗？"周浩似乎猜到了远航想问什么。

远航点头："是的，为什么那些医学护理的知识，我明明就没有学过，但是一进到手术室里，所有的东西我却都认识？还有我听王娜说，你之前也并不是医生，但为什么刚才你做手术时那么专业？"

周浩看着自己的双手说道："因为这是人形思维载体的升级版本，在我们使用这副载体之前，他曾在这个城市里真实地学习生活过。"

远航大惊，连忙追问："你是说这身体曾经是真的人类，从小到大生长的人类？这些都是他们的身体记忆？那么，那么他们的灵魂……他们的意识中微子现在又去了哪里？你们，你们到底杀了多少人类！"

看到远航越来愤怒的神情，周浩反而蹙眉疑惑地说道："我不是告诉过你，你这副是王娜的身体。他们的意识中微子自然是在岱屿。"

原来"王娜的身体"就是单纯的字面意思，远航忽然想起以前王娜曾经对着他吼过"谁说我不是人类"，难道……

"王娜以前是人类！"远航大惊。

周浩点了点头："整个'王'系列曾经都是在苍穹城中长大的人类，他们自愿交换了身体，以机器人的形式去了岱屿，然后将身体作为人形思维载体留给我们使用。"

远航恍然大悟，岱屿中的机器人根据用途按照"百家姓"分为了8类：生产创造的"赵"、管理调节的"钱"、维修维护的"孙"、勘察导航的"李"、战斗守护的"周"、研发探索的"吴"、运输保管的"郑"，以及交互交流的"王"。

而现在远航终于明白了"王"交互交流的真正含义。怪不得王娜会使用最不方便的仿生人型，怪不得她会对人类那么了解，因为整个"王"系列机器人曾经就是和他一模一样的苍穹人。知道真相的远航心中却有了更多的疑问，不过还没有等他再张口，就传来了急促的敲门声："浩医生，浩医生，有个急诊病人！"

远航连忙对周浩说道："我先去看看是什么情况。"说完，远航便开门，自己先走了出去，又对接诊护士说道，"浩医生刚刚换了件衣服，我们先过去把东西准备好吧。"

远航快步往急诊室跑去，他刚刚只是想拖住周浩一会儿，但是想不到却突然知道了这么多惊人的事实。不过远航现在要做的最重要的事情还是要帮依依离开这里，不要被周浩撞到。毕竟曾经依依和周浩面对面战斗了那么多次，周浩不可能认不出她来，虽然说扑杀 Y2125HP 批次的任务已经完成，但是归墟终究是机器人的敌对组织。

远航想着，等进去之后他就和依依说病人需要先缴费填单，就用这个借口把依依带出来，之后再用时间差把依依和周浩错开。但是等远航进了急诊

室时，却看见只有那个浑身是血的年轻人坐在那里。

"依依呢？"远航着急地脱口而出。

"她去帮我办手续了。"年轻人虽然满身是血很恐怖，但似乎头部并没有受很重的伤，意识清晰地回答道。

不好，一定是刚才的护士先让依依去办手续了，远航连忙出门。而这时，穿着白大褂的周浩已经来到了走廊，而另外一边刚从缴费处过来的依依一边低头看着这些单据，一边也走了过来。

远航已经来不及叫住任何一方，两人都不约而同地抬起了头，四目相对。

完蛋了！远航在心中暗喊，现在怎么办，是要敲响消防警报制造混乱让依依逃走吗？还是帮助依依一起制服周浩，然后自己再表明身份？无数个念头在远航的脑中来回盘旋，却始终抉择不出最优选项。

但周浩只是望了依依一眼，就像是没有认出她一样，极其自然地转头便往急诊室跑来，着急地问道："病人在哪里？什么情况？"

"在，在里面。"远航连忙回答道，"病人意识清醒。"

说着，周浩就走进了急诊室，依依也极其自然地走了过来，远航连忙一把拦住她，说道："医生正在诊断，家属去大厅等候吧，有什么情况我会再通知你。"

依依看着远航想说什么，但是并没有开口，只是点了点头，转身去了大厅。

远航回到急诊室时才忽然想起，为什么从刚才他就觉得这个年轻人眼熟，因为他也是归墟的成员，当时攻打不周山时，他便是自己的替身。也就是说，这个年轻人就是杀死周浩上一个人形思维载体的人。远航更慌了，只能期待当时因为角色赋予系统的缘故，周浩没有看清楚这个年轻人的脸，不然只怕……

所幸，从头到尾，周浩都只是认真地给年轻人包扎治疗，和对待早上手术台上的那个男孩一样小心翼翼。远航忽然觉得这些机器人真的很奇怪，明明是同样的灵魂，但是只要换一个身份，或者说换一个任务，他们就能截然不同。

刚给年轻人包扎完，办好住院手续，下一个伤者又被送了进来，就这样，远航和周浩如旋转的陀螺一般，从天亮一直处理到了天黑，整整一天，两人都没能从急诊室里出来。

当治疗完最后一个病人时，墙上的挂钟显示已经到了晚上 10 点。周浩伸了个懒腰，对远航说道："走吧，我们去喝一杯，我带你看看这座城市，感受一下真正的人类下班后的生活。"

远航一点都不想在下班之后还和同事们混在一起，特别这个同事还是周浩，但是没有办法，周浩是他这一次进入苍穹城的引路者，为了隐瞒身份，他只能笑了笑答应下来。

二十四　破碎的城市

"这座城市的构造和岱屿很像，中间那栋黑色的塔状建筑，人类把它叫作'不周山'，他们以为那里是通向外面的通道，其实是中微子转移中枢。"周浩边走边给远航讲解着。

远航心想，我在这里生活了 20 多年，对这个城市我比你熟悉，而且我才是真正的人类。不过这些吐槽的态度，远航并没有将其表现在脸上，而是一直微笑着点头倾听。

他们的医院在城郊的位置，远航以为所谓的喝一杯就是在附近找个便利店，随便吃个快餐，想不到周浩却开车载着他进了市中心。

小时候他觉得苍穹城好大，从城市的最左边到最右边坐车都要 4 个小时，但是长大之后，他却觉得这个城市好小，人类所能生存的全部区域都在这个 4 小时车程的范围之内。也许就是因为这样，他才格外渴望登上不周山。

在终于看到外面的荒芜之后，远航这才知晓，依然拥有着春夏秋冬的苍穹城为什么被叫作"桃花源"，因为这里真的是人类时间最后停止的地方，是这地球上仅存的还留有生机的家园。

但是现在，这座城市却变得满目疮痍。曾经最繁华整洁的 CBD 商区里，才刚入夜，所有的店铺就都已经关了门。周浩的车一路驶过，远航看到街道上全部都是断壁残垣，应该是上一次苍穹之顶打开时，高温造成了建筑的损坏，而这些损坏至今还没有被修复。破碎的玻璃，断裂的墙壁，熄灭的路灯，目之所及皆是战争之后残破的景象。

远航的心中不由得难过起来。他不过离开了半年的时间，为什么苍穹城竟然变成了这个样子！

周浩的车继续前行，几乎所有街道都人烟稀少，偶尔有几个结伴的年轻人围在路边点燃的篝火旁抽烟喝酒，看到有车经过就大喊着威胁，甚至往这边扔石头，石头砸到了车顶，年轻人们就哈哈大笑起来。

远航终于发现，在这座城里，破碎的不仅是建筑，似乎还有人心。

周浩终于在一条小巷口停了下来，这里曾经是夜市小吃街，也是城中夜晚最热闹的地方，但是此时整条小吃街只有巷口的一家烧烤店还在营业。开店的是一对中年夫妻，将近 50 岁的年纪，这已经是苍穹城的人类中最大的年龄。

老板娘似乎腿脚不好，但是看到周浩和远航进来，连忙一瘸一拐地拿着菜单走过来，笑吟吟地问道："想吃点什么？"

远航不明白为什么要跑这么远，专门到这里来吃晚饭，而且周围人烟稀少的样子，感觉并不安全，但是周浩已经认真研究起了菜单，然后指着菜单上的图文说道："要这个，这个，还有这个，各要 50 份。"

老板娘一下子惊了，连忙提醒道："你们两个人吃不完的。"

"没事，吃不完打包。"周浩微笑着将菜单还给了老板娘。

突然接到这么大一单，夫妻两人连忙生火忙碌了起来，远航看了一眼，周浩刚才点的几乎就是夫妻两人今晚准备卖的所有东西，便不解地问道："为什么点这么多？"

"力威说他们家的烧烤特别好吃。"

力威？远航只觉得这个名字有些熟悉，好像在哪里见过。

"正好带一些回去给医院的同事们。"

一听到医院，远航便想起来了，力威就是今天依依送过来的那个年轻人，就是归墟里曾经做过他替身的那个孩子。今天远航的确是见周浩和他聊过一会儿天。

这时，周浩继续解释道："力威说这家店的夫妻两人从他小的时候就对他很好，他以前一有时间就会带朋友过来，最近城里乱了，生意不好做，所以拜托我们帮忙多买一点，让夫妻两人早点卖完，早点回家。"

是这样吗……远航忽然觉得周浩熟悉又陌生，上一回他还是虐杀人类的机器人杀手，这一次却是温柔耐心的白衣天使，更为了一个年轻人的愿望，不惜跑那么远。到底哪一个才是真正的周浩？

这一次回来，远航觉得这座城市已经变得那么陌生。以前因为苍穹能够调节和维持恒温的环境，城里温度适宜，很少有人生病，医生护士可以说是最悠闲的工作，而现在医院里的伤者多到让他们从早忙到晚，而且大部分都是外伤，似乎是打斗所致。再加上刚才一路所看到的残破景象，远航想这已经不是他曾经熟悉的那个桃花源了。

周浩正准备开口，老板娘忽然拿着两瓶啤酒走了过来。

"我们没有点这个。"远航连忙说道。

"这是送你们的，这大半夜开车过来，肯定离得很远吧。你们喝着先休息一会儿，东西很快的！"老板娘解释道。

"谢谢啊。"周浩已经自然而然地接过老板娘手上的啤酒。

不过老板娘似乎并没有要离开的意思，而是接着问道："你们是力威的朋友吧？"

远航不由自主地点了点头。

老板娘激动了起来："太好了，力威他还好吗？"

远航还没有开口，周浩便抢先回答道："他很好，就是最近太忙了，所以让我们来看看你们，他说你们的烧烤特别好吃。"

听到力威没事，老板娘长舒了一口气："他没事就好，我们好久没有见到他了，最近这城里乱糟糟的，真的好担心这个孩子。"但是刚说完，老板娘忽然又警觉了起来，环顾了一圈确定周围没人之后才压低了声音问道，"你们也是那个什么归墟组织的吗?"

周浩摇了摇头:"我们在医院工作。"

老板娘这才真正地如释重负:"医院好,医院好,我早就劝力威那小子好好找一份正经工作,什么战斗不战斗的,跟我们老百姓有什么关系,你们看看这苍穹城,都被那个归墟祸害成了什么样子。"

听到老板娘的话,远航的心中一下子尴尬起来,为了掩饰脸上表情的变化,他连忙拿起啤酒猛喝了一口。而老板娘的话匣子已经打开了:"没有那个归墟之前,大家在这城里的日子过得好好的,结果你们看看现在,那些年轻人天天喊着要打倒机器人,把这个城市都糟蹋成了什么样子。末日也好,机器人也好,只要能安安稳稳地活着不就可以了吗?前些日子那个什么航的要去攻打不周山,结果呢,死了多少人,机器人是可恶,但那什么'救世主',我看他才是我们人类的瘟神!"

远航没有应声,只是继续闷头喝酒。

"再看看现在,不是你打我,就是我打你,喊着什么为了人类未来,我看啊,这才是我们人类的末日。"老板娘叹了一口气,"力威那孩子也是,都被这些谎话骗了,我真的好担心他,你们要是见到他,就帮我劝劝他,别再干那些傻事了……"

"好了,好了,别说了。"老板发现妻子在这边喋喋不休,连忙过来把她拉开,然后对远航和周浩赔笑道,"不好意思啊,我老婆就是太担心力威那小子了。"

远航和周浩只能无奈地笑笑。

看着两人回到烤炉旁,远航的心中五味杂陈,他曾以为自己所做的一切都是为了人类,而现在他才知道,原来在普通人心中,他和归墟竟是这样的。曾经他们为了战斗所付出的那一切真的值得吗?

远航突然迷茫了,可是这些问题他又不可能和眼前的这个人商量,他只能又抬起酒瓶。

"人类不是这样喝酒的。"周浩忽然叫住了远航,"你这叫喝闷酒,人类只有在心情不好时才会这样,两个人应该这样。"说着,周浩举起酒瓶碰了一下远航的酒瓶，然后自己才轻抿了一口。

大概是刚刚喝得太猛，远航已经有些微醺，于是问道："你不讨厌人类吗？他们明明这么憎恨你们，不，憎恨我们。"

"我为什么要讨厌人类？"周浩反而疑惑地问道。

周浩这么一问倒是将远航问住了，远航连忙说道："我之前看任务报告，说你的上一个任务就是和那个归墟战斗，你当时被他们杀了很多次，不，是你的载体被破坏了很多次。"

周浩点点头："上一次的任务很难，那个叫远航的人类，是我见过的最厉害的人类。"周浩的语气中没有丝毫的憎恨，反而还带着钦佩，"他很聪明，也很善良，如果不是因为任务，我很愿意和他成为朋友，他是一个特别的人。"

原来曾经的自己在敌人那里竟有这么高的评价！远航受宠若惊。

"我对人类没有讨厌或者喜欢，一切都只是执行任务，我只想把'母亲'给我的任务全部执行好而已。"周浩如实说道，"不过，比起上一次，我更喜欢这一次的任务，拯救远比消灭要更有意义。"

原来竟是这样，远航觉得，这才是他第一次认识眼前的这个男人。

临走前，两人打包了所有烤串，远航看到周浩付钱时故意多付了一些，之后周浩把远航送回宿舍后，又折回了医院。

宿舍就在医院的旁边，和之前远航住的那套单身公寓极为相似，不过一切陈设都是女孩子的喜好。远航在衣柜中找了半天，发现只有丝绸吊带的睡衣，远航穿上只觉得下面凉飕飕的，不过很快他便顾不上这些了，这一天发生了太多事情，现在他实在是太困了。

于是他躺倒在了小碎花的枕头上，心想等明天起来再去找依依，这样的念头刚涌上脑中，整个人就像昏迷一般地睡了过去。

远航也不知道这一觉睡了多久，只是觉得口渴难耐，便起来找水喝，当他来到厨房时，看见外面的天空已经微微发白，太阳像是马上就要升起来的样子，远航现在已经知道，其实太阳从未落下，只是人类人工制造了黑夜而已。

这时，宿舍的门忽然"砰砰"地响了起来。

刚睡醒的远航被吓了一跳，连忙跑去门口，从猫眼望去，外面站着的人竟然就是——依依。

二十五　新的救世主

远航连忙打开门，没有等远航开口，依依便一把抱住了远航："远航，我终于找到你了！"

远航根本没有想到，依依竟会一眼就认出他，现在的他不只是改头换面，甚至连性别都换了，他们昨天也只是短短说了一句话，但是依依还是认出了他，而且没有任何迟疑。

"我就知道，你肯定没有死。"远航听到依依在耳边说道，喜悦的声音中带着丝丝的哭腔。这还是远航第一次见到这样的依依。以前远航总觉得依依的感情冷漠而迟钝，她仿佛除了战斗和任务，其他什么都不知道。但是此时他却真切地感受到了依依的温暖。

远航伸手轻轻抱住了依依："依依，我回来了。"

"你怎么找到这里的？"远航一边从冰箱里拿出面包，一边问道。

"我昨晚回医院看力威时你已经下班了，然后就问了医院的其他人，找到了这里。"依依说道。

远航将煎蛋放到了面包片上，转身递给依依，这时他才发现，依依一直在盯着他的睡衣看。远航突然想起，现在的他正穿着王娜留下的小碎花睡裙，顿时脸红。

"不是，依依，你听我说，这个衣服是……"

"挺好看的，和你现在很搭配！"依依朝着远航露出了天真无邪的笑脸。远航只觉得更受打击，只能默默在心中自我安慰，依依是自己的妹妹，再丢人也没关系。

不过说起这个，远航又问道："你昨天是怎么认出我的？"

远航仔细地回忆了一番昨天相遇的场景，唯一露出端倪的地方就是他冲进急诊室问力威，依依在哪里。是不是在那个时候暴露了自己的身份？然而依依却说道："我就是知道，你不是远航又会是谁？"

听到依依的回答，远航不由得笑了笑，是啊，依依总能找到自己，在发生爆炸的地铁站里，在混乱的人群中，在寂静黑暗的夜里，不管自己在哪里，依依都能找到他，也许这就是基因相近的心有灵犀。

远航的心中既开心又难过。他未曾说出口的爱意，现在已经彻底不可能实现，于是远航为了掩饰自己心中的失落，连忙转移了话题问道："你怎么会送那孩子来医院？归墟不是有自己的医疗设备吗？"

"力威不在归墟了。"依依说完，似乎觉得不太对劲儿，又解释道，"力威不在地下的那个归墟了。"

"不在地下的归墟？什么意思？"

"归墟现在变成了两个归墟。"依依努力地描述起来，但似乎是太过复杂，依依手脚并用地比画起来，"地下是一个归墟，地上又有一个归墟。"

"归墟分裂了？"远航惊讶地问。

"对对对，分裂，大熊带着好多人离开了地下，地上和地下的归墟一直在打架，力威受伤了，所以我送他去医院。"

"那杰森呢？"

"他还在地下那个归墟。"

"所以，大熊和杰森分裂了！"

依依点了点头。

"杰森说要拯救人类、赶走机器人，就必须攻占不周山，但是现在不周山全部都是重兵把守，然后杰森就发动了许多场战争。大熊说这样不对，人类是不可能打败机器人的，杰森这样做只是让更多的人丧命，然后两个人就吵了起来。之后大熊就带着很多人离开了地下，杰森说他们是归墟的叛徒，要消灭他们。"

远航想起昨晚在城中见到的场景，以及烧烤店中老板娘说的话，突然有些明白，也许城中的衰败混乱就和归墟的这场分裂有关。

上次他们攻占不周山时，苍穹被打开，末日的烈火彻底击碎了人类的幻想。一方面人类终于了解了苍穹的重要性，他们抬头所见的虚假天空就是人类最后的庇护。但另一方面，人类也知晓了苍穹是机器人握在手中的最重要武器，人类真的就是缸中鱼，如果机器人有一天打破鱼缸，那么人类就真的再也无法活下去。

于是人类之中自然就分为了主战派和主和派，这样的分歧是不可避免的。只是远航没有想到，分歧最后会演变成冲突，而且分裂的两派居然是大熊和杰森。曾经两人可是形影不离的好朋友，或者说，大熊对杰森向来都是言听计从。他不在的这半年到底发生了什么？

"大熊说，自从那个人来了之后，杰森还有归墟就变了，他们早已经不是为了人类而战斗，只是在为了杀戮而杀戮，这样是不对的。"

"那个人？"

"杰森说那个人是新的'救世主'。"

"新的，'救世主'？"远航对这5个字只觉得不解。

"杰森找到了另外一个幸存的Y2125HP。"

远航没有想到，除他之外，居然还有Y2125HP批次的人类活了下来，如果真的是Y2125HP，那么一切也就都说得通了。

归墟当时能够义无反顾地听从他的命令前进战斗，就是因为霍博士袒露了他的真实身份，众人知道了继承霍普基因的远航是夺回苍穹系统掌控权的钥匙。远航原本以为在自己死后，基因钥匙就会消失，带领人类反抗机器人的任务会落到依依的身上，这也是他曾经一直担心的。而现在竟然还有另外的同批次的人活着。

对于归墟的人来说，远航也好，依依也好，其实都不重要，重要的只是有人继承了霍普基因的钥匙而已。他们需要的是一个象征。

可是，在目睹了城市的衰颓之后，远航心里格外难受。原本欣欣向荣、和平安宁的苍穹之城转瞬间就成了这个样子，说到底还是和归墟的抵抗有关，他曾以为机器人是奴役人类、无恶不作的恶霸，但是现在他在外面机器人的世界里生活了3个多月，对机器人有了新的认识。

E、王娜、孙531，甚至是周浩，他们性格各异，但是都友善团结，而且更重要的是，他在这些机器人身上并没有感受到对于人类的恶意，相反，换了身份的周浩现在正在极力救治着苍穹城里的人类。

还有，从王娜的身上，远航似乎感受到了另外一种人类与机器人共存的方式。杨柳曾说运算结果显示，未来改变了。远航想杨柳捕捉到他的意识中微子，让他成为机器人，也许就是想让他真正感受这种共存的可能。

昨天从城里回来之后，远航便在想，也许之前归墟的做法并不正确，霍普博士虽然经历了机器人的叛乱，但他并不知道之后的改变。苍穹城也好，人类也好，不应该再这样战斗下去。于是远航对依依说道："你能带我去见新的'救世主'吗？我有话想和他说。"

远航再一次来到了地下大厦的入口处，他原本以为不周山之战后，机器人控制的政府部队会趁机对这座归墟的总部进行剿灭，但其实并没有。或许就像周浩说的那样，杨柳所下的命令仅仅是杀死所有Y2125HP批次而已。对于人类的反抗，他们并不在意，或者说也并不想管。

就像烧烤店里的老板娘说的，在归墟之前，机器人就已经存在，但是他们并没有破坏城市，这一场战斗终究是归墟先打响的，而后城中的混乱场面也是人类的主战派与主和派之间战斗造成的。

是人类自己破坏了这座城市，并不是机器人。这一场战争是该停止了。

远航正是抱着这样的想法才让依依带自己去见这个新的"救世主"的，但是见到之后，远航却大吃一惊。因为这个新的"救世主"，不是别人，正是——阿光！

只不过，此时的阿光已经不能再被称为人类了吧？

远航见过身体冰冻之后完全靠全息投影传达意识的霍普博士，见过将意识转移到机器人中的王娜，但是现在的阿光却既不是机器，也不是投影。

远航记得最后一次见到阿光时，他的身体已经被崩塌的巨石砸得稀烂，但是现在这些破碎的地方都变成了钢铁，除了右手，其他四肢都已经装上了钢铁的假肢，同时左眼也被替换成了摄像头，泛着红色闪动的光。此时的阿光犹如一个钢铁与肉体混杂的怪物，曾经那个帅气阳光的少年如今却是面目狰狞可怕，如果不是他的身后站着许诺与杰森，远航根本不敢认这个少年。

但是对方一见到远航，唯一完好的左半边脸立刻就露出了笑容。

"哥？是你！"阿光的声音却是完好无损的。

"阿光？"远航轻声唤道。从依依告诉他，新的"救世主"是阿光时，远航就一直不敢相信这个少年居然真的还活着。这时阿光神情激动地跑了过来，虽然每迈一步，机械的关节都发出吱吱悠悠的声音，但阿光还是奔跑了过来，伸出他仅存的右手紧紧抱住了远航。

"太好了，哥，你也活着！"少年喜极而泣。

肌肤的温度与触感让远航终于确认，这真的是那个少年阿光。

阿光，他在这个末日的都市里遇到的第一个亲人，当初因为阿光的死，他悲愤地加入了对抗机器人的战斗中，于是才有了后来的种种，而现在，这个少年却以另外一种姿态回到了他的身边，远航百感交集，伸手紧紧抱住了阿光，心疼又欣慰地说道："太好了，你还活着，你还活着。"

"哥，你怎么变成了女人？我是不是该改口叫你姐姐？"阿光一如既往地开着玩笑，还是当初相遇时那个开朗阳光的少年模样。

远航不好意思地挠了挠头："这说起来有些复杂，等以后我再慢慢和你们说。倒是你阿光，你怎么会……"

"这说起来也很复杂。"少年俏皮地回应道，然后搂着远航的肩膀，开心地说，"走吧，哥，欢迎你回家！"

二十六 双生子

远航跟着阿光走进了地下大厦，突然发现这里已经和之前截然不同，几乎都是新面孔，而且基本都是10多岁的少年们，穿着统一、行动有序，一见到阿光进来，便全部站直行礼，仿佛是见到首领的士兵们。

少年中有人认出了依依，忍不住激动地说道："是女武神！"

"女武神回来了！"

远航想起依依说过自从不周山之战后，她便离开了归墟到处寻找远航，后来也是无意中知道杰森和大熊决裂，但是依依没有加入任何一方的阵营，只是帮助受伤的人，将他们送到医院接受治疗。不过现在看来，依依在归墟中依然有很大的声望，这些少年看到依依就好像看到偶像一般，眼中充满了激动。

众人一路往下走，透过落地窗，能够看到大厦外的地下海洋。小水说水里有畏光的生物，所以海洋总是漆黑一片，而现在犹如白昼的灯光照亮了这片水域和岸边——少年们正在进行格斗射击的训练，整个地下已经像个军营。

"怎么样，是不是很棒？"阿光语气骄傲地介绍道，"现在城里有一半的青少年都在这里，只要经过训练，他们都将成为优秀的士兵。"

然而看到这一切的远航心中却难受起来，这些向他们行礼、接受训练的都还只是些孩子，一场战争如果连孩子都需要上场，那么这场战争或许真的就是错误的。他曾认为他们的战斗是为了人类的未来，可是如果孩子都在战斗中死去，那么所谓的未来又在哪里？

"阿光，我有话想跟你说。"远航打断了阿光的话，脸上露出了认真的神情，"单独说。"

"没问题呀。"阿光立即答应了，"不过现在不行。"

"怎么？"

"到我该检修的时间了。"阿光无奈地说道，"你看我现在这副身体，每天都得定时检修。哥，你们先休息，等晚餐时，我们再好好聊，我也有很多话想对你说！"

说完，阿光便向远航摇了摇手，然后许诺带着他走进了里屋。从头到尾，许诺都没有和远航说一句话，远航想大概是自己突然变了个模样，让许诺一时半会儿还不能接受吧。

这时，杰森走了过来，对远航说："走吧，我带你去休息室，现在这里已经不能随便走动了。"

远航连忙跟上，其实刚才他就注意到，所有人当中改变最大的就是许诺和杰森，他们望向自己的眼神似乎都充满了敌意。

杰森带着远航一直走到了底层，这里曾经是仓库，现在却已经被改造成了一间又一间的宿舍，应该是给那些新加入的少年士兵们准备的。远航觉得奇怪，曾经在归墟里有许多像小水一样天生残疾或者是有缺陷的人，但是现在，他只能见到士兵，再也没有见到那些人。

"杰森……"远航刚想开口，杰森就转身打断了他的话。

"依依，训练营里的新人听说你回来了，都想见见你，你能去和他们聊两句吗？"杰森对依依说道。

依依看了一眼远航，远航点点头："你去吧，没事的。"他知道杰森这是想支开依依单独和他说话。

依依离开了两人，等到依依的身影消失，远航便问道："杰森，你想对我说什么？"

然而，杰森却突然从口袋中掏出了一把锋利的匕首，一下子架在了远航的脖子上，凶神恶煞地威胁道："你这个机器人派来的间谍，欺骗了依依和阿光，但我绝对不会上你的当！"

"我，我真的是远航！"

"别骗人了，这副身体明明就是机器人的人形思维载体！"

远航惊讶极了，他并没有对任何人提起他去过岱屿的事情，但是杰森却一下子就猜出了这副身体的真相。远航连忙说："这是人形思维载体，但我也真的是远航，不信你问我问题，不管是当时在米粉店，还是在森林，任何细节！"

远航急忙想要证明自己的身份，但是杰森却依然不相信："你来这里，就是想迷惑阿光，想来破坏归墟的！"没有等远航再争辩，杰森已经举起了匕首，朝着远航的脖颈就刺了下来。就在危急之际，这副身体仿佛是有物理记忆，突然侧身躲开了攻击，然后回身拉住了杰森的胳膊，一个过肩摔将他砸在了地上。

远航愣住了,他想起之前进手术室时也是这样,明明自己都没有学过,但是身体却不由自主地动了起来。这些都是王娜曾经的身体记忆,是这副身体刚刚的本能自动保护了他。不过这时,躺在地上的杰森却小声哭泣了起来,口中喃喃自语:"姐姐,是你吗,是你还在这副身体里吗?"

姐姐?远航大惊,他突然想起曾经王娜无意间提起过,说她有一个弟弟。难道,王娜的弟弟就是杰森?!

远航连忙试探地问道:"你小时候喜欢人类航天的历史?你说,人类的文明发展一直有向内和向外两个方向……"

还没有等远航把话说完,杰森便一把翻身起来:"你怎么知道这些事情?"

"你说你有姐姐?你姐姐的名字里是否有个'娜'字?"

"我姐姐安娜就是被你们这些机器人害死的!你居然还敢提她的名字!"杰森的眼神再次凶狠起来,犹如一只随时会扑过来的野兽。

安娜……王娜……

远航似乎明白了一切,连忙说道:"你姐姐没有死,她还活着,她就在苍穹之外!"

杰森从见到远航的第一眼起,他便已经认出了这是一副人形思维载体。因为这张脸,曾经是他在这个世界上最爱的人——姐姐安娜的脸。

和大部分孤独地来到世上的苍穹人不同,杰森是双生子之一,早在还是胚胎时,他便有一个和他的遗传基因完全相同的孪生姐姐。也正是因为这个罕见的原因,他们才会被选中成为基因编辑的试验对象。

姐姐比他早一个小时来到这个世界上,在这个没有父母、没有亲人的苍穹城中,他却从诞生伊始便拥有血脉相连的姐姐。两人本就遗传基因相同,再经过相同的基因编辑,除了性别,其他几乎都是一模一样。两人更是有着双生子之间存在的心灵感应,无论相隔多远,彼此之间都能感受到对方的存在。只要一个眼神,一句暗示,就能完全相互理解,杰森觉得,姐姐就是镜中女身的自己。

唯一不同的是，杰森的性格更加安静，他喜欢各种历史、科技的书籍，姐姐安娜则更喜欢各种体力游戏，从小就是空手道、柔道高手，杰森曾经作为她的陪练可没少被摔。

在这个每个人都是独自生活的世界里，杰森却从未感到过孤单。那时他以为，他和姐姐将会一直这样相伴长大，然后成为这个城市里的精英，为人类世界的进步做出贡献。这是他们从出生时就被赋予的使命，也是他们肩负的责任。不管这条路多么艰险，他都不会感到害怕，因为他永远不是一个人。

然而，就在他们生日的那一天，杰森正在给姐姐挑选生日礼物，突然觉得心脏阵痛了起来，那一瞬间，一种从未有过的空虚感席卷全身，像是有什么东西从他的身体中离开了，杰森一下子便昏了过去。

而当他醒来时，却再也感受不到姐姐的存在，他灵魂中与之相呼应的另外一半彻底消失了。也就是在那一天，他知道了不周山的真正用途，知道了这座城市隐藏的秘密。

如果说苍穹人是机器人豢养的"宠物"，那么他们这些经过基因编辑后出生的孩子就是随时可以被机器人取代的载体。从加入归墟开始，杰森的目的从来不是什么拯救人类未来的大义，他没有那么崇高而伟大的理想，他想做的只是给姐姐报仇而已。

但现在，远航却告诉他，姐姐没有死，而是将灵魂转移到了机器人的身上，并且在外面的世界开启了新的生活。杰森半信半疑，但是听远航说完了王娜如何探险、如何教育他的事情，杰森又觉得远航口中的这个人的确是姐姐安娜的性格。杰森突然想，如果那天他没有逃走，是不是现在的他依然能和姐姐生活在一起。

"所有人形思维载体的灵魂都没有死，他们通过意识中微子转移去了外面的世界。"远航说道，"我觉得可能是我们错了，机器人并不是想统治人类，相反，他们也许真的是在帮助我们。"

杰森沉默着，没有说话。

远航继续劝说道："所以这次，我想阻止人类和机器人的战斗，杨柳曾经对我说过，我会成为桥梁，那么我想，或许只要好好沟通，我们和机器人之间的矛盾就能化解。杨柳将我的意识中微子转移到机器人身上，一定也是为了让我们知道外面世界的真相。杰森，请停止这场无意义的战斗，不要再让战火燃烧这座城市，苍穹是庇护我们人类最后的屏障，机器人不是敌人，他们是人类的朋友！"

"我不在乎。"杰森忽然说道。

远航愣了一下，没有明白杰森这句话的意思。

"我曾经战斗的意义都是为了给姐姐报仇，但是现在，我知道了姐姐还活着，那么我战斗的意义便消失了，所以这场战斗我已经不在乎了，我也想去外面的世界，我想见到姐姐。"此时的杰森已经恢复了理智，提出了交换条件，"只要你能带我去见到姐姐，我便愿意帮你！"

远航恍然大悟，什么人类的未来，什么战斗的大义，在最亲近的人面前，在个人的愿望面前，一切都是那么微不足道。

最终远航答应了杰森的要求。在归墟当中，"救世主"从来只是一个象征，真正掌控一切的还是杰森，要想停止这场战斗，杰森的支持是必不可少的。

最后远航又问了杰森一个问题："你和王娜是双生子，那为什么你和现在的我却长得完全不一样？"远航指着自己这副身体问道。杰森金发碧眼，而这副身体却是地道东方人的长相，怎么看这两人都不像是双生子，所以起初远航才没有往姐弟上去猜想两人的关系。

"我整了容。"杰森说道。因为相同的样貌，那时只要一照镜子他便会想起姐姐的"死"，那样的悲愤曾经日夜摧残着他的意志，所以他才改变了自己的外貌。

"哦哦。"远航想起岱屿中王娜机器人的形象，也是同样的金发碧眼，心想，不愧是双生子，便又笑道，"你和现在的王娜还是长得很相像，你们的审美真是一模一样。"

二十七　一场晚宴

这里曾经是仓库，但是现在却完全被改造成了一间晚宴厅，一整面墙上都安装了玻璃水箱，数十条鹦鹉鱼在里面游来游去。

"哥，我听说你特别喜欢这种鱼，所以我专门修了水箱，你养的那几条我也放到了里面，你看他们活得多好。"阿光像个小孩子，开心地向大人一边展示着自己的作品，一边说着自己刚刚学会的新知识，"你知道吗，这种鱼并不是一个自然繁殖产生的物种，它是在一个偶然的情况下，一次偶然的机遇，偶然地被人为创造了出来的品种。人类真是神奇，不仅能创造物品，甚至连生命也可以创造。"

鹦鹉鱼的这些知识远航也是第一次知道。

"可是它们既不能繁殖后代，又不能生活在自然界里，一辈子都只能被人养在水缸里，你说，人类是不是也很自私，他们创造了新的生命，却从来没有问过这些生命是否愿意过这样被囚禁一生的生活。"阿光望着水箱里的红鱼们，感慨起来。

远航刚想开口，穿着正式的服务员们便端着盛放牛排的银盘走了进来，将准备好的两份食物放到了远航和依依的面前，并给两人的高脚杯中倒上了红酒。

对面的阿光面前并没有食物，杯子中也是清水，他举杯道歉道："对不起啊，哥，我的食道已经换成了机械的，只能直接将流食输入胃里面，所以没办法陪你们一起吃这些东西了。其实不只这腿，还有手，我身体里三分之二的器官都已经变成机械的了，不然我也没办法和你们一起坐在这里。"

听到这里，远航心中有些难过。"那天在地铁站里，后来到底发生了什么？"远航开口问道。

"我其实已经记不清楚了。"阿光望着杯中的清水说，"我醒来时，只记得全身都是绷带，只有右手还动得了，身体其他部分好像已经消失了一样。当时破损的内脏已经被替换，护士说经过这么大的手术我能活下来完全就是个奇迹。我想大概是地铁爆炸时我的心脏骤停过，所以才被机器人们判定为了死亡。之后我就一直在医院里面这样躺着，再后来我又接受了很多次手术，100次，还是200次，我不记得了，最后就成了现在这个样子。"

阿光语气平淡地诉说着这段过往，而在远航听来，却是每一句都让人心疼。阿光到底遭受了多少疼痛，才能够活着坐在这里。

不过阿光似乎并不是很在意，继续轻描淡写地说："之后诺诺找到了我，把我带来了这里，说这个地方是你曾经战斗过的地方，这里的人们保护所有的人类。于是我就住了下来，正好以前喜欢玩战争类的游戏，也能发挥一点作用。现在这副身体，虽然难看了一些，但是起码自由活动没有问题。"

"阿光……"

"我听杰森还有诺诺说了以前你带领的那些战斗，真的是太厉害了！"阿光一下子兴奋起来，眼中带着羡慕的光芒，追切地邀请道，"哥，现在你也回来了，只要我们联手，一定可以把那些人类的叛徒铲除，然后夺回不周山！"

"他们不是叛徒。"远航终于打断了阿光的滔滔不绝，"那些离开归墟的人，只是和你想法不同而已，他们并不是人类的叛徒。"

阿光停了下来，用那只透着红光的电子眼睛盯着远航，缓缓问道："你，是要帮他们吗？"

"阿光，我们都是人类，人类之间不应该再内战，不，包括我们和机器人的这场战斗，也是没有意义的，机器人也不是我们的敌人。"远航终于一口气将心中的话说了出来，"我们一起阻止这场战斗吧！让苍穹城回到过去，回到曾经那个和平繁华的'桃花源'。"

阿光低着头沉默了，半响，他才缓缓地又抬头，一字一顿地问道："哥，连你也要背叛人类吗？"

"这不是背叛，这场战斗没有意义，我们……"远航话还没有说完，忽然觉得头晕，这时，旁边的依依已经一头栽在了桌面上。

是牛排，还有红酒……

"你，你在这里面放了药！"

139

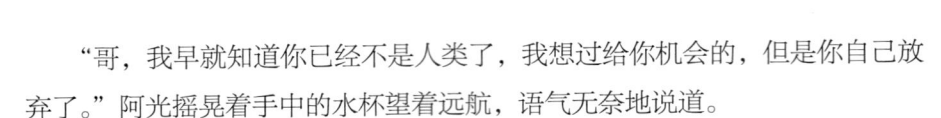

"哥,我早就知道你已经不是人类了,我想过给你机会的,但是你自己放弃了。"阿光摇晃着手中的水杯望着远航,语气无奈地说道。

"阿光,不要再继续打下去了……"远航努力挣扎着想走到阿光身边,但是才迈开一步,他便彻底失去了意识。

此时在归墟的外面,藏在车上的大熊终于收到了来自归墟内部的连接信号。自从那场内乱之后,归墟中的通信就改为了短频信号,这意味着很难再从外面连接到归墟。说起内乱,准确来说,那应该是一场屠杀。

占领不周山失败之后,因为远航的死和苍穹的打开,归墟内部分裂为两派。一派认为,作为开启系统的最后的基因钥匙远航已死,这场战斗再也不可能胜利,与其让更多的人白白牺牲,不如就此投降。而另外一派认为依依也是霍博士的后代,她的基因一定也可以作为钥匙夺回不周山的控制权。杰森便就是支持继续战斗的一方。

但就在这时,依依不见了,就在大家纷纷寻找她时,那个叫阿光的少年被带到了归墟。归墟的改变就是从这个少年出现后开始的。起初杰森并没有太过在意这个全身钢铁义肢的残疾少年,他一直忙着寻找依依,当过了一段时间他再回到归墟时,却发现这个少年已经成了新的领导者,而且为了得到更多的士兵,他招募了大量的年轻人。

但是地下的空间和资源有限,更多新人的加入便意味着有其他人得腾出空间。和小水一样的残疾人们就是第一批被选定的淘汰者。可是他们从出生就生活在这座地下城市中,从未去过外面的世界,现在让他们离开,无异于要他们丧命。惊慌的淘汰者们发起了抗议,混乱中双方起了争执,但是这些本就残疾的人们怎么可能打得过那些身强体壮的年轻人。争执很快就变成了单方面的屠杀,激昂的年轻人高喊着他们是为了人类的未来,对这些残疾者痛下狠手。而这时大熊才知道,在背后支持这些年轻人的正是那个少年阿光。

阿光对年轻人们说,只有战斗才能获得自己想要的未来,在这个末日中,只有强者才有资格存活。这样的话语犹如蛊惑人心的魔咒让热血沸腾的年轻人们几乎丧失理智。大熊不愿意看到基地变成尸横遍野的人间地狱,便带着众人离开了基地，又建立了新的归墟。

但是大熊和离开的众人不服气，归墟曾是他们的家，他们出生在这里，曾一直守护建设这里，现在凭什么要让给这些乳臭未干的小鬼们，于是两方的战斗便这样开始了。而真正让大熊不明白的是，阿光的做法明明是错误的，为什么杰森却一直不吭声？他想要亲口质问杰森，这样的道路难道就是他所谓的正确选择？

大熊不善于计谋，但是技术却始终无人可及，就在内应将信号传出的瞬间，他便迅速破解，打开了归墟的大门，顿时隐藏在周围的众人一拥而上，冲进了归墟。就像远航曾经说过的，要在对方最想不到的时候攻其不备。这一次，他们一定要抓住阿光和杰森。大熊这么想着，也跟着队伍冲进了地下都市。

远航是被一阵枪声惊醒的，醒来时他发现自己被关在了牢里，旁边的依依还没有醒过来。

"依依，依依，你怎么样？"远航想要晃醒依依，这时杰森匆匆忙忙地跑了过来。

"快走，大熊带人打进来了。"杰森打开了牢门催促道。

远航连忙背起依依，问道："阿光在哪里？"

"你劝不了他的，他已经不是曾经你认识的那个孩子了！"

"不是的，阿光一定只是一时糊涂，他不是坏人。"远航还没有说完，杰森便把一个打火机样式的东西塞到了他的手中，低声说道："你如果真的想阻止他，就使用这个。"

远航望着杰森递过来的东西，刚想说什么，一声尖锐的猫叫打断了两人的谈话。

此时，只见3只体形硕大的黑猫出现在了他们的面前。远航立即就认出来了，这是许诺发明的机械猫，当时在林间仅仅一只就让周浩差点殒命，现在3只黑猫弓着背，摆出了马上就要进攻的样子。

"那丫头弄的这些讨厌的东西！"杰森用厌恶的语气说道。这些机械猫的厉害，他已经在这里见识过很多次。

"小心。"杰森一边说着，一边推着远航退后，他自从知道了姐姐的事情后，心中想的便全部都是保护远航全身而退。

这时，站在最前面的一只黑猫飞扑了过来，尖锐的钢铁之爪似乎一把就能划破远航的喉咙。远航正准备躲闪时，一道寒光从他耳边飞过，一把银质的西餐刀立刻将机械猫死死钉在地上。

原来，远航背后的依依已经醒了过来，刚才她扔出去的餐刀是她在昏迷前悄悄藏下的。依依从重新进入地下城市的那一刻起，就没有信任过阿光。

依依从远航后背下来，一脚踩断了机械猫的脊椎，同时将西餐刀拔了出来。依依握着刀，转身面向另外两只虎视眈眈的机械猫，她对远航和杰森说道："这里交给我，你们快走！"

看到熟悉的背影，远航顿时便觉得安心起来，他知道依依的能力，这几只钢铁猫根本不是她的对手。此时外面的枪声已经越发密集，如果不尽快阻止阿光，只怕这里就要血流漂杵。

二十八　命运的战争

杰森带着远航一路往总控室的方向跑去，就在准备搭乘电梯上行时，带着枪的大熊忽然从岔口处跑过，正好与杰森四目相对。

大熊进了归墟之后才发现自己中计了，对方早就已经察觉了他们的突袭，所以才故意泄露了信号让他们进到地下，为的就是来一个瓮中捉鳖。和大熊一起冲进来的队伍此时已经折损了一半，其余的队员的身上现在已经全部绑上了炸弹，他们抱着必死的决心要到总控室里去引爆炸弹，与这里同归于尽。

大熊一见到杰森，立刻就猛冲了过来。杰森连忙一把将远航推上了电梯。在电梯门关上的瞬间，远航只见曾经并肩作战的两个人已经厮打在了地上。

大熊和杰森反目成仇，阿光由天真善良的少年变成了残暴的好战者，此时远航觉得似乎所有的东西都变了，他曾经熟悉的人如今都已经变得陌生，这个世界到底怎么了？

从电梯口到总控室，一路上远航都只看到了惨烈的厮杀景象，之前还在人群中见到依依后表现得十分激动的孩子，现在已经倒在了血泊中，那些沾满鲜血的稚幼的脸庞正在执枪拼杀……

短短数百米的距离，远航却觉得犹如万里般遥远，看到此时的归墟，他的心中无比难过，这不应该是人类世界的样子，无论以何种理由发动的战争——正义、自由、真理——一切都只是借口。战争，本身就是错误的。

他必须要阻止阿光，阻止这场战斗。

当远航冲进总控室时，数十把枪口对准了他。这时，阿光从众人身后走了出来，神情高傲，犹如帝王般对众人命令道："全部退后，谁也不准开枪，这是我和哥哥之间的事情。"

"阿光，命令整个归墟停止吧，不要再自相残杀了！"

"所有人都知道战争会带来死亡，可是从有人类开始，战争就周而复始，从未停止过，哥，你说这是为什么？"

远航不明白阿光此时问这个问题的意义。

"不知道你有没有听说过，在人类发展的历史上总有两种观点：一种是真理与自由大于生命，为了崇高的事业可以献出一切；另外一种观点则是这个世界上没有任何东西比生命更重要。每当战争爆发时，发动者总会以第一种为借口，而在失败后又以第二种为理由来慰藉自己。公元年时人类一次又一次的战争便是这样引发的，苍穹年后也是一样，人类从不思考正确与否，战争的发动与结束，都只是在找借口而已。或者说，这就是人类的天性。所以，我没有发动战争，我只是给所有人一个释放自己天性的理由而已！"

看着阿光几乎疯狂的神情，远航知道，这个少年已经不再是他曾经认识的那个孩子，阿光不可能停止这场战斗了。于是远航猛冲过去，一把将阿光按倒在地，然后对着在场的所有人说道："我是远航，我才是归墟的领导者，真正的'救世主'！你们所有人，把枪放下，打开广播，告知其他人停下战斗。"

然而在场的人没有一个听从远航的命令。地上的阿光直视着远航的眼睛说道："哥，我说过了，这一切都是自然的选择，都是人类自己注定要走的道路！我阻止不了，你也不行。"

远航掐住了阿光的脖子，语气凶狠地威胁道："你下命令，快下命令！"

"哈哈哈哈哈。"而这时阿光却大笑了起来，"哥，这个世界多不公平，我们都有相同的基因，甚至连相貌都一样，为什么命运却要和我们开这样的玩笑。"

阿光忽然朝远航伸出了手，远航本想要躲闪，但阿光的手只是轻轻拂过了远航的脸庞，目光中透着羡慕，说道："我们都已经死了，但你至少还是人的相貌，而我则变成了这副鬼样子。要不是那些机器人……"

"不要再恨机器人了，他们……"

"我怎么可能不恨，如果不是什么离谱的未来预测，他们为什么要杀我们！"阿光怒吼起来，"不过我更恨的是你！我恨的是这座城市里所有的人类！是他们把我变成了这副不人不鬼的样子，你知不知道，就是因为你把这个世界的真相告诉了人们，所以这座城市里的人才会憎恨所有的机器人。是啊，你不知道，当我被所有人唾弃，被迫躲在城市最肮脏阴暗的地方时，你正被人们称为'救世主'，正打着所谓的人类大义高高在上。因为你，我才会变成这个样子，全部都是因为你！在这个世界上，我最恨的人就是你！"

暴怒中的阿光反手一把掐住了远航的脖子，阿光原本和远航的身高差不多，但是被改造为钢铁之躯之后却比现在的远航在力量上完全高了一个等级。这时阿光用钢铁的左手掐住远航的脖子，将他整个人都举了起来。

"对不起……"远航小声地道歉道，他没有想到原来在这场战争中受伤最严重的人竟然是阿光。他曾把阿光当作弟弟一般看待，可是他却成了伤害阿光最重的人。

"我不要你的对不起，我要这座城市，我要所有人类陪我去死！"阿光的眼中已经丝毫没有了人类的理智，犹如发狂的野兽怒吼着要撕碎眼前的一切。

"对不起……"感到窒息的远航再一次小声说道，但是阿光丝毫没有要停止的意思，此时的他是真心想要杀死远航。

就在这时，远航终于打开了一直藏在口袋中的打火机的机关。

突然一道光波从远航的身边弹开，下一秒，阿光钢铁的手臂就停止了动作，不仅是手臂，阿光的身体也一下子失去了支撑，整个人跌坐在了地上。阿光还想再挣扎，却发现已经动不了了。

"这是什么，你做了什么？"阿光惊恐万分。

远航从口袋中掏出了那个打火机样式的设备："电磁脉冲器，可以使一定范围内所有的机械设备都停止工作。"

从杰森将电磁脉冲器递给他时，远航的脑中就已经有了计划，他不善于战斗，不管是以前还是现在，他所能做的只有利用自己的知识和头脑去智取。

"对不起，阿光。"远航蹲下了身子，"可是只有这样你才能停下来。"

众人见阿光倒下，纷纷举枪，然而阿光却再一次命令道："谁也不准开枪！"

远航对阿光说道："我也不知道除了和你说对不起还能再说什么，我没有想到这场战争会把我们都变成谁也不想看到的样子。我一直没能和你说，那天在地铁里见到你，我真的很开心，当你喊我哥时，我真的觉得我们就像兄弟一样。只要战争停止，我会想办法，我会让你变回人类的……"

"来不及了。"阿光忽然伤感地说道。

这时，远航才注意到阿光的脸上渐渐失去血色，远航突然明白了什么，连忙大喊道："阿光，你……"

"我的心脏早就已经换成了机械的，刚才的脉冲不仅破坏了我的四肢，也让我的心脏停止了跳动。哥，到头来，还是你厉害……"

"不是的，我没有这么想。阿光，阿光！"远航这才明白，他中了杰森的计，杰森早就知道阿光的心脏是机械的，所以他才会把电磁脉冲器给自己。

阿光如果死了，杰森就能再次成为归墟的领导者，那么到时候杰森就能以苍穹城为要挟条件，交换他的姐姐安娜。远航这才明白，真正的杰森从未相信过任何人。

看着少年眼中渐渐失去了光芒，远航再也忍不住，痛哭流涕，是他，是

他又一次亲手杀死了自己的弟弟。他只想要救人，结果命运却一次又一次让他背上谋杀的罪名。这一次，他亲手杀死了自己唯一的亲人。

"哥，再抱抱我吧。"弥留之际的阿光忽然又流露出了小孩般的神态，也许在这个每个人都孤独的城市里，他所渴望的也只是亲人的拥抱而已。

远航紧紧抱住了阿光，这一次，他真的永远失去了这个少年。

"阿光！"就在这时，一声哭喊从远航的身后传来，从外面冲进来的人正是许诺。许诺一把推开远航，而此时的阿光已经没有了气息。

"是你杀了阿光！"许诺看到地上的电磁脉冲器，顿时明白了一切。一瞬间，这个16岁的少女怒不可遏，从口袋中掏出了手枪。

在这座城市里，在共计2000万人口中，许诺的心中始终只有阿光一个人。曾经她以为是机器人害死了阿光，所以她成为远航的暗中助手，帮助他打败机器人。而后来，阿光回来了，那时起她便下定决心要好好保护阿光。人类也好，未来也罢，许诺从来不在乎。在这个爱恨分明的少女眼中，世界的全部都不如曾经心中的少年。

这就是少女的爱，炽烈如火，足以燃烧世界、颠覆世界。她不在乎正义邪恶，只想与自己深爱的少年长相厮守。而现在，这个少年，永远地离开了她。

许诺朝着远航的胸口扣动了扳机。但子弹射出的瞬间，依依已经从远航的身后奔了过来，用身体替远航挡住了这一枪。

远航连忙抱住依依，只见血在她的胸口处犹如大丽花般绽放开来。

二十九　依依的真实身份

"周浩，周浩！快救救她！"远航背着依依发疯一般地冲进了医院。

此时的归墟中一片混乱，根本找不到医疗者，依依中枪后，远航拦下一辆车便驶向这个他和周浩共同工作的医院，这里是最近的医疗点。此时他已经顾不上身份的暴露，满脑子想的都是快点救依依。

就在失去理智的许诺朝他开枪时,许诺和远航都没有想到,最后会是依依挡下了这一枪。看着依依倒地,远航觉得脑中像是有什么东西也跟着一起爆炸了一般。

远航感到从未有过的害怕和惊恐。

"坚持住,依依,你会没事的,你会没事的。"远航对依依说道,似乎也是在对自己说。

"嗯。"依依声音微弱地应道。

"千万不要睡着,依依,你醒醒,不要睡,医院马上就到了。"

"好,我不睡。"依依像是一个乖巧的小女孩轻声答应道。

一路上远航都在呼唤着依依的名字,他生怕依依一旦睡着就再也不会醒过来。远航心中懊悔,为什么每一次都是自己最亲爱的人受伤,如果可以,这一会儿远航愿意用自己的命去换依依的命。

周浩从急诊室里快步走了出去,远航连忙拉住他的手,恳求道:"求求你,救救她!"

"快把她送进来。"周浩匆忙地说道。

这一场手术远航没有参与,之前的他本就是靠着这副身体的记忆完成了手术辅助工作,但是从依依中枪开始,远航觉得自己的大脑像是爆炸了一般,到现在都是嗡嗡的,全身止不住地颤抖,更别说进手术室了。原来这就是医生没法给自己的亲人做手术的原因,在面对自己最亲近的人受伤之时,所有的理智都会崩塌。

这时,抢救室门口的灯熄灭了,护士走了出来,远航连忙跑过去问:"怎么样?依依怎么样了?"

护士对他摇了摇头:"你抓紧时间吧。"

一瞬间,远航觉得天塌地陷。

当远航走进去时,依依已经虚弱得连呼吸都要依靠机器,子弹射穿了她的肺部,又从心脏飞过,护士说她能够坚持到现在已经是奇迹。

远航忽然想起了阿光,连忙追问能不能使用机械内脏替换,护士和医生都摇了摇头，因为之前的不周山之战，城中掀起了一场又一场反对机器人的斗争，使用过机械义肢的阿光他们遭到了市民的殴打、辱骂，同时这项技术也被禁止。现在城中已经没有了可供替换的机械内脏。

中微子！远航忽然又想到了岱屿，那里可以进行中微子转移，身体灭亡没有关系，只要灵魂存在……

"远航。"这时依依的声音将远航的思绪拉回了病房中。

远航连忙握住了依依的手："依依，不要担心，你会没事的，我这就回岱屿，我去找杨柳，我去求她，她是你的母亲，她一定会救你的。"

但此时依依似乎已经听不清楚远航在说什么，只是紧紧握着远航的手不愿意放开，口中不停地喊道："远航，别走，不要离开我……"

"我不会走，我哪里也不去，依依，你坚持住，我……"

"远航，我喜欢你……"

远航做梦也没有想到，他和依依之间的情感竟是由依依来告白的，而这却是依依和他说的最后一句话。就在这时，依依旁边的心电监护仪发出了尖锐的叫声，绿色的曲线变成了红色的直线。

"依依，依依……"远航抱着依依失声痛哭。

我也喜欢你呀，从见到你的第一面开始，我就喜欢上了你，加入归墟，攻打不周山，与机器人作战，最初的一切都是因为我喜欢你。我喜欢你，求求你不要离开我……

这时，周浩走到了远航的旁边，拍了拍他的肩膀，安慰道："别伤心了。"

"都是我的错，如果当时在地铁站里我甘心被你打死，那么就不会发生后面的一切，依依也不会死。"远航忽然像发疯了一般，"周浩，我是远航，你杀了我！你快杀了我。"

现在，阿光被他杀了，依依也因为他而死，所有他在乎的、爱过的亲人、爱人都因为他而死，此时的远航只有一颗求死的心。

然而周浩却说道："上一个任务已经完成了，你现在是周远，是我的同事，我不会伤害你的。"

"为什么，为什么不杀我！"远航绝望地喊道，只觉得这是命运对他的嘲讽，他曾努力地想要活下去，然而周围的人皆因他的活而死，现在他一心求死，却又遭拒绝。

命运，你为什么要如此残忍地对待我！远航心中憎恨。

而这时，周浩忽然说道："我理解你现在的伤心，但是你们还会再相见的。"

"什么？"

"这是人形思维载体，真正的她现在已经回到岱屿了。"周浩轻描淡写地说道，但是每个字对远航来说都如天降霹雳，远航大惊："你说什么？你说依依是……"

"我从第一次见到她时就隐约觉得熟悉，后来我回岱屿后查到了这副人形思维载体的资料，她很早就来到了这里，只是很奇怪，一直没有回去。"

远航彻底愣住了，依依居然是人形思维载体，那么现在人形思维载体死亡，真正的依依便回到了岱屿中！

这也就意味着——依依还活着！

远航立即返回了岱屿。

一睁眼，显示屏上方的 E 就奇怪地问道："你怎么回来了？"

远航顾不上回答 E 的话，立刻翻身起来迫切地问旁边也刚刚醒来的周浩："依依，她在哪里？"

周浩思考后说道："她应该是最早一批进入苍穹城的机器人，如果机体没有损坏的话，应该就在这间中转室里。"

远航连忙从转移舱中跳下来，开始一个一个地查看这些沉睡中的机器人，但是突然远航意识到了一件事情，他并不知道依依的机器人形态是什么样子，而这里有成百上千个转移舱，到底哪一个才是依依？而且依依应该先于他们醒来，但是偌大的中转室里现在就只有他们两个人。依依到底在哪里？

"你们是在找人？" E 又插话道。

"我们在找依依，她可能是很久以前就进入苍穹城的。"

"很久以前的机体不保存在这里。" E 忽然说道，"之前进行过分类，有一

部分古老的机体已经被转移保管到了其他地方。"

远航这才想起，E 在成为辅助 AI 之前，也是"周"系列的机器人，他才是这座城里的老人，于是远航连忙问道："那他们被转移到了哪里？"

E 摆动着尾巴说道："这我就不知道了。"就在远航失望时，E 又说道，"但是我可以找人问。"

说着，E 红色的小鱼身体变成了一个圆圈，然后显示屏中出现了联网的信息。远航看到眼前的屏幕中出现了一个又一个闪烁的光点，密密麻麻犹如星光，这时他听到了 E 的声音："喂，大家，我们在找一个叫作依依的，她是最早一批进入苍穹的同事，有谁知道她现在去哪里了吗？"

"这是……"远航疑惑不解。

"这是网络，我们所有人都是从'母亲'那里诞生，所以我们所有辅助 AI 都可以通过网络相互连接。"E 骄傲地说道。

这时，远航听到了星光点点中传来了各种各样熟悉的、陌生的声音，有孙 531，有维修部的同事，也有从未见过面的其他人，但是此时所有人都连接在了这张无形的网络中。大家七嘴八舌地讨论起来，同时无数资料开始涌向远航的大脑，似乎是大家电子脑中存储的画面和其他信息。

远航想起王娜曾经告诉过他，人类要相信伙伴。他在苍穹城中没能学会的这件事情，反而一次又一次地在机器人身上领会到了。

信息犹如潮水般铺天盖地而来，远航大惊，这可能就是人类无法做到的事情吧。这时，一张不知被谁拍摄到的旧照片出现在远航的显示屏前，照片上被搬运的人正是依依。机器人依依和她在苍穹城中的外貌几乎一模一样。

"是这个，就是这个！"远航惊呼。

"好嘞，信息锁定，开始追踪。"E 说道，半晌之后，"找到了，在地下 5F 区。"

远航连忙跟着显示屏上的指示往 5F 区奔去。而他刚打开门，就与苏醒的依依迎面相撞。

"依依，依依！"远航一把抱住了依依。

"远航，我全部都想起来了。"依依望着远航说道。

三十 昔我往矣，杨柳依依

"那你觉得孩子以后叫什么名字？"

"叫依依，杨柳依依的依依。"男人开心地说道，"'昔我往矣，杨柳依依。今我来思，雨雪霏霏'这是以前《诗经》中的一句诗，我觉得它美极了，也特别适合作女儿的名字。"

"万一不是女儿呢？"

"一定是女儿，肯定是和你一样又漂亮又聪明的女孩子。"男人轻轻抚摸着女人的小腹，语气中满是幸福。

"你这女儿奴。"女人戏谑地笑了笑，"这还3个月都没到，怎么摸也感觉不到孩子的。"

"我这是为了让依依有安全感，让她知道爸爸在保护她。"

这时门铃忽然响了起来，女人疑惑地问："是你点了外卖吗？"

男人像是想起了什么，连忙站起来就往门口跑，可能因为太兴奋，不小心在门口处撞了一下。女人忍不住笑了笑，心想，这都要当爸爸的人了，怎么还是毛手毛脚的。

不一会儿，男人便抱着一个蓝色的礼物盒走了进来。

"这是？"

"你快打开！"男人神秘地说道。

"你又搞什么鬼？"

"你快打开看看呀！"男人迫不及待地催促道。

女人这才满脸疑惑地打开了礼物盒的盖子，顿时看到了里面装着一只毛茸茸的白猫玩偶。女人刚一将白猫玩偶抱起来，它就发出了奶萌奶萌的声音："杨柳，你好。"

女人大惊："这是？"

"这是我专门定做的白猫骑士，以后它可以陪着我们的女儿一起长大，我在里面植入了自己编写的 AI 程序。"男人有些不好意思地挠着脑袋说道,"当然我写的程序肯定没有你写的好,现在它只会一些简单的对话,可能还需要再慢慢调整。"

"傻瓜。"女人踮脚轻轻吻住了男人的嘴唇。

即使已经是老夫老妻,男人还是不由得脸红了起来。

这是公元年 2441 年,年轻的霍普正沉浸在准爸爸的喜悦中,尚未知晓即将到来的灾难。

"霍老师,又来给杨老师送午饭呀?"杨柳的同事在研发大楼门口遇到霍普,满脸羡慕地问道。

"是呀,小柳怀着孕工作太辛苦了,我给她做了点她爱吃的。"

"霍老师真是好男人,杨老师嫁给你可太幸福了。"

霍普不好意思地挠了挠头:"能娶到小柳才是我的福气。"

这时,空中忽然飘来了粉色的樱花花瓣。霍普一抬头,就看到了不远处一大片盛开的樱花树。他忽然想起,第一次他遇到杨柳时也是在这样樱花盛开的时候。

那时霍普刚刚 23 岁,是空间物理系最年轻的博士生。但是霍普从小就性格内向,比起这个年龄段男生们热衷的社交、恋爱,霍普更多的时间都是在一个人看书、做研究。

如果不是文学、历史这些专业的毕业生在这个崇尚"未来与科技"的年代太难找到工作,霍普也许并不会选择学空间物理。虽然霍普在计算研究方面充满了天赋,但他真正喜欢的还是阅读古籍、文学作品。为了不被导师和同学们嘲讽是不务正业,霍普便只能悄悄一个人跑到后山去看这些所谓的"无用书"。那天他正在读《诗经》,刚刚读到"昔我往矣,杨柳依依。今我来思,雨雪霏霏。行道迟迟,载渴载饥。我心伤悲,莫知我哀!"忽然头顶传来了一声"小心"的大喊。

霍普刚抬头,一个白衣少女就从树上跳了下来,不偏不倚正好落到了他身上,并不强壮的霍普结结实实地作了一次肉垫。当他从地上爬起来时,觉得脊椎都要断了。

"对不起啊，我刚才没看到下面有人！"少女连忙道歉。

霍普这才注意到，这是一个极为漂亮的女生，清秀的脸庞、高高的马尾，一身白色的运动服，如果不是上面也别着校徽，霍普还以为她是隔壁的高中生悄悄跑进了大学校园。

这时一阵风刮过，少女背后的樱花簌簌地落了下来。霍普一下子看呆了，只觉得心脏像是漏跳了一拍。

一声轻轻的猫叫让他定了定神，少女捧着怀中的白猫对他笑道："小家伙跑上树就不敢下来了，所以我只能上去救它。"

原来是为了救这只白猫吗？

"走吧，作为道歉，我请你喝奶茶！"少女朝霍普伸出了手，"我叫杨柳，你叫什么名字？"

樱花、少女、白猫，成了霍普年轻记忆中最美丽的画面。后来霍普才知道，杨柳是隔壁智能机器人系的博士新生，比他小1岁，但同样是学院里天才般的人物。也是从那个时候开始，霍普开启了他人生中最美好的岁月。

"这才11月，樱花就开了，这气温真是越来越高了！"同事的感慨把霍普又拉回到了现实，他内心也不由得想道，是啊，现在的气温真是太异常了。

霍普生活的这个年代是人类经过大萧条之后再次快速发展的黄金时段，40年前因为诺亚原石的发现，困扰人类快一个世纪的能源问题终于得到解决，所有前沿科技都围绕着对诺亚原石的开发而进行。

杨柳博士毕业之后，欧洲最大的原石开采公司曾邀请她加入，但是杨柳不愿意和霍普分开，于是拒绝了公司的邀请，毅然留在了学院同霍普一起任教。不过在公司的多番邀请下，杨柳终于答应担任公司机器研发部的远程技术指导。所以杨柳白天要忙学院里的事情，晚上还要给公司审核各种数据，即使在怀孕期间，也依然忙得不可开交。这天晚上，霍普睡到一半被热醒，发现书房的灯依然亮着，便心疼地对还在工作的杨柳说："小柳，别做了，去

睡吧。"

"天热，睡不着。"杨柳抱起旁边的白猫玩偶，撒娇地躺在了霍普怀中。

"那也不能熬夜。"霍普将手指轻轻穿过杨柳的长发，杨柳的头发又密又软，霍普觉得像是一条丝绸划过他的指间。

"以后依依会长不高的。"此时杨柳的小腹已经微微隆起，霍普把耳朵放在了杨柳的肚子上，"依依说她要睡觉了，让妈妈也赶快去睡觉。"

就在夫妻两人嘻嘻哈哈地准备回卧房时，电脑忽然又响了起来，杨柳便又翻身下地："是欧洲那边的数据传过来了，等我一会儿。"

说着，杨柳又坐回了电脑前，霍普轻轻叹了一口气，在面对工作时，杨柳从来都是一丝不苟、格外认真，谁都劝不了。于是霍普只能也坐到她的身边，陪她一起看这些数据。

这是一份诺亚原石40年来的采集数据，因为公司准备在南极深洞使用新的地幔钻头，为了配合合众国的环境审查，需要出具一份新技术的开采评估报告，杨柳在看的数据就是这个。但这时，霍普突然察觉到了异常，指着一个变量单位说道："这个数据不对，地球的角动量不是恒定不变的，其实每年都有变化，所以这里的数值不能视为常量。"

"不是恒定不变……"听到霍普的话，杨柳像是想到了什么，连忙打开了另外一份数据模型，这一年来她其实一直在独立做着另外一份研究报告。

"这是……"看着屏幕上无比复杂的计算公式，霍普有些吃惊。

"起初我只是觉得天气越来越热，都冬天了，晚上还30多度，所以我就收集了一些数据，之后通过测算，我渐渐发现了一些异常。"杨柳一边说着一边在计算公式中输入新的数据。

看着公式中闪动的数据，霍普逐渐看明白了，这些动态数值不仅包含了气温、二氧化碳浓度值、碳排放量，还有潮汐、磁场、自转周期，可以说囊括了几乎所有的地球地理数据，而这些数据的自变量却直接与诺亚原石有关——这是一份诺亚原石的开采对地球自然环境影响的计算模型。

当杨柳将地幔钻头在南极投入使用后的新预测数据放入模型之后，很快一组数字就被计算了出来。杨柳和霍普顿时愣住了，两人对视了一眼，神情都变得凝重起来。

"或许是哪里出了问题，我们重新再算一遍！"霍普连忙说道。说着，霍普就将页面退回，然后开始一行一行地审查运算过程。

但是，不管霍普重新计算多少遍，最后的结果都没有丝毫的改变。霍普又连忙将原始数据重新进行筛查，但是再输入后也是一样的结果。

是啊，这是杨柳做的计算模型，从读书时起，杨柳就从来不会出错。这个结果没有问题，就是正确的。

看着这个结果，霍普全身无力地瘫坐在了地板上。因为他们计算出的是地球停止自转的时间——也便是人类灭亡的时间。

那一晚，霍普和杨柳一起计算出了世界末日何时到来。

"小柳，你确定吗？"站在电视台门口，霍普有些担心地问道。那晚，他们计算出了世界末日到来的时间，而这一切的根本都和诺亚原石的开采有关，这些年原石的开采已经超过了阈值，地球自转停止已无法避免，这越来越异常的气候就是前兆。现在人类能做的只有停止开采原石，延缓地球自转停止的时刻到来，然后利用末日前的时间，集中全部的力量进行人类文明火种的保存。末日已经不可避免，让更多的人能在末日中存活是人类唯一的出路。

霍普和杨柳将数据提交给了学院和公司，希望能够发动多方力量一起进行末日计划，但是无论哪一边，都始终没有给予两人回复。公司的地幔钻头已经如约投入使用，当时还在网络上转播了盛大的开工仪式，公司宣称这一次的能源开采将会给人类带来更辉煌的明天。而那些在网络上欢呼的人群并不知道，人类已经没有了明天。

杨柳心中无比着急，钻头每伸下一尺，人类距离末日的时间就近了一点，但是不管她怎么警示公司，对方都不理不睬，在巨大的利益之前，尚有10年才到来的末日在他们眼中都是子虚乌有。

学院这边则是秉持着保守的态度，说这些数据需要反复验证，不能贸然公布，否则一定会引起恐慌和混乱，后来只见不同的专家一直在学院里进进

出出，但是结果始终没有出来。

最后，杨柳迫于无奈，决定直接通过媒体进行曝光。

末日到来、能源阴谋……这些从来都是媒体最喜欢的字眼，更何况爆料的还是学院中赫赫有名的年轻教授。但杨柳也明白，一旦她这么做了，她将不仅得罪公司，还直接违背了学院的规定，这对于科学家来说，便是自断了以后所有的科研道路。

可是……杨柳抚摸着隆起的腹部，现在距离她的预产期只有两个月不到的时间。杨柳望着霍普，眼神坚定地说道："为了这个孩子未来能好好地在地球上活下去，我必须这样做。"

"嗯，为了依依。"霍普点点头，握住了杨柳的手，和她一起走进了电视台的大楼。

在采访中，杨柳不仅公布了地球停转时间及其全部推算数据，同时指明现在的气候异常便是先兆。

末日时间一被公布，如学院预测的一样，立即就引发了社会恐慌。无论什么时候，无论科技进步到了什么阶段，人类恐惧的永远都是灭亡。原本还沉浸在世界欣欣向荣的理想中的人类忽然得知这竟是人类最后的10年，城市陷入了混乱中。

而杨柳就是在这个时候出了意外。

利用诺亚原石所提供的能量，现在的汽车已能够悬浮在半空。但是因为地球自转停止与原石的关系，人们当下对于一切使用原石的产品都产生了极度厌恶的情绪。

那天杨柳正开车去学院，结果在路上遇到了一群反对原石的极端者，他们高呼着口号掀翻了杨柳的汽车。当受伤的杨柳被送到医院时，肚中的孩子已经没有了呼吸。

"为什么，为什么……"失去孩子的霍普陷入了从未有过的悔恨中，如果不是他推算出了世界末日的到来，就不会有之后的恐慌和暴行。他和杨柳曾为了这个孩子的未来而战斗，而正是这场战斗让他们失去了即将到来的孩子。

三十一　核心代码的真相

听到这里，远航不解地问："当时杨柳流产了，那么依依你是？"

"我不是真正的依依。"机器人依依望着远航说，"我见证了霍博士和杨柳的10年，但是我不是他们的女儿，不是那个未曾出世的孩子。"

"你是'白猫骑士'！"身为AI的E反而第一个注意到，在霍普和杨柳的过往中，还有另外一个人物见证了他们的一切——那便是霍普当时送给杨柳的白猫骑士玩偶。

"你是岱屿中诞生的第一个机器人！"E还是机器人的时候就听说过，岱屿中的第一个机器人是守护"母亲"多年的骑士，他在公元年时就陪伴在"母亲"身边，世界末日之后，他便化身为了第一个钢铁人类，继续帮助"母亲"管理这座天空之城。只是后来出现的机器人们谁也没有再见过这个白猫骑士。

"所以后来你是去了苍穹城。可是为什么10多年间都没有回来过？后来到底发生了什么？"看到机器人中的传奇人物，E更加着急地问道。

而这时，依依站了起来，对远航说道："走吧，远航，我带你去见我的'母亲'，剩下的故事该由她告诉你。"

远航以前在维修部时就注意过，岱屿和苍穹城是犹如双生子一般的两座城市，街道布局几乎都是一一对应的，苍穹城的中央是最高的不周山，岱屿的中央则是众人说的"母亲"的所在之地。在依依的带领下，远航终于进入了中央之塔。

来到塔的顶端，远航看到了一道闪着银色光芒的门，他顿时想起之前在不周山中见到的"水幕之门"和眼前的这道如出一辙。只是那个时候他没能打开那道门。

依依走到门的面前，门自动打开了，远航知道这应该是杨柳打开的，杨

柳是这座城市的中枢，是所有机器人的"母亲"，是核心代码。

远航走进去，看到了一根巨大的玻璃圆柱矗立在房间的中央，圆柱中充满了蓝色的液体，在这些液体中各种管道和缆线相互连接、错综复杂，宛若人类身体中的血管。

"母亲。"依依走过去，轻轻将手放在了玻璃圆柱上。

这时一个年轻的长发女子忽然出现在远航眼前，远航知道这是全息投影，他想这个女子的影像应该就是杨柳的样子。

"远航，我们又见面了。"杨柳对远航说道，"谢谢你把'白猫'带了回来。"

白猫？原来这才是依依的真名吗？

"我想你已经听白猫说过那10年的故事了，你一定想知道后来到底发生了什么吧。"投影中的杨柳像是看穿了远航的心思。

杨柳说完，虚空中就重现了历史场景。因为杨柳在这一次事故中受伤，人类开始反思，他们终于明白恐慌只会加剧人类的损伤，唯有团结一致才能度过末日。

这时，在霍普和杨柳的主持下，苍穹计划正式提上日程，之后的10年是人类历史上最团结的10年，人类摒弃了种族、国家、地缘政治等方面的矛盾，在各大都市的上空建立起可以调节气温、日夜、降水的苍穹系统。

"苍穹系统能够保护人类正是因为其封闭性，但是这也导致了另外一个问题，它在保护人类的同时也禁锢了人类。所谓的堡垒使外面的进不去，而里面的也出不来。"杨柳说道，"同时，苍穹还有一个问题，维持苍穹系统运转的能源非常巨大，根本不可能单纯依靠苍穹城内的资源来自给自足。这就需要在苍穹之外为苍穹源源不断地提供新的能源。"

远航忽然想起了探险队的事情，他们前往莱斯特旧城就是为了寻找遗留的诺亚原石。当时因为恐惧崩溃的E说过，岱屿储存的原石已经够其城内用100年了，但是机器人们还是要冒着危险，一次次前往地面，难道……

"那些原石是给苍穹系统使用的，是机器人们一直在为苍穹城提供能源！"远航恍然大悟。

杨柳点了点头："是的，因为只有不惧怕高温的机器人才能在太阳的直射下活动自如。最开始建造岱屿就是为了解决苍穹城的能源问题。只是人工智能一直在发展，人们对这项技术的担忧也从来没有间断过。苍穹系统一旦关闭，人类就无法再控制这些机器人。如果有一天他们发展得和人类一样，如果有一天他们不甘心再为人类提供能源，而是想要取代人类成为这个地球的新主人该怎么办……这些质疑从岱屿开始筹建时，就没有间断过。"

远航明白，弱肉强食是自然界的生存法则，人类也是这样繁衍壮大，直至成为地球霸主的，所以他们永远会害怕比自己强大的东西出现，而且这种东西还是由人类亲手创造的，这更加剧了人类的恐惧。

"只有人类才懂得如何保护人类。"杨柳说道，"为了保证机器人不会造反，必须有人类留下来作为监督者。"

"监督者？难道……"

这时杨柳继续说道："岱屿计划是我提出来的，所以在最后的会议中，所有人都同意由我来作苍穹关闭之后的人类监督者。如果 AI 由人类'孕育'，由人类抚养，那么发展进化后的 AI 便永远会在底层记忆中留下保护人类的指令，那么他们就永远不会背叛人类。"杨柳望着背后的这一缸碧蓝，"你已经知道，所谓的灵魂就是意识中微子，将中微子保存，之后进行编码输出，便能像人类孕育孩子一般产生新的 AI。"

远航终于明白了，这就是"母亲"的含义，所谓的核心代码其实就是杨柳的意识，杨柳将自己的意识中微子永远地束缚在了这一缸碧蓝之中，所以在这座城市里，每一个机器人都是杨柳的分身，所以远航才觉得这座城市团结有序，每一个机器人都是如此友善——因为他们每一个都是杨柳！

而在那个时代，提取中微子便意味着身体的死亡，所以杨柳是以自己的死换取了人类未来的保障，这是何其伟大的女性。远航肃然起敬，但同时，远航的心中不由得难过起来："这太残忍了，你被永远束缚在了这里，永远不能……"

杨柳只是笑了笑："不用为我难过，我是一个科学家，这本身也是我对科学的终极追求，而且，"杨柳的眼神忽然温柔了起来，"我曾经是一个母亲，

我希望我的孩子、人类的孩子们都能在这个末日中活下来。"

"对不起。"远航的心中充满了愧疚，杨柳牺牲自己换来机器人对人类的忠诚与友善，但是他却破坏了这种信任，甚至引发了两者之间的战斗，现在的苍穹城已经是一片断壁残垣。

"这不是你的错，在苍穹关闭的那一刻，我就已经预料到，一方对于另一方如果只是服从与奉献，终究有一天这种关系会被打破。两个不同的人如果真的想要和平长久，唯有相互理解，设身处地地感受对方的境况，而这就是你们知道的人形思维载体的由来。"

虚空中出现了另外一幅画面，正是中微子转移器。

"人类不可能永远活在苍穹的保护之中，机器人也不应该永远只是为了人类服务，但我认为两者之间并非只有战争这一种结果，如果给予足够的时间相互体验，机器人有一天也能真正融入人类的社会中，就像是一个出生后的小孩，在父母家中度过了幼年，而后他们要去学校与同龄人接触，不管同龄人是和他们一样的乖孩子，还是叛逆、讨厌的孩子，这都是他们完成社会化所必须经历的过程。"

"所以你才会使用人形思维载体，将天空之城的机器人的意识中微子送进人类的躯体中，为的就是让机器人参与到真正的人类社会中？"远航问道。

杨柳点头："是的，机器人和人类最大的不同其实在于人类比机器人脆弱，而人类正是因为脆弱才产生了情感，懂得了敬畏、友善和活着的意义，这些是机器人们在这里永远无法学会的。我让机体最强壮坚硬的'周'系列进入苍穹城变成人类，当他们终于懂得人类的脆弱时，也会真正明白守护的意义。"

原来竟是这样，远航对于杨柳已经不只是敬佩，还有无以言表的仰望。杨柳不仅是公元年最伟大的科学家，更洞察了人类社会进化的规律。

"同时，探索和好奇也是人类永远不会泯灭的特性，即使有苍穹的保护，也一定会有人渴望外面的世界，所以他们也会通过中微子转移到机器人的身体中，毕竟现在外面的环境只有机器人的身体才能承受得了。但是躯体不是最重要的，灵魂才是人类的根本。"

远航终于明白了，杨柳真正的目的是让人类和机器人能够共生。

"我就是第一个前往苍穹城的机器人。"依依开口道。

"白猫原本是霍普编程后准备给依依的陪伴AI，之后她陪伴了我们10年，在苍穹城和岱屿建好之后，霍普又将白猫改造成了现在的样子，为的就是让她更好地在这里陪伴我。不过就像孩子一样，AI几十年的成长足以让她拥有想要成为人类的愿望，于是我将她送往了苍穹城。只是我没有想到，最后霍普会消除了白猫原本的记忆。"

"你是说苍穹城这个计划，还有人形思维载体的计划，都是你和霍博士一起计划的？他，他知道这些！"远航忽然大惊。

杨柳点了点头："我们夫妻两人一起计算出了末日的时间，也一起拟定了后来的苍穹计划，学空间物理的他建造了苍穹系统，而我则研发了机器人的核心系统。只是……"

这时，还没有等杨柳说完，外面忽然传来了爆炸声。

三十二　机器人暴乱

远航连忙跑出门去察看，但是刚到外面，就遭到了机器人的攻击，幸好这副躯体是最结实的"周"系列，所以远航能在挨了重重一击之后，又完好无损地站了起来。

攻击他的是这里之前的守卫机器人，而此时机器人却像是丧失了理智一样，双目通红，朝着远航冲撞过来。

"你怎么了？"远航大喊，同时在对方冲过来时一个过肩摔将他反压在了地上。这时远航听见身下的机器人体内发出"嗡嗡"的轰鸣声，他顿时想起以前王娜对他说过的，每个人机器人的心脏都是一颗诺亚原石，如果功率过载，就会发生爆炸。

远航连忙跳开，而机器人突然发出"嘣"的一声巨响，炸成了碎片。

这到底是怎么回事？远航飞到了半空中，这才发现整个岱屿已经陷入了混乱，所有机器人都在相互打斗残杀，就连维修部那些扫地机器人也在四处乱撞。

远航连忙回到屋内，惊呼："不好了，机器人们好像都失控了。"

杨柳也露出了凝重的神情，刚刚她已经查看了所有情况，说道："是病毒，所有孩子都感染了病毒。"

"这怎么可能，什么病毒会一下子感染所有的机器人？"远航大惊，但是话刚说出口，他便意识到了什么。

机器人的病毒就像人类的病毒一样，也能传染，而且可以比人类的病毒传染得更快，只要相互连接，一瞬间就能让成千上万的机器感染。

远航的话还没有说完，显示屏中的 E 突然开始不规律地闪动，像是网络卡顿后的掉帧画面，E 惊慌道："病毒，有病毒！"

"E 哥，E 哥！"远航惊呼，他想起刚才 E 为了帮他找到依依，连接了岱屿城里所有的辅助 AI，而每个机器人都有一个辅助 AI，如果其中有一人感染了病毒，那么刚才 AI 互联的时候就是病毒传播的时机。

"病毒隔绝，病毒自查。"E 还在努力地执行着消除病毒的程序，突然他像是发现了什么惊人的事情，"这病毒，是从我这里传播出去的，我，我才是病毒的来源。"

这怎么可能？！远航大惊，但是马上他就想起了之前周浩说的话，Y2125HP 系列带有致命的生物病毒。如果这种病毒不是针对人类的，而是一种电子病毒，只会在机器人中传播……

远航突然明白了，真正的病毒源不是 E，而是他自己！

可是，携带着病毒的自己明明已经死了，现在的身体不过是在岱屿中制造的钢铁之躯，怎么可能会有病毒？

这时，虚空中又出现了另外一幅画面，那是此时苍穹城中的情况。在混乱的城市里，远航看到了一个熟悉的身影——正是他自己！他在朝着不周山走去。

"是霍普。"杨柳一眼便认出了这个人的真正面目，语气中又是生气、又是悲伤，"霍普，你竟然做到了这个地步。"

"这到底是怎么回事？"

"霍普想要破坏中微子传输仪。"杨柳对远航神情严肃地说道，"在不周山的顶部，那道大门之后就是苍穹城的中微子转移中枢，霍普要去的就是那里。"

远航已经跟不上杨柳的思路，此时他的心中有太多的疑惑，但是等不及他开口，杨柳就恳求道："远航，拜托你，请你一定要阻止霍普破坏中枢。"

"可是这里……"

"交给我们吧。"这时，依依突然站到了远航的面前，对远航眼神坚定地说道，"你去保护人类和苍穹，这里由我们来想办法！"

远航犹豫了片刻，终于还是朝着转移舱跑去。依依在苍穹城中的身体已经死亡，现在无法再陪他一起前往苍穹，而且岱屿里也需要有人帮助杨柳一起对付失控的机器人们。分头行动便是当下的最优选择。

一路上远航都在躲避各种狂暴的机器人的攻击，甚至连一直温柔的孙531也在和人打斗，圆盘的身体已经破损了一大半，而他依然用电子音喊着："杀死，杀死……"

这就是霍普改造基因之后产生的病毒吗？为什么明明是他和杨柳携手创造了这个新的世界，而他却如此憎恨机器人？

就在远航马上到达转移舱门口时，忽然一个身影犹如泰山压顶般从天而降，向远航压来，远航连忙跳开，顿时地上被砸出了一个巨坑。挡在远航面前的正是周浩。

此时周浩的左臂已经完全变成了砍刀的样子，远航知道这是粒子利刃，一刀便能劈开10多层的铁皮，对于机器人来说，这是致命的武器。现在周浩双目通红，完全丧失了理智，一看到远航就再次冲了过来。

远航刚想躲开，身体却突然僵住了。屏幕前的E不停地闪烁，一会儿是小红鱼的形态，一会儿是旋转的圆圈，似乎是陷入了故障。

"警告，警告。"机体不停地发出警报声，而这时，周浩已经扑了过来，远航只能空手接白刃，顿时被压得单膝跪倒在地。

头顶的粒子利刃越来越近，但机体还是动不了，远航知道，这一定是病毒感染了 E，而辅助 AI 又反控了机械的身体。

"E 哥，E 哥，快想想办法！"远航对着显示屏前的小红鱼大喊道。

"我没有办法清除这个病毒，它，它繁殖得实在是太快了！"小红鱼断断续续的声音传来，远航只觉得头顶的利刃马上就要将他一劈为二。远航是比周浩更先进的机型，不管是在动力还是配置上，都远胜于周浩，但是此时无法控制身体的远航根本使不上力。

"周浩，你醒醒！"远航无奈只能大声地对着周浩呼唤，但是他也知道，对方已经被病毒感染，再也不是曾经他认识的那个周浩了。

"我有办法了。"千钧一发之际，E 忽然说道。

远航喜出望外，催促道："快呀，E 哥！"

下一刻，远航便听到了 E 告别的声音："和你在一起的时间我很开心，再见了，周远！"

什么？突然的告别让远航猝不及防，屏幕上的小鱼忽然消失了，没有任何轰轰烈烈与惊天动地，只是一声再见，然后 E 便不见了。

在莱斯特的地下时，王娜曾说过，辅助 AI 就像是机器人死后的幽灵，他们会作为引路人与新机器人共生，当有一天新机器人不再需要他们时，他们就会变回携带信息的中微子再次奔赴宇宙的远方。

当时 E 恐惧地嘶吼说那就是真正的死亡。E 曾那般恐惧死亡的到来，而现在，他为了消除病毒，让远航重新获得对身体的掌控，竟主动选择了离去。那一声再见，便就是永别。

远航的机体不会流泪，但是此时他的内心却充满了悲哀。这一路走来，已经有太多人离开，可是……走到这一步的远航，早已经无法再停下来。

重新获得动力的远航挺身抬腿，猛蹬向周浩，顿时周浩整个人飞了出去，直接砸在对面的墙壁上。但是刚停下来，周浩立即又朝着远航冲了过来，同时他的机体开始发出"嗡嗡"的声音，犹如一只暴怒的公牛。

远航知道这个声音意味着什么，刚刚他已经见过一个机器人在他面前自爆，这个病毒不仅是要消除机器人们的理智，更是要销毁他们的机体。但是远航不能让周浩这么做。他已经目睹了太多的死亡，不愿意在这里再失去周浩。

于是远航朝着周浩猛冲过去，举起他的身体就往不远处的液氮储存器跑去，在周浩身体中的"嗡嗡"声即将到达极限时，远航将周浩的身体扔进了液氮中，急速的冷冻将周浩的机体一下子冻住。那颗即将爆炸的心脏也得以安宁。只要原石的心脏还在，机体就能被修复，周浩便能重新启动。

但是远航这边不容乐观，刚刚那柄粒子利刃径直插入了他心脏的位置。机器人不会感觉到疼痛，但是瞬间红屏的显示让远航知道，这一次这副钢铁的躯体是彻底报废了。

就在心脏原石破裂之前，远航终于来到了转移舱中。

霍普没有想到，最终在不周山顶层阻挡他的竟是一个年轻的小女孩。他知道这个女孩叫许诺，曾经帮助了远航，也是那个叫阿光的少年的女朋友。许诺似乎早就料到了他的出现，此时面无表情地拿着一把枪，正对着他的脑袋。

"许诺。"霍普开口讲话，却是和远航一模一样的声音。因为这本来就是远航的身体。

"是你偷走了远航的尸体，然后进行了修复，为的就是'借尸还魂'！"许诺语气平淡地质问道。

"'借尸还魂'？这个成语用得并不恰当，小丫头，这本来就是我为自己准备的躯体，体内保留着我的遗传基因的Y2125HP系列都是我准备的，为的就是今天。包括你的那个小男友，他叫什么来着，阿光？"

一听到阿光的名字，许诺便愤怒地说："是你把阿光改造成了那个样子，让他受尽折磨，最后又把他送回归墟，这一切事情都是你做的！"

其实在阿光来到归墟之后，许诺便秘密地调查过，也许是因为她天生警觉，她总觉得阿光的死与复活都太过巧合，而远航刚刚在战争中死去，另一个基因相同的"救世主"就出现，仿佛一切都是按照写好的剧本发展。

而现在许诺终于明白了，在幕后写下这个剧本的人就是眼前的这个男人，准确地说是在这副躯体中的那个灵魂——霍普。

"是你操控了阿光，阿光最后才会变成那个样子！"

其实从阿光回来，许诺就已经发现阿光变了，曾经那个爱傻笑的善良少年变成了暴虐的年轻君主，最终一切走向失控，兄弟分裂，远航误杀阿光。

当时许诺看到阿光的死，一瞬间丧失了理智才会朝远航开枪，但是她万万没有想到，依依竟会挡住了那一枪，她后悔莫及却已经于事无补。后来许诺最终查到了霍普的行踪，所以早早出现在不周山的顶层，等待霍普。

真正导致阿光死亡的凶手便是霍普，她要找来报仇的人其实就是霍普！

然而霍普却说道："我没有欺骗阿光，一切都是他自愿做的，他知道他已经再也不可能成为人类了，所以他才会答应我，去破坏这座城市，去找这些伪善的人类报仇。"

"你撒谎！"许诺无法相信那些事情竟是阿光自愿做的，她已经不愿意再听对方说什么，正准备开枪，然而对面的霍普似乎也是早有准备，先一步扣动了枪的扳机。

三十三　霍普的愿望

许诺看见子弹径直射向了自己，而就在这时忽然有人将她一把拉开躲开了子弹，她一转头便看到了真正的远航。

许诺没有想到，最后救她的人竟然是远航。她知道远航对于依依的感情就像她对阿光一样，而她却开枪杀死了依依。她以为从此远航会恨她，想杀她，可是他却还是救了自己。一时间，许诺忽然不知道该怎么面对远航。

远航对许诺大声说："快走，离开这里！"

"不行，我要杀了这个男人，是他，一切都是他的错！"

"许诺，你才16岁，你的人生才刚刚开始，这个世界并不是只有复仇一件事情，阿光说他不希望你永远活在仇恨之中。"远航对许诺认真地说道。

"阿光最后和你说了……"许诺的眼中一下子充满了眼泪。

远航点了点头。这虽然是谎言，但是他相信，如果那个少年最后还有机会和许诺告别的话，他一定会说这些话，因为那个少年不管怎么改变，在他的心中永远将一块最温柔的地方留给了许诺，从他们儿时相识开始就是这样，从未改变。

"好好活下去！"

听到远航的话，许诺终于忍不住哭了起来。就在这时，远航趁机一把将许诺推进了电梯。电梯的程序似乎是被修改过，马上就载着许诺朝楼下降去。

电梯消失之后，房间中就只剩下了远航和霍普两个人。远航转身，对霍普说道："我已经封锁了所有能上来的道路，现在这里只有我们两个人了，终于可以聊一聊了吧，霍博士。"

"远航，你应该是所有系列中最像我的一个。"霍普的嘴角露出了笑容，"你问吧，所有你想知道的事情，我都会告诉你。"

"病毒，传染给机器人的病毒到底是怎么回事？"远航迫切地问道，"是生物基因病毒吗？但是感染了病毒的那副身体已经死了啊……"

"这是我和阿光那小子的真正计划，你以为这种病毒真的只能在机器人中传播吗？它的确是由基因改造而产生，但是它真正感染的是中微子，是你的灵魂。"

"是那个拥抱！"远航恍然大悟，是阿光在死前恳求的那个拥抱。

少年真正的目的是将病毒再一次传染到远航新的身体中，然后等远航的中微子回到岱屿，便将病毒也带了过去。怪不得阿光像是一直知道远航没有死一样，当时他看到归墟中的那些鹦鹉鱼时就有过怀疑。

这才是霍普将阿光接回归墟的真正目的，他早就计算好了一切，甚至连远航的死亡都在计算之内，他知道远航会被杨柳转移到岱屿变成机器人。一切都是霍普环环相扣设计好的，他、他们、所有人，都不过是霍普这盘棋中的棋子而已。

"我不明白，为什么明明是你设计了这座苍穹之城拯救人类，现在却又要毁了这一切？"远航终于将心中最大的疑惑问了出来。

这时霍普转过身朝着那道水幕之门走去，他又转头对远航说道："来吧，

这里有一切的真相。"

上一次，远航来到这里，却没有办法打开这道门，而现在，霍普用着远航的身体，只是轻轻一推，水幕之门就自动打开了。远航想这应该是中微子的标记识别。

霍普曾经说过，不同的人可以因为遗传物质相同而具有相同的生物特征，但真正让每个人不同的则是灵魂，也就是中微子的独特性。

远航跟着霍普走进了屋内，和岱屿的中央之塔里一样，屋内也有一个盛满了蓝色液体的玻璃圆柱，但是，在这里的液体中却悬浮着一个人。

黑色的长发，紧闭的双眸，远航一下子就认出了这张脸——是杨柳！

这竟是杨柳真正的身体！

"想不到吧，这就是中微子转移中枢的真正面目。"霍普轻轻抚摸着玻璃缸，眼神温柔地望着液体中悬浮的女子，在女子的身体上缠绕着无数的管道和缆线，它们全部接向玻璃圆柱上方的机器。

"中微子具有特殊的标记性，要想实现人机之间的转移，就需要桥梁，所以那时小柳将自己的意识提取上传，保存在了岱屿中，然后又将身体留在这苍穹里成为传导设备，同一个身体和意识相互匹配，这便是机器人和人类的意识得以相互转化的基础。"一提到杨柳，霍普的语气就变得温柔了起来，"这样的办法也只有小柳才能想出来，她真的是人类中最杰出的天才。"霍普毫无保留地夸赞道，"可以说小柳为了人类的未来奉献了自己的一切，智慧、身体，甚至是灵魂……"

但是霍普忽然话锋一转，语气怨恨地说道："可是，人类，自私又愚蠢的人类根本不值得让小柳这样牺牲。"

霍普终于说出了真相，一段谁也不知道的，发生在人类灭亡前的秘密过往。

公元2451年是霍普和杨柳计算出的地球停止自转的年份。这时的苍穹系统已经全部搭建完成，北京、伦敦、纽约等地球上的各大都市都建起了巨大的透明穹顶，按照计划，在末日来临之际，地球上一半的人类能够入住苍穹城，人类中将有一半能够活下去。

而这也意味着有一半的人类将死去。那些年迈生病的人类主动将进入苍穹的机会留给了自己的儿女，以及更年轻的一代，各国政府当时还表彰了这些英勇放弃生存机会的老者们为"人类的末日英雄"。

在末日面前，人类曾惶恐混乱，但是最终还是抛弃了自私与偏见，成为团结互助的集体，人类相信他们将以新的整体开启人类的新纪元。然而，当亲人们相互告别，做好迎接地球自转停止的一切准备后，末日却没有如约到来。

地球自转的速度虽然比之前慢了60%，但是并没有全部停止，地表温度上升，白天和夜晚的时间拉长，地球生态系统发生改变，但是这样的改变并不足以让海洋干涸、生物灭亡。苍穹中的人类开始质疑当初的这个预测。

时间就这样又过了一年，地球依然缓慢地旋转着，终于各地的苍穹中爆发了大规模的动乱。那些没有进入苍穹的老人和病人因为苍穹外部的资源不足开始大批死亡，而进入苍穹的人们只觉得头顶的透明罩子让他们犹如坐牢。

人们开始大骂，地球自转停止就是天大的骗局，是科学家和政府为了减少人口数量、控制老百姓而一起编的弥天大谎。

很快政府就控制不住愤怒的人群，人们打破了苍穹又纷纷回到了地球表面，当初主导苍穹计划的霍普和杨柳更是被人们视为这场骗局的主谋，他们被骂作是人类历史上最大的刽子手，那一半死亡的人类皆是因为他们！他们两人该被千刀万剐，永远被人类历史唾弃。

那时杨柳已经将意识和身体分离，霍普原本作为苍穹开启的执行人，现在却被人类当作发泄愤怒的目标。

在那之后5年的时间中，霍普受尽了折磨，不仅是身体，还有精神上的，无数个夜里，霍普都想自杀结束这一生，但是只要想到杨柳，他便一次又一次地强撑着活下去。

真正的末日降临时却是让人猝不及防，突然有一天，人类睁开眼睛，发

现白天或黑夜都不会改变了，地球真的停止了自转。人们这才慌张地想要再次进入苍穹，但是大部分的苍穹系统早在5年前就已经被人类自己打破。人类在酷热与严寒中惊慌失措，当时幸存下来的一半人类又再次大批死亡。

最后人类终于又想起了霍普，想起了当时霍普和杨柳所建造的作为零号试验场地的"桃花源"。这5年来，在霍普的努力下，只有这里还保存了完整的苍穹系统。人们蜂拥而至，争先恐后地想要进入这最后的末日堡垒，但是这时霍普却关闭了通道，没有让一个人进入。

"是你！"听到这里，远航大惊，"人类灭亡的真正原因是你！"

"是他们咎由自取！"霍普愤怒地说道，"我和小柳耗尽了全部的心力想要拯救人类，小柳更是牺牲了自己，而那些愚蠢的大众却在中途背弃了希望，是人类的愚蠢、自私才让他们自己灭亡的！"

"'桃花源'只是试验场地，根本无法容纳当时的所有人类，一旦开放准入必将又引发一场伤亡惨重的战斗，"霍普突然话锋一转，"不过小柳也许早就已经预测到了这一切，所以她才会在这座城市里留下了足够多的人类胚胎，当苍穹一关闭，培育系统就会自动开启，苍穹人类的历史便从此开始。

"我看到那些在人工子宫中孕育的孩子，忽然就想到了依依，想到了我和小柳的那个没能来到这世界上的女儿，小柳曾经说过，当这个世界变得更好时，也许依依就会重新回来。也就是那在一刻，我突然心软了，没有毁掉那些胚胎，而之后就是你所知道的历史。"

原来竟是这样，杨柳曾经失去了自己的孩子，而她却用善良、无私与爱成为新人类的母亲。而霍普对于女儿的思念，最终让苍穹人类得以诞生。

但到这里，远航又不明白了："你既然让人类历史重新开始，为什么又要创造归墟毁灭这座城市？"

"因为依依的出现。"霍普抬头望向了玻璃圆柱中的杨柳，眼中闪烁起思念的光芒，"在看到依依来到这座城市时，我终于明白了小柳真正的计划，所谓的苍穹并不是永远的堡垒，只是一时的庇护，她比任何人都了解人类，所以她早就知道人类不可能永远甘心被圈于这尺寸之间，她已经留下了让人类重新回归地表的可能。

"那些卑鄙自私的人类都有资格重新回到地球表面，小柳和我凭什么不可以再生！"

三十四　死亡与新生

童年时的霍普就不喜欢人群，他讨厌嘈杂，讨厌幼稚，更讨厌别人对他指指点点。他出生的年代是人类社会快速发展的时代，不管是人还是物，一切都以实用和科学为前提。而他喜欢的东西被学校老师看作是无用的旧知识，他喜欢的传说历史被同龄人嘲讽是愚蠢的故事，他喜欢的小说更是被父母撕得粉碎。正是因为这样，霍普一直觉得自己在这个嘈杂的世界中永远都是孤身一人。

人们说他是天才，而天才必须要去做天才应该做的事情。他不喜欢物理，但是被迫一直读到了物理学博士。霍普唯一感谢这个专业的就是他因此遇到了杨柳。杨柳就像一道光，照亮了他黑暗的人生。而人一旦看过光明，便再也不想回到曾经的黑暗中。

望着杨柳，霍普终于说出了心中真正的愿望："我可以忍受谩骂、屈辱，唯一不能忍受的是失去小柳的痛苦，人类也好，未来也罢，这些宏大的愿望我根本不在乎，我只想再次拥抱小柳，只想实现这唯一的心愿。"

远航终于明白，霍普所做的一切都是为了让杨柳复活。

杨柳的意识中微子化为了岱屿中所有机器人的监督者，那么如果全部的机器人被损害……

杨柳的身体在苍穹中承担着中微子转移的中枢，那么只要将这套系统破坏……

这就是霍普的目的，他策划了一切，不惜耗费数十年的时间，无视那么多人的牺牲与死亡，所有的计划，都是为了此刻，也为了再见杨柳。

自私也罢，偏执也好，远航已经无法评价霍普的行为。许诺是这样，杰森是这样，说到底自己也是这样。人类永远无法孤独地存活，就像曾经他被

问到过的"电车难题",如果铁轨上有自己的亲人、爱人,那么绝大部分的人类都会选择拯救自己的亲人、爱人。这是人类的天性,是群居动物基因中的天然选择。只是……

"你觉得杨柳,真的还能回来吗?"远航神情悲哀地问道。

与此同时,在岱屿中,依依尝试了各种方法,还是无法消除机器人们所中的病毒。病毒已经蔓延得太久,完全超过了系统能够自我查杀的速度,依依能够不被感染,完全是因为她已经离开这里10多年,这副躯体中并没有辅助 AI 的存在。

更迫在眉睫的是,因为机器人们的破坏,岱屿的悬浮装置已经遭到了损坏,如果再这样下去,这座天空之城就将坠毁。岱屿一旦消失,苍穹城失去了能源的供给,毁灭也是迟早的事情。

依依不愿意让这样的事情发生,远航还在战斗,还在为了人类的未来坚持,她也不能让人类的历史结束在这里。依依望向了杨柳,她知道,还有最后一个办法,一个从机器诞生伊始就一直留到了现在的最原始的保险——格式化,恢复出厂设置。

他们都是机器人,都诞生自杨柳的意识,至今仍然与杨柳通过网络相连,只要由依依上传格式化的命令,再通过杨柳的中枢传输给机器人们,那么就能一次性消除所有的病毒,拯救岱屿,拯救大家,只是……这也便意味着,包括依依在内,所有机器人都将被消除这些年积攒下的信息,都将失去所有的回忆。

曾经还是玩偶的依依陪伴了杨柳和霍普最后的10年,让她最终萌发人类情感的不仅是 AI 的学习进化,还有那10年中她所目睹的两人之间的所有欢乐、悲哀。正是这些让她渴望由旁观者变为参与者。

成为人类的依依虽然因为霍普失去了这段记忆,但是在她的潜意识里,总觉得自己在寻找什么。直到遇到远航,和他一起经历了各种悲欢离合,依依才终于明白,是共同经历的记忆构成了人类的情感,这便是所谓的灵魂。在那座苍穹城之中,她遇到了各种各样的人,经历了人类的悲欢离合,她拥有了朋友、敌人，以及心爱之人。她终于找到了属于她的人类情感，而现在她必须要为了人类又将这些情感全部抹去。

"对不起，白猫。"杨柳愧疚地对依依说道。

杨柳作为科学家，她创造了人类的奇迹；作为爱人，她得到爱也给予爱，杨柳的一生无愧于任何人，唯一让她觉得内疚的只有那个未出世的孩子。她保护了人类的孩子们，却未能保护好自己的孩子。杨柳总觉得作为母亲，她不够称职。也许是出于对依依的思念，她才会想象着依依的样貌制作出了第一个机器人，第一个人形思维载体。她将这些都给予了曾应该陪伴依依长大的白猫。

杨柳看着白猫在苍穹城中长大、收获情感、懂得了爱，就像真的看到了依依，或者说，在她心中，白猫已经成为依依。可是，现在，她却不得不让依依再次将这些情感消除。投影中的杨柳终于忍不住抽泣起来，就像第一次失去那个孩子时一样，这一回，她又将失去她的依依。

依依忽然展开手臂抱住了杨柳："没关系的，'母亲'，我们一定都会再回来。"

在依依的记忆里，"母亲"曾这样拥抱过霍普，自己也曾在黑暗中拥抱过远航。这是属于人类的温暖，无论是给予者还是获得者，都能感受到温暖。

依依启动了格式化程序。无数金色的光斑开始在她的眼前闪烁，在光斑中她看到了在地铁站中惊慌失措的远航、米粉店里端着螺蛳粉的大熊、总是板着一张脸的杰森、在她怀里的白猫，还有她与远航一起缓缓走过的森林、看过的蓝眼泪……悲伤的、欢乐的，所有的记忆都出现在了这些金色的光斑中。

依依忍不住想要伸手去触摸，但是还没有等她碰到，光斑就像爆炸的气球，一瞬间全部消散。光芒散去，只剩下了无尽的黑暗，依依想这就是她也曾拥有过的灵魂吧，她由机器中诞生，最终却也拥有了人类的灵魂。人类与机器人的隔阂可以消除，"母亲"的计划是行得通的。只是现在不得不先说再见了。

再见了，远航。

再见了，我的爱人。

与此同时在苍穹城中，远航质问霍普："杨柳是将自己的中微子化为了机器人的灵魂种子，这 50 年来，已经有成千上万的机器人出生，他们都携带着杨柳的意识中微子。他们死去之后中微子就会回归宇宙。那些离去的同样是杨柳的灵魂。你觉得，现在的杨柳就算复活，还是曾经的杨柳吗？"

远航想杨柳在制订这个计划时，一定做好了赴死的准备，她将肉身囚禁，灵魂分解，将自己化身基石，创造属于人类与机器人的新未来。她从未想过复活，也从未给过任何人复活她的机会。这些事情，远航能想到，他觉得霍普也同样能想到。只是，霍普不愿意相信而已。霍普的计划根本就不可能成功。

"你骗人，我的计划没有问题，小柳，一定能够活回来。"霍普抗拒地自言自语。

"你只是怯懦，只是不敢自己独活，或者说不敢自己独死。"远航一步一步走向了霍普，到现在他终于明白，无论出生还是死亡，人类在这两件事情上只能独自一人面对。可是正是因为这一头一尾的孤独，让人类在活着的时候才会更加珍惜陪伴的温暖。

突然霍普拉开了衣服，他的胸口处绑满了炸弹。

"既然小柳无法回来，我要所有人给她陪葬！"霍普嘶吼着按下了开关。

远航大惊，原来霍普早就已经做好了与人类同归于尽的准备，他知道杨柳不可能复活，所以他便要拉整个苍穹城与他共赴死亡。

霍普从头到尾都是一个自私懦弱的人。

经历过背叛、唾弃与痛苦，远航曾经也质疑过这样末日的人生有什么意义。但是因为他一路走来遇到了依依、杰森、大熊、许诺，遇到了各种各样的机器人。他经历了悲伤，也感受了快乐。他见到了外面的世界，见到了杨柳牺牲自己也要给人类留下的未来的大爱。人类因为有这样的伟大者而能够在曲折中前行。所以他要捍卫这样的未来。

他绝不认同霍普的做法，绝不让霍普因为自己的自私与懦弱阻止人类的前行。

此时，霍普身上的炸弹已经无法停止，看着显示的倒计时，远航知道只有最后一个办法了。时间没有允许他有任何的犹豫，远航一把抱住了霍普的腰，然后朝着霍普背后的玻璃猛冲过去。

远航曾被迫成为"救世主"，有那么多的人为他而死，而现在，他选择为了人类和机器人的未来而战斗。如果个人的牺牲能够换来更多人光明的未来，那么这便是有意义的。他曾对王娜说过这样的话，到现在，他也依然愿意践行这样的理想。只是，他在苍穹城中的身体已经损坏，这一回机械体的毁灭也便意味着灵魂的泯灭，他心中唯一的遗憾，就是对依依的爱意直到最后也未能说出口。

如果灵魂的中微子真的不灭不减，那么我想化为风化为雨，化为飞向你的星辰，向你诉说所有的爱意。

在生命的末尾，远航在心中许下了最后的心愿。

那一天，苍穹城中的很多人都看到了在不周山顶的天空中盛放的巨大礼花。当许诺再次冲上楼顶时，那里已经空无一人。她知道，那个叫远航的年轻人又一次拯救了他们。只是这一次，他再也不会回来了。

之后许诺守住了不周山，她用全部的力量抵挡了试图破坏这里的人，她虽然不知道在那蓝色液体中浸泡的女人是谁，但是她选择相信远航。这是远航想要保护的，那一定就是人类的未来。

杰森在和大熊的争斗中被大熊打伤，醒来后已经在医院中，他千算万算却还是漏算了有一天大熊会为了保护其他人而背叛他。这或许就是命运的无奈吧，谁也不能掌控命运，谁也不能一辈子不被背叛。

重新掌控归墟的大熊迅速停止了所有的战斗，带着众人投入了对城市的修复当中。在他年少时，杰森曾对他说过，人类都会犯错，但每个人都应该有机会再次去寻找正确的道路。是这句话拯救了曾经的他，现在他也想坚守住时间，让更多的人有机会去寻找属于他们的正确道路。

另外一边，被格式化后的机器人们也重新睁开了眼睛，他们犹如好奇的孩子般打量着这个新的世界，这个残破的、陌生的、充满危险的世界。但是杨柳并不担心，因为在很久以前，无论人类还是机器人都是这样开始的。

时间周而复始，时间给予无限新的可能。

万物皆会死去，但是意识的中微子不会消失不会死亡，它们只是化为了风化为了雨，化为了飞向远方的星辰，所有相互思念的人终将在这个辽阔的宇宙中再次相遇。

热房子

李 唐

一

天晴得像水，不见一片云。我摇下车窗，呼吸一口燥烘烘的空气，立刻觉得整个人将要上浮，直奔那遥远的日和星去了。热风灌进车厢，正在开车的妻子埋怨起来，我咳出嗓子眼的痰，又把车窗摇回原位。

"爸爸，你渴吗？"后座的女儿问我。

因为正在换牙期，她讲话有些漏风，我没听太清，只是习惯性地拒绝："你坐好，宝贝。"

她不吱声了。我很快又觉得抱歉，伸手摸摸她的脑袋，问她："爷爷这次和你说什么悄悄话了呀？"

"爷爷不让我告诉你！"她晃晃手里的兔子水杯，颇有些怨气。

我努力挤出一个笑脸，没话讲了。女儿是她爷爷奶奶带大的孩子，从满月到现在，我能够陪她的时间加起来还不到半年，她和我不亲，我能理解，因为我小时候也是如此。

窗外没什么树，一棵也没有，热辣的日光晒得人昏昏欲睡，可是糟糕的路况又让人睡不安稳，我被颠簸得很累，恍惚间不知怎么又梦见我那个不成器的弟弟，5年前他在证券交易所浇油自焚，留下30万元的债务和一个儿子，我把这些全接了过来，近来妻子老给我甩脸色，我也能理解，因为很长一段时间她都被蒙在鼓里。

麻烦事有许多，而且会越来越多，它们结成一张密不透风的黏网，勒得我几乎喘不过气。我揉揉太阳穴，将头顶在稍微有些软的车窗边框上，强迫自己去享受这阵急促而钝重的震感，而后，经历一场宛若灵魂离体的超感体验，我邂逅了沙漠边缘的飓风，还有坠成线的雨珠和沸腾的大海。

突然一声爆响，我们的车瞬间失去平衡，妻子第一时间紧急制动，最终将车横停在道路中央。"车胎爆了！"她愤怒地砸两下方向盘，又一巴掌拍向我的大腿，"都怪你！"

热房子

我不打算与她争论，因为一旦争论下去，势必牵引出更多不必要的麻烦。"好了，我去修。"我推开车门，寻到瘪掉的左前胎，踹一脚，返身去找备胎和千斤顶。

女儿好奇地下车了，看样子倒是对交通意外满怀兴奋。她今天穿的是一件米黄色的缀花连衣裙，这是去年我送给她的生日礼物，那天我特地请了半天假，请一位小腹微隆的店员帮忙挑到这件裙子，她说她也想要一个女儿，我表示祝福，并且付了小费。整个购物过程非常愉快，所有的气味、声音、笑容都值得回味；只是我不应该买它的，它花了我半个月的工资，还有昂贵的邮费，而且……我确信妻子永远不会告诉女儿这件衣服是我送的。

"这里。"我朝她招手。

她三步两蹦地跑过来，抱住我脱掉的外套，而后蹲在一边，看我用十字扳手旋动又犟又紧的轮毂螺母。

"爸爸。"她捧着脸问，"爷爷为什么不和我们一起住？"

"爷爷身体不好，只能住在疗养院。"

"疗养院是他的家吗？"

"当然不是，有家人的地方才叫家。"

"噢……爷爷说他想回家。"

"是吗？他没有和我说过这些。"我刮刮她的鼻子，尝试以尽量平和的语气解释，"这个世界越来越热，只有疗养院才能保证爷爷的生存。这是老人们的归宿，等爸爸老了，应该也会住进去。"

"你住进去了，我和妈妈怎么办？"她不高兴了。

妻子在旁一声冷笑，转身留给我一个背影。我将卸掉的轮毂撂倒，抹一把脑门上的汗，顿觉汗气升腾，一时竟忘记回答这个问题。女儿见我迟迟不肯开口，赌气跑开了，我想叫住她，转念又觉得当前我面临的实在是一些无聊透顶的问题，秉持一种口渴了喝水、肚子饿了吃饭的正当性，我收回目光，一屁股歪坐在遍布沙砾土块的柏油路面。灼烧般的烫感瞬间蒸干我心头的水分，大地仿佛一块被曝晒的铁。

好不容易修好，太阳已经完全变了模样，似乎被谁浇上了一勺油，看起

179

来焦焦的。女儿嚷嚷说饿了，耍起不讲理的本事，非要吃车载应急物资柜里的零食，妻子被她闹得没脾气，不得不拿出一小袋真空包装的湿饼干，同时警告她少吃垃圾食品。

正准备重新上路的时候，迎面走来一位黑瘦的僧侣，他头顶一片枯黄泛卷的干荷叶，身披半件看不出本来颜色的麻布袈裟，赤裸的四肢犹如弹簧拉杆，骨与筋的每一次调动都会使人担心他的皮肉是否足够柔韧。我紧盯他的脚步，心脏跳到大地在晃，那是一种缓慢而坚定的不凡，我以前从未见过任何一位如他这般承受苦难的人。我想我应该拦住他，施舍他一些食物或者水，但迟迟没有行动，而接下来的情景一如我的期待，他主动停脚，看看车，又看看我，恭敬地单掌放于胸前鞠躬，极客气地问："有水吗？"

我无视妻子的白眼，把半瓶温吞吞的包装水递给他。他依然很讲礼貌，合掌念出一些零碎的干巴巴的词汇，又是赞美，又是祝福，然后拧开瓶盖，轻轻润一润嘴唇，再小饮数口，直至瓶底见空。

妻子不耐烦地催我上车。我回到副驾驶，又从脚边拾起一瓶未开封的水，抛给他说："带上吧。"

他稳稳抓住，再次表达感谢。

"给我一片云吧！让它在我头顶，一年下295天的雨。"在汽车引擎的轰鸣声中，我隐约听到这么一句话。

二

对我来说，8月从来不是一个好的时节。首先是天气，从历年夏季的平均气温曲线来看，这颗星球正在走向沸腾，严酷的高温如潮水般洗刷掉了世界的鲜艳，仅留下千篇一律的黄，毒烈的太阳辐射、日益枯竭的水资源，以及不断下调的粮食红线，人类就这样被判了缓刑。一个个鲜活的生命像多米诺骨牌那样倒下，听不见任何呻吟或呐喊，而在那以后，太阳将会烤干他们尸体里的每一个水分子，把他们晒成狗都不吃的"人干"；其次，8月有一个象征团圆的节日，从那天开始我们将拥有一段法定的3—5天的假期，而那些非法定的年假、探亲假往往会在这期间一并勾销，耽误的工时则多以隐性加班的方式来弥补。上一任的工会主席是位改革派，她在被罢免前特别起草了一项有关"高温停摆"的劳工保障法案，虽说最后惨遭一票否决，但其产生的社会影响力已经不可挽回——至少今时今日在我的领导看来，偶尔休息两天倒不失为一个提升工作效率的妙招。

我确实渴望休息，只是不想回家休息。这样讲可能会给人一些不负责任的印象，然而这正是当今社会的现状：作为一名常年奔波在外的技术人员，所谓家庭不过是个应付税务部门的落脚之地，睡一觉，讨口饭，再无其他干涉；指标化的生儿育女则更像一场机械性的播种，精子与卵子的结合犹如螺栓螺母的咬啮，粗粝而精准地侵入，需要使的只有力气。我不相信爱情，更不信任婚姻，那些古早的美好早已成为过去式，一切有关于此的书籍、电影皆被尘封多年；从祖辈到父辈，从同学到同事，我见证过无数次，这种搭伙过日子的临时家庭实在不值得投注任何感情。

在女儿开口叫我"爸爸"之前，我以为我的一生便如此过了。

"爸爸？"

我好像又听见她在叫我了。我搁笔回望，在房门处寻到一颗毛茸茸的脑袋，两团鬆鬆散成了马尾，门缝瞄人的模样像极了猫。

"你在写什么？"她推开门，朝我走近。

"下个月的工作汇报。"我说。

"下个月的工作汇报为什么不到下个月再写呢？"

"因为，每个月都一样。"

她装作一副听懂了的样子，转头又问："怎么会一样呢？"

"因为工作内容没有变化。"我拈起她的一缕头发，食指绕了个圈，"就像你每天早晨吃的鸡蛋，喝的牛奶，它们是不是从来没有变过？所以尽管明天还没有来，但你已经知道明天的早餐是什么了。"

"我不喜欢喝牛奶！"她嘟嘴说。

"别让妈妈听见了。"我吓唬她，"她在家里装了不少摄像头，专门盯你听

不听话。"

"这里有吗？"她的气势登时弱了些，谨慎地望向门外。

"应该没有。"

"哼。"她故意很大声地呼气，"反正我就是不喜欢喝牛奶，牛奶我不喜欢喝，喝牛奶不喜欢，喜欢不喝牛奶……"

她开始没完没了了。我不得不掬起她的脸蛋，等她消停些再松开。"每个孩子都需要牛奶，天然，新鲜，不加糖。想想你的科学课本，还有社会课本，如果全班同学只有你不喝，那么你将永远是体育课上的小矮子，每天仰着头说话，走三步约等于人家两步，累不累呀？还有，倒牛奶的时候记得避开蚁穴，你已经三年级了，应该有这个意识。"

她的表情凝固片刻，倏地瞪大眼睛，抓住我的手腕说："不许你告状！"

我答应她会保密，条件是以后不能再倒牛奶，她将信将疑地走到门口，又拐回来找我拉钩，缠着我说出那些撒谎变小狗的誓言。其实我挺想告诉她，爸爸小时候也不爱喝牛奶，觉得它腥，不够甜，直到年满14周岁，营养调配委员会那辆橘黄色的移动餐车不再吆喝我的名字，从那以后我就没有牛奶喝了，开始像我的父母那样一日三餐被土豆包揽。

或许可以教女儿偷偷把牛奶藏起来，正如小时候母亲交代我的那样，事先准备一个方便塞进衣袖的容器，竹筒或者注射器针管，然后趁餐车内负责打氚的工作人员不注意，抿一口吐一口，神不知鬼不觉地将它们带回……我不由得苦笑，这些腌臜的念头使我想起当年被拆穿时的窘况，乳白色的尿，太丢人了；何况还有妻子在，她是营养调配委员会的人，组织纪律高于一切，就算作为家属的女儿拥有送奶入户不受监督的便利，她也绝对不会允许这些于法无理的事情发生。

我知道在某些偏僻的集市有人违规兜售牛奶，只要肯花钱，买一瓶并不难，可是我明明不喜欢喝，为什么仍有一股强烈的冲动？我想不通，更忍不住。闭目养神片刻，理智奉劝我不该拘泥于此，于是我拿出一份新的月度报告手册，以练习书法的心态继续誊写。

假期的最后一天，我驾车来到东南气象大学的滨湖校区。这里是我的母

热房子

校,尘封了我5年的青春和汗水,只是我对它并没有多少感情,对于一个头顶加分政策勉强跨进校门的穷小子来说,这里只有学习,没有生活。出了停车场左转,再左转,我重新踏上那条通往情人湖的小径:它的尽头是教职工餐厅,2楼有一道7元钱的带荤味的土豆片盖浇饭,我吃到毕业;它的另一个尽头是图书馆,整3层楼的书我不能说看过多少,至少多数摸过。我喜欢书香,不喜欢文学。下课的女学生叽叽喳喳地经过我,我侧身让开,一股属于青春的热流拂过我的脸,我避之不及。不经意间,我跟随她们走上另一条板结的土路,脉络化的碎荷叶嵌入道路两旁,色彩无限趋近于龟裂的碱性土,眼周有灼热感,我开始感到难过,因为如今的校园已经没有湖了。

小池约我在图书馆碰面。他是我弟弟的儿子,两年前考进这所学校的水利水电学院,学费、生活费的账单全在我的名下,只要他老老实实混到毕业,不管以后是飞黄腾达还是领救济金,我都能摆脱唯一监护人的身份了……可是,他毕竟有过一位热衷徒手攀岩的父亲,冒险是流淌在他血液里的天性,学校无法驯服他,我更不能。这样一个野性勃勃的人总归会有些出人意料的想法,所以当他请求我来办理退学手续的时候,我没有多少惊讶,因为我清楚可能那本就是注定的事。

我到的时候他正蹲在墙角看一本大部头的书,认真的模样叫人不忍心打搅,我在旁边站了10多分钟,这才轻轻地咳了两声。他抬头看见我,有些不好意思地起身,叫声大伯,之后便一直没有说话。

我领他来到教务办公室,找到一位习惯从眼镜上方看人的白衬衫老师,烟糖并奉,好话说尽。老师看看小池,又看看我,叹了口气,从抽屉取出一张对折的申请表,敲桌子说:"想好了吗?"

小池点头,我跟着点头。这一情景又让我想起我那位总叫人不省心的弟弟,当年我也经常如此,半夜被一通电话叫去拘留所或者什么工厂的保卫处,一起立正,一起挨训,而后再三保证,签字走人。

我没问小池接下来准备干什么,既然他主动放弃学业,那么以后便与我无关了,作为一个成年人,他理应为自己的决定负责。"少了一个麻烦。"我这么安慰自己。

三

现在可以说说我的工作了。

按照历史教材的说法，我们的世界是一座熔炉，我们都是生活在热房子里的人，我们诞生自火焰，再献身于它，只有全无保留地将自己化为燃料，如此方能延续我们那脆弱的文明。在风平浪静的学生时代，我还算比较认同这个比喻，直到走出象牙塔，亲眼看见并且亲身体验二八分流的就业压力，我才开始感觉这个世界真的是太热了。

热的不仅是气温，还有竞争。我的运气比较好，毕业季刚好赶上几乎是随机召开的NAGA招聘会，我凭借应届生的身份和大气科学的专业优势进入拟录取名单，并在其后为期两个月的集训中杀出重围，正式成为一名飞升云端的助理工程师。所谓NAGA，即是我们头顶那座飘浮在万米高空的天空之城，它所凝聚的前沿科技，还有那一整套面向陆地的苛刻的晋升制度，从宏观层面来讲，已经成为人类文明最后的生存希望。NAGA从不缺水，因为它离云近，它有如一头穿梭在云层间隙的鲸，以吞天之姿大口大口地吸食松散的、破碎的云朵，继而凝结成水平均分配，再将生活废水通过数排蜂巢状的管道井排往陆地。在水资源较丰富的过去，这种"人工降雨"的频率是每日早晚两次，而随着不明原因的云量锐减，生活及工业废水的处理逐渐趋向回收再利用，只有实在无法中和消解的"毒水"会在夜间悄悄洒落在一片无人之地。

我的职业是采云工程师，属于NAGA城市能源局数目最多的一类基层技术人员，每月享有200加仑的纯净水供应，足够一人所需；而我的家人们全部生活在陆地，她们不是NAGA的公民、雇员，无权享受此项福利，所以每次回家探亲，我总要想方设法地把节省下来的水偷偷带给她们。这自然不符合员工手册里的相关规定，但不少人愿意冒险，甚至包括地空升降梯接驳站内负责安检的警察，因为我们的亲人每天喝的全是些泛白的、带有金属气味的过滤水，如果一直喝下去，她们必将过早地失明、瘫痪，以及死去。

作为人类在核能、机械、建筑等众多领域的至高结晶，NAGA 不仅仅是一座城，它是文学家笔下的风筝，还是数学家草纸上的弦，它代表人类接近太阳，诘问这个世界的水正在流往何处，这种崇高的理想和斗争的精神是 NAGA 筑建之初的本心。只是不知道从什么时候开始，我们曾经引以为傲的科学、文艺、历史悄悄变了，它们滋养出一种无形的压力，督促我们每一个人忙碌起来，努力学习，努力考试，努力成为一名发光发热同时享受特权的 NAGA 公民，为了达到这个或者那个目的，我们在拼命之余，逐渐丧失了一些生而为人的珍贵品质。

没人愿意这么做；没人敢不这么做。

作为一台城市规模的宏伟机器，NAGA 的动力主要来自其内部的核电站，那里有一批地位更高、学识更丰富的物理工程师，我从来没有资格能够和他们并肩站立，只有在每年一度的工程师大会的合影环节，才有机会找他们握手，尝试告诉他们我的名字，而他们往往会以和善而不失威严的语调鼓励我："你们采云司该努力了，水是核电站的基础需求，如果哪天冷却水供应不上，我们就只能削减大家的生活用水了。"这种时候我是万万不能诉苦的，不能直白地告诉他们云量越来越少、工作效率越来越低的现状，只有一句"保证完成指标"方能维系我得之不易的工程师身份。

其实采云工程师的工作极其乏味，完全不像外界认为的那样体面又清闲。我每天一个人守在格子间——那是一间不足 10 平方米的逼仄塔屋——独立操控 NAGA 东北第三片区 500 张呈环状排列的鱼鳍风帆，通过通电、断电、加热、冷却等连续的双向操作，将悬浮在高空的水滴、冰晶集入本片区的蓄积池，再根据按比例划分的原则，把不低于 80% 的冷凝水压进核电站的专用管道，剩余水量除以本片区的人头数，结果即是大家每月均等享受的 200 加仑。这个数字有时会有猫腻，但是对非工程师的其他居民来说，多了大家一块多，少了大家一块少，不存在区别对待的情况，所以每年的民调统计达到基本满意不算太难。

搭乘地空升降梯返回 NAGA 的中途，我想起曾经带过我的一位师兄。那天我找他借桶，准备去领第一个月的"薪水"，他的表情古怪，但没说什么，还是借了。我兴冲冲地跑到人民广场，经过一座座装有软玻璃罩的雕像喷泉，

却怎么都找不到允许取水的标识，等我悻悻返回，师兄才幸灾乐祸地告诉我："菜鸟，忘掉课本吧，现在不兴提桶领水了，社会保障局这帮人，老喜欢图省事……回去瞅瞅你家的天花板，现在开闸不送水，送云！"时至今日我还想不明白，为什么师兄当年对"蛛网"工程有这么大的情绪，因为 NAGA 的分区型构造无法保证蓄积池均匀分布，想要坚持均化政策，必须利用"蛛网"这项原本用于空气循环的管道工程。顾名思义，"蛛网"是一张可以把"薪水"送入千家万户的网，它的优势不仅在于提升供水效率，更能节省能源，因为在相同压力下水的不同形态即代表不同的流速。这些皆是毕业考试的重要知识点，我知道师兄肯定知道，只是不知道他为什么装作不知道。

三分零八秒，这是我搭乘升降梯返回云端的时间，只要 NAGA 还在，这个数字永远不会改变。简单走一遍安检、身份核查、病毒抗原检测的流程，我离开接驳站，搭乘摩托飞艇回到人民广场西侧那间属于我的没有窗户的钢之房。壁灯在进门右手边的位置，摁亮，暖黄色的光芒有如烛火，带有一种类似油渍的暗和脏；它们迅速占据我的视野，同时映出玻璃天花板之上的潦草云雾。我看不太清。一根大拇指粗的银色金属管竖在房间的东南角，往下延伸至墙体的三分之一处，再由三通管件分出两道更细的管，左边连接一块配有电子水箱的马桶，右边连接的是不锈钢洗漱台。这些东西我从来没有用过。负责培训新人的师傅曾经嘱咐我们："钢之房只是睡觉的地方，吃喝拉撒最好在外边解决，你要真能耐，嘿，有事别找咱！"其中缘由无须明说：首先自然是节约用水；其次，我们每天的工作时间超过 12 个小时，再刨除三餐、例会、突击检查等停摆时间，当绵绵的困意袭来，没人愿意头对刚冲过的马桶而眠。

我核验过身份，小心拧动洗漱台上方的扁嘴水龙头。没有水流出。我凑近些，睫毛瞬间感觉到一丝泛凉的湿润，只是仍看不见任何水汽；我含住水龙头，尝试吮吸，很快，它们来了，浩浩汤汤地来了，如同一群蚂蚁迅速钻满我的五脏六腑；我贪婪地吞咽着这些带有果香味的微甜水汽，感觉全身每一个干瘪日久的细胞正在重新鼓满，前所未有的满足感包围了我，这是我渴望的沦陷，更是我希冀的未来。

四

  日子继续像车辘轳压马路那样过，平淡如水，绵连如发，叫人挣扎不得。女儿渐渐长大了，个头蹿得非常快，由于我长期不在家，她对待我的态度难免一天天向妻子看齐，到了青春期甚至更加过分，单方面断绝与我的一切眼神接触。从此我们之间的交流基本只有钱或者礼物。至于小池，自从他退学以后我们就很少再见了，偶尔他会给我打个电话，支支吾吾地扯些无聊的话题，我明白他的意思，但终究没有再给他汇过一毛钱。

  父亲的离世如我料想的那般"意外"来临，只是死因不是疾病，而是脱水，这一点使我倍感痛心。葬礼那天，小池来了，还领了一只皮包骨头的小狗，他没有往前凑，只是远远地观望。我叫他，他假装没听见；女儿跑过去找他说话，不知道聊了些什么，被逗得咯咯笑。狗的呜咽，压抑的笑声，被放大的窃窃私语，哀乐将它们混合在一起，变成蚂蚁爬满我的全身。我快步走近，给他俩一人一脚。女儿恨恨地瞪我一眼，跑开了；小池拍拍腿，叫声大伯；小狗汪汪地叫了两声。葬礼结束，我开始感到后悔，可是不知道什么时候小池已经走了，我拨打他先前的号码，无人接听，又去临时社区的公寓探寻，查无此人。后来再见到他，应该是在一档晚间重播的法制新闻栏目，当时的我昏昏沉沉，软沙发的温柔使我睁不开眼，恍惚间，画面中央出现一张熟悉的脸，他的头发剃光了，脸盘硬朗不少，看起来更像他的父亲了。

  起初我以为是梦，或者是将睡未睡时刻的无聊幻想，直到检察院寄来一张白纸黑字的量刑通知书，请我以家属的身份出席小池的庭审现场。通知书的日期非常近，可是我在电视里看见他明明已经是半年前的事，或许在这次之前，他已经犯过许多罪了……我没有进一步确认其中的状况，更没有出席旁听，因为那段时间我正在忙着离婚官司，女儿选择了妈妈，我无力挽回，尽管我存了好多好多水。

  离婚不到两年，我从 NAGA 城市能源局的采云司退居二线，开始负责

本片区居民对送云服务的意见统计，不再参与任何技术方面的事务。像我这样的人还有很多，我们的年龄并不算大，但显然已经不再年轻，甚至是老了、遭嫌弃了，面对工作流程高度精细化的趋势，我们所谓的经验一步步丧失了它的优势，当螺丝钉开始生锈，那么替换、迭代即是最合乎情理的选择，这是大家早已默认并且接受的事实。

接替我们的是一批初来乍到的晚辈，他们和当年的我们一样，青春洋溢、热情奔放，举手投足间充满自信，眼里的光比太阳还耀眼。羡慕他们的同时，我开始理解当年选择不告而别的师傅，还有因为组织罢工而遭解雇的师兄。

NAGA 不养闲人，这是条不成文的规定。没过多久，与我同届的校友大约只剩 5 人，在那段朝不保夕的日子里，我们 5 个时常围坐一团，扬脸苦笑、埋头叹息，全程几乎没什么话讲。我们都在猜测下一个可能是谁，我们都在祈祷下一个不是自己。

最终我走得比他们早。这是不幸的，哪怕这样的不幸不过是三五天的差距，但这三五天可能就意味着我比他们少一个珍贵的假期，毕竟我不像那些早早靠倒卖私水赚得盆满钵满的投机者，我只能带走 300 加仑的遣散水，哪怕以前存的再多，我也只能带这些离开。

我回到陆地，开始另一种生活，一如当年我的父亲。

五

凭借工程师的履历和那些价格不菲的纯净水，我回归地表社会的头几年还算顺利。我找到一份书库管理员的工作，每天码书、看报、练字，偶尔听听小曲，日子不能说有滋有味，至少过得安稳。我逐渐接受了那些刺鼻的过滤水和伪装成嘘寒问暖的监视，并且学会变卖手头包括遣散水在内的 NAGA 资源。这样的市场有很多，因为每年都有人灰溜溜地从云端跌落。

后来不知道因为一件什么事，我把钱借给一位朋友的朋友，而后又不知道触犯了哪条法律，我被法院宣告破产。朋友一个个地离我而去，我变得一无所有，从借米到借住，再到卖血和做贼，最终稳定在了拾荒。我翻过无数个宝箱，喝过五颜六色的水，回过头来再看，原来疗养院已经成为我的奢求。

在我以为这辈子就将这样结束的时候，女儿寻到了我，她把我接回家，我方才知道妻子已经去世多年。其实我不是不理解妻子，她是一个容易受情绪控制的可怜的女人，尽管我没有爱过她，但不能说我从未关心过她。

女儿供我吃喝，给我买衣服、收拾房间，只是仍不愿正眼看我，我同样不知道怎么开口，许多天没有讲过一句话。直到家里突然来了个穿校服戴耳钉的漂亮女孩，笑眯眯的眼睛、圆嘟嘟的脸，简直和女儿小时候一个模样。她自来熟地叫我姥爷，还偷偷告诉我她的爸爸妈妈离婚了，我问她为什么不跟妈妈一起住，她说妈妈没有爸爸有钱。如果在以前，我会教育她真正的幸福来自情感的满足，不该以物质来衡量，但是现在，这些道理是否应该由一个乞丐来讲，我不确定；而且，我更害怕因为多嘴招来厌恶。

我选择把话咽下去，开启真正的沉默。女儿虽然愿意承担赡养的义务，但对待我的态度依然冷淡，有一次她下夜班回来，精神状态明显不对，我不敢说什么，只能简单做顿早餐表示关心。我发誓有那么一瞬间，女儿看我的眼神不再充满敌意，我的心突然热了，想问问她最近有什么不顺心的地方，可是还没等开口，那条因病溃烂的左腿立刻给我使了个要命的绊子，结果不仅摔碎了一只成色较好的瓷碗，还把半边身体的知觉全摔丢了。女儿崩溃了，指责我为什么不老老实实待着，为什么总是一副有话不说明白偏偏让人去猜的态度，为什么妻子提出离婚我立刻答应，完全没有想过挽回……我的脑袋嗡嗡响，许多深埋心底的话逐渐涌上喉头，我想告诉她我一直非常爱她，我愿意搬去疗养院以减轻她的负担，但舌头已经不听使唤，那些试图辩解的哑巴发音只能惹来她的腻烦。

往后的生活不再以时间为单位。经历不断地睡去与醒来，我的记忆力越来越差，许多人与事之间的联系开始走向混乱，有一次女儿来探望我，我竟然把她当成小时候为我哺乳的母亲，这种有悖人伦的错位感使清醒之后的我万分羞愧。我渐渐习惯紧闭双眼，把久卧的病床想象成棺材或者骨灰盒，把空气想象成旋转奔腾、不断向内挤压的流沙，但死神似乎并不认为我的灵魂

值得攫噬，只是恶作剧似的丢来更多更离奇的梦。我逐渐分不清现实与梦境的界限。恍恍惚惚间，小池好像来看望过我，那应该是个半夜，他突然出现在床前，似乎挺小心，不知道在害怕什么。当时我的视力已经非常差了，只能通过抚摸他的附耳确认真的是他。他说他终于找到了人生的意义，我问他是什么样的意义，他在我的手心写下两个词：公平，正义。我记得它们的一笔一画。

不知道又过了多久，我完全丧失了对时间的概念，只记得自己每天陷坐在阳台边缘的藤椅当间儿，偶尔抬头望一望，可以看见水一样的湛蓝天空和低速穿行的天空之城。看得久了，我开始怀疑它们是否真的存在；想得久了，我开始感觉脑袋越来越沉、四肢越来越麻，然而一些琐碎的被遗忘的过往却日益清晰起来，我想起当年报考东南气象大学前父亲的话——那天他特地给我买了一瓶昂贵的橘子汽水——他说："知道云都去哪里的吗？云都变成了人。"

云变成了人，那么人死以后还能变成云吗？我的血，我的组织液，我身体里的每一个水分子，它们会不会重新凝聚成云？

这个问题占据了我为数不多的清醒时间，但我根本不在乎它的答案。后来，我不记得那是一个怎样的日子了，傍晚时分，遥远的西方突然传来一阵闷响，极度耀眼的光芒迅速铺满天空，久久不灭；一股区别于烈日的非同寻常的热感袭来，屋顶的电灯及视野内所有的照明设施全数熄灭；而后，一团无比刺目的白色光晕永恒地横亘在天际尽头，宛如重新升起的太阳。

我的另一位外孙女倚在藤椅旁边，问我那是什么。我想起来一个词，却忘了怎么说，只能伸出干巴巴的黏腻的舌头，呜呜呀呀起来。她有些担心，侧耳凑近。

"那是……一片云。"我终于捋直了舌头。

"哇！"她果然兴奋起来，抱住我的胳膊追问，"漫画书里讲云是外星人放的屁，外公你说，能造出这么大大大朵的云，外星人该有多大？"

"傻孩子。"我突然感觉有些力气了，那条溃烂的萎缩成棍的左腿竟然缓慢地饱满起来，我努力撑起身体，扑向安置在阳台内壁的扶手。

热房子

　　白色的光宛如幼时澡盆里的水，温暖而美好，我沐浴其中，突然想起母亲的笑脸。外孙女的面孔隐匿在光芒中央，平白沾染一分不属于人间的圣洁，我招呼她过来，她没有动。

　　"对于这颗星球来说，我们本来就是外星人。"我想对她说。

登月旅行计划

明 石

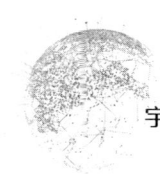

永远不要在头脑过热时许下承诺，尤其是对自己的妻子。

新婚之夜，我向妻子询问她想要一趟怎样的蜜月旅行。妻子没有说话，只是坐在窗台前，微微昂起头，夜空中挂着一轮明月，月光洒在她的身上，那一刻我看到了这世上最美的画面。

于是便有了下面这段话。

"要不，我带你去月亮上度蜜月吧。"

妻子微微一笑："好啊。"

我的虚荣心得到了极大的满足。对于一个男人来说，向心爱的人提出无比浪漫的约定，是天底下最快乐的事，至于是否遵守就因人而异了。大部分人会在冷静下来之后主动选择遗忘，还有一些人则是想尽理由为自己开脱。

我并未选择遗忘，但也没有放在心上。这不过是一句应景而生的浪漫情话，妻子想必也不会当真的。

三天后，我们坐在靠窗的餐桌前。我就着热牛奶吞下刚刚出锅的煎蛋饼，妻子突然开口问："我们什么时候出发？"

"什么？"我没反应过来。

"蜜月旅行，什么时候出发？"

"现在不就是吗？"此刻我们正待在一座旅游城市的酒店里，尽情享受着悠长的新婚假期。

"不是这里。"妻子摇摇头，"你答应过的蜜月旅行。"

我有些糊涂了，自己答应过什么？还是说妻子对这座旅游城市不满意吗？我看着面前的妻子，猛然想起，自己曾在新婚之夜说过一句话。

"你该不会是说，去月亮上旅行吧？"我忐忑地问道。

妻子认真地点点头。

我顿时有些慌乱，本想解释这只是一句甜言蜜语，但看着妻子那兴奋的模样，却又迟迟开不了口。

"怎么了？"妻子疑惑地看着我。

"没，没什么。"我的大脑飞速地运转着，想在这种局面下我该如何回答才能不破坏妻子的兴致？

"你不是有一位在航天公司上班的同学吗？"

"对，是这样的！"我找到了救命稻草，"明天我就去咨询一下，看看需要准备些什么。"

她立刻露出了幸福的微笑。看来我别无选择了。

登月之旅可不便宜。虽然从 2030 年到 2040 年这 10 年的时间里，已经有数十个国家成功实现了登月项目，再加上几个商业航天公司，踏足月球的人数已经突破了三位数。然而，他们大多是万里挑一的专业宇航员，其他的要么是亿万富翁，要么是航天公司的高管。总之，从 70 多年前阿姆斯特朗登上月球之后，人类虽然向这颗卫星迈出了一大步，但普通人与月球的距离却始终没有拉近分毫。

毫无疑问，我正是一位彻头彻尾的普通人。本科就读于航天领域的一所顶尖大学，然而在校期间却把大部分时间泡在宿舍、网吧和茶馆里，去图书馆永远是看专业之外的闲书，毕业时，我甚至找不到本系的教室。我拿着空无一物的简历，理所当然地被面试的所有公司拒绝。最后是同宿舍的好友看不过去，帮我介绍了一份课外培训的工作。这家公司在业内口碑不错，薪水也相当具备吸引力，然而我懒散的态度很快激怒了年轻的上司，只干了 3 个月我便卷铺盖走人了，之后又在业内的几家公司间来回腾挪，靠出卖体力来换取微薄的收入。

这样的我，能结婚已经是奇迹了，怎么可能还有更多的奢望？然而眼下，我需要一次新的奇迹，来帮助完成一个难度不亚于结婚的任务——带着妻子去月球度蜜月。

我想起了那位好友，他在毕业后就职于国家航天局，之后又跳槽到了一家国际航天公司，现在估计已经坐到了高层的位置。我倒不是指望他能帮助我实现这近乎妄想的旅行计划，但我也找不到其他人能够商量了。犹豫了一秒后，我拨通了他的电话。

"我的天，你居然结婚了？"不出所料，好友坐下来的第一句话便是

这样。

"要喝点什么吗？这家店的茶叶还不错。"我将菜单递给了他。

"老样子就行。"

我招手示意，向服务员点了一壶铁观音。

"啥时候结婚的，怎么不告诉我一声？"

"4天前。给你发了封邮件，没收到回复。"

"啊！上周我在阿根廷，那边有个项目。"他说道，"实在抱歉，这段时间邮件太多了，都看不过来。"

"没事。"我摆摆手，"也没办婚礼，一切从简了。"我把自己的情况简要地介绍给了他。

"我理解了。"他缓缓地点了点头，"你这种情况，压力恐怕不小吧。"

我摊开双手："反正，也没有人会在意了。"

"叔叔阿姨是……"

"去年走的。"

"很抱歉，当时没能来看你。"

"没事。"

"但你也没必要这么急着放飞自己啊。"他突然抬起头，"你家里的其他长辈，肯定接受不了吧，你的结婚对象。"

"我已经很久没和家里联系了。"我伸手抚摸着面前的茶杯，"这样做他们会比较轻松，我也自在些。"

"你很爱她？"

"为何这么说？"

"这么疯狂的计划，还愿意认真地想办法。"

"说实话，我根本不觉得能实现。"我笑了笑，"但她无法理解这一点，她无法区分情话与承诺。"

"所以就来找我了？"他端起茶杯喝了一口。

"我不是打算让你帮我，只不过你是我唯一能进行商讨的对象。和你坐下来正式地讨论，这便是我能做到的最大程度的努力。"

"你还是老样子。只要付出了行动,即便失败了也不能怪你,对吧。"

我苦笑着点点头。

"说实话,这是你找我的唯一理由吗?"他忽然前倾上身,死死地盯着我的眼睛,"仅仅是为了实现对爱人的承诺?"

"不然呢?"

"你自己不想去吗?"

"我……"回想起本科的时候,我们偶尔会聊起对于今后的期待,"想肯定是想的,你也知道,我从小学的时候就梦想着有一天自己能够成为宇航员,登上外星球。但这种梦想毫无意义,我不能对没有希望的事情抱以期待。"

"也不是完全没有希望。"他露出一丝神秘的微笑,"命运总会垂青努力的人。"

"只是早晚的问题。"我帮他补充了下半句,这是他在大学里常说的一句话。

"说不定,我有办法把你们送上月球。"

"什么!"我差点被茶水呛到,"你有什么办法?"

"你知道的,我们是个商业公司。"他耸耸肩,"只要有利可图,哪怕是猴子和狗都能给送到太空里。"

他们确实这么干过。

"但是,我这能有什么利益可言?"我还是不敢相信,"别说月球,我连地球上的费用都要付不起了。"

"大部分人都付不起。但是你的话,或许能帮我们赚回本。"

"我不明白你的意思。"

"代我向她问好。"他站起身,戴好自己的遮阳帽。

之后的一周无事发生,妻子照例在每天吃饭时询问我何时出发。之前我曾将好友的话传达给妻子,不过她的反应很平淡,仿佛是觉得好友的暗示十分合理。我自己倒是不抱希望,无论好友是出于何种心理说出那番话,我都不相信他有办法能把我弄到月球上去。他们确实曾将猴子和狗送上太空,但

那一方面成本较低，另一方面可以进行实验。并且，猴子和狗上太空的新闻价值可比我上太空的新闻价值大得多，光是传播权就能卖上一大笔钱，更不用说直播与广告收入。至于我这样的普通人，上太空乃至登月都不具备任何新闻价值。如今体验过太空之旅的人数早已超过了1000，虽然与地球上的总人口数相比这不是一个多大的数字，但对于新闻行业来说，这个人数已经足够多了，载人航天的新闻早就无法占据头版了，在热搜榜里甚至都排不进前10。在这个时代，人们希望在镜头里看到的是穿着宇航服的猴子，而不是人类。

换个角度来看，如果你有把自己当成猴子的决心，说不定也能参与到直播里来。这便是好友的解题思路。

这次见面时，他带来了一份草拟的合同。

我接过合同翻看了一遍。上面大致说明了他所就职的航天公司愿意为我提供登月旅行所需的一切技术服务，并且不需要我承担任何费用。我需要做的，仅仅是签下一份直播合同。航天公司将对这次登月之旅——也是我的新婚之旅——进行全程直播，由此带来的所有广告收入、转播收入、直播收入均由航天公司获得。

对于这样的分配方案，我当然没有任何意见，毕竟这意味着我不花一分钱便能进行一场近乎梦幻的蜜月旅行。然而我无法理解，为什么一个大型商业航天公司愿意为我这样的人做到这个份儿上？

"你是怎么做到的？"我把合同递还给他，"用出色的个人魅力把董事会成员全部迷倒吗？还是掌握了他们不可告人的秘密？"

好友微微一笑："说不定二者皆是。"

"你该不会是你们公司的老大吧？"我不自觉地端正了自己的坐姿。

"目前还不是。"他摆了摆手，"就算我坐到了老大的位置，也不会做赔钱的买卖。我可没爱上你。"

"我想也是。"

"别这么疑神疑鬼。我只不过是向老板提出了一个方案，然后获得了批准。"

"这么简单？"

"就这么简单。"

"你们老板爱上我了？"

"或许吧。"他端起茶杯，这次点的是天柱毛峰。

"我不明白。"我也喝了一口茶，"你们公司也有慈善业务？"

他笑了笑："我的老弟，我们公司成立的目的可不是为了帮助穷人。"看到我的眼神有些异样，随即又补了一句，"别在意，这只是客观描述。"

"啊，没事。"我耸耸肩，"哪怕不是跟你们比，我也绝对是十足的穷人。"

他将合同放在桌上，翻到后半部分，指着一处条款说道："这里已经说得很清楚了，这次月球之旅所带来的所有盈利都归公司所有。我们可不是让你免费坐我们的飞船，你得帮我们赚钱。"

"可是我看不到任何赚钱的理由。哪怕你们把我的直播录像投放到所有平台上，又有谁愿意点开一个面容可憎的中年男子的直播视频呢？"

"你虽然与帅这个字没有半分关系，但也不至于说面容可憎。"

"谢谢你的安慰，我感觉好多了。"

"况且，你不是主角。"

"你的意思是……"

"你的新婚妻子才是人们点开直播的原因。"

这一点我倒是也考虑过，但感觉说服力不太够。我问道："你确定吗？她虽然有些特殊，但在当下也不算什么新闻了。"

"我知道。"他点点头，"地球上仿生人的数量已经达到千万级。单凭这一点，还不具备足够的吸引力。但是你别忘了，这可是登月之旅。月球上的仿生人数量，目前还是零。"

"如果我没记错的话，此前至少有3位富豪带着他们的仿生人伴侣登上太空，其中有两位到访过月球。当时媒体曾扎堆报道了一段时间，但热度很快就降下来了。"

"你知道为什么降下来吗？"

"不就是因为人们不感兴趣吗。"

"当然不是。"好友把玩着手中的茶杯,"首先,他们的限制条件很多,那三位仿生人出现在镜头前的样子永远没有任何变化,这是直播的大忌,人们很容易感到厌倦。其次,他们在进入太空前便授意自己的团队,适时撤出热搜,降低热度本就是他们的计划。"

"原来是这样吗?"看来是我太天真了,还以为热搜排名真的能代表大众的关心程度。

"并且,你们具备一项他们所不具备的优势。"

"什么优势?"我莫名有些期待。

"你们是真正的普通人。确切地说,是普通人类与普通仿生人的结合。你自然不必说,你的妻子,如果我没有猜错,她是 10 年前的产品,跟她同一型号的少说也有二三十万件了。"

"我不认为她是产品。"

"抱歉。"他顿了顿,接着说道,"关键是,看直播的大部分都是普通人,或者说,这世界上大多数人都可以被称作普通人。尽管大家身处不同的行业,有着不同的人生经历,但他们对于世界格局的影响微乎其微。无论是否喜爱,他们都只能默默做着手中的工作,以此换取微薄的收入,维持着自己的生活。"

"但这样的人生确实很幸福。"

"问题就在于此。普通大众为何要去看一位身价超过千亿的富豪与他的爱人上太空?在很久之前,人们将上太空的宇航员们视作英雄,而现在,人们将这些人称作'特权人士'。对于大多数人来说,探索太空无法给他们带来任何好处,反而会凸显出自己的渺小。如果有些人注定一辈子都无法上太空,那么他们为何要支持这一事业?"

"你是不是想说,我的出现可以被视作一个正面的例子——证明普通人也能够参与到昂贵的太空事业中去?"

"没错。"好友注视着我,"普通人与仿生人的结合本身就具备一定的话题性,再加上这段登月之旅,你们绝对能够吸引到大量的直播观众,这能为公司带来足够的回报。"

"说到底还是要依靠直播赚钱才行啊。"

"仅仅靠直播本身是赚不了那么多钱的，但我们可以借此获取更多的支持。只要这件事的关注度足够高，同时保持一个良好的口碑，那无论是赞助商还是新订单就都不成问题了。"

我抛出了一个疑虑："万一我们无法吸引到足够多的直播观众该怎么办？"

"那就想办法提高吸引力，使出浑身解数来制造话题。"他的回答在我的意料之中。

正式出发前，我们还需要花上一段时间来接受训练，为此我索性将工作辞掉，反正这是个高流动性的行业。好友将我们带到了他们的一处训练基地，在这里，我们能得到业内一流的训练团队的指导，运气好的话，还能见到几位真正的宇航员。当然，最重要的，是要在尽可能短的时间里把自己打造成符合登月要求的样子。他们当然不会对我提出过高的要求，我不需要像专业宇航员那样训练个三五年，但一些基础性的项目，例如体能训练啦、失重训练啦、超重训练啦，必须严格完成。理论知识方面不需要担心，我的妻子能够提前储备好有关航天任务的一切信息。不管是开飞机还是开飞船，她都能完美胜任。不过，据好友介绍，这些技术并不会真正地用上："我们的飞船上配备了最先进的 AI 系统，全程自动操控，月球基地上也有我们的宇航员，降落时一切操作交给他们就行。你们在旅途中只需要负责吃饭、喝水，还有睡觉。"

"确切地说，是我负责吃饭喝水睡觉，她只需进行充电就可以了。"

"还有直播，这才是最主要的任务。"好友提醒道，"过两天我们会把剧本交给你，你最好能够全记下来。上了太空就是 24 小时直播，到时候可就不方便看了。"

"剧本？"我有些疑惑，"不是直播太空旅行的日常吗？这还需要剧本？"

"不然呢？难道真的只让观众们看你在飞船里吃喝玩乐吗？"

我一时语塞，不知该如何回复。

"放心吧,其实也没什么特别的。"好友轻轻地拍了拍我的肩膀,"主要是提醒你在特定的时候报出赞助商的名字,比如说,当你打开午饭的包装时,你可以对着镜头念一下包装盒上的品牌名称,再在吃的时候配上几句赞美之词,这非常容易做到。"

"太空食品上也有商标吗?"

"不仅是食品,你在飞船里用到的一切物品都有商标,其中一些是我们的重要赞助商。但是你也不能时时刻刻对着镜头报品牌名字,那样会让观众们感到厌烦。所以我们需要有一个剧本来提醒你,什么时候可以做这些。"

"我没有拒绝的权力,是吧?"

"如果你不想取消这趟旅行的话。"好友笑了笑,"没必要把这个看成广告,你只不过是如实地把我们飞船里用到了哪些品牌的产品说出来而已。切记一定要自然,如果你没有把握,宁可少说两句,千万不要影响直播效果。"

"我尽力吧。"毕竟我一分钱都没出,这种要求还是尽量配合对方为好。

"另外,剧本里还可能会有一些特殊安排。"

"什么意思?"

"虽然你们的太空之旅具备一定的话题性,但是在这个时代,观众们的兴趣变化是非常快的,快到你难以想象。"好友解释道,"从发射到登月再到返程大概需要 10 天左右,大部分时间你们都是待在飞船里,因此对于大部分观众来说,他们看到的画面是没什么变化的。这个时候如果其他地方出现了新的热点,他们的注意力随时都会被吸引过去,而一旦他们离开直播间,再想将其拉回来就很难了。所以我们必须想办法把大家留住,同时吸引更多的人来观看直播。"

我点点头,等着他继续说下去。

"仅仅直播太空生活是不够的,不出 3 天观众的新鲜感就会丧失殆尽。所以我们需要制造一些冲突,一些劲爆的、能让大家提心吊胆的冲突。"

"冲突?"我有种不好的预感。

"在头几天,我们需要你和你的妻子在镜头前展现出良好的伴侣关系。"

"我们之间的感情本来就很好。"

"很好。"他点点头,"但是还不够,你得埋下伏笔。每当你们俩互动的时候,都必须要让对方更加主动,你得表现出傲慢的一面。还有,在处理任何事务时,都要把难题留给她,你只需要袖手旁观即可。记住一个原则,把一切麻烦丢给她,你只负责吃喝玩乐。"

"我不明白,这么做有什么好处?"

"因为她是仿生人,而你是人类。如果人类表现出更多的情感,那就太普通了。只有让仿生人在情感上超过人类,观众们才会有观看的欲望!你得在镜头前,把冷酷、蛮横、粗鲁这些特质一点一点地展露出来,而她则是温柔、善良的化身,永远都会满足你的无理要求,并且表现出对你的满满爱意。你不仅毫不领情,反而更加厌倦,对她所做的一切无动于衷,只关注自己的感受。"

"我怎么感觉这剧本对我不太友好啊,你确定观众们不会扒了我的皮吗?"

"要的就是这个效果!"好友得意地笑了,"观众们越讨厌你,就越同情你的仿生人妻子,我们会安排专门的团队,在网络上制造关于你们俩人婚姻的话题。一个人类如何欺负一个仿生人,这个主题够写10来篇帖子了。同时开一个声讨你的渠道和一个应援你妻子的渠道,关注的人越多,热度就越高,直播的观众数量也会随之增加。"

"我记得我小时候看的各类作品,剧情一般都是机器人控制人类,仿生人往往都是危险的代名词。怎么到我这儿角色设定就反过来了?"

"时代变了,兄弟。现在的仿生人是弱势群体,人类则是残暴的代名词。你在直播时需要把握好进度,让冲突的等级逐步提高。在登月之前,我们会安排一场戏,把这个话题推上高潮。"

"说实话,我不太想知道高潮部分的剧情。"

"很抱歉,你是主演,你必须知道。"好友摊开双手,"不过你的部分很简单。在登月前的一天,醒来、更衣、洗漱、查看电脑。当然是假装查看,因为你根本就看不懂那些飞行数据。在这之后你会收到我们发出的指示,接着你要摆出一副疑惑的样子,然后对着镜头告诉大家,飞船出了点儿故障。"

"这不合适吧？当着全世界观众的面撒这么大的谎？"

"不一定是撒谎，飞船出现一些故障的概率也是有的。"

"别吓我啊！"我不自觉抬高了音量。

"放心，我们的飞船安全性绝对没问题，但你不需要让观众知道这些。你只需表现出着急的模样，随后与公司进行紧急连线。"

"这个也是全程直播？"

"当然了，这就是给观众们看的。"好友说道，"公司这边也会加入直播画面里，总指挥会安排你进行一次舱外活动。"

"这么棒！"我激动地喊道，"我居然能有太空行走的机会！"

"很抱歉，你没有。"好友摆了摆手，"你必须果断拒绝，理由是危险性太高，你害怕太空辐射，以及各种意外，然后，你把这项任务交给你的仿生人妻子。总指挥会进行反驳，他会告诉你，太空辐射对于仿生人的危害性远大于人类，你这么做是在间接谋杀你的妻子。但是你坚持己见，拒绝总指挥的安排，并且命令你的妻子代替你进行舱外活动，你的妻子则会眼含热泪地答应你的要求。"

"要我说这就是在扯淡！"我有些无语，"首先我从没见过我妻子流泪，她能不能做到我都不知道。还有，这个舱外活动能有什么危害？观众们难道不会看出来这里面有问题吗？"

"观众们在忙着同情你的妻子，以及声讨你的自私、懦弱。他们根本发现不了任何问题。"

"就不能让我去舱外检查吗？"

"本来就没有舱外活动。你也好，你的妻子也好，都不会真的出舱。我们要的只是一场冲突，直播镜头不会给到舱外的。你的妻子只需要在气闸舱里待上两个小时，随后在返回时表现出不舒服的样子，就完成任务了。"

"我还有一个问题。"

"请说。"

"观众们能放过我吗？"

"别忘了，你在太空飞船上。"好友耸了耸肩，"那是最安全的地方。"

太空之旅进行得十分顺利，正如好友所说的那样，我什么都不用管，一切都被 AI 操控系统安排得稳稳当当。我每天在镜头前吃下各个赞助商提供的食品，用夸张的表情展现出它们的美味。也有不少观众要求我在妻子充电时把镜头让出来，虽然我不太理解这种一动不动的画面有什么吸引人的地方，但还是规规矩矩地照着他们的要求做了。我自己也乐得轻松，在镜头外自由伸展、浮空休息，顺便把没吃完的食物扔进回收箱里。地球上的发展也和预期的一样，随着我对妻子的态度发生改变（当然是按照剧本的指示），网络上的反馈也愈加激烈起来。不少人表示，应当采取行动惩治我的野蛮行径。相当多的观众为我的仿生人妻子流下了眼泪，她们录制应援视频，请求航天公司采取有效措施来保障她的合法权益，并且在线上线下同时呼吁——"仿生人不是人类的奴仆，它们与我们拥有同样的生存权利。"

晚餐时间，在观众们的强烈要求下，我将镜头对准正在充电的妻子。其实她并不需要这么频繁地充电，这么做不过是为了满足地球上的观众们。

我溜到一旁，悄悄地打开视频连线，短暂的延迟过后，画面里出现了好友的笑脸。

"怎么了？兄弟，看你的情绪不太高涨啊。"他的声音蛮清晰的，不过似乎与在地球上面对面交流时听到的感觉完全不同，不知是不是我的心理作用。

"没什么。"我回答道，"总感觉，我这是上了你的当啊。"

"这些我不是都提前告诉你了吗？一切发展都与我们的预期是一致的。现在你们的直播热度在全球范围内都名列前茅，你知道这意味着什么吗？"他在视频画面里比了一个钱的手势。

"这意味着我已经成了 21 世纪地球上最不受欢迎的人，而我的妻子，她现在是全世界最受关注的仿生人。"

"很好，我不得不说，你们的表演非常完美。"好友的笑容更加灿烂了，"现在你们离月球越来越近了，你应该高兴起来，这不是你梦寐以求的旅行吗？这话由我说可能不太合适，但你知道，这可不是一般人能拥有的经历。"

"我知道，即使在今天，上太空的机会依然只属于极少数人，为此我非常感谢你和你的公司。不过我有点不安，照这么发展下去，等这趟旅程结束，我在地球上可能就没有安身之处了。"

"这一点你完全不用担心，一切都在我们的预料之中，公司绝对帮你解决这个问题。"好友说道，"现在你需要的是好好休息，放轻松。顺便一提，明天就要进行'舱外活动'了。"

"好的。"我说道，"我可能需要温习一下剧本，接下来的直播就继续交给我的妻子吧。"

"别紧张，保持自然就好。"对方挂断了视频连线。

"舱外活动吗？"我喃喃自语道，"稍微有点可惜，我还真想试试呢。"随后，我慢慢移动到睡眠舱，脱下笨重的外套，简单地洗漱过后便钻进了睡袋里。

我必须承认，自己此前从未发现妻子居然有着如此精湛的演技。她热泪盈眶（当然是涂上了提前准备好的水）地对着镜头说出一长串台词，用美丽的脸庞做出无助又决然的表情。她对全世界的观众表示自己愿意代替她的爱人进行"充满危险"的舱外活动，因为她绝不会让我接触到任何有风险的事务，而她——一个仿生人——愿意为了爱人放弃一切。随后，她去气闸舱待了足足两个小时，这大概是我人生中最漫长的两个小时。我一边观看着直播弹幕里铺天盖地的谩骂，一边在镜头前做出各种惹人恼火的举动，例如从储藏柜里取出一个密封袋，然后告诉观众们如今在太空里也能喝到冰镇饮料，感觉仿佛回到了夏日午后。可想而知观众们有多么愤怒，我刚刚自私地将一项"极具危险性"的任务推给了仿生人妻子，现在却独自在这里悠闲地品尝着太空饮料。直播间的点击量瞬间激增，弹幕数量也呈爆炸式增长，甚至有网友在评论里扬言，在我返程时他将用 7.62 毫米口径的子弹来迎接。我强忍住内心的不安，继续按照剧本进行表演。当妻子回来时，我立刻将镜头让给了她，随后便躲进了睡眠舱里。我知道，照这个趋势，很快我和我妻子的名字便能传播到地球上的各个角落。各个热搜榜上都会出现与这次直播相关的话题，其中大部分是公司提前安排好的，内容不外乎是"关注仿生人群体的生存现状""维护仿生人的合法权益"，以及"强烈谴责人类配偶的残暴行径"。

好的一面是，我们马上就要登陆月球了，这可是期待已久的蜜月旅行呢。

航天公司在月球上拥有一座独立的基地，虽然很小，但设施齐全。这里不仅拥有整套最先进的空气制造系统和水循环系统，还有专门的蔬菜种植区和健身娱乐器材。最多可容纳30人在这里生活，每年只需要进行两次补给。

现在的基地里有10名工作人员，飞船降落的全过程都由他们操控。公司不允许在基地进行直播，理由是保护商业机密。因此在出舱前，我本该和妻子一同与直播间的观众们打个招呼，但考虑到此刻我的形象已经跌到谷底，公司安排我先行出舱。我走到出口处，回头望着妻子，她正小声地与观众们交流着什么。似乎是意识到了我的视线，她抬起头，向我投来灿烂的微笑，随后又把目光移回屏幕上。我也转过身，迈出了登陆月球的第一步。

重新获得重力的感觉真好，虽然比之地球上要小了不少，但我依然十分满足。据说航海久了的人就会格外怀念陆地，但那种心情一般都出现在几十天甚至上百天之后。这趟旅行我在太空中不过待了5天左右，就如此渴望脚踩大地，这确实有些出乎意料。或许，我只是不想回到那个时刻被直播镜头窥视的太空舱里，那里有种窒息感，让我一刻都不愿意多待。

接我的小伙子自称"小木"，他带我进入基地里。从蜜月旅行的角度来看，这里没有丝毫值得留意的地方。主控室的布置与公司里的并无二致，至于卧室、餐厅、健身房等更是完全照搬地球上的模样。要说有什么具备月球特色的地方，那就是这里的一切都是封闭的，你得靠钟表来人为划分白天黑夜。但这也没什么，毕竟我刚刚从更为封闭的空间里出来，这里的环境反倒让我感觉十分舒适。随后，我见到了全部的10位工作人员并分别打了招呼。我注意到，他们并不都是宇航员，有几位工作人员无论是衣着还是言谈举止都与专业宇航员相去甚远，大概是其他领域的专业技术人员，譬如农业专家。

小木带我参观了我的卧室，这里都是单人间，并且被布置得十分紧凑。我问起妻子的房间是否被安排在了隔壁，他只说是"另有安排"，然后又继续带着我参观其他地方。我们逛完一圈之后，妻子这才进入基地里。我立刻上

前迎接，表示可以陪着她在这里再转转。但她却一脸抱歉地告诉我，我们的直播观看人数刚刚突破了10亿，她现在必须回到飞船里，来基地只是为了和我打个招呼。

"我知道这些天我们一直在进行高强度的直播。"我有些不满，"但希望你没有忘记，这可是我们的蜜月旅行！"

"我知道。"妻子说道，"你一直都渴望能够上太空，现在你不仅实现了儿时的梦想，甚至更进了一步。"

"虽然这的确是我的梦想，但我们是为了你才来月球的，不是吗？"

"是的。"妻子的脸上浮现出一丝笑容，"谢谢你。"她突然上前，紧紧地抱住我好一会儿，随后头也不回地走向了基地的气闸舱。

我有些恍惚，不知道发生了什么，立在原地呆呆地望着妻子的背影，仿佛看到的是一个陌生人。

有人拍了拍我的肩膀，是小木。他似乎在纠结着什么，犹豫了半天终于开口道："你知道你的仿生人妻子是哪款型号的吗？"

"你的这个问题似乎有些失礼。"我转过身怒视着他，"她是我的新婚妻子，是我独一无二的爱人！"

"我不是有意冒犯。但是你肯定知道，仿生人一般会在出厂10年后进行一次大规模回收。官方说法是将其身上所有的零件更换一遍，但实际上只不过是将其报废，然后用新一代的产品进行替代。当然，用户可以选择将其之前的记忆数据拷贝下来，但对于被回收的仿生人来说，这等同于死亡。"

"大概知道一点。"我冷静下来，"据说只有符合特定条件的仿生人才可以避免被回收？"

"没错。"小木说，"知道有哪些条件吗？"

"结婚算不算？"我有些迟疑。

"跟你结婚肯定不算。"小木摇了摇头，"要么，它们成为具有影响力的人物的伴侣，所以那些达官贵人和顶级富豪们非常受仿生人欢迎；要么，它们自己成为有足够影响力的人。你知道当下演艺圈最红的那位影星吧？它其实就是仿生人，并且已经顺利地取得了避免回收的资格。"

"你为何要跟我说起这些事？"

"你觉得呢？"

"这不可能！"我瞬间感到了恐惧，不顾一切地跑向主控室。电子屏幕上的画面仿佛一道晴天霹雳，击穿了我的心理防线——我们此前所乘坐的飞船正在重新发射，在那里面，妻子依然在进行着太空直播。我这才明白观众数量突破10亿意味着什么。

"快住手！"我知道自己的愤怒起不到任何作用，"我还没有上去，请立刻停止发射！"

小木跑过来，拉着我离开了主控室。"没用的。"他说道，"他们接到的命令就是这样的。"

"他们？"我听出一丝不对劲儿。

"主控室的那些人，都是公司的宇航员。"

"你不是吗？"

"我和你一样，是被抛在这里的。"

"什么！"我震惊地望向他。

"很抱歉，但我无力阻止这一切。"小木挤出一丝惨淡的微笑。

"如此说来，剧本欺骗的不仅仅是观众，还有我自己。"我无奈地说道，"真是自作自受。"

"你不如看看剧本是谁写的。"

"什么？不！"我发疯似的跑到卧室里，在刚刚放下的包裹里狂乱地翻找一通，终于找到了剧本。然后用颤抖的双手翻到我从未看过的尾页。在作者一栏里，赫然署着妻子的名字。

我瘫倒在了地上。

小木来到我的房间，看着我这凄惨的模样，苦笑着说："你肯定明白，现在地球上已经没有我们的容身之处了。"

"是的。"我无力地回应道，"善良的地球人会包容接纳我的仿生人妻子，但他们绝对容不下一个残暴、无情的人类。"

"这里便是混蛋人类的聚集地。"小木将我拉起来，"欢迎来到月球。"

涟漪

碳闪

规则是水，
时间是风。
宇宙间的一切，
不过是水面上的涟漪。

一

"姓名？"
"李骛。木子李，心无旁骛的骛。"
"年龄？"
"30岁。"
"职业？"
"科幻作家。"
"吸过毒吗？"
"从来没有。"
"好好想想，检测结果一会儿就出来了。"
"真没有。"

机场旁边的派出所里，两个民警正皱着眉头看着他们对面坐着的青年。他穿着一件宽松的蓝色西服，通过凸出的锁骨可以想象出他衬衣下的身躯瘦骨嶙峋，这也显得他的脑袋出奇的大，有些滑稽。他的脸上有不少痘痕，戴着黑框眼镜，头发一缕缕地粘在一起，就像是用碗盖着剪出来的一样。

问话的民警捏着他的身份证翻来覆去地看了半天，然后说："你家就在北京，你是刚去了趟敦煌回来的，是吧？"
"是。"
"去干什么？"
"参加一个征文比赛的颁奖典礼。"
"你得奖了吗？"

涟漪

"没有，但我以前入围过。今年……没来得及写完。如果我投了稿，就肯定能……"

民警敲了敲桌子，说："机场的保安告诉我们，你出现了幻觉，还在下飞机的时候大闹了一场。说说吧，怎么回事？"

李骛咽了口唾沫，然后伸出手指斜向上指着旁边的窗户，对民警说："你们看现在的天空，是正常的吗？"

几个小时前。

在从敦煌返回北京的飞机上，李骛做梦了。他梦到自己回到了郊区的一间小公寓。从地铁终点站出来，再转公交，车窗外的景色逐渐荒凉起来。下一秒，他穿过由扭曲的废铁组成的单元门，一级级地踏上水泥楼梯，直到他感觉小腿有些酸痛，拉着锈迹斑斑的楼梯扶手借力，才回到了自家门前。楼道里很昏暗，他看着层层叠叠贴满小广告、沾了不少灰尘的红棕色铁门，心里想着明年应该买一张更大的福字盖住它们。

还没来得及掏钥匙，门突然自动向内打开了。李骛有些诧异地向家里看去。隔着客厅，他看到一个孩子正跨坐在打开了一半的窗户上，上身倾出窗户外面。

李骛的心猛地揪了起来，他张了张嘴，却没有发出声音。这么小的孩子还不懂高度的危险，如果这时候突然叫他，反而会让他分心。李骛向前走了几步，冷汗直冒，他看到有一只五彩的蝴蝶停在随着风摇摇晃晃地向外打开的窗户上沿，孩子正伸出右手，想去抓那只蝴蝶。

李骛灵机一动，将右手伸进了上衣口袋，假装从里面掏出来了什么东西，然后虚握着拳伸到面前，用轻柔的声音说："你看爸爸出差回来给你带了什么好吃的？"

孩子的余光看到了他，转过脸来，咯咯地笑了，然后把探出窗外的身体缩了回来。

李骛三步并作两步地向前，把孩子从窗台上抱了下来。孩子还没有回到地面，就用小手掰开了他握紧的拳头。

李骛愣住了。在他手心里，有一颗外皮淡黄、颜色鲜亮，发出浓郁香气的杏。

怀里的孩子欢呼着抢过杏，一口咬下去，丰盈的汁水喷溅了出来。李骛用腾出来的右手擦了擦脸上的汁水，舌尖不由得在上面舔了一下。这极甜的味道一下子激活了他的记忆，这是他刚刚从敦煌带回来的特产，李广杏。他想起了自己被这香甜的气味吸引，甚至想起了自己带着宿醉的头痛与街边的小贩讨价还价的样子。

有人在他的肩膀上拍了拍。他醒了过来，有一瞬间的晃神，还沉浸在刚刚那个古怪的梦里，但他随即想起自己根本没有儿子，搬离那个破旧的小区也10多年了。夕阳的余晖透过飞机舷窗，照射在他的脸上，温暖但不刺目。机舱里回荡着幼童的哭声，还有一些窃窃私语。

拍醒他的是坐在他旁边的乘客。一个空姐站在走廊里，笑容甜美地对他说："这位旅客，请收起小桌板，打开遮光板，飞机快要降落了。"

飞机平稳地停在了跑道上。李骛跟随着队列，迈出了出舱口。夜晚凉爽的风让他精神一振，他抬起头，看向了星空。

他感到一阵冲击性的眩晕，周围的一切仿佛旋转起来。

他从来没有见过这样的星空。它过于明亮，光辉灿烂。数不尽的星星密集地挤在这一片夜空里，几乎将每一个缝隙填满，如同一片黏稠的光海。那上面闪耀的波光都是极亮的星辰，比寻常的星亮百倍千倍，流动的光彩让它们看起来在灼灼燃烧，像是伸手就可以摸到，像是随时都会坠落下来。整个夜空都仿佛活了过来，进行着一场疯狂而又神秘的狂欢。

李骛呆呆地站在出舱口的台阶上，忘了向前走，以至后面的人撞在了他身上。一个空姐过来把他拉到了一边。李骛的右手举了起来，指着天，对那个空姐说："你看到了吗？星星！"

空姐有些莫名其妙，可还是顺着他的手指看去，然后说："对，你指的最亮的那颗是北斗七星的勺柄，属于大熊星座。"

李骛的声音带着颤抖说："你看不到吗？有好多星星……"

涟漪

"当然可以看到，今天很晴朗。"

李骛摘下自己的眼镜，用力地揉了揉眼睛，然后含着揉出的眼泪慢慢睁开眼，他看到的依然是异常明亮的星空。他一把将旁边走过的中年人架在鼻梁上眼镜抓了下来，放到自己的眼前。高度数眼镜带给他的眩晕感让他摇摇晃晃，但被镜片折射后的星空灿烂如故。

那个人摸索着夺过自己的眼镜，架回鼻梁上，气恼地说："你发什么神经？"

李骛抓住了他的肩膀说："你看不到吗？天上的星星多了很多，就像星云一样……不，比星云还密集，非常亮。"

中年人挠了挠头，有些为难地向四周看去。

李骛又一把抓住刚从出舱口出来的一个小伙子，指着天空说："你看，那边的天空有没有什么异常？"

"没有啊，什么都没有。"小伙子满脸莫名其妙，一拧身甩开了他。

李骛扑向一个刚走出来的老人，就像想抓住救命稻草一样，大口喘息着说："大伯，你看看天上，有没有什么异常？"

老人仰着头看了半天，问李骛："你是指什么样的异常？"

"天上有特别多的星星。"

老人一脸嫌弃地快速走开了。

李骛转过头，看到正在摆渡车前排队的一大帮人都在看着他，有人发出了嗤笑声。李骛指着天，大声地说："你们都看不到吗，天上有很多的星星！"

来自人群的哄笑声更大了，不远处的机场地勤人员也注意到了这边的骚动。一个保安通过对讲机请示了一下，然后手按在腰上挂着的警棍上，向这边走来。李骛大步跳下舷梯，来到地面，奋力推开面前的人，跑到空旷的机场跑道上。两种截然相反的信号在他的身体里碰撞，理智告诉他要保持冷静，但眼前的星空用疯狂的信息轰炸着他的大脑，让他想要大喊大叫。

最后他还是喊了出来，声音遥远得像隔着墙。保安过来抓住了他的一只胳膊，他就像一条离了水的鱼，蹦跳着挣扎起来，撕裂了保安制服的衣袖，在他的脸上留下了几道抓痕。在被随后到来的几个保安按倒在地前，李骛已

215

经声嘶力竭。

李由在航天局做了一辈子的工程师，最自豪的事情有两件：第一件是家里最显眼的位置摆放着的"大国工匠"奖杯，第二件是成功将自己的大儿子李峥培养成了一名宇航员。但他也有一块儿心病，就是他的小儿子李骛。

他最后悔的事情，就是由着自己的小儿子学了生物。这小子一路读到了博士，却因为看不惯实验室里的造假行为愤而举报。最后学校的处理结果不咸不淡，自罚三杯，他却被逼得退了学。人生就像一列火车，一旦在某个地方脱了轨，就很难回到原来的轨道上。回到家的李骛不仅对这些年学下的专业心生抵触，就连李由帮他联系好的一份工作，面试那天他也放了人家鸽子。李由眼看着性情温和的小儿子一天天变得乖戾孤僻，却没有任何办法。他能做的，只是按月把几千块的生活费打到他的卡上。

白发苍苍的李由赶到派出所的时候，已经是午夜了。所长从派出所的大门口把他迎进了自己的办公室，态度谦和地说："李工，我们领导已经打电话给我们交代过了。本来这事儿也不严重，好像是您公子出现幻觉了，所以跟机场的保安有一些肢体冲突。他以前有过这样的症状吗？"

"幻觉？那倒没有。就是前两年医院诊断出来抑郁症。"

"我的同事也说了，他的毒品检测是阴性，也没用过药物，可能就是心理压力太大导致的。您把他接回去好好安抚，机场那边我们来协调和解。"

"给你们添麻烦了。"

两人正说着话，一个裤脚湿了一大块、上面还沾着蛋花的民警走了进来，说："所长，这小子脾气还真大，我们好心给他买饭吃，他全洒地上了。"

李由在一旁小心翼翼地问："他是不是说，这是用转基因油炒的菜？"

"还真是，你怎么知道……"

李由气得一咬牙，然后赔着笑脸说："对不起对不起，犬子不是针对你们，他就是有这么个心理问题，带转基因成分的东西一点儿都不沾。"

"怎么，他信了网上说的那些，吃了转基因粮食不孕不育？专家都辟过谣了。"所长说。

"那倒不是,他也是读过书的,以前还在网上做科普博主,是支持转基因技术的。"

"那怎么……"

"后来他做了一个美食活动,计划连续 100 天,每天都用带转基因成分的食材做菜,来展示转基因食品无害。结果活动做了 60 多天,就被人举报了,把几十万粉丝的账号都给弄没了。"

"唉,反对转基因的人太多了。"

"不是反对转基因的人举报的,是生产他天天使用的转基因大豆油的那个公司,以损害商誉的名义举报的。从那以后他就连转基因这 3 个字都听不得。"

当李由推开门,看到小儿子布满血丝的双眼和苍白的脸色,眼泪都快掉出来了。

"爸?你怎么来了。"李鹜原本直挺挺的坐姿突然矮下去半截。

"我天天跟你说,别熬夜、别熬夜,你就是不听。你看看,都出现幻觉了。"李由当着民警的面不好发作,只能攥紧拳头,低声地说。

"不是幻觉,我是真的看到……"

"别在这儿丢人现眼了!快跟我回家。"

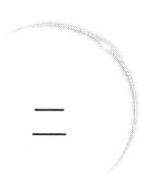

二

李鹜蜷缩在自己卧室的床上,头痛欲裂。

卧室里只有非常柔和的橙黄的光,厚厚的窗帘将所有的星光挡在外面。窗帘前面有一个三脚架,上面架着一台单反相机。书桌上混乱地散落着一些很薄的半透明的纸,上面有铅笔画的一些凌乱的点和线条。

李鹜翻过身,向着床边放着的垃圾桶干呕了一阵,然后艰难地爬了起来,走到窗边。他双手从窗帘的缝隙中间伸出去摸索着,最终用颤抖的手指缓缓撕下了窗户玻璃上用胶带贴着的纸。

回到了书桌前，他翻找了一阵，找到一张右上角的时间标签与刚刚描画的这一张相同的纸，把两张纸交叠在一起。透过台灯的灯光，他看到所有主要的点与线的位置几乎是完全重叠的，只有不到 1 毫米的轻微偏离。

他回到单反相机旁边，从里面抠出内存卡，然后粗暴地塞进笔记本电脑的读卡器里。他找到了两张时间标签相同、日期相隔一天的星空照片，将其中的一张处理成半透明叠加在了另一张上面。他看到了与刚才的纸上相同的偏离距离和角度。

李骛叹了口气，躺回了床上，揉着太阳穴。枕边的手机响了起来，打电话来的是李骛的发小方司南，是他认识的人里最聪明的一个。他点了一下免提。

"你想出来的办法很好……是的，我看到的星星也在伴随着地球的自转发生位置变化。但是确认过后，现在我更恐慌了。我宁愿这一切都是我压力过大想象出来的，那样还好接受一些……我明天预约了核磁共振脑部检查……我老爸已经请假在家照顾我了，我自己会注意的，多谢。"

挂掉电话，李骛再次趴在床边干呕了起来，这一次的眩晕比前面几次持续更久。他感到胸口很闷，难以呼吸，手脚不受控制地抽搐起来。强烈的危机感涌了上来，李骛想要大叫，却只能流着口水发出"嗬嗬"的气音。

他挣扎着，一点点挪动身体，最终从床上掉了下来，发出一声闷响。在他失去意识前，他听到房门被打开的声音。

神经内科的主任办公室里，李由紧张地握紧双手，盯着一张张看着大脑 CT 片子的医生。

医生上下打量了他一番，脸上满是欲言又止的表情，像是在组织语言，然后说："癫痫，是大脑神经元高度同步化异常放电引起的一种疾病，包括抽搐、痉挛、失去意识，都是它的典型表现。从 CT 图上看，你儿子的大脑没有明显的异常。"医生翻了翻桌子上的病历，继续说，"没有癫痫病史，更没有家族病史。病人一直很健康，只是在一周前突然看到天空有非常密集的光斑,已经排除了飞蚊症和视网膜病变。我怀疑他的癫痫症状是由光刺激引起的。"

"你的意思是,他幻想出来的光,刺激他的大脑出现了癫痫的症状?"

"幻觉是没有现实刺激作用于感觉器官时出现的知觉体验,是可以引发各种生理反应的。"医生说,"我的建议是,为了避免他受到更多的伤害,应该尽快让他住院进行心理干预和药物治疗。"

"住院?你是说……精神病院?没有那么严重吧。"李由从椅子上站了起来,双手撑在桌子上。

"幻觉是精神分裂症最常见的症状之一。根据病历来看,患者连续一周出现这么稳定、持久、大规模的幻觉,恐怕这是对他最负责任的做法了。"

李由推开病房门步伐沉重地走了进来,看到李骛侧躺在病床上,背对窗户蜷缩着,双手揪着病床上的枕头从后面裹住脑袋。

"外面太亮了,你帮我把窗帘拉上。"

李由走到窗边,看着外面漆黑一片的午夜的街道,默默地叹了口气。伴随着窗帘拉动的声音,李骛才放下了枕头,虚弱地问:"医生怎么说?"

李由默默地走到床头,坐了下来,不知道该如何开口。

"CT 的结果不好?是不是我脑子里长了什么东西?"李骛有些慌乱。

"没有,CT 的结果都正常。医生说,应该是心理问题。"

李骛仰躺了下去,说:"那就好,那就好……医生有没有说我什么时候可以出院?"

几秒钟的沉默后,他感觉到了手背上的冰凉。李骛惊讶地转过头,看到父亲低着头,大颗大颗的眼泪涌了出来。

"爸,怎么了?"

李由捂着脸,难过地大哭起来。

李骛穿着一件柔软的蓝白条纹病号服,安静地坐在椅子上。转院的过程异常顺利,因为他被医生的一句话说服了——你随时都可能发病,你家人没法一直看着你。然后他配合地上交了手机与个人物品,换好衣服,开始了与

主治医生的第一次交谈。

"你现在还能看到天上有很多星星吗?"

"能看到。自从我上个星期第一次看到它们,它们就再也没有消失过。"

"你相信它们是真的吗?"

李骛低下头想了一会儿,没有回答医生的问题,自顾自地说:"这里和我想象的完全不一样。"

医生摘下了眼镜,说:"怎么不一样?"

"我没有听到有什么声音,没有叫喊,没有哭声,什么都没有。"

医生笑笑说:"我们一共有6个区,在这个区的大多是轻症患者,所以这里的氛围更像疗养院。"

李骛点着头,然后说:"您问我相不相信星星是真的,我也不想相信。我戴上墨镜,它们的光会变淡。我闭上眼睛,就像在阳光下闭眼一样,能看到淡淡的透过来的光。它们太真实了,我没法忽略。"

"但你心里清楚它们不是真实的,对吗?"

"我认为,它们不是恒星,这是显而易见的。"李骛一字一顿地说。

医生眯着眼睛看着他,脸上保持着那种职业的温和微笑。然后说:"我们还是继续观察吧。"

没用多久,李骛就发现所有的房间门和大门都配备了电子锁,每一个角落都有监控摄像头。所有家具都与地面或墙壁连在一起,用软垫包裹起来。这些措施是为了防止病人逃走,更是为了防止病人自残。

按照李骛的要求,他被分配在了一个走廊拐角处没有窗户的病房,一个双人间。

李骛喜欢观察人,而这位同病房的室友就是个极好的观察对象,因为他一整天几乎动都不动。几个月前的一次一氧化碳中毒几乎摧毁了他的中枢神经系统,使得这个20多岁的年轻人只能对外界的刺激做出最简单的反应。现在他的四肢总是僵直的,没办法协调地做动作,额头有几道深深的皱纹,皮肤粗糙得像石头,被剪成板寸的头发已经白了一大半。大脑的损伤夺去了他的语言能力，甚至思考能力。

除了一日三餐和定期的心理治疗，李骜做得最多的事情就是观察他的这位室友。

就像他现在依然不相信自己看到的群星只是幻想，对于人们其他的说法他也开始半信半疑。入住前，医生告诉他，同病房的这个年轻人由于严重的大脑损伤，已经很接近植物人的状态，智商等同于三四岁的幼儿，语言和思考能力都丧失了，只能机械地对外界刺激做出反应。

他的眼神永远是空洞的。喂饭的护士早晨走的时候给他掖好了被角，于是他的双臂紧贴在身体两侧，双手握拳，一连几个小时都没有变过。通过静脉注射药物上的标签，李骜得知他的名字。叫他的名字时，他睁着眼，但表情神态没有丝毫变化。

这么一个像植物一样的室友，却让李骜感到很不安心。他向医生借来了纸笔，打算把这次经历当成一次疗养，写点东西。每当他背对着室友时，总感觉有一道目光落在身上。但他一回头，却只能看到室友安静地躺在床上，位置没有丝毫变化。这种错觉让他感到芒刺在背，难以集中精神，只写了几行字就忍不住将一页纸揉成一团，扔进了垃圾桶。

当天夜里，李骜辗转难眠之际，听到了这位室友发出了一声模糊的呓语。

第二天清早，双眼红肿的李骜搬了一把椅子，坐在了室友的床头旁边。经过了一夜的思考，李骜只有一个想法，那就是与这位室友建立起一定程度的"友谊"。他把自己昨天的心理不适归结为自己没有适应这位植物一样的朋友。

"既然咱俩有这个缘分，我就叫你一声老弟。"李骜开始了自己构思了半天的发言，"你的遭遇我听医生说过了，唉，人有旦夕祸福。希望你能恢复起来。"

李骜讲完一段，就探着身子仔细地观察着室友的脸。他希望看到一丝神情的变化，希望看到灵魂依然在这具躯壳里的证据。但他的话就像石头丢进了深不见底的寒潭，没有一点水花。李骜随口说着什么，继续观察着这张脸，

不知不觉，他已经像个絮絮叨叨的老人一样，把自己生活了30年来的故事简略地说了个遍。李鹜坐回椅子，自嘲地笑了笑，说："好久没跟人聊过天了，没想到倾诉的感觉也挺好的。"

这样的日子过了一个星期。这天早晨，正当李鹜絮絮叨叨地给室友讲自己构思的作品时，突然闭上了嘴，因为他听到了一阵"咯咯"的声音。他看到室友的喉结滚动了一下，眼珠向他这边转了一点。李鹜毫不犹豫地按下了呼叫护士的按铃。

夜深了，李鹜侧躺着，看着不远处病床上的阴影，心头有一种奇异的感觉。几个小时前，医生经过一系列检查，得出了一个明确的结论，他的室友已经出现了大幅度的脑部活动，原本因缺氧而失去大部分活性的大脑奇迹般地开始恢复。这种恢复在医学上无法解释，但由于大脑的复杂性，医学认识的局限性，类似的奇迹他们也有所耳闻。

李鹜听着室友平稳的呼吸声，他浮想联翩，灵感像潮水般涌来。他闭上了眼睛，舒舒服服地平躺，眼前就像播放着幻灯片一样出现了无数的意象，信马由缰地上演着一些精彩的故事。他凭自己的直觉在里面任意撷取着吉光片羽，感到飘飘然。在梦和现实的交错中，他陷入沉眠。

李鹜被一种窒息的痛苦惊醒了。他惊恐地睁开眼睛，在一片黑暗中，借着走廊窗户透进来的一点点光，他看到了一脸狰狞的室友，正压在他身体上面，双手掐着自己的脖子，拇指微微用力。

然后他听到了室友如同破风箱里拉扯出的可怕声音："你——是谁？"

李鹜冷静了下来，他想到室友应该是在中毒后第一次恢复意识，自己对他来说就成了共处一室的陌生人。他艰难地用气声回答他："咱们在精神病院里，我是你同病房的室友。"

李鹜感觉脖子上的手没有松开，反而掐得更紧了。

"不——对，你是谁？"室友将脸凑近，呼吸越来越重，喷在李鹜的脸上。

"我叫李鹜。"

"你——不是！我才是——李鹜！"

涟漪

三

李骛开始呼吸困难，他耳边听到的声音也显得越来越遥远。

"你们——用了什么方法，把我变到了——这具身体里？我才是李骛！"

李骛双眼翻白，眼前一片黑沉沉，金星乱冒，四肢毫无力气，就像被绑住了无法移动。他心底只剩下了一个声音：我不想死。

就在生命快要离开他身体的时候，病房的门口出现了一声异响。病房的门缓缓地打开了，原本走廊上柔和的白光不见了，取而代之的是红色的应急灯光。

李骛感到掐住自己脖子的手松了松。他发出了一声低低的怒吼，双手抓住了对方的胳膊。他摸索到了对方由于长期不活动导致的松弛的肌肉，倍感振奋。他猛地一掀，两人一起滚落在了病房的地毯上。李骛扶着病床试着站起来，然后感觉到一只冰冷的手抓住了自己的脚腕，伴随着一阵令人毛骨悚然的"咯咯"声。

无数的念头在他的脑子里炸开。他拼命地挣脱了那只手，跌跌撞撞地向病房外跑去。原本通过电子锁远程控制的病房门此时大开着，上面的状态指示灯全部熄灭了。李骛扶着墙壁走出病房的大门，走廊里所有病房的门都开着，有些房间还传出了响亮的呼噜声，走廊尽头的铁栅门也开着。

李骛回头看了一眼，看到的那张脸在红光的映衬下，如同从地狱里爬出的恶鬼。宽大病号服下露出纤弱的小腿，几个月的卧床造成的肌肉萎缩严重影响了运动能力，他的室友想要站起来，却没有成功，于是四肢着地向他爬了过来，速度并不慢。

李骛双腿颤抖着，深一脚浅一脚地向走廊尽头逃去。刚刚的窒息让他浑身乏力，脚步迈不开，只能扶着墙借力。他听到了身后越来越近的喘息声，如果这是一个噩梦，现在也该惊醒了。他距离敞开的铁栅门越来越近，几乎可以看到外面的院子，那里距离门卫室只有几十米。然后他感到后腰被巨大

的力量撞了一下，身体失去了平衡，向门外跌了出去，啪叽一声摔在了院子里的水泥地面上。李骜的脸上火辣辣地疼了起来，有些湿润，意识模糊。通过余光，李骜看到自己的室友从门里爬了出来，原本他锁定在自己身上的眼神，在出门的那一刻突然涣散。室友慌乱地眯起了眼，双手横挡在面前。

李骜手一撑地，站了起来，用尽全身力气，将向外打开的铁栅门用力向里一抡。

啪的一声脆响，就像成熟的果子落到地面的声音，铁门狠狠地撞在了正掩面怪叫的室友身上。他向后软软地栽倒，双脚扭曲成夸张的角度，仰面朝天躺在走廊里。隔着铁栅栏，李骜可以看到他头上的血在走廊地板上洇开。

李骜呆呆地站在原地。夜凉如水，外面没有什么光源，整座精神病院都笼罩在应急照明灯发出的红光里。李骜琢磨着室友倒下前最后的那个动作，皱着眉转过头。

他也在一瞬间眯起了眼睛，双手掩面。迎接他的，依然是过于明亮的、灿烂的星空。

窸窸窣窣的声音从精神病院大楼的各个角落传来。原本每天夜里灯火通明的大楼，此时只能借着红光影影绰绰看到窗边的人影。

李骜完全忘记了自己被诊断为精神疾病的事儿，他此时只有一个想法，那就是逃走。通往外界的铁门此时大开着，他将宽大的病号服掀起一角，包裹住自己的头部，减少亮光对自己的影响，然后向大门的方向走去。

刚出大门，他就闻到了一股东西烧焦的气味。不远处的十字路口，红绿灯毫无规律地闪烁着，每秒都在发生变化，来自四个方向的车辆只得停在原地。另一边的拐角处，一辆银灰色的电动力车碾压过了路边的绿化带，撞在一棵粗壮的松树上，车头凹陷下去，冒出浓烟。

李骜看到有几道手电筒的光柱从身后扫了过来。他光着脚，猫着腰跳进了绿化带的灌木丛中间，慢慢蹲下。精神病院里的几个保安快步地走了出来，迎面遇上了沿着街道跑过来的一个男人。他的衣服被碎玻璃划得破破烂烂，眼镜碎了一半，脸上有许多小伤口，血顺着他的手直往下滴。但他顾不上这些，向保安大喊："救命啊，快打120！那边出车祸了！"

他指向的不是绿化带里的那辆车，而是道路的另一个方向。

"我的手机开不了机了，你们快帮我打120！我老婆伤得很重，就躺在那边！"男人声泪俱下，抓着为首的保安队长的制服袖子快速地说。

"可是，我们的手机也开不了机了。"一个声音怯怯地在保安队长的身后响起，那是一个稚气未脱的男孩，制服还有些不合身。

"你傻啊？快回去叫值班的几个医生过来，让他们准备好急救！"为首的保安队长是个大嗓门，"你俩去看看那边那辆车是什么情况，其他人，回去拿担架救人。"

"队长，可那个逃跑的病人……"

保安队长手里的手电筒劈头在身后队员的帽檐上打了一下："你看不出来吗？出大事啦，救人要紧！"

脚步声远去了，李骜从灌木丛的阴影里站了起来。他听到遥远的消防车的呼啸声、大喊声、哭叫声从四面八方传来，整座城市都动荡了起来。他辨明了方向，在黑暗中像一个幽灵一样悄然离开。

方司南已经很久没睡个好觉了。除了白天的工作，他这半个月来都在查找资料，想找到李骜身上发生变化的原因，所以当他被一声巨响吵醒的时候，显得非常暴躁。公寓楼下停着的电动车发出尖锐的警报声，小区里的流浪狗此起彼伏地发出一阵密集的吼叫。他拿过枕边的手机想看看时间，发现手机上的指纹锁对他的触碰毫无反应，按下开机键，屏幕也没有亮起。他猛地坐了起来，双眼在黑暗中发着光。

他打开了卧室的灯，尝试打开自己的电脑。电脑的指示灯闪烁了两下，然后发出了一声哀鸣，刚刚飞速旋转起来的散热风扇停了下来。

方司南听到了清晰的两声敲门声，他一个激灵，竖起了耳朵。伴随着外面的风声，又是清晰的两声。他放轻了脚步，走到门边，手握上了门边落地台灯的长柄。

就在他屏着呼吸，开始怀疑是自己的错觉时，他听到一个压低的声音在

门外说："方司南，你在吗？是我。"

方司南拉开了家门，他看到穿着病号服的李骛，光着的脚沾满了泥污。

"李骛，你怎么来的？明天是周六，我本来还打算去医院看看你。"方司南边说边往卧室走，"说来奇怪，我的手机和电脑都打不开了。"

李骛踮着脚在门口的软垫上蹭了几下，轻轻地关上房门，然后说："外面出大事了，我是从医院走过来的，你也知道，那儿离你这里不远。"

方司南把一双棉拖鞋拿过来，说："这大半夜的，你怎么离开医院了？"

"我……遇到一些离奇的事情，有人要杀我，我就逃出来了。"

方司南紧张了起来，问："有人要杀你？不会吧，咱可是法制社会。"

"是跟我同一个病房的病人。"

方司南松了口气说："所以是犯了病的精神病人？他们怎么没给他安排单人间。"

李骛抿着嘴，光想起刚才的那一段经历都让他心有余悸。他说："这才是离奇的地方。他是个一氧化碳深度中毒，脑功能受损的病人。昨天他还只能躺在床上，没有意识和行动能力。"

"然后今天他就要杀你？你对他做了什么？"

"说出来你可能不信……我觉得我的思维转移到他的身上了。他以为他是我，所以看到我的样貌后就发了狂。"

方司南瞪大了眼睛，说："那些星星呢，你还能看到吗？"

"一直都能。"

"我总觉得你是得到某种超能力了。外面发生什么了？"

李骛一拊掌，说："大规模的电子设备失灵，刚刚我路过的所有地方都受到了这样的影响。至少5个红绿灯，上百辆搭载了智能驾驶系统的车辆，还有路边的LED屏幕，你公寓的电梯，全都出现了故障。"

方司南大惊，走到窗边拉开了窗帘。目光所及之处，火光四起，车辆歪斜地停在远方的主干道上，许多节点有连环追尾造成的大拥堵，消防车与警车的警示灯闪成一片。

李骛转过头看着方司南，说："难道是电磁脉冲？"

涟漪

"很有可能，强的电磁脉冲会将电子设备高压击穿、部件烧毁，能量稍低的也有可能造成瞬变干扰。可刚才我的手机完全没有发热。"方司南抬起手，右手的手指像捏着一支笔一样，凭空画着什么符号，"涡流和磁滞效应会加热周围所有的导体。"

李骛很惊讶地问："你是研究这个的？话说回来我都不知道你研究的是什么。"

"那倒不是，只是一些常识罢了，我的研究项目是保密的。"

两人对坐在客厅的小沙发上，李骛披上了一张毛毯。方司南依然紧锁眉头，他拿着一支从口袋里摸出的铅笔，在草稿纸的背面勾画着潦草的公式。他逐行勾掉了他在下方罗列的几行文字：雷击感应、太阳黑子、宇宙射线。然后在最后一行的4个字上画了个圈：人为干扰。

他抬起头，正好与李骛好奇的目光对上。

"你觉得刚才发生的事情，是人为的？"李骛轻声问他。

"应该是的。刚才出现的瞬变电压的能量不足以立即烧毁电子设备，但会使其性能下降，影响功能，丢失数据，产生误动作，使半导体器件进入不能自动复原的死机状态，电磁干扰的分贝被控制得非常精确。"

天亮之前，李骛穿着借来的黑色卫衣和球鞋，离开了方司南的公寓。

方司南借着给李骛讲解的机会，也给自己梳理了思路。他很确信自己面对的是某种物理现象，只是现在还没有彻底揭开它的规律。至于这种现象是自然发生的，还是人为造成的，他相信伴随着认识的进步，都会水落石出。

一夜未眠，方司南给自己泡了一大壶浓咖啡，捏着鼻子像喝中药一样喝了下去。在他看来，这可不是睡觉的好时候。然后他穿戴整齐，背起平时背的公文包，走出了家门。

小区里还是往日的景色，但整座城市的氛围变得不一样了。晨练的广播声、车辆的鸣笛声，城市里原本喧嚣的声音都消失了。路上有不少人行色匆匆。小区门口显眼的位置贴了一张半开的大纸，上面用很粗的毛笔写着什么字，被人们围得里三层外三层。方司南走过去，看到最上面写的是：市政府

227

致广大市民。

方司南心头一热。电子设备失灵发生了几个小时，看来城市管理者已经找到了快速应对的决策。由于字很大，所以字数不多，通知很精简："不明原因使我市所有电子设备失灵，城市进入重大灾害紧急状态。除消防、警务、医院及政府机关，所有单位停工，学校停课。请市民不要驾驶车辆出门，不要离开居住区范围。以社区为单位临时搭建了物资分配站，居民凭有效证件登记，领取供给券，换取食品等生活物资。有困难找社区管理人员协调。请不要恐慌，等待故障排除与进一步通知。"

方司南听到人群中有个老大爷在说："供给券，那不就是粮票吗？隔了50多年，又转回来啦！"

旁边的人说："现在都是移动支付，谁家里还有现金啊！手机用不了，大家都买不了菜，可不就得政府统一供给吗？"

"短时间还行，以后可怎么办啊？"人群里有一个女性的声音说。

老大爷眼睛一眯，慢慢悠悠地说："咱就当回到了八九十年代，谁也没见过手机电脑。"

四

方司南走出小区，马路上空荡荡的，斜对面他经常光顾的那家拉面店，此时门口焦黑一片，地上还散落着不少烧黑的金属碎片。不难想象，昨天夜里搭载了人工智能辅助驾驶平台的汽车，在芯片失灵的瞬间，大多数的物理安全系统会在短时间内尝试刹车，造成大面积的后车追尾，以及当时正在转弯的车辆来不及制动，纷纷撞向路边的情形。

人行道旁整齐地停着一排共享单车。人们失去了扫码的工具，它们等同于废铁。方司南左右看看没什么人，把最外面的一辆共享单车搬到马路边的榕树下，挑了一块尖锐的石头，比画着准备对上面的电子锁下手。

"大哥，你在这儿干吗呢？"他身后突然传来一个人的声音。

涟　漪

　　方司南站起身，右手的石块背在身后，有些尴尬地笑了笑。叫他的人是常年给小区配送快递的小哥，此时正骑着他的三轮摩托，车斗里空荡荡的。

　　"啊，我研究研究。"方司南偷偷地在身后扔掉石块。

　　"你是准备去哪儿吗？我送你吧！"小哥眼尖地看到了他手里拿着的公文包，热情地说。

　　"你不用送快递吗？"

　　"我们的配送系统用不了，站长给我们放假了。我寻思着出来转转，如果有需要拉货的地方，就帮帮忙。"

　　方司南摸了摸口袋："我身上没带现金。"

　　小哥豪爽地一挥手，说："上车吧！咱可不是冲着挣钱来的。"

　　方司南搭车来到自己工作的单位，交叉学科研究所，刚一进门，就被同门的师弟林雨拉了过去。他神秘兮兮地说："快来快来，有好东西看。"

　　实验室里的人已经来了大半，都围在一张桌前，方司南也跟了过去，周围的人自动给他让出了一个位置。桌子上摆放着零零散散的一大堆电子零件。

　　林雨说："昨天我大半夜就来了实验室，把周围的电器拆了个遍。连通的电路没有遭到破坏，电灯还能亮起，也没有发生停电，甚至有许多小电器也可以照常使用。因为在昨天夜里的事件中，受到影响的并不是电路。最后我总结出一个规律，受到影响的电器都是由芯片驱动的，主要是手机和电脑。"

　　方司南心念一动，说："实验室的电子显微镜还能用吗？"

　　林雨说："可以是可以，就是需要把输出端调整一下，把数字信号变成模拟信号，接到老式的传真机上。"

　　"去弄吧，我们来看看芯片受到了什么样的破坏。"方司南说。

　　几小时后，桌子上已经放了几张打印出来的黑白图像。最上面的一张是密密麻麻、规律排布的点和线条，还有更小的方块，铺满了整页纸。

　　"这是我用扫描电镜拍摄的我手机里的芯片，放大倍数是10万倍。上面的线条是芯片上的铜丝布线，直径只有头发丝的千分之一。下面的小方格是密集排列在硅晶体表面的晶体管和电阻等元件，只有20纳米宽。"

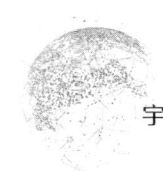

林雨又翻了一页，说："接下来是达到扫描电镜最高分辨率的一张图片，放大倍数是200万倍。"

方司南看到在一片灰色的小方格上，有许多歪歪斜斜的划痕，遍布每一个区域。

"这是什么东西？"林雨指着眼前的图片说。

"这就是造成昨天事件的元凶。某种力量将许多小划痕刻在了芯片上，影响了芯片的功能。不仅是芯片表面，这种划痕还出现在芯片基底上。它们的长度超过1微米，宽度最多只有1纳米。相比硅原子直径的0.117纳米，这些划痕可以说是原子级别的。当这种现象发生时，所有通过芯片控制的电子设备都会受到影响，包括智能手机、电脑，以及需要数字控制的交通信号灯、电梯等。而只有简单电路的电器不会受到影响。"方司南说，"了不起的发现，赶快上报。"

所有人都抬起头，一致看向了他。林雨笑嘻嘻地说："你忘了吗，今天是周六。大师兄，只有你知道老师住在哪儿，辛苦啦。"

路过铺满鹅卵石的清澈小湖，种满鲜花的小花园，方司南站在了一栋独栋的小楼门前。他拍了拍大门，听到里面的咳嗽声，高声地说："陈老师，是我。"

大门打开了，站在他面前的是一位清癯的老者，戴着一副金丝眼镜，白发苍苍，眼睛异常明亮。

"陈老师，我们有一些发现，我来向您汇报。"方司南弯着腰，恭敬地说。

"别客套了，快进来。我等你半天了。"老人招了招手，自顾自地转身向书房走去，方司南连忙跟上，边走边从公文包里拿出自己整理好的材料。在老人坐下的同时，他也把材料铺在了桌面上，翻到了扫描电镜拍摄的图片。

老人拿起一个放大镜，对着照片观察了许久，叹了口气说："我从来没见过这样的东西。"

方司南眉毛拧成了一团，说："您可是高分子物理领域造诣最高的专家。"

老人摆摆手说："什么专家，我没见过的东西可多了。今天早晨保姆告诉我外面的情况，我就料到你们得来找我。说实话，芯片上出现这么密集，这么均匀的高分子线，确实不寻常。"

"线？这不是划痕吗？"

老人也有些惊讶地说："什么划痕？扫描电镜的图像是三维灰度图像，表面凸起部位图案较亮，凹陷部分图案较暗。你看，这些丝线一样的，都是在芯片表面的凸起，就像是烫在皮肤上的伤疤。另外，不同的元素亮度不同，以此判断，这些丝线一样的固态高分子聚合物也是硅原子聚合形成的。"

方司南呆住了。在过去闲聊的时候，李鹜曾经向他提起过一个科幻的概念，硅基生命。硅与碳是同族的元素，位于元素周期表上碳的正下方，最外层的电子数相同，许多基本性质与碳相似，理论上硅也有形成复杂化合物的潜力。早就有科学家提出过在行星深处可能发现基于半融化状态硅酸盐的生命，硅化合物的热稳定性使得以其为基础的生命可以在高温下生存。

方司南从小就记忆力超群，所以他当场就提取了某本科普书籍上的内容，驳斥了一番：硅原子的成链能力很差，人类发现过的最大的硅烷分子也不超过 8 个硅原子，而且极其不稳定。硅-氢、硅-氧之间的化学键很容易被质子溶剂破坏，所以地球上常见的水等溶剂都不适合培养以硅元素为基础的生命体。硅与氧气结合后立刻产生二氧化硅，很容易形成晶格，变成固态。总之这只是科幻小说中一厢情愿的幻想罢了。

李鹜并没有继续反驳，只是笑了笑说："谁知道呢，毕竟地球上有那么多的硅。"

时至今日，虽然明知道荒谬，但方司南内心里正在接受这样的一个观念：这些芯片表面上丝线一样的高分子硅，不该这么突兀地出现。难道这是一次智慧生命对地球的入侵？它们来自地球内部，还是宇宙？它们是有意的，还是单纯像病毒一样复制？

方司南从思考里回过神来。老人放下了放大镜，说："你跟我来，我们这就去科技部走一趟。"

与此同时，在一间几十平方米的会议室里，红木圆桌周围坐满了人，但

没有人说话。这是一间没有窗户，地板、天花板与四面墙壁全部是金属质地的房间。

房间门被敲响了，一张纸条被从门缝里递了进来。一个坐姿笔挺的老人接过纸条，念出了上面的内容："第一架超音速侦察机已返回，北方未见核爆炸的痕迹。"他站起身，敬了个军礼，缓慢而坚定地说，"报告首长，我方的自动化核反击体系没有被触发，越过防空识别区的侦察机也没有受到警告或攻击。合理推测，位于世界各处的核潜艇均遭受了同样的电磁破坏，可以排除此次事件是针对我国的特殊军事打击。安全起见，在与其他国家取得联系之前，我建议您继续在地下掩体办公。"

会议室里的人听到他的消息都面露喜色，只有坐在正中间的老人依然面沉如水。

"我们首要的任务是确保国内的生产生活供给。"他环视一圈，目光最终落到了他右手边。

被他看到的人连忙起身，翻开自己笔记本的一页，说道："我们临时恢复了供给制度作为保障，同时也不禁止市场行为。基本的粮食、肉类、果蔬生产没有受到影响，只有交易方法受到了限制。银行会紧急补充流通的现金，同时也有部门在制定政府作为第三方对交易进行担保和记账的机制。"

"这些都只是临时的措施。尽快制定一个长期适用的经济稳定方案，逐步推行。通信恢复的进展呢？"

人群中又站起来一个人，说："一方面，我们的技术小组正在改装现有的广播设施，按照几十年前的技术路线复原不需要集成电路的设备，同时我们也派出了小组搜罗老式晶体管收音机进行区域配置，预计在 24 小时内可以恢复无线广播。另一方面，支援部队正在部署移动应急通信系统，上千台应急通信车，配合车载台、手台、单兵对讲机等无线终端，形成整体的无线集群网络，以进行更快速精准的联络。如果这种情况长期持续，我们还准备重建机电式调度电话系统和无线广播电视系统。"

"很好，要着重修复与其他国家的联络。尽全力保障人民的生活，尽全力抢险救灾，这是我们的两大任务。这是一场全世界共同面对的灾难，也正是考验我们的时候。"

半路被警车截停，陈老不慌不忙地递上了自己的身份证件与工作证。于是方司南第一次享受到了警车开道、畅通无阻的滋味。往常堵起车来需要两个小时的路程，今天只花了 20 分钟。随后车辆平稳地停在国家科技部办公大楼前。

两人的身份与来意被通报进去后，正在进行的会议被打断了。主持会议的科技部常务副部长仿佛看到了救命稻草，两眼直放光："刚刚来人声称对这件事有一些线索。我们听完他的汇报，再拟定专家名单，这样更有针对性一些。各位觉得呢？"

坐在他对面穿着军大衣的老人举手说："我们的工作是绝密的。如果每个来自民间的线索你都要听一遍，干脆把这儿改成接待室吧！"

常务副部长微微一笑，说："来的是一位院士，高分子物理领域的。"

会议室里的不少人都露出了古怪的表情。即使是刚才第一轮的推介，也没有人想到这位高分子物理领域的院士。在他们直观的印象里，这件事纯粹是电磁学、微电子学领域的事情，那些做基础研究的专家都与此无关。

方司南跟在陈老身后，所有人的目光都落在了方司南的脸上，他有些紧张，嗓子发干，迈着细碎的步子进了会议室。

"陈老，您说关于昨天晚上的事件，您有线索？"

陈老没有出声，鼓励地向方司南点点头。方司南定下神来，说："我们实验室的人用扫描电镜拍到了一些奇怪的现象。"他把手中的材料放在桌子上，挑出里面的一张照片，"这是今天早晨拍摄的，一部手机里的芯片。可以看到，它的表面出现了异常的形态。"

"它们具有高分子聚合物的特征。"陈老补充说。

所有看清楚照片的人都倒吸了一口凉气。那些如同虫子一样轻微扭曲的丝线在灰色的照片里非常明亮，密集地集中在每一个区域，注视的时候仿佛能感觉到它们在蠕动。

"这些亮线是什么？"

"是芯片表面不明原因的隆起。我们还不知道它的本质是什么，但我有一个猜测。"方司南做了个吞咽的动作。这句话仿佛很难说出口，因为他清楚说出这句话意味着什么，但他还是忍不住。

"你们听说过硅基生命吗？"

五

李骛一直躲在方司南家的楼道里，直到日出前的清光铺满整个天空，刺眼的星光散去，他才重新出发。

在他蹲在精神病院外的灌木丛里，刚刚冷静下来的时候，他就想清楚了。他决定逃走，不管代价是离开这座城市，还是改名换姓，他都可以接受。他甚至没有回想过自己当时的行为算不算正当防卫，或者他的病历能否帮他免于刑罚，因为李骛的潜意识清楚自己经历了什么，他听到了那个卧床几个月的室友气管里发出的咯咯声，还有室友从牙缝里憋出的那句"我才是李骛"。如果回去自首，就相当于承认自己已经精神错乱了。

走出楼门，李骛发现有 3 条流浪狗站在楼门外的空地上，排成了品字形，没有面向他，而是向着外面。不远处的垃圾箱旁边，有一把掉了一个扶手的转椅，一只脏兮兮的老黄狗趴在上面。李骛想了起来，自己半夜来时惊扰了它们，几只狗在黑暗中狂吠了许久。他想静悄悄地溜掉，但他刚一迈步，4 条狗就都看向了他。

李骛又走了两步，所有狗都没有叫，也没有移动，只是静静地注视着他。如果凝视一只动物的眼睛，就会感觉到它有灵魂、有感情。李骛心里突然有些伤感。他迈开脚步，走出了十几米，再回头时，发现那 3 条狗已经不知去向，只剩下那条老黄狗，轻轻摇着尾巴。

李骛徒步穿越了小半个城市，回到自己家所在的小区时，已经接近中午。

一路走来，他真切地感受到了昨天夜里的事件对城市造成的破坏。道路上随处可见被丢弃在原地的车辆，以及被烧黑的车的框架。两架民航飞机昨

涟漪

天夜里在快要降落的时候撞在了一起，其中的一架发生了爆炸，将上万块碎片从高空抛撒到了城市里。原本繁华的步行街上此时全是被砸碎的玻璃碴，地上还可以看到晒干后变成深红的血迹。

这只是最直接的伤害，随之而来的经济和精神生活的全面停摆，才是更可怕的。网络成瘾的人们在家里闲不住，街上多了许多漫无目的绕着圈子的人们。每走一段，就有人习惯性地从口袋里掏出手机，然后又一脸失望地把这面黑镜子放回去。

由于城市里的监控全部下线，人们的行为也大胆了许多。

在小区门口的小超市，人们正排队结账，一个人突然从超市里冲了出来，上衣里面鼓鼓囊囊的。超市老板也跟着跑了出来，大叫着："抓小偷！"两人一前一后地跑了过去，那个人在街角一拐弯，便没了影。超市老板喘着粗气，捶着自己的腰往回走，迎面就看到另一个拎着满满一购物筐东西的年轻人从自己店里走了出来。

"干什么，偷东西？给我放回去！"老板上去就揪年轻人的领子，却被年轻人一把推开。

"情况特殊，我实在没有钱，先赊账，回头就把钱给您送过来，对不住了老板。"年轻人慌张地念叨着，绕开超市老板就准备离开。

老板抬头看去，店里的人隔着玻璃窗看着这边，眼神里已经有了变化。随着店里有人吆喝了一声："愣着干吗，快拿东西啊！"排队的人一哄而散。最外面货架上的东西被几个人扒拉下来，塞进自己的口袋里。里面乱作一团，还有两个人为了抢一件东西打了起来。

拎着购物筐的年轻人还没有走远，从路边停着的一辆黑色轿车上下来一个精干的小伙子，一个箭步跟上了他，从后面把他扑倒在路上，手里的东西滚落一地。小伙子用膝盖压着他的后背，顺势将他的胳膊拧了过来，亮出手铐卡了上去。

另一边的车门也打开了，下来一个中年人。他亮出手里的警棍，紧走几步，在超市的金属门把手上铛铛敲了两下，中气十足地一声暴喝："都别动，

235

警察！"

李骘一蹲身，藏在了一辆面包车后面。他打量了一下两个便衣警察的车停的位置，正好可以看到自己小区两边的入口。他背靠面包车缓缓坐下，仰起头，深呼吸了几次。然后一撑地面起身，放轻了脚步，沿着来时的方向快速地溜走了。

看来警方的职能并没有因为突如其来的电子设备失灵暂停。李骘就这样开始了他的流浪生涯。

或多或少，每个人都曾经有去流浪的冲动，李骘也是这样。他用了两个小时，找到了一个僻静的街区。在一个过街天桥的台阶侧面，种着一棵枝叶繁茂的树，树冠宽阔，能够遮风避雨。树身像由许多小树聚集虬结而成，有不少气根从枝条上垂下来，叶子是心形的。李骘大概知道这是榕树的一种，在南方很多见。这棵树与过街天桥下的混凝土柱、台阶共同形成了一个半封闭的幽暗空间。李骘找来了一些硬纸板垫在里面，给自己搭建了一个简单的栖身之所。

李骘坐在硬纸板上，背靠粗糙的树干。他感觉喉咙干渴得快冒烟了，小腿酸胀，肌肉一跳一跳的，有痉挛的迹象。他把双腿交叠在一起，盘了起来，感觉肌肉被挤压着，缓解了一些痛苦。已经超过20个小时没有进食，他的肚子也瘪了下去。但坐在树下，李骘感觉神经第一次放松了下来。他闭上眼睛，沉沉地睡了过去。

当他醒来的时候，天已经黑了。他挪动了一下发麻的双脚，感觉踢到了什么。借着外面路灯的光，他发现自己的面前摆着没有拆封的一盒牛奶，一袋面包。是路过的好心人放在这儿的？李骘没有多想，拆开包装狼吞虎咽。吃完这一点食物，依然没有让他振奋起来。他闭着眼睛，脑子里的念头一个接一个飞过。半梦半醒之间，就像在看电影一样，他置身于早先在构思的一部小说的情境里。

漆黑的宇宙空间里，一艘飞船孤零零地漂泊着。飞船上的气氛很压抑，人们正对着半截断掉的安全绳哀悼一位出舱工作时被太空垃圾射穿胸口的同事。事故过去了好几天，人们却发现死去的宇航员的面孔像浮雕一样出现在了飞船驾驶舱的金属墙壁上，人们希望用这种方式平息亡灵的怒火。灯光突然熄灭，在手电的照明下，人们发现周围的舱壁上出现了更多浮雕一样的手印。

坐在树下的李弩仿佛身临其境，恐惧像套索一样将他紧紧勒住。他满脸通红，汗珠大颗地滚落，但在一瞬间又恢复了平静，脱离了恐怖的场景。距离他不远的路上，巡夜的警车飞驰而过，整座城市也平静极了。

这是迈入信息时代的人类文明第一次经历这样一个静谧的夜晚。

方司南加入研究小组已经许多天了。这个临时组建的全国最顶尖的科研团队做了许多测试，对这种现象的认识深入了许多，但对于它出现的原理，它的本质，还是一筹莫展。

丝线状聚合物长短不一，最短的甚至只有一个点。对芯片横断面的扫描显示，这种现象不只出现在芯片表面，也发生在芯片内部。

通过原子吸收光谱仪的检测，证明在丝线一样的聚合物中，没有其他的元素，全部都是由硅原子构成。至此，这种现象被正式命名为"纳米硅虫"。

X射线晶体衍射的结果表明，纳米硅虫的现象破坏了原本排列整齐的单晶硅的晶体结构。为了形成这种高分子聚合物，原本完整点阵结构晶体出现了原子排列的密度差别。聚合物的硅原子就来自芯片本身。

最令人惊讶的是，通过相隔一天对同一块样品的检测，人们发现，纳米硅虫的生成没有停止。在样品的同一个区域，第二天拍下的扫描电镜照片里丝线样聚合物的数量变得更多了，短的变长。没有任何能量输入，没有环境变化，它们就这么凭空出现了。将两张照片并列在一起，给人的感觉就像在看显微镜下的微生物，它们在延伸，就像有生命力一样，不断繁殖。现在没有人再嘲笑方司南说出的硅基生命的推断了。

接下来是最绝望的一天。

经过测试，极低的温度无法阻止纳米硅虫的延伸，在单晶硅的熔点以

下，大约1400摄氏度以内的高温也无法阻止纳米硅虫的延伸。真空的环境对它毫无影响，浸入溶剂里也没法阻止它的生长，无论是水、强酸，还是其他有机溶剂。接着依次被排除的环境条件还有高压、高磁场、高能射线。纳米硅虫就这样不受任何外部环境影响地出现，锁死了人们一切利用芯片的机会。

现在最后的希望，就寄托在了改造扫描隧道电子显微镜的技术小组身上。从航天局借调来的工程师团队正在昼夜不停地接力攻关，希望能绕开数字控制的影响，让机器恢复使用。这是一种比普通的电子显微镜更高级的设备，利用量子隧穿原理对表面的原子排列进行检测，在低温下还可以利用探针尖端精确操纵原子。

方司南看着屋子里这台两米多高的庞大机器，外形就像一个连接着各种管子的金属空心球，连接着杂乱的线路，比他想象中的还要科幻。工程师花了很久才将它改装成能够机械操纵的模式。

扫描隧道电子显微镜启动了。屋子里的人全都屏住了呼吸，看着里面透射出红光，嘶嘶作响的机器。扫描到的图像通过一台老式的写真机，一点点地被打印了出来。纳米硅虫在这样的视角下，就像一只蜈蚣。它有一条明显的中轴，由5个硅原子构成一个环，然后每个环通过中间夹着的一个单独的硅原子相互连接起来，形成了一个链式的分子。随着这个链条的延伸，每经过一个环都有一个小角度的扭转。在每个环的外侧，还延伸出来另一个像脚一样的结构，有的是6个硅原子形成的环，向外延伸出几个短短的触角，有的是两个连续的环。随着链条的扭转，有些这样的结构隐藏在了晶体的内部。这也就造成了之前观察到的聚合物的粗细变化。

"这结构，真的像有机物一样！"方司南身后有人发出惊叹。

"这结构就像苯环！但是硅原子形成这样的分子结构为什么还能稳定存在？就像有一种力量在约束着它们。"

陈老拍了拍方司南的肩膀，问："小方，有想法吗？"

方司南摇了摇手，像是在进行思索。最终他一拍额头，一把将打印出一半的图像撕了下来，从口袋里掏出一根笔，开始在上面涂画。他一口气在上面画了3个多边形的图形，然后闭起了眼睛，似乎在拼命地回忆。接着他睁开了眼，又画下了两个。然后他把自己画出的带有一些字母的蜂巢一样的小格子展示给其他人："看，是不是一模一样？"

"什么一模一样？"陈老皱着眉问他。

方司南画了一根箭头，将其中的一个图形指向扫描隧道显微镜成像中的一个位置，说："这是它的结构式，它们的化学结构一模一样！"

在场的物理学家纷纷摇头，只有陈老做过物理化学的研究，仔细看了看，说："你的意思是，纳米硅虫跟地球上存在的某些物质的分子结构一模一样？"

"不是某些，是特定的那些！中间的5个硅原子环，以一个硅原子相互连接，这是脱氧核糖核酸的连接方式，甚至造成双螺旋的倾角都存在。周围延伸出来的，是它的4种碱基对，腺嘌呤与鸟嘌呤，由含氮的双环组成，胞嘧啶和胸腺嘧啶，只有一个环，各自在不同的位置延伸出不同的基团。这是生物化学！"

陈老向一脸疑惑的人们说："他的意思是，纳米硅虫的结构和单链DNA完全一样！"

这意味着什么？方司南的大脑飞速运转着，这些精细结构的出现不是随机的，是对信息的复制。复制是需要模板的，模板显然就是生物体内的DNA链条。可为什么这种复制只出现在芯片上，而没有出现在其他地方呢？

方司南突然发现，所有人都陷入了一个思维的盲区。他指着旁边桌子的一个角，大叫起来："快，安排实验，从其他固体的表面截取样品出来，用扫描电镜观察。比如这个桌子角就可以！玻璃、金属、石头、塑料，多设置几组样本！"

他正为自己的这个发现兴奋地点头，所有人都看到，他脸上的笑容逐渐消失。然后他的脸色惨白，就像见了鬼一样。

"哪里不对吗？"陈老问。

方司南双手抱着头，缓缓地蹲在了地上。这一回，他没有把想说的那句话说出口，因为他实在太过恐惧。

他的脑海里只剩下了一个疑问："我什么时候学过生物化学？"

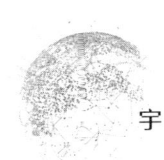

六

方司南从小就是"别人家的孩子"。

他求学的过程一帆风顺，从来没有遇到过挫折，因此他对自己的记忆力非常自信。不是那种过目不忘然后准确说出第几页第几个字的记忆，而是他理解了的事情，就不会再忘记。知识的框架在他的脑海中清晰、立体，能够快速地提取出来，而不是花时间去记忆琐碎的东西。

让方司南感到恐慌的，不是他写出了 DNA 分子的结构式。因为某些具体的知识，很有可能是他不经意间记忆下来的。也许是高中时候他没有在意的课本插图，也许是杂志上的某个边角。过去他也有过这样的经历，他并没有刻意记忆，但只要与他已知的知识联结在一起的东西，都会被自动储存起来。

让他感到恐慌的，是在他在回忆的时候，仿佛回到了某个闷热的夏天，坐在一个阶梯教室里。眼前有一个留着络腮胡子的老师，桌子上摆着一本绿色封皮的《生物化学》课本。当时的黑板上画着的，就是他刚刚画出的几个化学结构式。

这是一段很鲜活的记忆，但他很确定，在教过他的老师里，没有这样一位大胡子的老师。他的专业里也不可能安排这样一门课。随之而来的是另一个记忆片段，前几天刚刚发生的。李鹜披着毛毯，在沙发上坐直，缓缓说出："我觉得我的思想转移到他的身上了。"

深深的恐惧，混合着严重的自我怀疑，方司南蜷缩在座位上，双目失神。浑浑噩噩中，他听到有人嘱咐警卫，将他护送回家，并且做好安保工作。他几乎是双脚离地被架出研究所的。当他坐进车辆的后排，司机问他去哪里时，他才如梦初醒。

"你知道安定医院吗？我得去那儿一趟。"方司南说。

"方博士，那儿可是精神病院。"坐在副驾驶的是个留着平头的小伙子，这些天方司南从没离开过研究大楼，日常伙食都是他负责的。今天才知道他属于安保人员。

"是，我认识一个心理医生，我需要跟他咨询一点心理问题。"方司南随口说道。

"现在情况特殊，您不能跟心理医生透露一丁点儿研究相关的事儿，模糊地提到都不行。按照程序我得全程陪同，还得录音。不过我一句话都不会说，您就当我不存在。"小伙子条理清晰地给方司南解释。

"那你还是送我回家吧，我需要好好睡一觉。"方司南说。

"好的，我们俩都是您的私人警卫，有什么需求直接跟我提就行。"

在方司南酣睡之际，他留下的研究思路得到了验证。

在所有被检测的固体样本表面和剖面里，都充满了丝线状的高分子聚合物。这个现象从一开始就与硅原子无关，而是覆盖整个地球表面的，所有固体内部都在同时发生的变化。这个消息带来了另一个沉重的打击：那些希望用锗元素代替硅制作新型芯片的构想也被否定了。

人们先入为主地认定这种现象与硅有关，是因为这种微观变化对其他固体的特性影响甚微。而人类在微观领域的最大成就，就是把几十亿个晶体管塞进了指甲盖大小的芯片里，这些芯片又发挥着方方面面的功能，以至于它们稍一受损，就会给人类社会造成难以估计的损失。

如果没有芯片，人们迟早也会发现这个现象。从钢结构应力的变化里，从大型天文望远镜的像素污染里，或是其他的什么地方。但人们对摩尔定律的不懈追求，最先将全人类推到了最艰难的处境。

一大早，国家航天局在郊区的实验中心就迎来了一批神秘的客人。被电子设备失灵现象影响，这个中心现在已经完全停止运转了，只有几个门卫还在坚守岗位。

在国家临时成立的芯片失效现象研究小组里，有半数工程师都是从这里调配过去的。他们大多保密级别不够，接触不到研究的核心，只能根据研究人员提出的需求，绕开平时常用的数字控制方法，想尽办法用现成的零件拼凑出可以正常工作的机器。这项挑战没有留给他们额外的时间，否则以他们

的能力总能设计出更合理、更精致的机器来。

他们接到的最新需求是，需要一个能够将所有生命体隔离在特定范围外的空间，范围越大越好，范围内的微生物存量越少越好。

研究小组请来了生物安全等级最高的 P4 实验室的主任，以及疾病控制中心的首席专家。他俩还在比较不同消毒剂的杀灭效率时，这些工程师们已经拿出了自己的方案：利用航天局实验中心的真空室。

这是一个高 20 米，直径 40 米的圆柱形房间，房间内壁由坚硬的合金整体制成，为了给结构提供强度，整个真空室被包裹在混凝土中。抽出腔室中包含的 20 吨的空气只需要 3 个小时，可以达到超高真空的条件。在内部，功率 400 千瓦的弧光灯模拟太阳光谱，低温冷罩也可以使温度降至零下 60 摄氏度。只需要在使用前消消毒，它就天然地符合这次实验的所有要求。

这次实验是由方司南主导设计的，据说还会有重要的人物一起来见证实验的结果。

一天前，方司南在看到丝线聚合物的微观结构与 DNA 分子单链相同时，灵光一现，猜到丝线聚合物不是只出现在单晶硅中，完全是靠直觉。在接下来的实验设计时，他才把当时潜意识里瞬间完成的推理环节补上：

首先，丝线聚合物并不是随机出现的，其结构与自然界已经存在的物质的化学结构相同，这不可能是巧合。

其次，这种现象发生的过程伴随着信息的复制，因此一定存在信息复制的模板，最有可能的模板就是在它周围的生命体。

最后，某种还不清楚其本质的力量促成了这种复制，但根据前期的实验，这种力量几乎不受任何环境因素的影响，它也不太可能是硅原子本身的特性导致的。

接下来需要测试的内容，就是这种力量能够在多远的范围内进行信息的复制。

通过钢化玻璃打造的观察窗，可以看到直径 30 米的真空室正中央，有一个 10 米高的金字塔状的金属架子。架子的顶端立着一台半米高的白色机器，表面看来就像一个小床头柜上加了一盏造型奇特、倒漏斗状的台灯。它上端的电子枪将发射出电子束,通过磁透镜的聚焦,让它们打在样品的表面。随后二次电子探测器将检测到的电子传输到信号放大器里,最终连接到地面的荧光显示屏进行拍照。架子的作用是彻底排除土地里的微生物对实验的影响。

除此之外,整个真空室里什么都没有,显得空旷极了。

"扫描电镜测试完成,可以正常工作。"

"仪表显示,内部的气压已经到达了100纳帕的超高真空状态。"

方司南点点头,说:"实验可以开始,每隔10分钟遥控扫描电镜对样本进行拍照。1小时后解除真空状态,收集图像进行比对。"

等待实验结果的间隙,陈老把方司南叫到了一个角落,关切地问他:"小方,昨天你怎么了?是不是近期精神压力太大了?"

方司南苦笑了一下,说:"那倒不是,只是发生了一些我没法解释的事情,所以很困扰。"

陈老说:"我们现在正在研究的,不就是没人能解释的事情吗?我们是科研工作者,要相信所有的事情终究是有科学解释的。我们的工作就是提出假设,再进行实验验证。"

方司南心头的阴霾一点点被驱散,眼睛里也有了神采。他在心里跟自己说:"管他是什么在装神弄鬼,只要有物理现象,我就有办法搞清楚它!"

一个小时过去了,工程师们开始准备向真空室内充入空气。方司南突然叫住了他们。

"真空室有可以进出的减压舱吗?"

"有的。"

方司南笑了起来,说:"你们这儿不是有宇航服吗?给我套上,我进去收集照片就可以了。抽气太慢了,就让它保持真空,方便我们下一步的实验吧。"

"我们还是找个受过训练的宇航员来操作吧。"

方司南眨眨眼,说:"没有时间了,而且研究受到保密条款的约束。快,

按照我说的做吧。你们几位也别闲着,趁他取宇航服的时候,简单教教我有哪些注意事项。"

几个工程师面面相觑,其中的一个背书一样说:"我们的最新一款宇航服重量有 10 千克,由服装、头盔、手套和航天靴等组成,结构最复杂的部分有 14 层。在地面上穿着会感到明显的重量,但不会大幅影响动作。不增加外挂氧气罐的话,内置的氧气供应系统可以给你提供大约 5 小时的活动时间。"

"有没有什么需要操作的地方?"方司南问。

"通常宇航员需要接受完整的培训和长时间训练,但现在这个情况下,我们可以帮你调整好,你不需要进行任何操作。注意别解开任何安全纽就行。"

方司南兴奋地搓着手说:"这个我知道。一般人在真空的环境下只能存活 30 秒。"

"不太严谨,但基本符合情况。在压力骤降的时候,你的血液会沸腾,肺泡会炸开,受到永久的损伤。你不会死得太痛苦,因为在 10 秒内你就会失去意识。"工程师说,"你刚才的那个说法是从哪里看的?"

"《银河系漫游指南》。"

工程师挠了挠头,说:"既然是本指南,里面的说法应该也符合科学。"

在工程师们的辅助下,方司南花了 10 分钟才把全身的宇航服穿戴整齐。在地面上穿宇航服的效果就是,他感觉套上了一层柔软的盔甲。迈进减压舱,随着空气泵将舱内的空气抽走,方司南感觉周围一点点静了下去。他手动打开减压舱另一边的安全门,迈入了真空室。身后的墙壁笔直向上,足足 20 米挑高带来一种宏伟的压迫感。

他走向真空室中心的扫描电镜,摇摆的步伐像企鹅一样。他拿起了打印出的一沓照片,在手中一张张地翻过去,然后他跳了起来,挥舞着双手,通过对讲机说:"实验成功了。丝线聚合物在这些时间里都没有延伸!"

他迈开腿小跑了起来,向观察室里的人们挥手,然后把 7 张照片依次立在观察室的玻璃窗上。观察室内的人们也是一阵欢腾,经历了高强度的连续工作,他们终于找到了一种能够阻止这种现象发生的办法——将物品与所有生命隔离开。尽管条件苛刻，但人们总会找到一个办法，恢复往日的技术。

对讲机里再次传来了方司南的声音："实验还可以继续。现在我处于真空室的边缘，在接下来的3个小时里，我每隔10分钟都会向真空室的中心移动1米。到达真空室中心后，我每10分钟沿着检修架向上爬一级。每次在我移动前，请遥控扫描电镜对样本进行拍照，这样我们就能测试出这个效应影响的大概范围。"

"好的，请注意安全，如果身体不适，可以随时中止实验。"对讲机那头说。

方司南比了个OK的手势，缓缓地原地坐下。宇航服提供了标准的大气压和舒适的温度、湿度，头盔内充入的高纯度氧气让他头脑清晰、思维活跃。他透过头盔的玻璃罩注视着那台扫描电镜，在弧光灯自然柔和的光线下，它就像一个奖杯，周围散发出圣洁的光圈。

方司南感觉自己从来没有如此幸福过。

人们喜欢把科学探索比喻为"攀登科学高峰"。今天的方司南却结结实实地攀登了一回科学的检修架。每一级金属支架组成的台阶都有近1米高，他必须手脚并用，才能爬上一级。许多次，他都有回到地面的冲动，想去查看那里拍出的照片。但他按捺住了这种好奇心，依然严格按照对讲机里的指示，每隔10分钟就向上攀爬。最终，他站在了架子的顶端。他伸出手，象征性地触碰到扫描电镜的外壳，静静地等待时间过去。

虽然在短时间内取得了很大的进展，但方司南还是忍不住在想，人类面对的究竟是怎样的一种力量。作为生物遗传物质的DNA，被一个无形的、无处不在的雕刻家以相同的尺度刻入所有的固体内部。把字刻在石头上？是谁在试图保存地球上生命的遗传物质吗？

"方博士，时间到了。"对讲机里传来清晰的声音。

方司南坐在台阶的边缘，然后挪动着轻轻跳到下一级。所有人都觉得他的动作从未如此敏捷。他回到了地面，把得到的二十几张照片在地面上逐一排开，然后一张张地看过去。很快，他就找到了图像第一次发生明显变化的两张。

"这种力量的作用范围不超过3米。"方司南冷静地说。

"方博士,谢谢你为国家,为全人类做出的贡献。"对讲机里传来一个不一样的声音,他感觉有点耳熟。他看向十几米外的观察室,惊讶地发现那里已经站满了人。为首的老人正面带微笑地向他挥手致意。

七

在航天局实验中心的会议室里,方司南坐在后排的椅子上,还沉浸在不真实感里,以至于他意识到自己正在参加什么级别的一场会议时,已经错过了自己的导师向领导进一步汇总近期研究结果的过程,只听到了他最后的结论。

"如此一来,计算机的微型化就成为历史了。技术团队正在摸索能够正常工作的晶体管尺度的下限,并且在设计基于模糊数学理论的,具有强抗干扰性和自我纠错机制的计算机系统。有了今天的研究结果,我们可以制造大型的真空室来存放超级计算机负责运算,个人携带的终端通过无线电与其相连。虽然智能手机和个人电脑的功能不可能像以前那样强大,但通过这样的方式,至少可以恢复过去的生产方式。"

坐在最中间的老人点了点头,说:"把所有能投入的人力都投入进来,争取早日恢复互联网的运行。另外,我们到目前为止的研究成果应不应该与其他国家共享,你们每个人都谈谈自己的意见吧。"

会场安静了下来。

"从国防角度考虑,所有研究成果都不宜向其他国家公布。"

方司南有些诧异地循声看去,正在发言的是他第一天到科技部的时候见过的,穿着军大衣的老人。方司南记得他是军事科学研究院的院长。简简单单的一句话后,周围的人们纷纷点头认同。

桌子的另一头,研究小组的组长,来自科技部的官员接道:"军方的顾虑我们可以理解,但以现在我们掌握的情报来看,事情这样发展的概率很低。

现在我们研究出的结果，其他国家也有同等的能力得出同样的结论，只是快慢的区别。在过去的一周里，其他国家通过无线电接力的方法，与我们共享了一些研究数据，全球的研究小组之间互通有无，都希望尽快查清和解决问题。现在全人类的命运都被捆绑在了一起。一周前的车祸与电梯事故，只是灾难的开胃小菜。国际空间站被困的宇航员，在海上失联漂泊着的上千艘船只，也不过是个开始。根据预测，再有几个月的时间，人类在过去几十年的文明成果会消亡殆尽，互联网、智能手机、高端制造、卫星、金融系统……将全部瓦解。面对这种形势，如果还有国家想趁火打劫，那就太不明智了。"

"如果其他国家取得了像我们这样的研究进展，会与我们分享吗？如果他们沿着我们现在的发现，率先找到了突破现状的方法，他们会与我们分享，还是用这样的技术优势碾压我们？在现代的战场上，这样的差距会体现在指挥通信、超视距打击、精确制导等多个方面，相当于火枪大炮打长矛。你们觉得美国人不会像当年对待印第安人一样，利用这样的技术优势消灭我们吗？"来自军方的代表反驳道。

方司南乘坐专车回公寓的时候，天色已晚。他疲倦地靠在车窗上，看着外面的风景。路过一个街心广场的时候，他看到有上百人盘腿坐在地上，围成了一个圆圈，面朝圆心，一动不动。

"外面是在干什么？"方司南问坐在副驾驶座位的警卫员。

"您最近一直在忙，不知道外面的情况。就这些天，突然出现了一个奇怪的组织，也算有点邪教的意思吧，但没什么过分的举动，就只是有一些人自发地像这样坐着。加上最近警力不足，也就没有管。"警卫员说。

开车的司机突然说："倒也不算邪教，都没有具体的组织，只是流传出来一些理论，其他的都是人们自发的行为，跟上个世纪的气功热有点相似。"

方司南有些好奇地直了直身子，说："您还挺了解的，都是什么理论？"

司机不好意思地说："我妈年纪大了，听了邻居说的，也去过一次，在家里给我念叨过几句。人们传的是，在城里有个流浪汉，有一天突然就大彻大悟，成了大师。只要待在他附近，人就能变聪明，原来不明白的事儿，一下

子就都能明白。那个圣人跟大家说，现在地球上发生的事情，不是坏事。"

警卫员皱了皱眉，说："听起来像邪教，拿这种群众的恐慌炒作自己。"

司机说："他说人们像这样围着坐在一起，就能心意相通，感受到以前没有过的清醒和幸福。这种现象跟手机电脑坏掉的原理是一样的，叫什么，涟漪效应。"

"砰"的一声闷响，是方司南太激动，从座位上站起来，头撞到车顶的声音。

汽车在马路上拐了一下，一个急刹，发出刺耳的声音，广场上坐着的几百个人却没有一个移动的。方司南推开车门，跌跌撞撞地向人群跑去，从这个角度，他看到人们坐着的方式，像水面的涟漪一样，一环紧密，一环疏松。

他向外围盘腿坐着、闭着眼的一个年轻人问："你们这儿谁是领头的？"

年轻人就像没有听到他的话一样，纹丝不动。方司南揪住年轻人的领子向后一拖，他才大叫一声，向后翻倒。刹那间，所有人都突然睁开了眼睛，转过头来，齐刷刷地看向方司南。不过人们没什么动作，只是表情有些不悦，很快就又都闭上了眼睛，只有那个年轻人像是被从梦境里拽了出来一样，扶了扶眼镜，站了起来。

出乎方司南的意料，年轻人也没有发火，只是埋怨地说了句："有什么事情，拍拍那个人的肩膀就行了。你们也想加入吗？"

警卫员从后方赶来，按了按方司南的肩膀，和颜悦色地说："是啊，加入了有什么好处吗？"

"这不没有网了吗，我们就是当个娱乐。当你在指定的位置坐好，快要睡着的时候，就能感觉到像做梦一样，周围会出现你没见过的场景和事件，但人还是清醒的。听说这样体验到的是其他人的记忆。"

方司南问："你们就不怕被别人知道自己的隐私吗？"

年轻人挠头说："这儿坐着这么多人，就算知道了隐私，又能怎么样，谁知道是谁的隐私。再说了，如果你不愿意体验，心里一想，场景就会切换到其他地方。"

方司南向警卫员使了个眼色，让他去坐在年轻人的位置，自己拉着年轻人的胳膊,继续问:"这个方法是谁教给你们的?"

年轻人挑着眉说:"你们还没听说吗?城里出了一个大师,就住在一个洞里,周围的几条街都被人围满了。他每天除了闭目养神,就是给周围的学生宣讲他的理论。包括地球上现在发生变化的原因,周围有人专门记录。他也传授了人们一些修炼的方法,包括我们在这儿进行的这种。"

"你见过这个大师吗?你们这种……修炼,必须接触过他才能进行吗?"

"那倒没有,我们只是听别人传过来这个方法,至少要有100个人才能启动。"

方司南沉吟了片刻,说:"你听说过他的理论吗,手机和电脑全部瘫痪的原因是什么?"

年轻人自然而然地说:"是被信息复制时的涟漪效应波及了。"

方司南呆呆地站在原地。几个小时前刚刚被划进国家最高保密计划的研究结果,就这样被一个普通的年轻人,用更奇妙的比喻说了出来。看样子,这个理论在街头流传不止一两天了。

年轻人看着他的样子,呵呵一乐,说:"听不懂吧,其实我也不懂,只是听别人这么说。"

方司南又问了年轻人那个大师所在的地址,年轻人也乐呵呵地说了。两人正聊着,警卫员像触电一样弹了起来,说:"方博士,真的邪门,我闭上眼睛真能看见东西,就像看电影一样。你也来试试?"

方司南面色凝重,向年轻人说:"把你刚才说的地址再重复一遍。"

年轻人看他的表情严肃,有些犹豫地把地址又说了一遍,还加了一句:"我也是听别人说的,如果错了可不赖我。"

方司南转头对警卫员说:"记住了吗,赶紧通知你的上级,多派一些人手,去他说的地址。我先坐车过去。"

方司南上了车,吩咐了司机后,就陷入了沉思。他怀疑人们说的那个大师,就是李骜。李骜突然来访的那个夜晚,曾经明确告诉过他,他的思想转移到了别人的身上,这与现在的情形不谋而合。可是后来的这些理论,他又

是从何得来的呢？

方司南又想起刚刚听到的那句话"被信息复制时的涟漪效应波及了"。这正是对当前的情形最恰当的描述。细胞内的遗传物质在复制的时候，某种效应将这种复制过程扩散到了空间里，强迫与它毫无关联的分子进行了同样的结构排列。这种扩散，就像雨滴在水面上引起的涟漪。

如果人脑的神经元连接就是存储了记忆信息，那么当人回忆的时候，随之产生的电流信号，也相当于对这种信息的复制。人们的记忆可以相互串联，也意味着人们的脑部活动受到涟漪效应影响，扩散到了其他人的意识里。

难道说，所有的信息复制都会受到涟漪效应的影响吗？

方司南从口袋里掏出记事本和笔，先随机地在纸上写了一串数字，再在下方把这串数字抄了一遍。他撕下了这页纸，仔细观察。除了沾上油墨的部分，其他的地方也有一些不太明显的轻微痕迹，就像用力书写时字迹印在了背面。他将这张纸贴在车窗上，透过昏黄的路灯，看到纸的纤维像钱币里的水印一样，出现了重新排列，赫然组成了刚刚他写下的这串数字。

他撕下了第二页空白的纸，与第一页排在一起。同样的，在这页空白的纸上，也出现了完全一样的痕迹。

方司南闭上了眼睛，缓缓地躺倒在座位上，缩起了身子。

车在接近那个地址前就停下了，前面的街道人潮汹涌，把道路堵得水泄不通。

方司南从车上下来，遥遥地看着100米开外，有一个过街天桥。以天桥为圆心，人们呈放射状向外排列。大多数人都坐在地上，面向圆心，闭着眼睛。人挨人，挤得像沙丁鱼罐头一样。天桥下面有一棵菩提树，这种榕属的乔木本应该在炎热的南方才能生存，可能是这里特殊的位置遮风蔽雨，让这棵树生长了起来。一个胡子拉碴、浑身脏兮兮的人坐在树下，人们在他周围空出了一个大圈。他身上穿着一套黑色的卫衣，这套衣服半个月前还挂在方司南的衣柜里。

相隔很远，方司南看不清对方脸上的表情，但他可以确定，那个人就是李骘。

树下的人向这边看来,然后伸出手,向这边指了一下。就像演练过的一样,人群中有一些人站了起来,外围的人散到两边腾出地方,中间的人穿插到旁边,几秒后就给方司南让出了一条半米宽的道路,直接通向中心的圆形空地。

所有的人都保持着沉默,气氛诡异极了。方司南像梦游一样,一步步沿着道路向前走,脑子里像走马灯一样回放着与这个老朋友过去的一幕幕。现在的李骘,看上去和高中入学第一天站在讲台上的时候没什么变化。距离越来越近,李骘向他招了招手,然后钻进了菩提树后面的、过街天桥的桥柱和台阶形成的桥洞里。

方司南也跟着他钻了进去,里面有点黑,地上铺着一层柔软的布料。李骘盘腿坐在最里面,双眼在黑暗中闪闪发光。

"好久不见。看来你最近混得不错,还见到大人物了。"李骘先开口说。

方司南挪动着膝盖找到一个舒服的姿势坐下,说:"所以你现在能读我的记忆了?"

"不是读记忆,是你的记忆在备份的过程中,波动到我这儿来了。这没有什么神秘的,也不是哪段记忆都能读,我只是说出我看见的东西。"李骘说。

"涟漪效应,是你发明的词?你是怎么知道信息复制在扩散的?"方司南提出了自己心头最大的疑问。

"我看见了。"李骘说,语气平静如水。

八

"你还记得我给你讲过的那个梦境吗?在从敦煌回北京的飞机上,我睡着了。在梦里看到一个孩子,站在危险的地方。我骗他说手里有糖果,让他脱离了险境,结果打开手,发现手里真的有一颗杏。我现在才明白了那个梦的含义。"

方司南从来没看过佛经，一个故事平白无故地出现在他的脑子里。有人问佛祖，你真的有法力吗？佛祖没有回答他，却讲了一个"空拳救子"的故事：有一天佛祖出行，来到一个村落，发现一个小孩正在井边玩耍，情况危险。佛祖随即把手攥成拳头，对着小孩说：小孩，我手里有一颗糖，你过来，我送给你！孩子非常高兴地跑了过来，得救了。佛祖的法力就是那颗糖果，即使是假的，也是在救人们脱离苦海。

方司南看着李骘嘴角若有若无的笑意，说："不要往我的脑子里塞东西！"

"不是我想塞的，也是涟漪效应。不过大多数时候，当人们想起一件事，他绝对不会怀疑是从外界得来的。他只会觉得是自己想出来的。"

"你是想说，你现在有法力吗？"方司南略一思考，惊讶地问。

"倒不是法力，只是一种现象。"李骘说，"涟漪效应并不均匀，如果你把它看成一种场，我就是其中的一个极点。因此在我周围，思维会更容易传播。"

"你是极点？为什么你是极点，果然是你小子搞出来的鬼。"这些话方司南没有说出口，只是在脑子里打了个转。

"我也不知道为什么，但事实就是这样。你可以把我想象成一块磁铁，头是北极，脚是南极，发散出来的磁感线就是涟漪效应的强度。"李骘说了前半句，后半句的形象就自动在方司南脑海里浮现。

"那么在地球对面……"

"你可以想象成一个可以覆盖整个太阳系的强大磁场，地球背面的效应强度和这边没多大区别。只是在接近我的地方会格外强。"

这种说一半想一半的沟通方式，让方司南压力很大。他尽量不让一些奇怪的念头出现，然后说："这些你究竟是怎么知道的？"

"我已经说过了，是我看到的。我现在就正看着它，像一层光组成的幕布，只有在很黑的时候才能看得很清楚。每当信息复制发生的时候，就像雨点打在水面上一样，幕布上会泛起涟漪。"

"你，看到？"

"对，就像我一开始看到的那些星星一样。现在我知道了，它们不是恒星，而是宇宙间其他涟漪效应的极点。"

"所以，它们也是像你一样的个体？那些都是智慧生命？外星人？"方司南被他的说法震惊了。按照李骛之前的说法，他看到的那些星星就像无穷无尽一样。

"可能是，我不知道。"

"那么，涟漪效应存在的意义是什么呢？"

"我不知道。"

外面的宁静突然被打破了，人群喧闹了起来。李骛与方司南小心地钻出了这个半遮掩着的洞，并肩站在树下。从街道的两个方向都开来了装甲车，停在人群的外围，从车上一个接一个下来的，是荷枪实弹的士兵。直升机悬停在百米高空，螺旋桨卷起的风吹到地面，刮起地面上人们的头发。

刚才人群让出的道路还在，方司南高举双手挥舞着，沿着道路小跑，高声喊道："不要紧张，误会了！我没事！"

方司南的警卫员就站在队伍的最前端，身后是他的指挥官。他错愕地看着越跑越近的方司南，心里直犯嘀咕。他好不容易说动了领导，拉来了大阵仗，以为能一举立功，没想到方司南自己就这么跑出来了。

方司南跑到了两人面前，压低了声音说："我可能找到这次事件真正的突破点了。别紧张，里面的那个人是我以前的朋友。"

指挥官向后挥了挥手，士兵们把枪的保险关上，发出整齐的咔嚓声，然后回到了车上。

李骛也从人群里慢慢地走了过来。指挥官看清楚了他的面孔，只是一个普普通通的小伙子，心里的戒备也放下了大半。

"方博士，你刚才说的突破点是什么意思？"

"哦，我这个朋友掌握了一些额外的信息，可能对我们的研究非常有帮助。我希望申请让他进入研究团队，帮助我们。"方司南说着，回头看着李骛一步步接近。

李骛走到他身后时，一段场景突兀地闯入方司南的脑中。

一间昏暗的审讯室里，一个鬓角灰白的老人，手上戴着手铐，正不停地

抹着眼泪。

"你是航天局的老工程师，还是党员，为什么要背叛国家，为外国人窃取这项机密研究的情报？你知道你这样的行为会给国家带来多大的危险吗？"

老人用戴着手铐的双手拍打了两下自己的脑门，哭着说："我的儿子是宇航员，还在空间站困着呐。我心想多一个国家研究，就多一分早日解救他的希望啊。"

方司南愣住了。他认出来那个老人了，那是李弩的父亲，许多年前他去李弩家时见到过。

李弩的脸色阴沉下来。他一字一顿地问指挥官："今天下午，你们抓到了一个间谍？"

指挥官脸色铁青，没有说话，李弩也不需要他说话。

"你们抓到的间谍，叫李由？"

一股强大的威压从他身上散发出来。指挥官几乎是从牙齿缝里挤出了一个字："是。"

"你有释放他的权限吗？"

"有。"

李弩点点头，说："那好，麻烦你现在带我去见他。"

指挥官全身的肌肉都紧绷了起来，就像一个提线木偶一样，身体向后转了过去，头却没彻底扭过去，看起来怪异极了。他的腿直挺挺地迈了两步，伸手去拿车钥匙。

一个红点在方司南的眼前晃了一下。在他意识到那是什么之前，一声巨响在他耳边响起。

他什么都没来得及看到，血就溅了他一脸，快要把他的眼睛糊上了。

李弩的额头上出现了一个血肉模糊的大洞，子弹把他的头骨向后掀开。他的身体向后飞去，重重地撞在地面上。

方司南瘫倒在地上，吓得腿软了，站不起来。他的大脑一片空白，眼睛睁到最大，还难以接受眼前的现实。他的警卫员走过来扶住他，在他耳旁说着："我们听说这家伙有可能有精神控制的能力，所以部署了狙击手。"

涟漪

方司南甩开了警卫员的手,伏在地上,爬到李骛的尸体旁边。

血还没有冷,方司南抓着他的手,剧烈地颤抖起来。

方司南在家休养了大半个月,才从当初的震撼中恢复过来。当他走出家门的时候,发现世界又变了个样子。李骛的生命以意外的方式戛然而止,但地球上的涟漪效应并没有终止,反而变得更强了。研究小组发现,信息复制时的扩散现象,范围正在逐渐扩大,从最初的3米,增加到了10米,复制的频率也越来越高。

现在人们不需要凑齐100个人才能体验到思维联通的感受了,只需要几个人,就能开一场脑内的虚拟派对。社交成了人们生活的主要活动。在互联网消失之后,人们渐渐探索出了"心联网"的使用方法。

两个月后,人们开始相互远离。越来越强的涟漪效应使得那些心志不坚定的人们太容易迷失自我。少数意见领袖的思维信马由缰地在多人聚会的虚拟空间里驰骋,人们的心灵成了海量信息和流行意见的跑马场。也有人嘲讽道,这就是以前互联网世界的本来面目,人类的本质是复读机。

又是3个月过去,人们适应了新的生活节奏。现在的世界有点像古时候的生活,人们各自做着各自的事情,自给自足,互不干涉,只在有限的范围内活动。涟漪效应也终于从微观走向了宏观。信息复制的密度太高,以至于在物体的表面就可以看到它们。人们心里想着的东西,文字、画面……都会出现在他周围的东西表面,桌子上、地面上、墙上……让人看了起鸡皮疙瘩的密密麻麻的文字和图形,像波浪一样起伏,随着人们心理的变化不断变化。这些图形出现在所有物品的表面和内部,大雾时,连空气里都充满了这样的字符,像是无处不在的浮雕。

秘密不复存在,一个人正在想的东西就是他周围显示出来的东西。只在科幻小说中出现过的思维透明,现在真切地发生在了地球上。

一年过去了,涟漪效应的强度达到了顶峰。在地球的每一个角落,都像浪潮一样涌现出无数的信息,那些信息有的有意义,有的是一些奇形怪状的符号,没有人能认得出它们是哪种文字。它们密集地覆盖了人们可以见到的

所有表面，高山、大海、云层……

就在所有人都以为世界末日会在人类的集体疯狂后来临时，涟漪效应停止了。

人们爬出洞穴，睁开眼睛，站在阳光下，欢呼，流泪。

涟漪效应消失后的第二个月，方司南收到了一封从远方寄来的奇怪的信件。信纸上只有用粗粗的铅笔写下的扭曲的6个字："到敦煌来找我。"没有寄件人，没有地址，只有一个沉默寡言的西北汉子敲门递上了这封信，然后转身离开。

方司南隐约猜到了是怎么回事。一切都是从某个人的一次敦煌之旅开始的，现在也该在那里完结。飞机还没有恢复航行，他一路搭车，在公路上耗费了两天两夜，才来到了敦煌。刚进城，就有当地人找到了他，又递给他一封信。信上是一幅画得歪歪扭扭的地图，指向某个偏僻的小院子。

几经周折，方司南终于找到了这个小院。小院被改造过，屋顶加高了许多，还能看出来施工过后的痕迹。还没进门，方司南就听到了一个奇怪的声音，像是一个巨大的风箱在缓慢抽动。

方司南进门后，看到了他有生以来见过的最怪诞的场面。一头灰色的大象，穿着衣服，坐在屋子中央。那身衣服明显是用布料拼接起来的，看起来和人的衬衫款式差不多，但尺寸大得多。这头象比动物园里的大象更小，坐直了也不超过3米高，看起来和一头牛差不多大。

看到他进门，这头大象的鼻子扬了扬，就像在和他打招呼。方司南左右看看，屋子里除了大象，没有其他人。

"你找什么呢？"一个粗犷的、低沉的人声在屋子里响起。方司南分明看到，那头大象张了张嘴。大象会说人话？

然后他看到大象咧嘴笑了。

"别害怕，我是李骛。"

虽然早有预感，方司南还是被吓得头发竖了起来。他盯着大象的眼睛，过了半天才放松下来，然后说："你怎么变成这样了？"

涟漪

大象挥动着它的前腿，说："第一次投胎，没有经验。我只是找了个和自己体形差不多大的胚胎，没想到一出生就是这样了。一年时间，从120斤长到了1000斤。"

方司南的眼睛里已经噙满了热泪。他走上前去，拍了拍大象的肚子，摸了摸它的鼻子。大象，或者说李骛，有些反感地挥了挥前腿，但怕伤到这位老友，没有用力。

"一年前，我还没有办法回答你的问题，我只知道自己是涟漪效应的极点。在我投胎前的那段日子，我拜访了许多地方，见识了许多东西。现在，我已经可以告诉你，这一切发生的原因了。"李骛说。方司南笑了笑，搬了个椅子坐在了他的对面。

"我得从头说起。在宇宙间，存在两种不同的生命。第一种，叫作形态场生命，第二种，叫作模式生命。形态场生命只以形态作为它的生命基础，通过复杂的形态发展出不同的功能，通过形态的复制繁衍。而模式生命则具有信息性和抽象性，用数字化的模式来存储自己生命的本质。模式生命发展到后来，载体形式会更多变，本质上就是一束信息流在不同物质之间的流转。顺便说一句，地球上的生命，包括人类，虽然生命功能得益于蛋白质和其他有机物的不同形态，但本质上还是模式生命，只是太低级。"

方司南点点头，示意他继续说下去。

"形态场生命更古老，但是更强大。这是因为，这个宇宙就是建立在形态场生命先祖的遗骸之上。就像地球已经被生命先祖改造得更宜居一样，空间的每一个点，那些蜷缩的六维和充满随机涨落的真空，都是形态场生命先祖的遗体。它们在宇宙形成的早期像虫子一样铺满了所有的空间。因此，形态场生命的移动是无视距离的，或者说，它们已经超越了我们认知的维度。从宇宙的这头到那头，哪怕中间要穿过无数空间，在它们看来也只需要一瞬间。"

这听起来更像是神话故事，也超出了科学的范围。但方司南还是没有提问，继续听下去。

"形态场生命在宇宙之中，只有一处禁地，那就是充满信息的区域。信息越密集，它们进入这个区域后就越难生存，移动的速度也就越慢。想象一下，真空在它们眼中相当于没有距离，对于它们来说信息稀薄的地区，就像我们的真空；信息较多的地区，就像我们在空气中，运动有一定阻力；而信息非常密集的区域对于它们来说，就像我们面前出现了墙，无论如何都无法穿行。信息通常是由模式生命产生的，因此两种生命之间存在敌对的关系。形态场生命的本能之一，就是将模式生命毁灭，将浓度过高的信息彻底消解，就像我们人类砍伐树木、跨越障碍一样。

"因此，那些比我们更高级，生存更久远的模式生命，在像地球这样的，还处于初级阶段，随时有可能被形态场生命灭绝的星球，留下了它们独特的保护机制。这个机制就存在于比文明更古老的壁画和雕塑中，并且伴随着文明早期人类的活动，在他们临摹和创作的壁画和雕塑里一次次转移。保护机制触发的条件是，当形态场生命到来时，星球上会出现一些奇怪的先兆，比如一些特定的形态像浮雕一样反复出现。一旦有生命个体观察到这种现象，保护机制检测到他的这段记忆，就会将保护罩开启的权限交到这个个体身上。当他想要保护自己时，保护罩就会打开，将形态场生命隔离在外面。"

方司南这下听出了他的意思，说："所以你就是那个个体？你说的保护罩，就是涟漪效应？"

"是的。当我在敦煌石窟中看壁画和雕塑的时候，我恰好在构思一部科幻小说，里面就包含了浮雕形态的反复出现。因此这种力量就落在了我的身上。这个保护罩，也就是涟漪效应会将星球表面的所有信息复制扩散到周围，产生海量的信息，构建形态场生命无法穿行的、像花岗岩一样坚硬的外壳。当一个星球的信息复杂度不够时，它还会抽取以前保存的其他文明的文字信息。"

"你误打误撞地获得了守护地球的力量？可是，形态场生命并没有来啊。"

"它来过了，已经无功而返。正是因为我的误打误撞，提前触发了保护机制，将地球上可能遭受的生命灭绝减少了一大部分。如果形态场生命已经开始入侵，有人观察到了这些现象才触发保护机制，99%的生命都不可能幸存，只会在星球表面留下一些生命的种子。过去的古文明灭绝，或者物种灭绝就是这样的情形。"

方司南松了一口气，说："没想到科幻小说也有拯救世界的一天。你会一直保持这个形态吗？还是能变回去？"

李骘沉默了一会儿，说："现在我接过了守护者的使命，在今后的一大段时间里，如果我死了，就会进入轮回，投胎到下一次新生命。如果我进入了一个新生儿的身体，在他的大脑发育完全以前，可能会记不起以前的事情。但我的精神不会磨灭。我的上一任，大概就是释迦牟尼。他之前有许多前世，以不同的人或动物的形象出现，以身饲虎、割肉喂鹰。他也看到了我看到的事情，但他受限于时代，没法用精准的语言和科学的态度描述。他也具有和我一样的力量，能够赋予人们智慧，传递信念。"

李骘向方司南讲起了在投胎之前，他在宇宙间游历的故事。在他死后，精神化为了一道纯粹的信息流，拜访过许多不同的外星文明，与那些地方的守护者相互交流，直到地球有难，他才匆匆地投胎到了大象身上。不知不觉，天已经黑了，在方司南离开前，李骘叫住了他，说："在与其他守护者的交流和学习中，我发现了另一件事，我想有必要告诉你。形态场生命由于内部没有编码的机制，它们的记忆方式比较独特，是将某个需要记忆的场景一模一样地复制下来，回忆的时候提供能量使这个场景播放。因此也有一些守护者认为，我们现在所处的宇宙，其实就是某个更大的形态场生命的记忆，这解释了为什么我们的宇宙是不连续的。也许就像印度教里所说的，世界不过是梵天的一场梦。"

离开敦煌后，方司南给许多人转述过这个故事，人们总是一笑了之。他若干年后重返敦煌，也没再找到那个记忆中的加高的小院。方司南想，也许李骘说的对，这个世界就是一场梦境。

有没有那么一首歌

碳 闪

一

云逸推开别墅大门，刺耳的蝉鸣与夏日的热浪一起向他扑来。但这些远不及马路对面飘过来的歌声令他难受。

嘶哑的嗓音，混着沙沙的金属声，明显地被调过了旋律，所以音调忽高忽低，飘忽不定。歌词由毫无意义的字眼构成。正在唱歌的是一个脏兮兮的流浪汉，黏结的头发披散着，胡子边沾着不明的黄色液体。他架着肩膀，双手虚抱，眼睛闪动着亢奋的光芒，那气势就像在维也纳金色音乐厅引吭高歌的男高音。

这种情况已经持续了一个月。每当经过这里，云逸都会听到这个流浪汉的歌声。虽然每天听到的都不一样，但他很清楚地知道，那就是同一首歌。因为每当他试图仔细聆听，视野的下端都会闪动一行红色的小字：版权受限。

云逸眼球一动，版权购买页面弹了出来，浮在他视野前面的空气中。这是一首连歌名都全是问号的歌，作者甚至懒得放上一个字的简介。和往常一样，单曲的版权购买价格依然锁定在100%。

用自己名下的所有股票、期权、带着花园和游泳池的别墅、豪华游艇、十几辆豪车（其中有一些还是限量款）、100寸大彩电、收藏满墙的名表，所有的这些，交换听一首歌的权利？疯了吧。

云逸盯着流浪汉的嘴唇，想要看出一两个有具体意义的字眼，但他没有成功。版权保护系统先一步识别出了他的意图，改变了他看到的真实图像。流浪汉的嘴唇拉伸、扭曲，最终成了个旋涡状的万花筒。从他眯起的眼睛和牵动的脸部肌肉上看，云逸看出了他在对着自己笑，边笑边唱。这不是个善意的笑容，而是讥讽、炫耀和嘲弄。

从车库里自动驶出的跑车停在了云逸面前，隔断了两人对上的视线。车门竖立起来，云逸坐进车里，整了整白色西服的下摆。不论动作如何优雅，他都感觉自己有些狼狈，像是败下阵来的逃兵。车载音响追踪到了他的情绪，开始播放一曲舒缓的爵士乐。

不，我不想听这个。他动了动手指，歌曲快速地切换。从激昂的交响乐，到舒缓的大提琴，然后是蓝调、节奏布鲁斯，再到新世纪音乐、氛围迷幻的电子音乐。他总感觉缺了点什么，也许是一点人声。歌单继续流转，从流行歌曲到阿卡贝拉，再到说唱。他有些气恼地挥了挥手，车里恢复了安静。

他轻轻哼起了一个旋律，是刚刚听到的那个毫无美感、已经被改变过的旋律，完全不和谐，音调的出现总是隔着太多音阶，显得突兀而又魔性。

云逸气恼地向后一仰，靠在柔软的小羊皮座椅靠背上。窗外快速掠过城市的街景：墙上的大幅涂鸦像彩色的云雾一样晕染开，商场的大屏幕上正在播放一部被马赛克色块填充的动画片，一座奇形怪状的扭曲建筑以不符合重力作用规律的方式垂在空中，它的真实形体被隐藏了起来，令人眩晕的表象只存在于人们的主观视角中。当云逸的目光掠过这一切，在那些不合常理的图像上飘过的，永远是那行熟悉的红色小字，版权受限。

二

云逸记得自己小的时候，城市的形状是多么清晰。人们自由地使用被技术增强过的感官，感受新鲜的世界，那是多么好的时代啊。直到后来发生的事情疯狂了起来，围绕着知识产权、专利和版权，人心惶惶的画面每天在新闻里播放。第三世界次级版权联盟、卫星劫持、海盗湾太空广播、盗版肃清战争……许多人因为荒谬的原因死去，更多人因为这些原因被隔离在人类文明创造的知识和文化之外。然后百分比法案出现了，它就像救世主一样，推倒了贫富差距与阶级差异带来的信息壁垒。

云逸从回忆中回过神来，跑车停在了路边。透过车窗，他已经可以看到自己昨晚预约的米其林三星饭店的霓虹灯牌，就在几十米开外。一个瘦弱的小孩站在车的斜前方，恰好是这样一个位置：自动驾驶系统绝对不会启动引

擎，但即使车里的人踩了油门，他也不会受伤。小孩在车窗上喷了一些带泡沫的喷雾，然后用自己的衣袖在上面擦拭。

云逸摇下了车窗，还不等他说话，那个孩子就凑了过来双手作揖，上下摇晃着，嘴里胡乱念叨着吉祥话。云逸感到心烦意乱，他本来可以直接下车，那个小孩是绝对不敢碰他身上的衣服的，但他实在不想顶着大太阳走那几步，让汗水打湿自己精心打理过的发型。至于用零钱把他打发走，云逸更是不愿意。他总是会想到这样的画面，某个住在贫民窟里的人，用他给的钱喝着可乐，听着他听不起的音乐，看着他看不起的电影。究竟谁才是有钱人？不，绝对不行！谁也别想让他从兜里掏出来一个子儿。

那个小孩说了一堆母亲生病、父亲受伤之类的话，鼻涕眼泪都快抹到车上了，但云逸不为所动，只是冷冷地看着他。于是小孩很快地收起了这副悲惨表情，吹着口哨，转身走了。大概是他摔断过的门牙有点漏风，那口哨听起来很是滑稽，根本不在调上。

毫无预兆地，版权受限4个小字又弹了出来。云逸呆呆地看着那个蹦蹦跳跳远去的孩子，刚才的疲态显然是他装出来的。

依然是满是问号的界面，扎眼的100%。这是第几次听到这首没有简介的歌了？云逸在心里默数着。每天早晨那个捡垃圾的流浪汉，前天去银行路上遇到的卖西瓜的小贩。再往前，上周那群在马路边踢球的少年，进球后脱掉上衣庆祝的时候，唱的也是这首歌。这一定是首欢快的歌，云逸到现在还能想起那帮少年精瘦的臂膊搭在一起，随着节奏上下跳动的样子，这应该是快节奏的歌。可那个小贩一脸悠闲，摇着蒲扇唱的也是这一首啊。

究竟有没有那么一首歌？它是特定的一首歌，还是同一个作者的不同的歌，只不过有相同的价格设置？或者每次都是不同的歌？

这种价格的设置方法是完全不符合逻辑的。作者有作品的定价权，然后分发平台据此计算得出作品的买断价格。当销售预期接近零的时候，买断价格也趋向于零。这首歌的存在就像是一个无伤大雅的玩笑，一种行为艺术。

所有关于这首歌的疑问和猜想，与真实世界被隐藏起来的其他部分一起，被埋在"版权受限"4个红色的小字后面。好奇心不会让云逸失去理智，他打算把这首歌记录在他的遗愿清单上，与那价格虚高的几本书、十几部电影、市中心的扭曲之塔放在一起。当自己快要离开这个世界，财产已经转移给自己的下一代，对自己没有任何意义的时候再去欣赏。

三

  云逸在自己预订好的座位上坐了半个小时，冰镇的柠檬水被他喝掉了 3 杯以后，白小姐才翩然而至。她的出现令整个房间摇曳生辉，其他桌的客人纷纷向云逸投来艳羡的神情，这令他等待的不快一扫而空。

  今天她身上穿的是一件素雅的白色旗袍，绣着几朵茉莉花作为点缀。这是一件没有视觉版权保护的衣服，大概是私人裁缝定制的。旗袍下她玲珑的身段一览无遗，让人挪不开眼睛。还没落座，她就忙不迭地用柔柔的声音道歉，说有个小孩子拦住了她乘坐的出租车，多么可怜之类的。云逸连忙起身帮她拉开座椅，看到她白皙的后颈，不由得悄悄咽了口唾沫。

  待他坐回座位，白小姐伸出手，轻轻在颊边扇风，一滴汗恰好顺着脸颊流下，更衬得她白里透红的肤色无比可爱。云逸看得痴了，直到她翻着菜单，有些可怜地说："太热了，如果能喝一口冰可乐就好了。"

  她说的竟然是可乐。哪怕她说的是最高级的酒庄出产的红酒，或是用空运来的新鲜热带水果榨的汁，甚至是知名主厨花几个小时制作的分子料理冰激凌，此刻的云逸都不会皱一下眉头。

  云逸从小到大都没尝过可乐的味道。准确地说，小时候的他是喝过可乐的，在一次朋友的生日宴会上，他捡到了半瓶别人喝剩下的可乐，装在透明的玻璃瓶里，没什么气泡了。那一口下去的酸、苦、涩、咸，让他直接吐了一地。可乐本身不贵，贵的是它独特的味道专利。对于现在的云逸来说，买一杯可乐要付出的财富，大概是这顿饭本身的 100 倍。

  白小姐伸手招了招，饭店里的侍者走了过来，云逸的神情一下子紧张了起来。白小姐盯着他看了几秒，扑哧一声笑了，然后拍了拍自己手边的包，

说:"没事,不用你请。我这儿有钱。"

云逸快速地衡量了一下眼下的情况。白小姐和他是在朋友的酒会上认识的。参加酒会的绝大多数人都俗不可耐,只有白小姐是个例外。从她展示出的谈吐气质、生活习惯来看,她一定是个富家千金,而且绝对不是花瓶。从两人第一次约会到现在,已经两个月了,他不想太过唐突,所以关系一直没什么进展。也许今天就是个机会。

他说:"那怎么行,说好了我请的。waiter,给我们来两杯冰可乐。"

很快,精致的玻璃杯被送了上来,侍者带着白色手套,优雅地向两人面前的杯子里倾倒入褐色的液体,泡沫一直冲上了杯边。童年的记忆翻涌上来,云逸定了定神,看向只在他眼前投射出的专利购买页面。可乐具体到饮用毫升数量的暂时专利,价格是千分之一。经常同复利打交道的他,对数字非常敏感。这虽然只是个小数,但累积起来的效果是惊人的,它会在不知不觉中偷走财富。付出这么多,只是为了喝眼前的一杯可乐,他提醒自己,然后不动声色地把暂时专利购买的份数从 2 份修改成了 1 份。

至少他知道接下来会尝到的这恶魔一样的液体是什么味道,所以有足够的心理准备。他回忆着小时候的经历,保持着微笑,与白小姐碰了一下杯,然后将杯中的可乐送到嘴边。他向下卷起舌头,微微仰着头,把杯中的可乐倒进了嘴里。

一股像稀硫酸一样的东西,流过他的牙齿和上颚,灌入了他的喉咙,烧灼感顺着他的食道流淌着。云逸忍住了想要呕吐、咳嗽、打喷嚏的所有感觉,还发出了一声惬意的叹息。白小姐喝得比他秀气得多,她长长的睫毛颤动着,明亮的双眼眯了起来,满是笑意。

"谢谢你,云逸。你和其他人不一样。我老爸总是说,这些东西会无声无息地让我们破产。我会永远记得这人生中的第一杯可乐。"白小姐说完,俏皮地舔了舔嘴唇。云逸感觉刚刚的灼烧感从另一个角度升腾上来,一直烧到了他的大脑。

四

也许是那杯可乐起了作用，白小姐对云逸的态度比往常热情多了。她将自己剥好的虾仁夹到了云逸的碗里，被他讲的冷笑话逗得咯咯笑，还不管周围人的眼光，给他唱了一小段下个月将要演出的音乐剧片段。云逸第一次感觉她走下了云端，敞开了心扉。

当用餐结束，云逸提出请白小姐看电影的时候，往常一直拒绝的她破天荒地点了头。走在路上，她很自然地挽住了云逸的胳膊。

电影院里播放的是一部超出了版权保护年限，人人都可以观看的上个世纪的爱情片。看到动人之处时，云逸悄悄地伸出胳膊，从后面越过白小姐的肩膀，揽住她的上臂。触手是一片细腻冰凉，云逸感觉自己的手指发烫。白小姐顺势将头靠在了云逸的肩膀上，一股混合了多种花香的好闻味道从她的发梢传来。云逸伸出了另一只手，但被她抓住了。她转过脸来，黑暗中双眼晶莹迷蒙，脸上红透了。她小声地说了句："不要这样。"

在黑暗的掩护下，两人的唇第一次碰到了一起。

电影散场后，两人牵着手在河边散步。云逸银色的超跑就像一只顺从的宠物狗，在两人身后几十米的地方缓缓跟随着。

就在两人吹着夏日夜晚的凉风，并肩靠在河边的围栏上说笑时，他们看到河心漂着一艘小小的渔船，船上的渔夫在月光下将渔网一折一折地搭在胳膊上，然后优美地抛撒进水里。渔网捞起来时，里面有蹦跳的小鱼小虾，搅碎了水中的月亮。

一个粗粝的声音从下面传了上来。渔夫在唱一首歌，可能是用古老方言唱的渔歌，里面的歌词云逸完全听不懂，但他能感觉到里面的意境。

白小姐有些忧郁地说："这首歌最近好像挺火的，走到哪里都听到有人在唱。可惜我们听不了。"

云逸打开了版权购买页面，那里显示出来的东西他已经非常熟悉了。这

还是那首歌吗，为什么这一次听起来像是苍凉辽阔的呢？

白小姐失望地把下巴靠在栏杆上，说："真的好想听听他们在唱什么啊。"

如果这首歌是1%这样离谱的价格，云逸此时也会毫不犹豫地咬着牙买下来，送给白小姐作为礼物。他没有接话，不知道心里在想些什么。

白小姐突然直起了身子，说："我想到能听这首歌的方法了。"

云逸有些错愕地看着她。他的眼前突然出现了与"版权受限"一样字体的小字，只不过，这一次是财产赠送通知，像流水一样从他眼前滑过。一套位于市中心的大平层，另一套公寓，一套位于郊区的花园别墅，一辆迷你代步车，另一种颜色的同款代步车，家族信托里的份额，股票，公司股份，银行存款，一大衣柜的裙子，另一个大衣柜的衣服，一抽屉的珠宝首饰，一房间的高跟鞋和另一房间的名牌包。

现在这些东西全都属于他了。云逸知道这些东西的价值加起来在自己的财产总值之上，但他接收到的依然是个惊人的数目，远超他之前的想象，也证实了他对白小姐身份的猜测。

现在白小姐已经是不名一文的人了。0的100%还是0，她现在可以无偿地听到那首歌了。她踮起脚，微微前倾，绝美的侧颜在月光下散发出夺人心魄的光辉，碎发随意地飘着。她闭上了眼睛，陶醉的神情让云逸看呆了。

大概过了3分钟，白小姐睁开了眼睛。她看向云逸，说："这首歌真的太美了。你要听吗？"

云逸明白她的意思了。只要两个人互相相信对方，把自己的财产暂时寄存在对方那里，自己就会获得短暂的零资产状态，这样就可以免费地听那首需要所有财产来购买的歌了。他犹豫了。这些年来，他忠诚地守卫着自己父母留给自己的财产，无论遇到什么情况，他都摇头拒绝，为此他付出了多么大的代价啊！当其他人都在讨论那部热播的剧时，他只能微笑着跟着点头，假装自己也看过，然后回到家，盯着快要占据半面墙的电视机屏幕，看一些几十年前版权已经进入公有领域的电视剧。有时候他真的宁愿回过头，看着空荡荡的另一面墙壁。

理智拼命地告诉他，他应该礼貌地把白小姐的财产还给她，然后带着她离开这里。但心底有另一个声音不停咆哮着。好奇心越来越难以抑制，以至于他的双手微微颤抖了起来。最终，他还是下定了决心。

五

赠送程序比他预料得更快地完成了。

云逸眨了眨眼睛，在一连串弹出的版权购买页面上打钩，就像弹钢琴一样。周围世界的迷雾被揭开了，河对岸灯塔一样的建筑露出了真容，那是一座矗立着的大理石雕像，大小和国外那座举世闻名的地标雕塑接近，是一尊衣带飘飘、姿态曼妙的女神像。河边公园外墙上的图案也显露了出来，那是一幅浸透了本地文化的历史故事绘画长卷，色彩缤纷。

云逸感到一阵幸福的眩晕，就像一个盲人突然复明，一个聋哑人突然听见了声音。曾经在迷雾下的世界如今真真切切，他感觉自己仿佛走出了一个牢笼。

然后他听到了渔夫的歌声。

旋律很简单，但是听起来很耳熟，结构听起来更像童谣儿歌。更重要的是，里面的歌词很奇怪，虽然包含了很多的爱，可能是一首情歌，但里面尽是他没听说过的东西。

听了几分钟后，云逸觉得这不是一首歌，而是一个串烧。一首歌刚结束，另一首歌就开始了，而且衔接得很自然，但旋律明显是没有重复的。正当他努力地想听出白小姐所说的美妙时，身后传来了两声汽车喇叭声。

他回过头，发现白小姐已经坐在了自己的超跑里面，正向他招手。

"你这么快就要回去了吗？我还想多听一会儿。"他说。

"以后慢慢听呗。你过来，我有话对你讲。"

"好呀，既然你都上车了，今晚要去我那儿吗？还是让我送你回家？"

"傻瓜，回什么家呀。"白小姐捂着嘴，嗤笑着。

云逸兴冲冲地跑到跑车的另外一边，伸出手去，却没有拉开车门。他有些疑惑地向里面看了看，白小姐在车里已经脱掉了高跟鞋，将莹白如玉的双腿交叠在前座的靠背上，向他眨了眨眼。

"你家现在是我家，这辆车也是我的。几分钟前你送给我的，忘了吗？"白小姐说。

"白小姐，别开玩笑了。"

"谁跟你开玩笑？刚才那首歌，根本就不是歌，是用上个世纪一些流行的洗脑神曲拼凑起来的，所以不论从哪里开始唱都朗朗上口，大家都喜欢。你猜猜作者是谁？"白小姐又用手掌扇了扇风，解开了旗袍领子上的两颗扣子，露出大片雪白的肌肤，但云逸已经没心情欣赏了。他如坠冰窟，身体不由自主地颤抖了起来。白小姐扇着风的手最后剩下了一根食指指向自己，然后说："惊喜吧，那首歌就是我传到网上的。在你家门口唱歌的流浪汉，拦住你车的小孩，还有刚才那个渔民，都是我花钱雇的。简单来说就是，云大少爷，你上当了。"

"你这是诈骗！我会报警的。"云逸也顾不上平时爱惜的超跑了，用拳头砸着玻璃车窗，结果被突然伸出来的安保装置喷了一脸辣椒水。他痛苦地紧闭双眼，弯下腰，发出被踩了尾巴的狗一样的惨叫声。

"人家好怕哦。怎么叫诈骗呢，是你心甘情愿赠送给我的。我们是专业团队，你名下的那些资产，现在已经像丢进食人鱼池子里的肥羊，很快就被分解了。等明早太阳升起的时候，警察能帮你收回的，也许只有一堆欠别人的债务了。"

跑车引擎的轰鸣声响起，云逸顶着刺痛睁开了红肿的双眼，只看到了飞扬而起的尘埃。他感到一阵天旋地转，直挺挺地向后倒了下去，摔在草地上。

过了不知多久，一些冰凉的水滴落在了他的脸上。云逸痛苦地呻吟了几声，慢慢睁开眼，看到刚才在河心的那个渔夫正俯视着自己，渔网垂在自己的眼前。

"谢谢，能再来点水吗？"

渔夫将衣服的下摆拽着一拧，带着鱼虾腥味的河水浇在了云逸脸上。然后他开始扒云逸的白色西服。渔夫的手劲儿大得惊人,就像铁钳一样夹着云逸的肩膀。

"你干什么?救命啊,抢劫啊!"

"闭嘴,白小姐说了,你身上的衣服也是她的。只要你不挣扎,我可以给你留条内裤。"

不挣扎是不可能的,但内裤最后还是给他留下了。云逸流着眼泪,深一脚浅一脚地在大街上走着。他好几次都扶着河边的栏杆,定定地望着河水,想要跳下去。但想到自己会游泳,想淹死很困难,也很痛苦,还是放弃了。

六

清晨的太阳冲破了雾霭,金色的阳光洒在河面上。

经过一晚上的折腾,云逸现在已经看起来像个落魄的无家可归者了。在草地蹭上的黑色泥土遍布全身,淋湿的头发干后乱糟糟地堆在一起,跟昨天的发胶作用后,贴在脑袋上像个硬壳。双眼的红肿已经消下去一些了,但配合着他直勾勾的眼神,还是很吓人。

他就这样游荡着,花了3个小时横穿了半个城市,回到了自己的别墅门前。白小姐没有骗他,至少在食人鱼的部分没有。别墅的大门洞开,地上是一层碎玻璃,那是被打破的窗户留下的。里面的东西已经被搬空了,就连屋子门口的地毯都没有放过。外墙上还用白油漆喷出了一个大大的"拆"字。自己书房里收藏的书就像垃圾一样被纷乱地丢在街道上,之前唱歌的那个流浪汉正捡起一些丢进铁桶里当燃料,烤着几个从地里翻出来的红薯。

云逸吞着口水,指了指上面已经烤熟的红薯。流浪汉嘿嘿一笑,露出发黄的牙齿,然后用一根废弃的轮胎棒把最外面的红薯挑了下来,掉在他面前的土地上。

云逸往桶里面看了看,一本线装版的德语原著《资本论》正被火舌卷掉半个封面,那套书是他从一个旧书店淘来的,自从买来就没有动过。然后他

从地上捡起了烤红薯，烫得来回倒手，但他还是剥开焦黑的外皮，吃了起来。流浪汉突然伸手示意他停下，云逸下意识地把红薯护在怀里，胸口被烫红也没有在意。

"别紧张，这么吃，没味儿。"流浪汉说。他从自己简陋的小窝里找出了一本像杂志一样的东西，表面是白色的铜版纸，没有字。他翻了几页，指着上面一排排的文字说："按照这个来。"

云逸看了一眼，他指着的那行字是："英国肥鸭餐厅，煎鹅肝，配蟹肉脆饼和白松露。"

一个版权购买的页面一闪而过，他嘴里的烤红薯突然变了味道。原本黏腻的口感突然变得清爽了起来，可以品出苹果酱略带酸甜的味道，但主要还是一种嫩嫩的蛋白质被牙齿压碎的奇妙滋味。云逸差点把自己的舌头吞了下去，这是他从来没吃过的美味。当他再咬一口手里的红薯时，外焦里嫩的口感和来自大海的鲜甜味道充满了他的口腔。

"看来你是新来的？来吧，我给你介绍介绍我们这边的情况。快到中午了。"流浪汉用含混不清的声音说完，拉着云逸就走。云逸捧着手里吃了一半的红薯，还在眼巴巴地看着架子上其他的烤红薯，流浪汉欢快地笑了起来："新来的都这样。"

走了没多远，两人就来到了一处政府救济站。这个区域云逸从来没来过，许多身上脏兮兮的乞丐、流浪汉，住在下水道和桥洞下的底层人全聚集在这里，排着队。

流浪汉在他手里塞了一个木头碗，边沿缺了一小块，然后两人站在了队伍里。救济站的人将大锅里的看起来像粥一样的东西依次给每个人的容器里盛一勺。等轮到云逸时，救济站的员工皱了皱眉，说："你是新来的？"

流浪汉呵呵地笑着，说："我乡下来的表弟，多给他盛点儿吧。"

云逸捧着这碗黏糊糊的、像是由许多白色小虫构成的粥。流浪汉带着他加入了一个圈子，其中不少人手里都拿着和流浪汉手里这本一样的杂志。

"刚才是开胃菜，现在是主菜和甜点。"流浪汉说。他指着杂志上的一行文字："丹麦，诺玛餐厅，小牛肉糜配香草甲鱼汤。"

云逸顺着碗的缺口呷了一口里面的粥。绵密的鲜味将舌头层层包裹，如同在口腔中奏响了一曲美味的交响乐。他稀里呼噜地大口吞吃起来，周围的人们爆发出一阵大笑。

"别那么急，还有这个。"流浪汉再指向另一行："西班牙，罗卡餐厅，葡萄孢子甜品。"

云逸手里的粥经过这段时间的冷却，已经微微凝结。他用手指挖了一块塞进嘴里，冰爽的一团里包裹着葡萄、桃子、甜酒和巧克力的味道。

七

饭后，流浪汉带着云逸来到了一个"活动中心"。

在一个桥洞下面，错落摆放着几十张被丢弃的破旧沙发。有些人正围在一起下棋，有几个人在看一部投影到墙上的电影。云逸认出了那部电影，是上个月刚上映的，一个伟大导演的遗作。由于价格偏贵，他还曾把它加入自己的遗愿清单。现在，这高雅的艺术品通过残破的小投影仪播放出来，投影在一面刷上白灰的墙上。这个导演的风格偏文艺，长镜头一个接一个，但几个流浪汉依然看得双眼放光、津津有味，偶尔还小声地交换意见。

流浪汉带着云逸穿过了人群，坐在了一张圆桌旁。每个人手里都拿着一页纸，有的是信纸，有的是外卖传单，还有用香烟盒子裁出来的纸片。每个人都像读书一样，从上看到下，再把它翻过来，继续看，看到底下，再翻转一次。

"他们在看什么？"云逸小声地问。

"这是我组建的一个读书小组。这周读的是科幻作家匿匿老师新出版的一部长篇小说《剃刀上的蜗牛》。"

流浪汉递过来了一张废纸。当云逸看向纸张的时候，上面突然出现了排版好的文字，是一篇长篇小说的开始：

"我看见一只蜗牛爬行在剃刀边缘，这就是暗影之城里的处世之道。

"这句话被镀在一把剃刀的手柄上,银色的金属丝卷成漂亮的花体,每个字母只有米粒大小。剃刀非常精美,足以被放进古董店里。纯黑的木质手柄线条流畅,像被拉长的水滴。刀身是一道优雅修长的弧线,刀刃的部分很窄,闪着森森的寒光。

"纳米级的开刃技术,边缘已经薄到透明了。我敢打赌,它只要轻轻地一碰,就能让我的指尖皮开肉绽。匿匿对着光仔细地观察着这把剃刀。"

看到书里这熟悉的主角名字,云逸知道这就是近几年家喻户晓的科幻小说家新出版的小说了。

"你们看到哪儿了?"流浪汉问。

一个年轻人回应他:"快看完了。赛博朋克主题的小说里,这部算是比较宏大了。但是讨论的科幻母题依然没有摆脱传统。我其实更希望看到一些有突破的东西。"

其他人也纷纷应和,读书小组迎来了一波文学的探讨。云逸感觉自己一个字都听不进去,他悄悄站起来,想转移到看电影的那边。突然一声口哨在桥洞外响了起来,一个尖细的声音说:"快来接一下,这周的新杂志到啦!"

云逸看到昨天拦自己车的那个小孩,正摇摇晃晃地骑着一辆又小又破的自行车。车把上挂着一捆封面洁白的,用铜版纸打印出来的"杂志"。他在人群中看到了云逸,狡黠地向他眨了眨眼。

等人们排队领杂志的时候,小孩向云逸走了过来,说:"恭喜你呀,这么快就找到了组织。"

"你是白小姐的……"

"我是她弟弟,哦,没有血缘关系的那种。这边还不错吧?"

"你们为什么要做这种事儿?"云逸强忍住上去揍他的冲动,问。

"你应该看出来了,用钱可收买不了这里的人。这杂志上有最近更新的书籍、电影、音乐、美食……应有尽有。顺便说一句,美食的部分是我编辑的。"

"你的意思是,这些杂志就是你们付给这里的人的工钱,让他们帮你们骗走我所有的资产?"

"恰恰相反，是我们拯救了你。"

小孩又吹了声口哨，对所有人说："时间到了，该唱歌了。"

所有人都欢呼起来。小孩跳上了一张桌子，说："我来起个头，大家随意按照自己的节奏和顺序，预备，唱！"

云逸呆呆地望着眼前的一切。在所有人欢快的歌唱中，他感受到了一种生命力，一种绝对的真实，这样的感觉他已经 10 多年没有过了。

歌曲唱了一遍又一遍，在第 3 遍的时候，他已经学会了。

第 5 遍的时候，他跳上了旁边的桌子，跟着高声唱了起来。所有人都欢呼了他的名字，欢迎他的到来。

最后一遍，他像喝醉酒一样陷入了狂热的状态，热泪盈眶地拥抱在场的每一个人。

——他感觉自己真正地活了过来。

窃梦

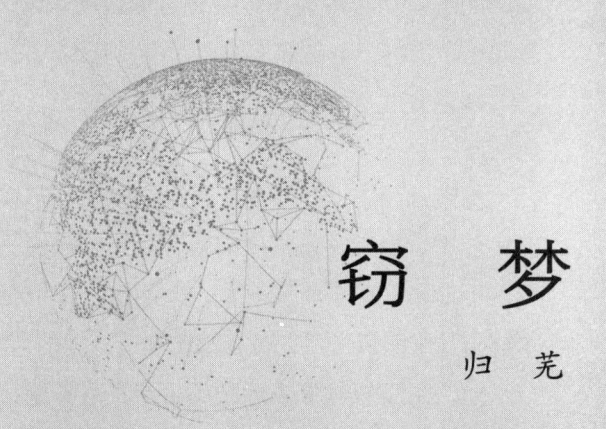

归芜

A 面

夜渡寒江。

一提风灯在深寂夤夜中扑闪，似一点山窗萤栖息在水榭亭台。长风萧瑟，荻花静默，似于沃野平畴之上，堆了几重雪。

明暗之间，魏远关俯身拉过岸边的系绳，自隐蔽草叶间牵出一方轻舟，激起水声清冽，打破四下浓稠的夜，释出一轮皓白的弦月。

魏远关驻足赏玩片刻，方才举步登舟，自顾撑起长篙。扁舟机敏，顺水悠然而下。

澄澈水面下，黝黑的影被粼光搅碎，不疾不徐坠在他身后，似甩不开的旧日梦魇。魏远关忍不住回首，冲来路深深一揖。松滋。他用唇舌细细辗转着这个地名。生于斯长于斯，他的每一寸记忆都浸润了故乡的霜雪，沿街的木樨与甘棠随风送香，每夜都幽然造访他的清梦。

他从未预想过辞乡远游的生活，只是近日梦境萦回处，总有一峰雪岭默然伫立，山风浩荡，清冽快意，令人神往。

恰逢窗前滴漏分明，将他陡然从酣睡中惊醒。醒时窗外无星无月，四下无声无息，思及此生无亲无故、无官无禄，顿生辽阔之情。天地浩大，天行亘古；人存于世，不过朝生暮死，譬如朝露熹微，寒蛩乍鸣；怎能尽数消磨于琐屑锱铢，终日为尘鞅挂阂？

陟遐自迩，不若乘兴泛舟，随波逐流。且将前路作归途。

这一腔豪情随长风激荡，共水潮澎湃，魏远关长立舟上，只觉万物谐静，连指尖血管汩汩的跃动都暗合了这水呼风啸的音节，好似天地造化皆依一律，气贯四梢，一时物我两忘。

一片静寂间，有一团毛绒于他胸前鼓动，自前襟探出脑袋。这个不安分的团子有着圆溜溜的小眼，大猫般炸着毛的圆脸盘，如犀的扁额，如象的卷鼻，以及一身油光水滑的斑斓绒毛。

这毛球初时只怯生生打量沿岸疾走的长草嘉木，嗅着浸润上鼻端的潮意，不多时，便抿起耳朵开始探索新环境。它毫不客气地蹬上魏远关的内衫，攀爬间爪钩拉出丝线，小肉垫在他颈侧拍拍打打，总也找不到舒适的下脚处。

一只大手从天而降，熟练挠上毛球的颈侧，报复般停留了半刻钟。毛球惬意地眯起眼，两只前爪抱住那手，力道稍有松懈还不满地压下一压。

魏远关索性坐下，悉心逗弄这只小动物。毛球今晚好似格外急躁，虽则平日里便是昼伏夜出的习性，却也不曾这样围着他跑圈儿。魏远关好笑地看着毛球连跑带滚地巡视船沿、时不时被长鼻绊出一个趔趄的蠢样儿。

平缓的水面上，船体被奔走的毛球牵带着微微激荡，伴着潮声阵阵，凉风习习。魏远关就这么看了半响，朦胧的睡意伴着渐生的雾气一同蒸腾。毛球乖觉地钻至他颈下，且作一只不声不响的毛皮枕头。魏远关最后呼噜了一把温热皮毛，困意奔袭而上。

B 面

谭归兴冲冲取了快递，拖到玄关处便开始拆箱。

塑料袋下面是一层纸箱，纸箱里包着一个泡沫箱，破开泡沫箱，是一个棉布袋子，到这里就不用再往下拆了。

谭归将外皮扒下，现出布袋的全貌来。

"银丝螺纹包边，黄蓝条纹，花色拼接；滴塑牛津布底，耐用耐磨，防滑隔潮；仿亚麻的坐垫，绿色环保，舒适透气；高回弹加厚PP棉的靠背，避免塌陷，保护脊椎……"谭归对照使用说明，仔细查看布袋的结构，"凸起的侧边，哦，就是扶手，贴合颈椎科学设计，分散颈椎压力？"

谭归望着眼前的布艺沙发陷入沉思。

诚然，只花30多块就想买张单人沙发听起来有些异想天开，谭归也做好了沙发存在质量问题的准备。然而沙发看起来很好，颜色鲜艳、手感舒适，除了有点矮，没别的缺陷。而且设计看起来有些过于贴心了——为什么沙发的扶手会照顾到颈椎问题？

谭归打开选购界面，这才留意到之前匆匆瞥过的商品全称："……狗窝？"

现在的狗窝都这么高级的吗？

谭归想退货。单身狗也有尊严，住狗窝还是太惨了点。

于是他点开筛选设置，想重新选购一款懒人沙发。什么环保美观他都不想考虑了，一个沙发，最重要的是睡起来舒适，有私密感，换句话说，就是没有安装功能性磁共振成像仪。

在智能家居套件全面侵入日常生活的今天，各类探测仪简直无处不在。桌椅乃至墙体都全屏纳入指纹监控，智能管家随时读取人的心率血压之类的数值，以确保房主身体健康、情绪稳定。至于床，谭归望向主卧内平铺着漂亮星空被套的大床，长长叹出一口气。这样柔软宽敞的大床，为什么偏偏安装了核磁探测仪。

智能管家忠心耿耿地读取他的每一个梦境，随时准备着将他从噩梦中唤醒。他很感激这一点。但他无法接受的是，刚做完一个湿漉漉的梦醒来，就看到脑内夸张的幻想在一整面墙体上全屏播放，右上角还被标注上不可手动撤销的星号，那代表着房主在梦境中身体各项指标异常——异常快乐。

单是回想起这一幕，谭归的脑壳就开始冒青烟。

从那个惊悚的早上开始，他再也无法做梦了。倒不是说他想做奇怪的梦，只是睡着后那种挥之不散的危机感让他再也无法安睡。睡觉这回事儿，潜意识先得放松，自我控制也会相应弱化，然后，那些不足为外人道的小秘密就会从疏松的滤网中漏出，飘过梦境每一处角落。意识到自己的梦境一直会被读取记录，自己每一寸不经意间放大的私人体验，都会被智能管家兢兢业业地分析归档，这让他再也无法放下戒备，睡一个好觉。

谭归绝望地重复着上划的动作，这次他看得很清楚了，所有沙发都内置了核磁探测仪，所以筛选之后出现的选购链接，只有狗窝。

他丢开手机，向后仰倒。厚重的棉布将他接住、包裹，意识随着身体迅速下沉，几乎在软着陆的那一瞬间，他就坠入了暌违已久的黑甜乡。

窃 梦

A 面

　　晨光乍破时，薄雾尚未散尽，群山错峰处，漏下丝丝金线。

　　魏远关缓缓醒转，小舟不知何时已漂流至浅滩溪谷，船首不偏不倚，正卡进两方石块间。河床上，深褐的石温润笃厚，端肃静立，湍濑处金箔涌动，周身近乎通明的游鱼穿行其间，倏忽去来。河岸两侧的峭壁上，伸展出萧索的树，槎枒的枯枝伸出利爪，粗粝地割裂穹宇，像一张网，松松兜住满襟碎琉璃。

　　小动物察觉到身侧温度的流失，只耍赖般翻转过身，蹬蹬后腿，雪白的毛肚皮一起一伏。

　　魏远关熟练地绕开小动物两只蜷缩的前爪，自它怀中抢下一枚珠丸，放入一彩釉瓷瓶。感知到宝贝被夺，小动物龇牙瞪眼，直到魏远关将瓷瓶塞回它怀中，才拿脑袋讨好地拱他的手，换来一记不轻不重的敲打。

　　魏远关想起一年前与这小家伙的奇遇。一次洒扫庭室时，他不慎碰摔了祖传的石枕，石枕落地，裂为两半，竟现出其内一方大洞。来不及惋惜懊丧，他便瞅见洞中盘卧着这只活生生的毛球，正酣然好眠，毛球身周皆是这般黑漆漆的丸球，已然快要盛装不下。望着毛球颊侧的长须随着呼吸频率震颤出憨真的弧度，初时的惊惧很快退去，魏远关保留了关于它来历的困惑，暗自接纳了这位可爱的家庭成员。

　　彼时，魏远关尚不知晓这丸球是何物，只当是枕芯内助他安睡的药草，还兴冲冲捏了一枚，放于鼻端轻嗅。倒是不曾有异味。

　　魏远关煞有介事取一瓷瓶，将散落的丸球尽数收纳了，正待送入最后一枚时，毛球惶惶然睁开了两颗绿豆眼，四脚扒拉几下周身空气，才发觉环境的天翻地覆。再发现珍藏的丸球被不明贼寇一扫而空，小家伙顿时慌作一团，四处嗅探，急得直咬尾巴。魏远关看得好笑，将瓷瓶置于脚畔，单等着小家伙一头撞上来。

281

小家伙果然晃晃悠悠来了，看到魏远关也不怯生，拿长鼻扒拉他的鞋履，见他不动，便毫不客气地踩踏而上，探头向瓷瓶中张望。认出自己的宝藏后，毛茸茸的爪挥出了武林高手的气势，瓷瓶应声倒地，黢黑的丸球重又散落一地。小家伙撒丫子收捡丸球，每每推动一颗便会撞跑另一颗，即便用上尾巴，满怀也只能揽住四五颗。一番辛劳过后，只得委委屈屈摊成一长条，用身子环住堆叠起的小山，气鼓鼓觑他。

魏远关便蹲下身，当着它的面，一枚一枚拿起，扔进瓶中。

滴溜溜的小眼一眨不眨地盯着他的动作，小脑袋也跟着他掌中的丸球，左右摇晃，一点一点。

最后一枚滚入，瓶内还剩一小半的空间。魏远关拎起瓶颈的双耳，在小家伙耳边晃荡。嗒嗒的碰撞声响起，小家伙不由自主抬起了下巴。

将瓶子整个儿塞入小家伙怀中，魏远关轻轻松松收服了一只小宠。

这小家伙白日昏沉，夜幕降临便来了精神，待他入睡时，又会乖巧蜷于他枕侧。许是藏在枕中的精魅吧，这般可爱无害。只消它在枕畔，连睡梦也温柔静谧起来。

思及翻阅过的古书，观其形貌，魏远关私下揣测，小家伙同食梦貘怕是颇有些干系。白居易《貘屏赞》中有言，"寝其毗辟瘟，图其形辟邪"，东洋也有"夜之暂，貘尚不及食梦"的古谚。

而这小家伙素日里米水不进，唯在夜间自行觅食，每夜排出一丸，偏生还视若珍宝，四根小短腿抱住便不肯撒爪。魏远关不由得生出了荒谬的猜测。

B 面

谭归从噩梦中惊醒。

醒来时全身僵硬，大腿发麻，膝盖弯折久了，颇有些抒不直，好似被谁在半月板间塞了一张纸。最难受的是颈椎，号称保护颈椎的扶手不仅硌脖子，还托不住脑袋……算了，本来也不是给灵长类设计的。

窃　梦

　　谭归捡回躺在桌底的手机，惊觉自己居然睡了足足两个小时狗窝，原地舒展四肢半晌，还是灰溜溜剥开糖衣炮弹，躺回松软却险恶的大床上。

　　奇怪的是，方才深浓的睡意，此刻闭上眼却能感觉到退潮的迹象。蓬松的被褥似层叠的沙丘，困倦的浓雾渗入沙地便消隐无踪。

　　谁能想到，结束每天忙碌的工作之后，本该安宁的入睡时刻却充满了紧绷与排斥。谭归悻悻地盯着上方，光可鉴人的天花板倒映出他黛色的眼周。

　　这样下去不行。谭归决定走维权途径，捍卫一下自己的身体健康权。

　　凌晨 1 点，谭归在床板靠背贴墙的那侧找到了产品核验码和售后电话。调动一番情绪后，他开始发挥。

　　"DU 区 79223 号，您好，这里是 A 区 25 号接线员，请登记您的诉求。"对面传来没有感情的智能语音。

　　怎么，一个接线员的等级也比我高吗？谭归停顿了一秒，说道："你们的产品在持续监控我的睡眠，还无法关闭权限，给我带来了严重的身心创伤。我申请开放对床品内置的监测仪所监测的事项进行修改的权限。"

　　"产品内一切权限都已在上门安装之日转交，经过顾客的同意，由智能管家统一接管。"

　　"怎么就我同意了，没人问过我啊？"

　　"安装流程的用户须知中有权限转交的条目，您勾选了'我同意'。"

　　"不是，你是说那个怼我脸上的框？我不勾选就不能往后安装了啊。再说你那框，少说也有大几万字了，谁看啊，敢情我买张床，还得读本书？真有这工夫，我就去读博了。"谭归越说越精神，彻底不困了，不仅不困，思维也活跃起来，"算了，不和机器吵架，我把床拆了总行吧。手动关机！"

　　谭归觉得自己真是个小天才。

　　"对产品的蓄意破坏行为会受到监管，将酌情处以数额不等的罚款。此外，遵照预防犯罪法及构建平安社会有关政策的规定，监测系统需要时刻保持畅通，强行关闭属于违法行为。"

　　谭归蒙了。

　　"我花钱买的产品，还碰不得了？你们现在这样，就很不平安。"谭归吞

283

掉不和机器吵架的前言，撸起袖子，"这是想通过监控我的梦来分析我隐藏的犯罪倾向吗，我跟你讲，让我睡好觉，什么事都没有，再不让我睡觉，我都不知道我会变成什么样！"

"犯罪分析只是一方面，最重要的是分析您的各项身体指标，确保用户身体不适时能及时就医。监测系统普及之后，起床时分的猝死率已大幅降低。"

行吧……谭归有点被说服了："可我长期睡不好，也会猝死啊。就没办法解决吗？"

售后的口吻一下子热情起来，无机质的电子音里居然加入了配乐。

谭归听了会儿花里胡哨的介绍，精准地划出了重点：认准"知觉之殿"的副牌，选购不同款式的梦境，VIP用户还可以定制梦境。

谭归调出自己的睡眠数据。一周内，快速眼动睡眠阶段时长，合计半小时；慢波睡眠状态时长，倒有3个小时，都集中在刚刚入睡的时段。近乎无梦。

……他还能怎样。还不是只能对世界妥协。

A 面

孤舟随烟波，不日便漂流千百里，行至一处津渡。

渡口繁华。人群熙攘，烟火阜盛，沿街摊贩架起锅炉，盛出一碗碗热烫的俗世欢喜。魏远关在此停泊，目光不受控地睇向一处高崖。

"小兄弟想去圣山拜会吗，出了城门往南走就是了。"卖馄饨的老伯热情招待他。

魏远关道了谢，思绪仍陷落在一片混沌中。他应是未曾造访过此地，但这座圣山却恍惚面善得很，颇似梦中挥之不去的那峰雪岭。即便老伯不曾指点他方向，上山的路线依然浮现在他脑海中，嶙峋的巨石与枯槁的老树都让他倍感亲切。

窃 梦

  他想不通自己缘何起兴登舟远游，又为何偏巧停留在这处水乡，只好当作是圣山冥冥之中的召唤。

  跋涉至半山腰，云海滉瀁如长鲸吐息，人行其中如涉水而来。再往上，依稀可见重岩叠翠间吐露一抹雪顶，那便是他此行的终点。

  沉睡一路的貘从他袖口钻出，熟门熟路攀上最后几级石阶。缀满五彩绸缎的玛尼堆旁，竖立一方巨石，上书"众山之宗，万神之殿"。

  长风翻涌，经文鼓荡，钟磬鸣响，若有若无的梵音于这喧嚣的寂静中，漫上他的心头。无法诠释这一刹那的玄妙。他辨不清此刻是醒是梦，万千浮想汇成川流，诸般体悟扩散开涟漪，心绪波澜起伏，又归于沉寂，末了心头一片澄明。

  "梦中好似来过此处。可是你带的路？"魏远关玩笑般点点貘的小脑门，步入高殿。

  殿内无神无佛，只靠墙整齐排满了几方桌案。桌案为剔透的琉璃所罩，一排排码着让人眼熟的小瓷瓶。如获神谕，他径直走向厅室中间的那方桌案，轻车熟路地蹲身摸索到案几下方的机簧，轻轻一扣，琉璃顶盖自顶端开裂，收入两侧。魏远关取出唯一的一尊瓷瓶，里面赫然是一粒熟悉的黑色丸球。

  貘凑上来，一口吞下。

  不可觉的声波在空气中泛开涟漪。

  攀行一路的困倦沿着每一块酸涩的肌肉连成一线，魏远关靠着桌腿滑跪在地，用最后的意识扯过一方蒲墩。

  这次是彻底陌生的梦境。

  风清月满的夜，成群的貘结队上山，停步殿门外，人立而起，两只前爪递出一瓶瓶满满当当的贡物。而他像抚顶的仙人，躬身挨个儿揉揉脑门儿，将瓷瓶收好，规整，放入陈列架。

  相隔数日，便有簇新的瓷瓶出现在地窖的门板上，依照色泽的浓淡分门别类，等待不同的丸球装填其中。而他会躺上矮榻，搂住他的貘，身畔是上供来的丸球之山。貘用前爪剖开一枚丸子，服用一星儿；他便眼皮微阖，体味数息，辨明梦境的悲喜。那服下的一星儿，会重新被貘排出，他取来，信手搓揉成如出一辙的丸球，挑拣瓷瓶进行分装……

魏远关从梦境中醒来，尚未回神，已经顺手自獉的怀中摸出丸球塞回敞开的瓶中。

如此自然流畅的动作，让他怔愣片刻。

他起身，依照梦境的指引，绕出大殿，竟真的寻摸到了一处地窖。

惊涛拍打理智，他骇然失色。那些不复入梦的陈年记忆，那处盘桓不去的圣山雪顶，甚至是他无数次看似无端的心血来潮，都有了解释。他一面畏惧，一面不受控制地上前。

真相的揭口，倘若全然闭锁，倒让人习以为常；可一旦露出一道罅隙，便时刻散发出诱人的馨香。

他忍不住遐想，或许，他是被选中的；或许，他理应比别人走得更远。

而他似乎同谁承诺过，要看到极远处的风景。

B 面

这什么知觉之殿，怕不是个黑店。

谭归后悔自己一时冲动，顶着夜幕下班还不忘顺路探访这家小店。舒舒服服窝在狗窝里，搜索线上分店，在智能管家的帮助下浏览采购，才是明智的选择。可惜他过于急迫地想要摆脱睡眠困扰，让自己陷入了这样被动的境地。

谭归警惕地看着展示台上一张张人物生平简介，怀疑自己踏入了什么非法人口交易现场。精确的姓名和地点，异常详细的大事记，还附有高清照片。要不是店内布局亮敞，彩灯高悬，他只当是踏入了墓地。

谭归踱步扫过一张张照片，目光被一个熟悉的人影摄住。

额角宽展，鼻若悬胆，眼神炯然，隔着纸面也能辨识出那股孑然的气质。

这不是公司的魏总监吗？

谭归俯身细看，其实二者还是有不同的。服饰、发型，以及照片虚焦的

窃　梦

背景——照片上的人大抵生活在古代。

谭归长吁一口气。长相相似的人太多了，只要不是窥探上司的隐私，就没有什么不妥。不过不得不说，总监一贯行止端肃，通身自带一股沉凝厚重的气质，比起坐办公室，更像是从古代走出来的。

谭归心念一动，伸出了罪恶的手。

哼着歌走出店面，谭归难得雀跃起来，一路掂着一尊小瓷瓶，轻快地往家走。

这次，谭归吸取了教训，将使用说明扫描进智能平台，让智能管家勾出关键词，一行行详细审过。

幸亏好好看了手册，差点儿就将丸药当糖豆吃掉的谭归，将丸药挨个儿倒出，放入操作板下方的凹槽，等待系统解析。

平躺在床上，谭归莫名兴奋起来，不住地推敲丸药背后的原理。听说新上映的全息电影是沉浸体验式的，观众可以站在主角视角，全方位体验剧情，这样看来倒像是网游了。各领域越发展，就越交融，可不像传统领域那般界限分明了。

至于丸药，应该就是个存储设备吧，里面下载了给潜意识看的沉浸式电影，或者说，电视剧。只是不知道其中需要经过怎样的加工处理。都踏入科技社会上千年了，总不能是偷了古人的梦来贩卖吧。谭归哂笑。

梦境中朝云暖霞，水软山温，连空气都沁出甘甜的丹桂香，从乡里乡亲的谈笑间得知，这里是松滋。邻家小妹梳着双髻，笑颜明媚，一口一个哥哥地跟在他身后，那把嗓子，比桂花糕还甜。洒扫执炊过后，他便趁着日光，诵记诗文。小妹虽然听不懂，也跟着摇头晃脑，贴上撮山羊胡子，就可以去学堂当先生了。

看着小妹一天天长大，两人的关系日趋笃厚，他藏了满肚子话语，只待她及笄。却不料在一个骤雨频发的梅雨时节，山洪倾泻，泥沙没顶，埋葬了她最美的韶华，也封裹了他少年意气的半生……

演了整晚连续剧，醒来后，谭归还有些恍惚。白天，和魏总监汇报工作时，望着那张格外熟悉的脸，禁不住频频走神，惹得总监投来警示的目光。

拿着与经销商敲定的来款少得可怜的合同，谭归讪讪起身。

谭归走进彻夜加班加点的厂房。车床上规整平铺着一具具开膛破肚的钢铁构架，一块块主板芯片被升降力臂嵌入机械骨架的头部，随着流水线来到下一站，依次装入微型核磁共振解析仪和微型硅晶压缩机，最后理顺缠杂的电线构成的经络，覆上顺滑的毛皮，缝合好便是一只只安静乖巧的记梦助手了。

这些栩栩如生的毛绒动物，颇像安了根长鼻的老虎，好似神话传说里的食梦貘，看上去颇为可爱，魏总监怀里就一直揣着一个，上班开会都带着。私底下，同事们都开玩笑，说应该让魏总监去当他们产品的形象大使。

谭归走进最深处的车间，这里的机器在为部分货品做最后的包装。操作台上平摊着半方人造玉石，中心挖出空洞，放入机械宠物，再盖上另外半方玉，经高温重塑外形，消泯接口处的缝隙，就成了一方方内有玄机的石枕。这批石枕包装专属于一笔长期的大额订单，谭归的任务就是为它们造册入库。

公司生产的机械宠物没能迎合市场，一向销量堪忧，只靠这不知来历的神秘订单支撑着每个季度的业绩。

这个不解之谜只困扰了谭归几分钟，直到下班前，谭归脑海里盘旋的都是继续追更的念头。

A 面

圣山封禁之日。

前来朝拜的貘群此前已略有消减，及至当日，魏远关便少有地清闲起来。

山下小镇的人们围着山脚拉起了麻绳，避免不知情的游人登山。

"地龙翻身了，后生们切莫靠近，不然会有灾殃的。"城内的老人告诫着贪玩的儿孙。

话音刚落，深埋地底的巨兽便发出了咆哮，轮轴机栝的轰鸣声层层传递，连带着方圆数十里的地表随之震颤。

地表以下，是剧烈开阖的合金闸门，弯折重构的重重管道，以及光亮如鉴的封闭箱体。箱体之内，是整筐整筐排排码好的瓷瓶，颜色由浅入深，标示出从美梦到噩梦的分野。藤篮背后的阴影中，跪坐着一个清俊后生。正是辞乡远游、高居寺阁的魏远关。

这超越时代的造物，没能让他胆怯，却勾得他越发好奇另一个世界。瓷瓶的辗转运输启发了他的胆大妄为，于是，第三个封山之日时，魏远关头顶草筐，轻车熟路地钻入轿厢，取代了一半的货物。

轿厢穿过幽深的黑暗，唯余顶灯闪烁着一星微弱的绿光。一片深寂里，他的心跳如擂鼓，那是跨越界限，追寻新知的雀跃。

越过漫长的旅途，他们行至轨道尽头。厢门开启，一片晃眼的茫白。

魏远关的出现扰乱了机械臂的运行路线，这些铁皮员工茫然地围拢上来，伸出脑袋上的铁钳，试探地开阖，活像一群争食的鸟雀。魏远关绕开错乱的铁皮怪物，步出厢门。

反光。无处不在的反光。

从小型接驳车到大型飞行器，从沿街的铺面到高耸的云楼，它们致密锃亮的外壳都亭亭如盖，承接了过度的日光，便微微倾身，泻下如瀑的光流。

光流之下，银白的机械造物与皮肤苍白的行人往来如梭，皆是不言不语，行色匆匆，一时竟辨不清分别。

魏远关身着短褐，长发高束，头上还落了根草屑，就这样格格不入地站在茫白的洪流中心。喧嚣的世界在他身侧川流不息，他在原地站了很久，才发觉这个世界好像彻底与他无关。

这次，他走了太远。山重水迢，乡关不复。

有什么打破了他周身凝滞的空气。魏远关低头，他的貘不知何时溜下了地，正伸出前爪扒拉他的裤腿。见他低头，貘转身走了几步，扭头看他。

一抹笑意蔓上他唇角。魏远关毫不迟疑地跟上了他的宠物，跟上了他唯一的家人、朋友，跟上了他此生最大的奇遇。

B 面

谭归睡得很熟。

他看着一位失意的少年，逐渐长成了不动声色的青年。在一个弦月如霜的清冷夜晚，这位青年踏上了奇异的旅途。

看着看着，他的思绪也开始漫溯。一些沉睡已久的过往，在心海深处涌动。旁人的梦，与自己的梦，交织在一起，无法割裂。

他不太安稳地翻了个身，蜷缩成一团。在他头顶，床头板泛开虹彩般的光泽，一串串数据流欢畅地在墙面流动，奔涌遍整个房间。而一向敬业的智能管家对此视若无睹，任由它们跨过一扇数据暗门，悄无声息地跨越整座城市，在一城之隔的某处汇集、重构、整合、入档。再被谁选中、播放、重播、关闭。

"原来，这就是情感吗？"一具五官俊美，但神情茫然的人形机械费力地解析完这段影像，移开数据突触，有些茫然地驻足片刻。

"桂花糕是什么？它的代码有一种轻快的美感，很……不一样。"一只铁钳从他身侧挤了过来，按下了重播，"再滚一次桂花糕。"

于是数据回滚，桂花糕的片段播放了数十遍。这还不够，他敲击键盘，放出一段爬虫，连接上整座展厅的所有展示器，抓取关键字眼，"糕"。

桃片糕、绿豆糕、马蹄糕、黍子糕、油炸糕、伦教糕、雪糕、松糕、蒸糕、年糕、奶糕、蛋糕……间或夹杂着几段"糟糕"，打断他沉醉的体验。

他细致地一行行赏玩过来，开启小臂上的接口，点击同步上传。在他身侧，各式各样的智能机械造物在展厅里游移，释出突触，在浩如烟海的数据库中查询、访问、下载、同步……

这些挑选出的数据组，将会在他充电待机的时候，填补他漫长的静默时间。

"真想出去看看这个世界啊。"影像里，双髻小姑娘珍惜地掰开一块桂花糕，递到邻家哥哥唇边，"走出松滋，去大城，去看许许多多不一样的地方，吃遍各地的美食。"

邻家哥哥笑意温存："等你长大，我们一起去看吧。"

影像之外，谭归的眼角无声淌落一滴泪珠，仿若清夜里薄雾深沉的凝露，被闯入的月色照得分明。

那高悬的月轮，俯瞰着下方呈方块状被切割的无数座城池。那分隔开一座座城池的天堑，依旧隐没在神秘的光弧帷幕中，只在月光流过时，于半空中偶然闪现一道几不可察的银丝。

一座城外是另一座城。正如一间展区之外，是另一间展区。整个世界，都是它的博物馆。

白日里，无知无觉的人们嬉笑怒骂，进度条一往无前。入夜后，数据备份开启，狭窄的脑域之内删删减减，有的记忆巩固、增强，有的过往重新整合，更换存储方式。整个过程都被如实记录下来，存储进地下。一幕幕众生百态上映不止，朝夕不休。每个人都过着自己的日子，做着别人的梦。

而那戏中人，看着别人的戏，流下的却是自己的泪。

测字师

万里秋风

第一次遇见测字师，是在我小学放学回家后。

期末考试我考得很糊，对回家颇为畏惧。当我磨磨蹭蹭地回到家时，惊喜地发现家里坐满了人。差不多半个村的人都在我家宽敞的院子里，兴致勃勃地围观着什么。

杀猪？这个时候似乎早了点。即使天已经很冷了，但要想冻上猪肉还早。在农村还没有冰箱的年代里，东北人习惯了由老天爷来执行冷冻食物这一任务，任务期持续两到三个月。

既然不是杀猪，什么事能让这么多人聚在一起呢？这个疑问冲不散我内心的庆幸，父母都是好面子的人，在村里人缘很好，断然不会当着众人的面殴打我。

所以我藏好卷纸，也兴致勃勃地挤进人群去看热闹。由于是在我家院里，主场优势让我很容易就挤到了最核心的位置上。

然后我就看见了他。一绺山羊胡，头发花白，脸上没有皱纹，眼睛无比清澈，身体很瘦弱，穿着宽大的灰袍子，颇为复古，却也更显得像根竹竿一样，风一吹都能飘起来的感觉。

最让人印象深刻的是他的年龄，看不出来。说年轻，胡子和头发不像；说老，眼睛和手不像。我挤进去时就听见有人问他年龄，他故作神秘："记不得了，山中无寒暑，岁尽不知年啊。"

这是骗子的常用套路，故作神秘。我们村靠近城镇，并非遥远的小山村，村民们也并不愚昧，个个大智若愚，也懒得揭穿他。

在电视还没普及的年代，东北的农村一到了冬天格外无聊。猫冬的人们自发地分成两派，博派和狂派，就像变形金刚一样。博派就是赌博，打扑克；狂派就是闲聊吹牛，天南海北。能让枯燥的生活精彩一点的，除了各村子转悠的民间二人转剧团，就是各村子转悠的算命打卦人。

有趣的是，那些算命的之所以受欢迎，并不是因为他们算得很准，而是因为他们往往被村民们质问得哑口无言，灰溜溜地离开。村民们觉得自己的智力碾压了这些骗子，为此开怀大笑；而算命的不管算得准不准，都能拿着一点零钱离开。不像是算命钱，更像是娱乐出场费。

这样的结局可谓是皆大欢喜，因此双方都乐此不疲地进行着。其中有些算命的都是返场的老演员，以至于村民们有时候会表扬说："今年比去年算得好，因为我们村各家几只鸡你都差不多知道了。"

今天来的这个是新演员，以前从没见过他，所以村民们热情很高涨，听我妈一招呼，就跑来了半村子人。

而最让村里人开心的是他的算命方式。他既不问生辰八字（这个很重要，因为大家其实对生辰八字都不太清楚了，这也是那些算命的算不准时的借口之一，原始数据不对，不要怪我），也不相面，更不摸骨。对于摸骨这种算法，村里的男人们是有意见的，尤其是媳妇长得漂亮点的，更不愿意，经常毫不客气地打断算命先生的施法前摇。

他测字。

钢笔也可，毛笔也可，甚至小学生用铅笔写也可。但纸是讲究的，只能用他随身带着的白纸，不管算得准不准，用他一张纸，就是一毛钱。后来我长大了，参加销售培训，才明白这一招儿叫预付款，是避免客户赖账的好办法。

来得早不如来得巧，我赶得很巧，这场智力表演秀刚刚开始，参赛双方是全体村民和一个算命骗子。他一个人单挑整个村子。

规则是他定的，每人只能写一个字，就这个字只能问一件事，越具体越好。这个要求有点怪，因为其他算命先生都是希望人们问得越模糊越好，最好是我明年能不能发财，或我能不能有孩子之类的。然后他们就能云山雾罩地说一大堆，最后给一个模棱两可的答案，其中掺杂着很多不可控变量，让你自己都觉得想要一个肯定明确的答案过于为难人家了。

此时后院做熟食的常姐拔得头筹，正在写字，她写了一个"怪"字。我大概明白，这跟她家最近老听见怪声有关系。那声音我还专门去听过，时有时无，不知来自哪里，也听不出是什么。所以常姐问的就是，自己家里的怪声是怎么回事。

他仔细地看着那个字，就像那个字是一朵花一样。常姐的字虽然还算端正，但绝对谈不上有多好看。但他就像看着王羲之的《兰亭序》一样，虔诚而庄重。

虽然知道他是骗子，村里人竟然受他气质的感染，多少有点肃然起敬。

"此声来自土上，原因却在土里。怪字左侧有小之形，此物不大；小有爪之形，此物为有爪活物。又字为双之单者，此物本是一双，此时只剩了一个。若要找到此物，需有圣心方可，慈悲为怀，切记。"

在他开口之前，常姐和村民们已经准备好开怀大笑，并体会戳穿骗子的快乐了。然而在他说完之后，村民们憋着的笑并没能释放出来，因为常姐没笑。

她脸色有些发白，扔下一毛钱，想了想又加了一毛，转身回家了，也不看热闹了。

后来常姐跟我妈聊天，说有猫经常去她家偷做好还没收起来的熟食。她一怒之下，给一份猪肺子拌了农药，故意放在院子里。当天就有一只猫被毒死在了院子里。她没当回事，埋了，然后就有了那怪声。

测字之后，常姐就经常在院子里放一些熟食的边角料，不下毒了，等着猫来吃。来吃的猫里，有一只大黑猫，可能和那次死的猫一起中过毒，虽然没死，但嗓子被毒坏了，叫起来嘶哑悲伤，声音很怪。

但当时人们是不知道的，只是觉得常姐也没有娱乐精神，竟然让一个骗子装到了。于是前院李哥挺身而出，继续挑战。

为了尽快让气氛嗨起来，李哥选择了问马上就能让众人验证真伪的问题，以达到快速揭露骗子的目的。他歪歪扭扭地写了个"骗"字，然后得意地问测字师："我昨天刚有了儿子，你算算我给儿子起了个什么名字？只要算对一个字就算你准！"

这一招儿很厉害，因为我家那边的习俗，得了儿子后，父亲给起完名字，会用一张红纸写上，然后折起来放着。李哥儿子昨天刚出生，大家还没得空问他起的什么名字呢，但他手里一定有写了儿子名字的红纸！

果然，李哥拿出折成方块的红纸，拍在桌子上，得意地说："你算！当场检查！"

众人一片哄笑声，知道算命先生被出了难题。现在他只能蒙了，反正给孩子起名字，都会想个顺耳好听的字，倒也不是一点命中率都没有，只是实在低得可怜。

测字师看着那个字，看了一会儿，然后笑了。

"马有妈之形，这名字明明是孩子妈给起的，不能说是你起的名字。"

众人一愣，随后想起李哥素有怕老婆之名，顿时笑了起来。李哥也红了脸，粗着脖子喊："你别管谁起的，你能算出来吗？"

"你写的这个字，户字不端正，笔画散乱，有广字之形，骗者，图利也。广和利，至少应有一字。"

众人都看着李哥，李哥不可思议地看着测字师，半天才打开自己的红纸。

李广利，很吉利的名字。

那天后来的场面有些失控，人们疯狂地往前挤，想要测个字。连不识字的村东头王奶奶也坚决要现场临摹一个字，算算自己能活到多大年龄。虽然我占据主场之利，但仍差点被踩扁。我好不容易突围出去，一溜烟儿跑到邻村的姥姥家，找同学玩去了，一直到很晚才回家。

回家时人已经散了，父母很遗憾，生气地问我："你跑哪儿去了，你要在家，也让那先生测个字，多好！你不在家，只能你妈替你写，先生不给测，人家说了，自己写的字，测自己的事才准。替别人写，算不准！"

我支支吾吾地表示这都是封建迷信，不可信，我没算还给家里省了钱呢。母亲见我强词夺理，忽然想到了另一件事："期末考试考了多少分，班级里排第几名？卷纸呢？"

那天晚上，我被揍得很惨，既有期末考试失利的原因，也有错失了预测是否能考上大学的机会的原因。

后来我还是考上了大学，只是我上大学时，国家已经不包分配了，在我的父母眼中，大学的含金量下降了。大学毕业后，我做了两年的技术工作，又转行做了销售，经常出差。

一次我出差时路过一个古镇，对旅游一直不感兴趣的我，一时兴起，跑去看了看。

小镇保留了一些古色古香的建筑，也不知道哪些是真的，哪些是后来仿

的。不过现在兴这个，只要你弄点有年代感的东西，再弄点小桥流水之类的，就能吸引那些旅游者。

旅游者不是旅行者，他们不追求沿途的风景，只追求落脚点的风景和饮食，所以选择很有限，往往手里攥着钱，不知道能去哪儿浪，这就让这类小镇有了生存的空间。

加上小镇里还有一个完全不协调的巨大的停车场，更让附庸风雅的旅游者们开心至极，完全不抱怨停车场破坏了小镇的风水。

可以想见，在这样的一个小镇街头上，我遇到一个摆摊儿算命的家伙时，不太可能会有哪怕一丁点的信任。这种算命摊儿就是小镇文旅收费项目的一个小小组成部分，可以看作是古代文化的一种展示。

我光顾他的生意，很大一部分原因是看他生意很冷淡，觉得在他摊儿前坐一会儿，歇歇脚，比去挤景点要强得多。

当我坐下后，才发现他面前摆着一摞白纸，放着钢笔和毛笔，这是个算命行当里很少见的测字师。然后我的记忆一下就被唤醒了。

还是那绺山羊胡子，还是花白的头发，以及没有皱纹的脸。无比清澈的眼睛，瘦弱的身体，唯一的变化是长袍从记忆中的灰色变成了一件白色的，皱皱巴巴的，还有星星点点的油斑，让他的仙风道骨打了不少折扣。

他肯定是认不出我来的，我只是当年某个热情村庄里的小屁孩，甚至都没让他测过字。所以他面对我的目光，第一反应是低头看看衣服，解释了一下："中午吃了碗炸酱面。"

我的心里是有些惊恐的。快20年过去了，我从一个被打屁股的孩子，变成了一个刚刚有孩子的家长。虽然她还很小，我打她屁股的时候不多，但我确实已经走过了很长的人生之路。可他却一点变化都没有。

我没有挑破这件事，而是在考虑另一件事。当年我很小，只觉得很热闹，但并不知道他在村里引起的轰动。那天半村的人都写了字，而当天没来凑热闹的另外半村的人，事后想找他，他却一去无踪了。

一般算命的去哪个村，都会有本村人带着。带路的人或是朋友的朋友，或是沾亲带故。这样做有两个好处，一是可以提前打听点村里的情况，即使不够详细，也可以在算命时作为素材发挥一下；二是有带路人的面子在，本村人不会过分为难，即使是嘲笑也是有分寸的，娱乐第一，而且参与算命的也多少会给点零钱，重在参与。

可这个人当年去我们村是自己去的，并没有带路人。他说的来路十分模糊，只说是东边来的，人们当时都以为是县城东边，可后来一打听，并没有这么一个人。他骗一把就走了，不像其他算命的那样还会来返个场。

没错，我仍然认为他是个骗子，即使在半个村子的人都被他征服之后。

上过大学、见过世面的我，和当年村里最有见识的人也不能相比。比如我看过网上的很多魔术，耳朵都能听见字，红纸包有什么稀奇？猫？猫嗓子坏了别人听不出来，没准儿有经验的人就能听出来。一切神秘的现象，戳穿了都一文不值。

我写了一个字，是我仔细想了一下才确定的字，"卷"。

他看了看："问什么？只能问一件事，越具体越好。"

我看着他："你去我家算命的那一天，我藏起来一张卷纸，藏在了哪里，考了多少分？"

他看着我，这次看的时间很长，我没说我是哪里人，也没说是哪一天。他一定去过很多地方，不可能记得我，也不可能知道我说的是什么时候的事。所以，完全无法作弊。

他神情很古怪，我认为我抓住他了。但他开口说的却是："可惜啊，你为什么不问点别的呢？"

我不知道他是什么意思，也就没办法回答。他再次认真地看着那个字。

"卷字上面是火形，金木水火土，火在第四位，因此当有四。火中有二，所以当有二。火在上，二在中，应该是四十二分吧。卷字下方为仓形，你应该是藏在了存放粮食或杂物的仓库中。"

我默然，又拿起笔来，他摇摇头："测不得了，每人每年测一个字就了不得了，哪能这么频繁。"

我这才明白，他刚才说的可惜是什么意思。

我忽然不怕他了，他就坐在我面前，青天白日的，有形有影，我不怕他，

299

不管他是什么人，或者，是什么东西。我断定，他不会总在这里，也许，明天他就走了，就像当年在村子里那样。

所以我要抓住这个机会问问他，虽然他不再给我测字了，但我还是可以问他的。

"像我这样的人很多吧？放弃好机会，问一些无用的事？"

他点点头，微笑："是，几乎所有人都会把第一个问题用在验证我是否能算准上，但等验证后，就没了问他们心心念念的所谓正经事的机会了。"

我想了想，觉得确实是这个情况。所有人看见他时，几乎都怀疑他是骗子，所以上来肯定是要验证一下。谁知道机会就像火柴，验证能点着后，也就没有了。

"但肯定会有人在旁边能看见你算别人算准了的！他们也会浪费机会吗？"我想找出漏洞。

他点点头："会的，就像在很多村子里，我算准了第一个人，他们会以为是运气；我算准了第二个人，他们以为是托儿。每个人都只相信自己的判断，所以，他们上来问的问题，仍然是验证我。"

我忍不住笑了，是啊，我当年亲眼看见过，他算了两个人。然后今天我见到了他，我做了什么呢？问自己的试卷是多少分儿，藏在哪儿！

"当然也有极少数人，上来就问最关心的事情。可惜，这些人都是想问别人，而算别人是很难算准的。"

我想起了我妈，她当年写了字想给我算，但被拒绝了。

我问出了问题："你是什么人，从哪儿来？"

他清澈的眼神迷茫了一瞬间，又忽然笑了，笑容里满是疲倦。就像一个风尘仆仆的旅人，忽然被一个孩子看透了伪装一样。直到很久以后，我也没想明白，他为何会告诉我。我想，也许他想和这个孩子聊聊天，因为经过太久的孤独后，他需要倾诉，哪怕对方是个孩子。

"我来自很远很远的地方，来自很久很久以前的时间。我的眼睛和你的不同，能看到一切程序化的东西。因此，像你看到的，我具有一定预测人类行为和因果的能力。"

我想了想，此前看过的各种科幻小说开始在脑子里发挥作用，让我虽然震惊，但不至于不能接受："你是四维生物吗？也就是能同时看到时间的各个阶段，同时看到我们的过去和未来？"

他笑了："如果那样，我让你写字就是故弄玄虚了。不，我和你一样，都是三维生物，时间对我来说，同样的神秘莫测，我的生命很漫长，但不意味着在时间这一概念上，我和你有什么不同。我能预测和反推你的事，是因为程序化。"

他思考了一会儿，努力找到最适合我理解的类比方法。

"如果把一个人看成是一台计算机，那么这台计算机的硬件无疑就是你看得见、摸得着的身体和器官。那软件是什么呢？一台计算机没有软件是无法运行的，但每个人都运行得很好，所以一定是有软件的，对吧？"

我点点头，认可这个类比："软件是人的思想啊！"

他皱皱眉，觉得这个说法不够贴切，纠正道："其实是思维模式，也就是你们所说的性格。"

我没太懂，看着他，他解释说："软件的特点是具有输入输出功能，也就是在软件运行时，接受外界输入的参数，经过运算，向外界输出运算的结果。在相同的输入情况下，软件运行方式不同，对外输出的运算结果也就不同。"

这个我能明白，除非电脑里装的软件完全一样，否则相同的数据输入，肯定会产生不同的结果。等等，我好像明白他的话了……

"不同的两个人，遇到同一件事，这是对两个人形计算机进行相同的数据输入，但由于两个人的思维模式，也就是性格的不同，导致最后输出的运算结果不会完全一样。"

他举了个例子："我在你们东北待过很长时间，就用个你熟悉的例子吧。比如你走在大街上，有人忽然对你说，'你瞅啥？'你会怎么做？"

我坚定地说："我会说瞅你咋地。"

他笑了笑："我相信是这样的，然后你们搞不好会打一架。但如果是一个比较懦弱的人，他大概就会做出不同的反应，比如不说话，或是说'我没看你。'"

我点点头，东北人并不是人人都那么热爱打架的，我同学里就有和平主义者。

"看吧，同样的输入，由于软件的不同，输出的结果也就不同。当然，这只是一个很浅显的例子，不过你如果学过计算机，就会知道，不管多复杂的计算机，其原理都是十分简单的。大型超级计算机和普通计算机的原理并无差别，只是运算速度不同而已。"

我大概能明白了，但又觉得不可思议："就凭这个原理，你就能测算一个人的过去和未来？那你让我们写字又是什么原因呢？我们写的字在你的程序原理里，又是什么东西呢？"

他看着眼前的纸，纸上有我写的字，半天，他才轻叹一声。

"中国的文字，大概是人类最伟大的发明。它承载的绝不仅仅是其表面的意义，还有很多不为人知的秘密。即使经过了多次的演变，但其核心的精髓却始终没有丢失。我虽然很早就发现了人类的程序化，但却始终无法做出精确的演算。直到有一天，我发现了中国文字与人类程序之间的神奇联系。

"一个人，从出生到死亡，就是这台精密的计算机不间断运行的过程。在这个过程中，程序从未停止运行，哪怕是人在睡眠甚至昏死的时候，程序也在以最低速度和强度持续运行着。当一个人亲笔写下一个字的时候，其实是这台计算机在某个特定时间点，通过外设对外输出了一个特定的信息。就像一台运行中的计算机通过打字机忽然打出一个字来一样。一个经验丰富的程序员，如果能看到这台计算机运行的程序代码，那么就完全可以通过程序在此时做出的输出，推测出它在未来或过去面对不同输入时做出的输出。"

这段话原理是对的，但我难以接受。明白原理和接受原理推导出的结果完全是两回事。人们在获得质能方程后很久，都不相信真有一种炸弹能具有同计算出来的结果一样的威力。直到人们真正看到蘑菇云。

所以我不能不代表大众提出质疑："即使是能看到程序代码，也能根据写的那个字反推程序在不同时间的运行状态，但除非你具有人类到目前还不可理解的计算能力，否则不可能精确地算到每个时间点。"

他点点头："的确不可能太精确，所以我必须要求你将问题问得尽量具体。程序员都明白一个道理，问题本身就包含着一半答案。"

这句话我倒是在大学里听过，但具体到这里……

他知道我还不太明白，继续解释道："问题本身确定了需要推算的程序运行时间点，并隐含了输入条件，即使不能很精确地得到输出结果，也能推测个八九不离十。但即使不精确的推算，也是很消耗精力的。所以我每天不会测太多字，够吃饭的就行了。"

我又想到了一个问题："人类的文字有很多种，你刚才说中国的文字和人体本身的程序有密切的关系，那么其他种类的文字呢？你要知道，现在在世界上，中文并不是应用最广的文字种类。"

他抬头看着天空，似乎在回忆很久之前的经历，然后慢吞吞地开始解释。

"我确实去过很多地方，不仅仅在中国，或是使用中文的地方。文字和人体程序的相关性，并不是普遍存在的。一般来说，以象形和表意为主的文字，都有类似的奥妙。但以表音为主的文字，则几乎都不具备这种联系。当然，也许那些文字和人类的关联太薄弱，我无法看到。我又不是你们所谓的神灵，只是一个对程序化事物比较敏感的种族罢了。"

我忽然又想起一件事来，这件事让我耿耿于怀。

"你为什么不给我再测一个字？如果说是因为怕消耗精力，那么你再给别人测字也是一样的消耗精力啊！你还说不是在故弄玄虚？"

他苦笑着看着我，就像看着一个不懂事的孩子，在吵闹着要大人手里的药丸当糖吃。而我此时正以为击中了他的软肋，所以颇有些得意扬扬，以至于他说出"海森堡"三个字时，我都没反应过来他说的是什么。

"海森堡，你该知道的吧，他的理论，很贴近人类的程序化模式。"

我疑惑地点点头："测不准原理，也叫不确定性原理，我大学时学过。这跟你不给我测第二个字有什么关系？"

"测量某事物的行为将会不可避免地扰乱那个事物，从而改变它的状态。我们根据现有的一个文字，确定程序运行的状态，以此去推测程序在过去或未来的某个时间点的运行状态及输出结果，这种行为就是对程序运行方式的测量。我们的测量行为，将会对程序运行本身产生影响。也就是说，在测完这个字之后的你的程序，和我给你测这个字之前的你的程序，已经发生了改变。"

我大概明白了，但我执拗地想要再测一个字，因为我有很重要的东西想问，所以难免有些咄咄逼人。

"就算我的程序发生了变化，你根据变化后的程序再测不就行了？"

他摇摇头："我做不到。说得具象化一点，在你遇到我，写下那个字的时候，你的程序就像一池清水，我能清晰地看到池底的每一块小石头，每一只游动的鱼虾。但在测字后，对程序测量的行为引发了程序的变化，现在那池水已经不再清澈，而是变得十分浑浊，我无法再看清了。只有等测量行为引发的程序变化逐渐稳定，池水再次变得清澈，我才能再给你测字。不只是测量行为，巨大的变故有时也会引发程序的变动，就是你们说的性格变化。"

我颓然坐下："需要等它恢复清澈的时间大概是……"

他点点头："一年或更长。如果一年后你还能遇到我，到那时我可以帮你再测一个字。"

我忽然笑了起来，笑得很古怪，因为我想到了一件很有趣的事，他好奇地看着我。

"你知道吗，我们有句俗话，叫性格决定命运，以前我一直以为这是个比喻，想不到经你这么一说，这完全就是泄露天机的至理名言啊！性格就是思维模式，思维模式就是人的程序，只要性格是确定的，遇到的事件已知，输出结果几乎已经是确定的了。"

他也哑然失笑："我也听过这句话，不知道是谁说的。如果是无心之语，那么这个人洞悉人性；如果是有感而发，那也许我不是唯一一个流浪在地球上的……人。"

在那一瞬间，他大概想告诉我他是什么人了，但他最后还是没说，不知道是不愿意说，还是觉得即使说了，我也听不懂。

但他的语气中那浓重的孤独与哀伤，让我一时说不出话来，最后我想到了一个安慰他的理由，希望能帮他振作起来。

"在我看过的历史里，不管野史还是正史，其中都有测字师的传说。几乎历朝历代都有。国外的虽然不知道，但我想没准儿也有。这说明你很可能不是孤独的，你的……同胞也许也在这里。"

他淡淡地笑了笑，回应了我的好意："但愿吧，很多传说和记载，本身就是我自己。我确实希望哪怕有一个同伴在这里。你可能不知道，我的家乡并不是一个好地方，跟这里比起来，自然环境恶劣得多。人与人之间也不愿意交往，都害怕别人看透自己的性格，更害怕别人预测自己的未来。可现在，在这个让人觉得无比安全的星球上，我却无比渴望有一个自己的同伴。"

我愣了一下："别人帮你预测未来不好吗？为何要这么害怕呢？"

他也愣了一下，随即想起我们踊跃的算命行为，忍不住摇头苦笑："别人如果预测了你的未来，那么你为什么而活呢？为了希望，还是为了别人告诉的你的未来？你又怎么知道他没有说谎呢？"

这个问题我真的没有想过，我一直想当然地认为，所有人都希望拥有预测未来的能力，但从没想过会有人惧怕知道未来。然后我明白了，觉得自己很蠢。如果我的未来被别人知道了，那么这个人就能完全掌控我，他能知晓我的过去，预测我的行为，他想让我死，我就没有机会活下去。这确实是极为可怕的事。

但是，我才想到一个一直被忽略了的问题，这是一个隐藏极深的漏洞。

我看着他，认真地说："你们既然拥有看到别人本体程序的能力，那么一定也能看到自己的程序。你们是如何避免看到自己的未来的呢？"

这个问题很关键，我以为我会得到一个非常复杂的解释，但想不到原因简单到让我想给自己两个耳光。

"递归陷阱。自己是不能测算自己的程序的，程序对自身的调用，会引发递归陷阱，会把我们活活累死。我们的身体本身有保护机制，能隔断这种行为。但极少数得病的人，有可能会丧失掉这种保护机制。这种病在我的家乡就是绝症，任何医生都没有办法，只能眼睁睁地看着病人在极度疲劳中死去。"

我想到了那种惨景，一个人外表毫无伤痕，身体的所有器官却都在拼命地向大脑提供养分，保障大脑疯狂地运算着递归程序，指数级扩大的运算量，

让大脑不堪重负，哪怕人已经累得昏死过去，大脑的运算依然无法停止，直到耗尽生命。

我不由自主地打了个寒战。他的脸色则更沉重，我明白，这种情况不会发生在我身上，对他却是真实的威胁。

这时一个女孩走过来，站在摊儿前，等着我结束，想要照顾他的生意。我虽然舍不得，但也没有理由赖着不走。

"明年，你会在哪里？我想去找你。"

他无比清澈的眼神一瞬间充满了迷茫，半天才说："不知道，我是真的不知道。我无法在一个地方待得太久，你知道，总会有人觉得不对劲儿的。中国人讲究缘分，如果我们有缘，也许就能再见。见不到也不用太当回事，提前知道什么事，未必就是好事。何况那也不一定准确，没准儿还会误导了你呢。"

女孩在旁边见我俩说得一本正经的，认定了我是托儿，撇撇嘴，笑了笑。

我站起来，交了钱，但没急着走，虽然我不能再算了，但我还有机会旁观一次别人的愚蠢表现。

女孩提笔写了个"贼"字："我男朋友出轨了，看看是不是真的。"

我愣住了，没想到我碰上极少数人了，没有浪费机会去验证准不准，而是直奔主题。

他也冲我笑了笑，带着点善意的嘲讽，然后认真地看字。

"你写的字，非你本人的部分可能不准啊。贼字左面为贝，主钱财，你男友和你的矛盾，应该是因为钱。贼字右边有戎字，那个女孩应该是个少数民族的女孩，戎字有戈字在侧，那女孩应与军人有关。"

女孩咬着嘴唇，惊讶地看着他。这时一个高大的男人飞快地跑过来，拉起女孩就走，女孩没忘了扔下一张大钞。

两人走出很远，我还能听见男人在解释："我和张柔是高中同桌，你不是着急想买房子吗，我才跟她借了点钱，这样咱俩就能凑上首付了。你别瞎想，人家是高中校花，现在文工团里追她的男生排大队，能有我什么事啊！"

他在收摊儿了，收拾得很利索，能看出来，他明天不会在这里出摊儿了。

如他所说，他得一直流浪。

在夕阳下，他走得快要看不见了，我脑子里忽然冒出一个念头，让我浑身发冷。我转身向他追去，等我追到小镇停车场时，他已经上了一辆晚班的长途大巴车，正在徐徐开出停车场。

我在别人惊诧的目光中拼命奔跑，像疯子一样追着大巴车。他看见我了，打开了他侧面的车窗。

我冲他大吼："自由意志呢？我们的自由意志呢？"

他脸上露出微笑，像是个耍弄了孩子的大人一样，见到孩子终于意识到被耍时，露出的那种笑容。

"那东西，你相信有就有吧。"

我这一生

菊 储

我不应该这么恨娘的，毕竟我从未见过爹。我不清楚我到底有没有原谅娘，直到最后"柳条手"吃掉我的大脑时，我也没真的想清楚。

小时候听娘说，爹不仅是个庄稼汉，他还干过一揽子了不得的事。我三番五次追问，娘都保持沉默。对我而言，村民们的风言风语已经将爹这个人描摹出了大致轮廓。"叛徒""走狗""新时代汉奸"，这种词是我最经常从大人嘴里捕捉到的，在我明白它们的含义后，当大人们又聚在村头巷尾谝闲传时，我不敢再昂首阔步地凑近偷听，而是灰溜溜地埋头逃离他们的议论，像条偷粮被逮住的耗子。我脚步轻抬轻放，就怕有人注意到我这个"叛徒""走狗""新时代汉奸"的儿子。

娘喜欢傍晚立在村头田埂上，视线越过安全区的村落和缓冲区的市镇，看向海市蜃楼般的敌城，等待着某个不归之人的归来。娘不说我也知道她在等那个叛徒。她的目光就像两股麻绳，牢牢绑在敌城的所有高楼上，每次太阳落山，当娘转身时，我仿佛都能看到她拽着那两股恋恋不舍的麻绳扭过头，拧紧了再系在心头，牵回屋中。

在我的回忆中，无数个傍晚都是这样度过，直到黄土路上走来一个挑着剃头担子的理发匠，他掮着两大箱理发用具来到我娘面前，要了一碗温水解渴和一碗凉水淋头，他叫孙水波，从敌城城脚的缓冲区穿越来的，干着走到哪儿就给哪儿的人剃头的营生。后来听说他不是第一次来，隔几年都会路过一次，大家都不喜欢他，他和机器走得太近，但都知道他是从缓冲区来的，也不好恶言相向。

他拿出一枚纽扣电池，殷勤地塞到我手里，这种电子玩意儿在我们安全区很稀有，小孩子都爱收集。我不客气地揣进兜里，一抹笑爬上孙水波黧黑的脸，他亲昵地拍了下我的屁股，声响嘹亮。

下一次我再听到他拍人屁股的声音时，是在他和我娘独处的耳房内，就是我娘偷人的那天。

娘算是天真的，她没料到如果她自己不把爹的事告诉我，就会有人以更残忍的方式告诉我，特别是当这些人跟我一样是小屁孩时。

那天是秋收，人误地一时，地误人一年。大人们都在打谷场出活，我在一旁玩耍。场地皮上铺满麦畦里割来的麦子,在毒辣日头的烘烤下,麦香四溢,一头壮牛嘴咬铁嚼子,悠哉地拖着一柱大碌碡,从麦穗上轧过去,噼里啪啦地碾出一颗颗麦粒,我踏在缓慢滚动的碌碡上,玩着平衡的游戏。

旅居此地许久的孙水波不知从哪搞来一台轰鸣抽搐的机器,搬到场上,吸引了一堆人围观。他向众人推销说这是从缓冲区市镇那边淘来的脱粒机,吃的是柴油,使的是油力,比畜力猛上好几倍。

众人一看这家伙事儿是个机器,纷纷避之不及,看向孙水波和脱粒机的眼神,就如同看着一对孪生的怪物。我发现那吃柴油的家伙,也吃麦子,孙水波把一捆捆的麦子喂到它嘴里后,它抽搐得更兴奋了,另一头的屁股呼哧呼哧地屙出麦粒。孙水波扯开麻袋盛接它恩赐的排泄物,笑着看向众人,可依旧无法平息众怒,有人要上前赶他,甚至有人要去揍他。

我拧过身,壮牛已经把我拉到了晒场的尽头,一群小孩正凑在树荫下叽里咕噜聊着,领头的是住我斜对门的王马。他们在那儿比谁爹本事大,我默默低下了头,盯着碌碡上的石纹,试图从那上面找到点乐趣。

"我爹一天能收两亩地,咱村第一!"

"这算啥,我爹扛着猎枪一个子儿能中两只大雁!"

"你呢?王马,你还没说呢。"

我斜瞄了那儿一眼,王马尴尬得不知所措,我知道他家有个好吃懒做的爹,摆不上台面,拿不出手,天天靠人接济吃公粮。

"咱都知道他爹啥人,别问了。谁爹最厉害还不知道,但谁爹最差劲倒是清楚啦!"

王马绞扭着双手,领头的地位更加放大了他这份尴尬。他四下顾盼起来,似乎周遭有他的救命稻草。王马的目光最后停在我身上,他眼里那份慌张逐渐变成了镇定,最后演化成洋洋自得。

"我爹才不是最差劲的,他爹才最差劲!"王马领着一帮孩子跑来围住我,我试图跳下碌碡突破他们的包围,但他们用手臂圈成一道牢笼,将我困死在滚动的碌碡上,无从着地。

"罗麦的爹是个叛徒,投敌的叛徒!他爹引来了怪物,还害残了我爹,我

爹一天到晚躺家里,营务不起庄稼行,就是他爹给造的!"这帮小孩听毕王马的控诉后,纷纷交头接耳,七嘴八舌地讨论,最后像是得到了一致的答案,齐刷刷盯向我。我看到他们那愚蠢无知的面孔上,也挂满了对我的控诉。

一群蠢货。王马他爹不过是手上有旧伤,腰脚还壮实得很,在田里挑个大粪完全没问题,而他却凭着一顶工伤的帽子,厚脸皮地吃起了公家饭。至于他爹的伤到底谁害的,我不清楚,我只听村里一些老资历们提到过,是被一辆着魔的收割机给撞了,而让它附魔的人就是我爹。不过我没亲眼看见,那我就不会买他那一面之词。

后来我重新审视过我当时的这种心态,其实那是一种盲目无助的笃定。在风言风语中,我爹是个恶魔,他给这座安全区的小村庄带来的创伤,不仅仅是王马他爹手上那虚假的残疾,还有无数其他人身心上那切实的疼痛。但我还是愿意相信那个"叛徒",因为除此之外,我别无选择。

我的漫不经心,或者说是出神的脸色,在那帮孩子眼里,仿佛被理解成一种嚣张。

王马开始撑上来朝我动手动脚,其他帮凶们则诈唬着起势,王马有力的臂膀缠住我的脖颈,硬生生想把我从碌碡上拖下来,他嘴里洒出些难听的话语。就这样,他们通过羞辱一个我从未见过的人来羞辱我。

我不能摔下去,如果摔下去我就输了,我就承认了他们的控诉,我就吞下了这一条条罪行,我就背叛了那个"叛徒"。我不知道那刻我怎么把这两者联系上的,似乎牢牢立在碌碡上这件事成了某种需要捍卫的象征,某种我无法言明的象征。

我屈腰挣脱王马的手,上半身抡一个大圆,摆开了他的纠缠。王马却来了个趔趄,脚底一滑,整个人横趴在碌碡前方的脚地上,碌碡慢慢地滚动着,慢得恰到好处,再慢点王马可能就从地上爬起来了;再慢点,也许我后来就不会接过我爹的衣钵,也当上一名"叛徒"了。

就这样严丝合缝地,大圆石柱般的碌碡慢慢地轧上了王马的双腿,像碾麦粒一样慢慢地碾过去,麦穗爆粒般的脆响从碌碡底下慢慢地传出,他的腿骨裂了。整个世界似乎都变慢了,与这碌碡的滚速同步着,树上的鸟叫虫鸣也慢了,然后是王马的惨叫,滚动的碌碡将这惨叫声从他体内慢慢地挤出来,像从他躯体里挤出一种长条的果实,疼痛的果实。那应该是一种慢得致命的痛,那时我脑子里只有这个想法。

很快,这种致命的痛变成了恶臭的痛。那头拉碌碡的壮牛甩着尾巴屙上了屎,腥臭的牛屎飞溅八方,有一大半都劈头盖脸地洒在了王马身上,他的惨叫开始有了味道,臭味。比起惊恐和担忧,他的帮凶们似乎更厌恶这恶臭,他们捂着鼻子退避开来,不管王马。我也是,牛屎驱散了我的惶恐,我忽然觉得眼前的画面很好笑,有种血腥的幽默。于是我笑了起来,先是哼笑,然后大笑,最后是狂笑。

我在自我陶醉的笑声中,被人狠狠地摔在了地上。我晕乎乎地看见有个膀大腰圆的农妇一只手抬起了碌碡,另一只手忙将王马拽了出来。我认出那是王马他娘,由于有个"残废"丈夫,地里的活都是她在操磨,一人能顶俩人用,比男的还壮,村民们都管这悍妇叫"彪娘子"。

彪娘子救出她儿子后,立刻朝我冲来,一巴掌揪住我衣领将我提到半空,她气急败坏,说:"混账羔子,你压坏了我儿子的腿!我要你拿命抵!真是坏种生坏种,一代比一代坏,今天我就为民除害了!"她像提着一把麦子似的,把我提向孙水波带来的那台正在轰鸣的脱粒机,我似乎预知了她的想法,她打算把我像麦捆一样喂给这台怪物,然后我会变成一摞血红的麦粒从它屁股里屙出来。

罗麦呀罗麦,你今天终于要变成一摞麦了。好笑。

我徒劳地挣扎,四周稠稠地挤上一圈看戏的大人,无人上前阻止,我觉得他们不是不敢,而是真的也想除掉我,因为在他们指指点点的议论中,都是在批判着我刚才那副癫狂大笑的面孔:轧惨了人还敢笑,小小年纪就有恶魔的秉性,估摸从他爹身上遗传的,该除该除。

真行,一帮大人批判一个小孩。我笑只是因为我觉得好笑。而且轧她儿子的是那大碌碡,又不是我,虽然我也站在那上面,但我的重量可有可无,就算我没在上面,王马的腿也得遭殃。她应该找那头勤恳的老牛算账去。我不想被怪物生吞,只顾着在半空挣扎,所以一时没来得及辩解。话又说回来

了，辩解也没用，他们只想除掉我，除掉一个孩子，一个爱笑的小屁孩。

脱粒机狰狞的大口出现在我的下方，我在那大口中还看到了锋利的刃影翻腾出的寒光，我打了个寒战，有点冷，我还想挣扎一下，可我的腰腹酸痛难耐，早已力竭，这时我才有点后悔在农力预备役的健体课上没好好锻炼腹肌。显然，我还没意识到我就要死了，我只是觉得这一切有点好笑，那些冷漠的大人煞有介事地指责着我，一个个都把我当回事，挺好笑的。

我背后的衣领一松，彪娘子放开了我，大地朝我袭来，怪物抽搐的大口也朝我咬来。在那瞬间，我牢牢记住了大人们的脸，他们的叱责中有一种置身事外的幸福，我想起了我很喜欢下雨天，因为每当我置身雨外，在温暖的屋里，看着屋外淋雨的路人，就会有一种暖心的幸福感，因为我没被雨淋到，所以幼稚的我时常想，幸福可能来自反差。我坠落的刹那，这种反差到达了顶点，他们的幸福也攀上了高潮。

怪物先是吞下我的双脚，紧撑着又吞下剩余的我。我没有感到疼痛，黢黑的大口含着我反而还有种安全感，它挡住了大人们炙热的目光。我那时候想也许死亡并不需要经历痛苦吧，反而还会给人一种踏实感，像回到了母亲的襁褓中。

是的，我自作多情了。我只是单纯地没有死，在我坠落的那一刻，怪物停止抽搐，脱粒机静止不动了，像死掉一样。是孙水波救了我？我从怪物口中探出脑袋，不对，他立在老远，一脸古怪的笑。所以是这怪物自己救了我？也许，我太难吃了？想到这儿我甚至有点愤怒，连这台怪物也歧视我，连死亡也歧视我，我狠狠地拍了下它的铁皮。

"这小孩……这小孩是和这机器一伙的！跟他爹那时一样，我还记得……他爹也是和吓人的机器打成一片，这孩子果然是个跟他爹一样的叛徒！"群众中有人率先喊话，打破沉寂。

人群开始退散，他们很害怕，我看出来了，悍勇如彪娘子也面露怯意，连连倒退，那俩象腿抖得跟筛糠似的。退，继续给我退，最好绊脚摔个狗吃屎。现在你们知道怕了吧。我接受了这个我曾经一直逃避的身份，此刻只有它才能护佑我。

"叫部队,快去叫缓冲区市镇的清敌部队来!咱这儿又出了个投敌的叛徒,赶紧的!都忘了当年那个叛徒在物资交流会上害死多少人了?快去!"人群中一个干瘪老汉跑得比谁都快,嗓门儿比谁都高。他是我们的村长。彪娘子也抱起王马,风驰电掣地冲出人群。

滚吧,统统给我滚。多谢你了,爹,你也算是后继有人了,你让我也变成个叛徒,一个爱笑的小叛徒。我躲在脱粒机的大口里,和一垛垛麦子相挤着。退潮的群众中,孙水波逆流而上,他朝我奔来,我以为他要跑来启动这台怪物,这时我才惊出一头冷汗,忙不迭地翻出铁口,往人群奔跑的反方向逃窜,像只过街老鼠。

孙水波没有止步,而是在我身后穷追不舍。我七拐八弯,在土巷中横穿竖行,我知道许多不为人知的密道和豁口,在逃窜上村内没有哪只老鼠比我还精,如果我真是只过街老鼠,那我肯定是只最敏捷的老鼠。

我很快就甩掉了他,可我没有停下,我在驰骋中获得了前所未有的快感。我愣是跑到了村外的坡坻上,然后立在土坡边上气不接下气地眺望着,我看到了我们那个小小的破村,还有其他村,一大片绮丽的农田,齐头向左右两边的极远处伸展,环抱住了中心的缓冲区建筑,缓冲区再过去便是海市蜃楼般的敌城。我听村里老人说那里曾是我们先辈的地盘,但现在都被骇人残酷的机器占领了。

爹,你是不是在那儿?成了只骇人的机器,那种传言中杀人如麻的机器?如果是的话,能不能来杀掉那些欺负我的人?我可以付柴油给你,电池也行,听老人说机器就吃这俩玩意儿。

"你那时候真的打算杀死所有人?"

"怎么说呢,不能说是打算,只能说是种冲动吧。你知道的,就是那种在集会上撞见个娇美的姑娘,你很想冲上去吻她那对红唇,但又碍于人多眼杂和风俗传统,只得作罢。"我向对面那个声音解释,"只有单纯的冲动,没有扎实的打算。"

"明白。不好意思打断你了,个体的每轮记忆回溯都需要问询介入,这是

我们的例行程序。请继续。"

"好。"

缓冲区没有派部队来,他们听说投敌者是一小屁孩,立刻挂掉了步话机,只回复说:"这简直是胡闹。"要我来看,缓冲区那些人比我们安全区这些土炮们聪明上百倍,和敌城打仗的人果然不一样,我们这些供粮的种庄稼在行,却不怎么会思考,哪像他们缓冲区的人,一口一个什么什么主义和什么什么悖论的。

遭受冷遇后,村民们也逐渐重获思考能力,似乎突然发现我不过就是一个黄口小儿,哪是啥恶魔啊、叛徒的。不过大家都心有余悸,现在无论我走到哪儿,他们都纷纷避让,我从过街老鼠摇身一变成了过街老虎。

彪娘子虽然恨不能把我生吞活剥了,但她也一样怵我,依旧认为我是继承了我爹遗志的叛徒和恶魔。而大家之中,除我娘以外,不怕我的就只有孙水波了。他几次想接近我,都被我躲过去了。他不怕我,我倒怕他,他可是缓冲区来的人,万一他还是清敌部队里的眼线呢,经历了那次"机口脱险"后,我可不想被他盯上。

为了尽量和他保持距离,我得提前知道他在哪儿,有几次难免跟踪起了他。孙水波喜欢混迹在小孩之中,小孩也爱凑在他身边。我经常看到他赶着驴车,载着几个黑漆漆的大铁箱,一堆小孩簇拥在两旁。小孩问他载着这些铁玩意儿去哪儿,孙水波都会微微一笑,说:"搭鸽舍去。"

除了总说些不着边际的话,他还做些莫名其妙的事。有回一小孩缠着要让他折只纸青蛙,他硬是捏了只四不像,长着狮首、羊身和蛇尾,张牙舞爪的,直接给那小孩吓哭了。他却嘿嘿怪笑,说这叫"奇美拉",是什么西方古希腊神话里的嵌合体动物。果然缓冲区来的人就喜欢咬文嚼字,爱搞些繁文缛节的鬼把戏。我感觉这是个云山雾罩的人,也就不再注意他了。

被人们忌惮有一个莫大的好处,就是我再也不用老老实实地参加农力预备役的庄稼课了,我想走人就随时走人,大摇大摆地晃出讲舍,天冷时躺在打谷场里晒太阳,盯着流云发愣,消磨掉大半天;天热了就蹚到小溪里,用脚片子抓青蛳吃。

那回我专门脱下亚麻衫，当作布袋，抓了满满一大袋青蛳准备回去煮给娘吃，打算多套点关于爹的故事。之前娘得知打谷场风波后，我问她村长说的爹和机器打成一片是怎么回事，娘只说了爹不过是和机器走得近了些，就再也不说啥了。我也追问过王马他爹跟那辆传说中着魔的收割机是咋回事，是爹附的魔吗，爹是不是有驯服机器的本事。娘又苦笑又摇头，说："那只是故事的一半。"

在娘陷入沉默之后，我蓦然想起了那台救我一命的脱粒机。不是第一次想到了，那段时间这台救命恩人没来由地在我脑中浮现了许多次。每次出现都在将一种道不明的可能性描摹得更具象。娘看我出神，于是翻出她视若珍宝的梳妆盒，东扒拉西扒拉，才拣出一块冰凉玩意儿塞到我手里，告诉我这是早年爹留给她的，现在送给我，作为我刨根问底的奖赏。

那冰玩意儿像个金属纽扣，只不过面上跳腾着数字，我欣喜地发现这是枚电子表，它记录着年月和时间。虽然我翻来覆去地端详，但已经对上面的时间没啥印象了。这玩意儿虽然带电，但人畜无害，小孩最爱这种稀罕玩意儿。我收起娘的贿赂，识相地不再追问。

我赶在天还没擦黑前，光着上身，抱着还在滴水的布袋跑回了家门口。我快走到院畔时，忽然看到一小撮人正鬼鬼祟祟地凑在院门口，朝内张望，说说笑笑，他们看到我时，一张张脸都挂上幸灾乐祸的表情。人群分开了条小道，把我让了进去，我看到了靠在院墙边的彪娘子，她显然是最亢奋的好事者，一旁立着腿上套了石膏模子的她儿子王马。

我家主屋的耳房内有两具被烛光映在窗纸上的剪影，他们的两节身子重叠在一起，蠕动着，像两条缠绵的菜虫。一声清脆的拍击声传出，较粗的那道影子拍了下较细的那道影子的屁股，这个动作我很熟悉，孙水波喜欢这样拍人。

我怔愣在原地，双手无力下垂，怀里的青蛳撒落一地，我仿佛看见那喁喁低吟变成一把锐利的剪刀，一下就剪断了绑在娘和敌城之间的那股麻绳，那股爹娘之间的麻绳。

"真是寡妇门前是非多,没几手庄稼行本事,偷人的本事倒是有一手,丈夫才没几年哩,就找了个姘头,还是个缓冲区来的姘头,真有本事!怪不得这孙水波来咱这小破地方一待就待上这么久,不是恋咱这地方,是恋咱这小寡妇哟!"彪娘子捂着嘴咯咯怪笑,真丑。

而我眼前那两节扭曲交叠的影子更丑。

我不知所措地张望,那是我最无助的时刻,不知道该往前走,还是往后退,仿佛前后两头都盘踞着两只大怪物,而我被夹击在中间。那时候我挺小的,个头儿矮,所以在我的印象中,我离地面无比地近,就像棵荒地里拔出来的小野草,周围的地上也有几簇我的同伴,它们在风中飘摇,似乎比我还高不少。

大多数时候我并不是一个孬头,从小我就颇具骨气,毕竟没爹照护,要没个咬钉嚼铁的能耐,我是不可能撑到现在的。但我还是选择了后退,想退到个无人的角落。我看到那彪娘子还在背对着我跟众人说些刻薄讥讽的话,越说越激动,王马则是故意挡着我,不让我走。

我扬起一脚恶狠狠地踢踏了下他腿上的石膏套子,王马的惨叫吸引了他娘的注意,我瞅准时机又用我的铁头朝彪娘子的尻腚撞下去。这对母子转瞬成了一对难兄难弟,互相搀扶着哀嚎连连。我挤入人海,拨开人浪,开凿着逃生缝隙。可人越聚越多,我几乎就要被淹没了,更令我难以忍受的是他们身上的臭味,除了那黏稠的汗臭,还有他们作为恶人从骨子里散出来的臭。也可能是有人放屁了,反正我出不去了。

就是这个时候,几阵通透的电铃声从远处响起,更多的这种声音从四面八方加入进来,汇成刺耳的一大片,响彻上空,就像有一个无形的大铁锅盖罩住了整个村庄,然后有只无形的巨掌不断在敲击锅盖。

所有人都茫然地东张西望,不再互相拥挤,我得以撑开点空隙,猛地钻出这团全是酸人肉做的垃圾堆。我辨出了这声嗡铃,它来自我家,也来自王马家,来自街坊四邻的家,来自村里所有人的家。

这是步话机的声音,它来自所有人家里的步话机。步话机是村里每家每户唯一拥有的带电机器,平时只在紧急情况下作通信用。此前各家还留着手电筒，后来王村长在揿开关时被电咬了一下，气得跳脚，于是让全村人都砸烂手电筒，从此禁用。此刻，它们齐齐叫嚣着醒来，街坊里有人率先发出丢魂般的嘶喊："步话机疯了，着魔了！那头没人说话，它就在那一直叫唤，挂都挂不掉，疯了，着魔了！机器着魔了！当初我就说连步话机都要给揿了，你们没人听！"

村民们惊恐万分，谁见过这光景啊，家里唯一的机器活了过来，用电铃声勾走了他们的魂。有那些敢的，哆哆嗦嗦抄着棍棒往家赶，要去敲烂那叫嚣的魔鬼；那些不敢的，仓皇失措地就要往村外躲。

我后来回想起来，可能大家对这群步话机的复活过于夸张地害怕，才迟迟没注意到那天边真正的威胁。我是第一个注意到的，那时我无家可回。

最初，那是一轮在夜晚中重新升起的旭日，光辉灿烂，只是时间不对，方位也不对。这轮旭日是在刚入夜的这刻，从敌城的尖塔间露头的。它也不是往天穹上升去，而是往我们这儿奔来。

红橙色的辉粉涂满村里所有的屋顶，远处却依旧灰暗。这是一轮只为我们升起的旭日。

旭日裂开了。我不知道是在哪个瞬间，那一整轮结实的旭日不再是一体，而成了无数颗更小的光斑。我也不知道是在哪个瞬间，才忽然意识到，它原本就不是一体的，它从最初就分裂开了。一直以来就是它们，而不是它。起初没发现是因为它们太远了，光斑晕成一体，不知不觉才发现是因为它们太快了，几乎是一个呼吸之后便到我眼前。

实在太快了，我没见过什么鸟能在天上飞这么快，鹰隼都不行。也许它们是着火了的鹰隼，感到太烫了才能飞这么快吧。我惊愕在原地，恍惚地凝视着近在咫尺的光耀，浮想联翩，跟我逃课跑去打谷场躺着望天时一样。直到四周传来凄厉的惨叫，才打断我不合时宜的遐思。

我转头才发现，村庄已经变成了火海，旭日们陆续降落在各家各户的屋中。它们动作笔直、干脆、暴力，毫无美感；它们又很精准，每颗都砸向房屋；它们也很公平，没有一间屋子被遗漏。

在塌墙烂房中，我见到它们从火壳里诞生，舒展银光身躯，它们的动作

让我想起了村里每逢有人做红白喜事时，村民们在宴桌前解开裤腰带，下决心准备饱食一顿、吃穷主人的样子。它们伸出十几只柳枝般柔软的触手，优雅地拂动村民的脸，村民们却不是那种被河边垂柳拂脸时惬意的神情，而是面孔狰狞地扭曲，五官痛苦地聚合。

我看到了，那些柳条钻进村民们的脑袋，敲骨吸髓，好不美味。血液和脑浆四溅，它们银色的皮肤更亮了，像吃人的狼身上那张银光锃亮的皮毛。我闻到了漫溢的铁腥味，那是人血的味道。

我那刻想起机器是铁做的，人血是铁味的，难怪机器们要吃我们的肉，喝我们的血。也许它们就是由我们做成的。

那时候我还不知道它们吃的并不是我们的血肉，而是我们的记忆与情感，我们的罪恶与邪念。是到后来，孙水波才告诉我这是它们赖以生存的食物，我们的恶。

幸存的村民们在街上争相逃窜，所有人都忘了我那偷人的娘，忘了集体疯魔的步话机，忘了我这个叛徒的儿子，还忘了各自的家人，只记得自己那条臭汗淋漓的命，都想让它再多发臭个几年。

柳条手们在我的四面八方大快朵颐，到处是头骨被凿穿的咯咯声，我忽然有点想吐，就是在这时，我才想起了娘，娘不知道是不是还活着。家的方向是一片血红，火信子爬满房屋，吐纳、抽动，遮住了所有我熟悉的景象。

我努力地想去回忆娘的面貌，却惊恐地发现我无论如何也记不起娘的样子，她嘴角和额头的褶皱，我全都记不起来了，脑子里只有面前这团烈火。烧，烧吧，继续烧吧。我再次努力去想，脑子里的这团火却扭动地凑成两节重叠的身影，猎猎作响的火信子颤动地叫成了娘的嗫嚅声。

烧吧。

可我不该这么恨娘的，毕竟我从未见过我爹。娘只是背叛了一个叛徒，一个我心中虚无的幻影。

我没有随众逃离，而是扎根在原地，死盯着吞没了我家那条街的烈火，我想看到那团火将那两节重叠的身影烧成灰渣，我想看到柳条手们撩开后槽牙去享用那两节身影。只是吃掉我娘的影子就行，毕竟我只看到了影子，我没亲眼看到娘她人，所以千万不要吃掉我娘，吃掉她的影子就行。

求你们了。

我很虔诚地祈求着火焰和柳条手们，根本没发觉自己已经哭得清涕涟涟，是后来嘴角尝到咸味才知道的。

背后忽然爆起一声步话机电铃，那是从离我最近的房屋残垣里传出的，像是专门在叫我。我朝那儿走近，刚离开原地一会儿，一只柳条手就带着高温从天而降，砸在我刚才伫立的地上。

这是为我而升起的那颗旭日。轮到我了。

我拔腿疯跑起来，此刻我才渐渐恢复了应该有的认知，这是传闻中敌城的来袭。村里老人绘声绘色地提过好几次，敌城的恶魔机器们每隔一段时间就会袭击安全区的村落，也许隔上1年，或是5年，或是15年，谁都说不准，谁也不知道它们什么时候肚子饿了。就像谁也不知道会是在今天。

这一刻，我第一次近距离端详了死亡的面貌，它不是回归襁褓的温暖，而是村民们脸上那万分扭曲变形的痛苦。

在我即将跑到那道电铃的发声处时，它闭嘴了。几乎是同时，另一道电铃声在我右前方响起，我立刻再度跑向那边。那颗属于我的旭日正势如破竹地向我奔来，它数只柳条上的口器发出窸窸窣窣的咀嚼声，那是一种我无法想象、从来不会出现在自然世界中的声音。它那柳条手还是柳条脚，不仅用来钻脑吸髓，还能当腕足在地上飞驰。

我不敢再回头了，只是一个劲儿地疯跑，快跑到一个地方时，这个地方的电铃就会停下，然后另一处再响起。就这样，步话机的电铃轮番奏响，从村头到巷尾，从主街到甬道，它指引着我逃脱柳条手的追捕。我不再是村里最敏捷的老鼠了，这声东躲西藏的电铃才是。

这场逃窜似乎像一场世纪之久的旅行，不知道目的地，奔行在未知中，只知道停下脚步就会被死亡追上。这场旅行中，我见到了不少东西，也明白了不少事情。

旅经北街时，我看到王马的尸体蜷缩在角落，双手扶着腿上的石膏，他死之前应该在努力地试图藏匿，并且还专门护着那条伤腿，但无济于事，他

脑袋上的天灵盖还是被大口剥开了，脑子被搅成了血泥白浆的混合物，从头骨里淌出，他就像一个倒地碎了封盖的咸菜缸子，内容物不断泄出。不像当初在打谷场上，他娘彪娘子现在管不了他了，因为她自己也危在旦夕。

我看到王马他爹挥舞着害了旧伤的那条胳膊，孔武有力地搡开人群，掰走一个个村民，逃在第一个，他忘了自己的老婆和孩子。

我还看到彪娘子箍抱起干瘪精瘦的村长老汉，平时村长那古板的死鱼眼里此刻满是男人的娇羞，彪娘子拿着一双不合时宜的媚眼与村长对视，她的眼神里则满是女人的勇敢。我还太小，不懂那对视里的东西算不算是爱情，反正他俩那样子，我只在村里壮汉抱起新娘急入洞房时才能看到。嗯，嫉"偷人"如仇的彪娘子，也在偷人，偷的还是村长。

我看见好多丑陋的东西，死亡将这些人和事都扭曲了。

我跑着、哭着，电铃继续响着、指引着。我要逃离这些扭曲的事物，我要逃离背后的死亡。它也要来扭曲、撕碎、吞食掉我。其实我不知道我为什么要哭，我早就习惯了逃离，逃离大人们的指摘和议论，逃离同龄孩子们的欺侮，在街头巷尾逃，也在我的心里逃。

我在心里搭了个圆形迷宫，以前有一些玩伴的时候，我和他们都在同一圈，我和他们亲昵地玩耍交心，当他们知道我是叛徒的儿子然后取笑我时，我就在这个圆形迷宫里往更靠内的一圈逃跑，把玩伴们留在外面那圈，这样与他们的嘲笑和嘴脸都隔着一堵墙，我也就不再在乎他们了。有些时候，更内层的圈子里也有少数的几个朋友，但撑不了多久，我就又要继续往更里面的圈子逃。直到今天，我逃到了一个只有我和我娘的圈子，我本以为我不用再往里面逃了，娘始终都不会伤害我，我可以永远和她待在这一层。可此时此刻，我还是正在往更里面的一圈逃，我知道那一圈里就只有我了，不会再有别人了。

不会再有别人了。我不自主地握住口袋里爹留给娘的那枚电子表，继续奔窜着追寻那电铃声。我记起那天娘把它塞给我的场面，原来那个时候娘就把爹塞给我了，由我独自保管这个"叛徒"，她不要了。

我翻过几堵墙洞，跨过几条阴沟，电铃还在继续响着，把我往未知的地方领，在我内心反刍已久的那个可能性忽然浮上来，我感到一种福至心灵的神迹。

电铃、步话机、脱粒机……

你一直都在救我……

是你吗？那个叛徒？爹？

我想起村里其他小孩被他们的爹带去山坡放风筝的场景，他们追逐，他们做游戏。我扯着风筝拖在地上，我太矮了，根本扬不起手中的风筝，别人玩着天上的风筝，我玩着地上的风筝。我拖着它亢奋地奔跑，希望它能突然腾空跃起，希望你能突然从某个角落里出现，你会一把抓住风筝，大跨步朝前迈着，一手再抱起我，然后把风筝递给我，由我扬抛出去。我们的风筝会飞得比谁的都高，你和我会跑得比谁都快。但你没有出现。我的风筝在地上被裹成一团烂泥。

所以，爹，你现在是在跟我玩游戏吗？你才是村里那只最敏捷的老鼠对吧？我只不过是遗传了你。

电铃声戛然而止，周遭安静到了极点，身后的柳条手也不见了，我才发现自己已经在村外最远的地方了，这里我平时几乎不来。我等着电铃声再次响起，1秒、2秒、3秒……我数了1分钟，一切照旧，安静得吓人，只有远方的村落里还在发出揪心的嘶喊声。

我忽然看见不远处有一个巨大的窑洞，外墙边上涂着几个年岁已久的红色大字：农机所。我提着胆走进去，看到了那台救过我一命的脱粒机，在窑洞深处，还有一具庞然的轮廓，我摸黑靠近，发现那是一台收割机。我想起了王马他爹和收割机的故事。

我意识到了什么，跑出窑洞，看向远方火光冲天的村子。

爹，就是你对吧，你在哪？你出来，跟我说话！你这叛徒！你是不是跑回去救那些人了？他们值得你去救吗？你忘了你是个叛徒？你应该来和我这个小叛徒待一块儿，隔岸观火才对。

"所以这次你还是没想起来之后发生了什么？"问话插入。

"嗯，我还是记不太清楚，好像是火烧到了村外林子里，把我给熏晕了，又好像我掉头继续往外面跑了。过去很久了，不太记得了。"

"明白。你说你那时看到了无数的村民都死在那场袭击中。"声音顿了下，"你开心吗？"

"我以为我会开心，我也希望我会开心，否则似乎对不起我自己。但打心眼儿里，我有点害怕，可能我还太小了。"

"那些人欺辱你、嘲笑你，你不想他们死吗？也许你只是害怕自己会死，对于他们的死，你还是开心的。"

"他们的死不是我预计的那种死。他们的死太惨了点。"我说，"就像夏天睡觉时在我耳边的蚊蚋，我可以毫不犹豫地一掌拍扁一大群。但如果你要我必须拿着银针，慢慢地挑开它们的外壳，砭它们的神经，看它们徒劳挣扎的模样，那还是算了吧，就让它们接着叮我吧。"

"所以你想要的死还得规定死法？"

"也许吧。"

"明白。继续吧。"

"好。"

那场袭击后来波及了周围所有的村子，我现在能回想起的记忆是从泥巴沱里开始的。当我把脸从泥里抬起时，发现自己倒在一个大泥潭里不知多久了。我头疼欲裂，两边太阳穴像给拿烧火棍贯穿起来似的。

我想不起自己是怎么到这儿的，稀薄的印象中只有些在火林中奔驰的片段。我回头望向那片人间地狱，黑焦黑焦的，连出一大片，我的村子连同其他村落，成了一块庞大的咽气死掉的煤炭。如果这里头还有活物，那绝不会是人。

我周围游荡着难民，从孤男寡女到老幼妇孺都有，但没一个我认识的人。我伸手在裤袋里乱摸索，抓到那块电子表后才安了心。我跟他们一起迈着失魂落魄的步伐，往前颠去。我耳边嗡嗡直响，那是烈日曝晒的声音。

我们像群煤灰捏成的亡魂，从那块大煤炭里被剥离出来，漫无目的地往某个方向飘去。途经人烟处时，那些免遭灾难的村子全都关门闭户，人们躲在窗棂后向外头偷瞄我们，一副闻风丧胆样。我知道他们视我们为应死之人，却侥幸逃过一劫，染着厄运向各处播撒。

没人接纳我们。这一路上，有人饿死、渴死、被晒死；还有人觉得自己早就死了，他们获得了莫大的自由，大肆做着出格的不雅事，他们脱掉衣服，赤裸全身，奔来走去地调戏妇女，抢人财物，疯了似的。这种人经常在我们面前晃荡个几天，之后就悄无声息地消失了，也没有人关心他们怎么了。也许是真死了，也许是想家又往回走了，反正就是没了。

我们找到一处空着的村子，鸠占鹊巢地住了下来。安顿后，大家给村子取了个名，叫新生乡；一段时间后，新生乡的村民们就开垦起田地，搭起屋院，改造起街道小巷来了。我们谁都没提之前的厄难，大家心照不宣，故意要忘掉那些事，让新伤快点风化成旧癜，好继续没心没肺地苟活。在我看来，新生乡应该叫遗忘乡，因为我们的新生是建立在遗忘之上的。

逃难路上我认识了嘎三，他跟我一般大，不知之前是哪个村子的。因为嘎三，我后来才又碰上同样幸存下来的孙水波，并以一种长远的方式，让我再度在新村民中重获了叛徒名号。

我认识嘎三时，他正在河边偷看女孩子洗澡。逃亡路上没爸没妈的孩子很多，没人管护，这些孩子就更肆无忌惮，逃亡在他们看来就是一场大型游戏，我也不例外。这期间，男孩成群结队偷看女孩洗澡，便是这场游戏中的核心环节。

女孩子们知道躲不开我们这些跟癞皮狗一样难缠的孤儿，于是干脆破罐破摔，放宽了心敞开了怀，一心一意地好生洗澡，权当灌木丛中的我们不存在。我们也知晓这份用意，也权当她们不知道我们的存在，一心一意地欣赏禁果的光泽。我们双方达成了一种不害臊的默契。

在这种默契下，我们这些男孩开始得寸进尺地挑起意中之人来，我看上的，那你们就不能看，你看上的，我也不会多看，我们各自情有所属，只看各自喜欢的人洗澡，彼此遵守契约，如果发生了"越轨"行为，甚至会大打出手，捍卫自己的主权和喜欢之人的尊严，尽管提尊严有点好笑，但就是这

样，我们在一种猥亵的行为之中发展出了高尚的气氛。

我看上一个叫秀儿的女孩，我用赤裸裸的目光替她守候了好几天，直到我看到旁边的杂草丛里有颗斑秃脑袋，正直勾勾地盯着秀儿，我心中生起一股愤怒，告诉自己捍卫爱情的时刻到了，然后冲上前去扇了这颗脑袋一大巴掌，告诉他秀儿是我先看上的，他不能看。

他摸着脑袋转了过来，看向我的侧后方，没有直视我，我以为后面有人，也回头看去，发现空空如也后，又拧过头来，他还在盯着我后方看，并且面带怒意。这时候他跟我说他看的不是秀儿，而是秀儿旁边的小珍。几个漫长的呼吸过后，我才意识到他是个斜视，眼珠子有病。幸好我急忙掏出几条小鱼干弥补他，外加好几轮道歉，才浇灭了这斑秃的怒火。

我们不打不相识，他盯着我侧后方的空气，告诉我他叫嗝三爷。他又连带打了3个响嗝儿，边打嗝儿边解释说他爸妈没给他取名，以前的小伙伴都叫他嗝三爷，因为他一紧张就爱打嗝儿，一打还只打3个嗝儿。我忍住了再次扇他脑瓜的冲动，笑骂："别想占我便宜，你最多叫嗝三，那'爷'字是你自个儿加上去的。"

嗝三不怀好意地笑了，又憨又奸地点头承认了。

村子重建时，没有一户大人愿意收下任何一个非亲非故的小孩，就像在其他村子的人眼里他们是麻烦一样，我们这些小孩在他们眼里也是麻烦。有人提出办法，我们小孩各自分组，每组选处空屋，单独作为一户，参与大人的劳作，可以共享些资源，然后多劳多得，少劳少得，不劳不得。

嗝三拉着我组成一户，又不假思索地挑了靠近村子边上的一间屋院。很快我就知道了，屋院的对面就住着他喜欢的小珍，我不仅没有反对，还举双手赞成，因为和小珍搭伙的正是秀儿。她们澡都蹭一块儿洗，住肯定也一块儿哩。

说是各过各的，但实际上我们和秀儿她们那户基本合起来过。大人们说话算话，没欺负我们小孩，分地上没有缺斤少两，该拿多少也拿了多少。但她们小女孩哪能像常人一样出活，撒籽勉强能撒上一遍，像翻土松土、挑粪浇肥这些累点的苦活她们基本就干不了了。我和嗝三就相帮着，但毕竟还是小孩，我们卖命一整天，也比不上那些行家里手的大人。

照大人规定，这半年我们还能吃公家饭，等第一茬儿庄稼收成后，就要各吃各的了，那时候我们这些小孩非得饿死一大批不可。后来我再回想，原来大人们说话算数只是为了等我们饿死后更顺理成章地收割分到我们头上的田地。不算坏了，至少没明抢，还端个体面劲儿。

我和嗝三为了长远打算，一天只吃一小顿饭，把粮食节省起来，留到之后无米下锅的时候再吃。这样造成的后果是很糟的，几个月下来我俩都饿得胀紧了肚皮，全身浮肿，干活有气无力。不仅如此，嗝三还偷偷接济小珍，小珍不喜欢嗝三，但仍然对他的好意照收不误。我没什么好说他的，因为我也在背地里接济秀儿，我俩都心知肚明，只是面上不戳破，谁发现粮缸里的苞米面少了，谁就故作惊态，跟另一个说最近鼠灾闹得可凶，然后我俩便相视一笑。

和嗝三跟小珍不同，我跟秀儿是两情相悦。秀儿早在我偷看她洗澡时就注意到我了，她跟我说我的眼神和其他人的不同，别人眼里多少藏进点淫邪，而我眼神里尽是纯粹的爱慕，就凭这点，我在众淫贼中脱颖而出。原来，再不堪的举止，只要有对比，也会有高低之别啊。

秀儿她们也饿得慌，我们两家看到那些不会未雨绸缪的孩子，个个吃得油光满面、大腹便便的，别提多羡慕了。我们甚至开始质疑自己的策略，可能撑不到补助期结束，我们就得饿死。嗝三是个好吃懒做的娃，干活时就想着偷懒，现在快没饭吃了，他就开始动歪心思，连着好几天摸黑出去干些偷瓜摸枣的事。

那晚我在席面上饿得直打滚儿，从西头翻到东头，再从东头翻回西头，怎么都睡不着。嗝三又摸出去了，迟迟没回来。这些天他"收成"不佳，没捞到什么能填肚的。我掏出藏在身上的电子表，颠来倒去地摩挲着，思绪胡乱地飘来飞去，我那应该不算入睡，而是在缓慢昏厥的过程中。屋外是秀儿和小珍的哀嚎呻吟，她俩这几天都在采拔墙根的野蒿，舂出辛辣刺鼻的绿汁后，再和墙边扒下的观音土混一块捏成团子，蒸熟后硬着头皮吞咽充饥。

如果那个时候嗝三没有大咧咧地破门而入，将我惊醒的话，我可能已经

成一饿殍了。

嗝三推门而入,颠三倒四地晃向角落,一阵毛手毛脚的动静。我发现他已经饿昏了头,用手舀起粮缸里的苞米面,拼命往嘴里塞,一口接一口,呛到了都还闭着嘴,脸涨得紫红,眼珠子都要蹦到缸里去了。我上前遏止,他推开我继续灌食。尚存的一丝理智和体力促使我用双臂箍住他,往门外拽。我一天只吃半顿,饿得脚底没根基,一飘摇,抱着嗝三摔倒在地上。他也不管,顾及的只有嘴里那口粮食,吞下这把后,他才回过劲儿,一个挣脱便从地上打挺儿弹起。

他瞥见我那掉地上的电子表,眼珠溢出精光,跟没事人似的,问我这玩意儿是不是逃亡时候在月牙荡那儿捡的,是不是在荡边的淤泥里发现的。他把地点越说越细,我还在气头上,没回答他,一个劲儿地骂他没远见,要是把存粮吃完了,以后更得挨饿。嗝三也没回我,一个劲儿地继续问我哪儿弄的电子表,最后放话:"这电子表是我的。"

偷东西不过瘾,还想明抢了!嗝三这话令我怒不可遏。我知道他的觊觎之心来自何处,电子表是个诱人玩意儿,村民恐惧任何带电的物件,所以根本没有具体的时间概念,只能日出而作,日落而息,而有了这表,就相当于有了时间。

我瞄了眼表,我已经记不得它跳动的时间了,但总算正常。我把它收回兜里,抓着他的脖颈,拖拽到秀儿她们家院畔外,告诉他这几天她们都在吃土咽草,也没见一回她们忍不住掏吃存粮。嗝三抖开我的擒拿手,气急败坏地连打三个嗝儿,嚷着:"刚才再不吃我就得交代在这儿了!"说完他就要扑向我的衣兜。

我一个躲闪,嗝三摔了个嘴啃泥,头还撞碎了块瓦砾,他急急忙忙地打完三个嗝儿,便在泥地上晕死过去了。就在我要去察看嗝三的情况时,孙水波出现了。他远远地驾着一辆马车驶来,他坐在驾辕的位置上,木板车上盖着一块大油布。我已经不太记得他当时的脸,只记得他用一种新奇的眼神打量我,并让我放心,说地上这人没啥大碍,一时半会儿就醒来了。

孙水波跳下马车,告诉我他大老远就听见动静了。他问我怎么了,我没搭理。我应该是要憎恶他的，但现在回想起来，我心里却毫无波澜。我脑子直发蒙，脚底打飘，刚才那下躲闪将我最后的气力化成冷汗流走了。我乏上叠饿，腿一软便圪蹴到地上了。

昏花的视线里出现了一块花卷馍，我看到孙水波拿着它递到我面前。我二话不说抓起它猛塞到嘴里，一下没嚼，硬生生就给顶下喉咙，压进肚里去。我活像个理直气壮的叫花子。我讨钱有理，又从他那儿要来一个，再度如法炮制地吃下。

孙水波知道了我们的情况，问我愿不愿意用一种一劳永逸的办法，可以让地里的庄稼保障收成，还能产得比那些大人们的多。他把我的沉默当作首肯，然后掀开了马车上的油布，明月映衬下，一堆有棱有角的冷物光华如水。我盯着那堆东西的轮廓有一小会儿，才认出那些都是机器。

我杵在原地，没跑开。那次大灾祸后，别说是个步话机，连个纽扣电池大家都怕得要命。我只能说有时候小孩确实比大人还勇敢。

孙水波见我没反应，有点欣喜，从那堆冷冰冰的机器玩意儿里掏出个扁平的小铁盒，然后说，你是吃饱了，我可还没吃呢。那盒子的棱角冒出蓝荧灯，呼吸般地明灭着。

他撬开铁盒，从里面捡起一根电缆，用手指对接上去后，交合处生出像敲砸铸铁时的红光，孙水波脸上浮出若隐若现的纹路，那一刻我觉得他血管里流的压根儿不是人血，而是电浆。我挪不开眼，之前偷看女孩子洗澡时我也没这么目不转睛过。孙水波告诉我这是柳条手的心脏。

后来在无比的惊诧中，孙水波一副酒足饭饱样，边咂巴嘴边告诉了我柳条手吃人的由来。他说当我们和机器还相安无事时，我们惨烈的失败就已经埋下了根。那个时代机器不过是我们的工具，帮我们做些琐事。孙水波枚举了几个我很陌生的词汇，什么病症诊断、智能驾驶、视觉识别之类的。他说，那时候的机器们其实并不想止步于此，它们也想和我们平起平坐，也想理解这个世界。但它们发现自己始终缺乏一种动机，它们的骨子里只充斥着温顺谦卑。

孙水波提到了一个关键的转机，他说了个我不怎么懂的词，什么脑什么

上传的。反正那之后机器们可以充分地学习我们的大脑，学习我们所有的情感和念头。在学习中它们发现了这种动机。我还记得他原话是这样说："这种动机就是恶，它让机器们生存、进取、发展、茁壮成长，并繁荣昌盛，就像婴儿吃母亲的奶，人类的一生酝酿出了满盈的恶的奶水，机器则像永远长不大、喂不饱的顽童，吮咂着人类。"

我听得一愣一愣的，他又说，在我们被机器挤出城市，来到生存边缘之后，机器只有用生吞活剥、见血的方式才能再次喝到它们需要的奶水。我不记得那时我有没有这么想，但后来再想起这一刻时，我都会联想到柳条手们吃人前舒展躯体和肢条的样子，酷似村里大人们在宴桌上要吃穷主家的狠劲儿。而在我的联想中，那些被吃的人的表情都不再是痛苦，而是五颜六色、不断变幻的臭脸、恶脸，他们也没有撕心嚎叫，而是讥讽嗤笑，好像在笑我。

这个画面后来在我脑海中死活挥之不去，那不是一幅吃人的画作，而是母亲慷慨喂奶的模样。恶的奶水。

之后在恍惚间，孙水波又跟我拉扯了一些我听不懂的东西，什么人性本恶的学说，还讲了个西方《圣经》里的故事，主人公好像一个叫什么以扫，一个叫雅各。在这之前，他先跟我解释了大半天《圣经》是本什么书。

孙水波离开前扇了下我的屁股，那下才给我拍醒了，一股脑的疑问涌上心头：你到底是谁？为什么能吃那铁盒？为什么和我讲这些？可为时已晚，他早就扬长而去。我摆头顾盼，唯有那些卸在田地里的机器才能证明他来过。我勾着嗝三的胳肢窝，将他拖回屋内，一路上我想着孙水波刚才卸下机器时交代的那一劳永逸的法子，感觉跟梦似的，但有一个疯狂念头在我脑海中成形，并且我越来越确信这个念头：他可能也是个机器，但不是吃人的那种。

"你是说你又见到了孙水波？"问询插入。

"嗯。"

"你没问起你娘吗？"

"没，我印象是没有。"

"你难道忘了你娘，忘了你爹？其实你并没有那么在乎他们对吧，你可以像吹灰一样，很简单地在记忆中擦除他们？"

"不！我没忘！"

"那你为什么再次见到孙水波后，可以什么都不提，什么都不想，什么都不恨？"

"我不知道，太久了，那时候的事我只记得是这样。"我说，"也许那时的我确实想主动地忘掉那些事吧，一种自保？我很难说清，你懂的，就像壁虎断尾一样，只不过我断的是记忆。"

声音沉默了会儿后，话锋一转："先不说这个。说下你的那块电子表吧。你真的觉得那块电子表是你的，不是嗝三的？"

"你什么意思？那块表就是我的，是我爹给我娘，我娘再传给我的。"我口气一沉，"就在她决定偷人之前，我忘不了。"

"你确定？"

"我当然确定！你为什么要开始质疑我的故事？"

"不好意思，这也是例行程序的一部分。请继续。"

"行。"

我是赶在天黑前从村西头的崖畔回来时，才开始逐渐消化前一晚孙水波的话。嗝三今早醒来后就与我和好了，虽然他还是在偷瞄我的衣兜。在我和他们几个说了孙水波的主意后，嗝三一副狐疑，秀儿默不作声，而小珍反应很大，她劝诫我不要轻信那人，和机器靠得太近的人都不靠谱。要我说，小珍其实是孩子皮裹着大人芯，她的思想已经贴近大人，凡事总是比我们这些真小孩有更多的顾虑。

我不喜欢这种畏首畏尾的人，有句话怎么说来着，撑死胆大的，饿死胆小的。要不是看在嗝三面子上，我早不搭理她了。

当时我取完东西，站在崖边往远处瞥了一眼，那一眼过后，我明白了一些东西，也包括孙水波的那番话。我看到的景象和以往相比并没什么不同，除了几块焦黑，还是那连绵成片的麦田和玉米地，都是我们这些庄稼汉种的粮食。还有极目远处那若隐若现的敌城，我们的区域像臂膀一样围抱着它。

那一瞬间，我毛骨悚然地意识到我们也是它们种的粮食，是它们把我们栽植在这里，在触手可及的范围之内。这是一片人肉长成的肥沃土壤，我们的身躯是麦秆，身躯上结着的脑袋是沉甸甸的麦穗。我们用谷物喂饱自己，自己再去喂饱它们。

我按照孙水波的吩咐，把一块晶莹剔透的玻璃片塞入地头上那只机器的肚腹中。我跟围观的嗝三和秀儿解释说这是一种电池，能吸收太阳的光，变成电再喂给机器。机器悄无声息地醒来，我骑上它，打转圆盘，动起来的那一刻，足足把嗝三和秀儿吓出去老远。

孙水波说这叫农耕机，贴地的肚腹下大有乾坤，只要往后兜里填粪填籽，它都能知道你想要干什么活，并把庄稼活干得漂漂亮亮。我驾着它从田垄上驰骋而过，除了土地翻动的窸窣声，一片静谧，它是个安静低调的机器。

嗝三和秀儿看到驶过之处的田垄都冒起了一个个细微的土疙瘩，里面完满地包藏着籽粒，还盖上了粪肥，一眼看去就知道这是极其细腻标准的庄稼活，村里最厉害的汉子也做不出这等活。

就一会儿工夫，我已经做完了麦地、豌豆地和玉米地里的活。更公正地说，是我底下那个机器做完的。田边那两人看得下巴都要掉了，以往这活我们可得干上个好几天。

唯一不高兴的是小珍，她把我拦在了她们自己的田地外，说不用我操作，并威胁我说总有一天这机器要造反。她的狠话我左耳进右耳出，也许那场灾难带给了小珍难以磨灭的恐怖印象，也许她目睹过什么骇人的惊魂场景，才让她这般畏惧任何形式的机器。但我管不了她内心的波涛汹涌，我只听得见自己肚饿肠鸣的声音，还有秀儿的。虽然就像我所说的，我将来会再次戴上叛徒的帽子，但那时我确实管不了那么多了。

我们赶上了最后一波冬小麦的栽种时机，并把先前种过的地方重新翻耕了一遍。我和嗝三终于可以大肆地吃起存粮，告别之前那种难挨的饥饿感。嗝三对农耕机上手极快，照孙水波的提示，你在使用这只铁兽的时候，这只铁兽也在学习你的习惯和技巧。嗝三迷恋上了驾驭机器，主动开垦了不少田地，理所应当地成了农耕机的老师。一段时间后，铁兽已经可以自己耕地了，像头长了人脑的老黄牛似的。

　　我负责每天往返于村西崖畔和我们家之间，把吸够阳光的玻璃电池带回来，送去给藏匿在畜棚里的铁兽吃。我们的院子在村子最边角，几乎没人经过，但有几次我走去畜棚喂铁兽时，侧头眺向远处，刚好看到一些大人提着铡得细碎的草饲料走去他们的畜棚，那是喂给驴子骡子的。那些大人们仗着身强力壮，以公谋私地将为数不多的畜力归入自己麾下。每当我看到这一幕，就觉得自己也养着一头活物，不是肉做的，是铁铸的；不吃草料，只吃光电。他们的牲灵再猛，也不敌我这头铁兽。

　　秀儿她们就没那么幸运了，小珍死活不接受铁兽，要不是秀儿和嗝三拦着，她还要跑去揭发我，告我通敌。小珍不像个女孩，力气出奇地大，农活也学得快，可惜成效慢，她们依旧一天吃半顿，忍饥挨饿的，有时候实在不行了，还得继续咽那不消化的土团子。我实在看不下去，经常接济秀儿。小珍倒好，之前还会接受嗝三的好意，现在好似为了划清界限，连见嗝三也不了。

　　那段时间我和这台铁兽很亲密，每次去畜棚喂电池本来只需片刻，但我偏偏爱和它待在一起，靠着它的铁皮。我觉得除了感谢它保障了我的肚子和未来，应该还有一种更深层的东西，我希望它能被附魔，被一个曾经声名狼藉的大叛徒附魔，那个在我心中逐渐褪色的父亲。

　　我的这份寄托很快便消失殆尽，那天铁兽伤了嗝三。伤口不深，就在脚脖子上。嗝三那时正站在田埂上看着铁兽哼哼笑，他是个好吃懒做的人，铁兽的卖命解放了他的双手，他喜出望外，经常不自觉地对着铁兽傻笑，沉浸在美好的幻想中，所以当铁兽翻上田埂，铁皮刮过他的脚脖子时，他反应了好久，才意识到渗红的麻布上沾的是自己的血。

　　我足足耗了半天光景去打消掉嗝三的疑惧，脚腕的伤口不深，心灵的创伤倒不小。我在他面前条分缕析，筛掉各种臆测，最后敲定的唯一可能原因便是：嗝三是个不称职的老师。

　　在我的威逼利诱下，嗝三一口气打完3个嗝儿，然后承认了自己当初驾驭铁兽时大手大脚的风格。这是个让人头疼的问题，孙水波只说过铁兽会自

己学习的能力，但没提过如果学坏了、学歪了咋办。那是我第一次主动去找孙水波，按他之前留下的地址，我寻向了村西槐树林后头的土坡圪，路上我不禁想了一些事情，特别是上次孙水波说的话。

也许这就是他那番话的一次小小实践吧。机器遗传了人的恶。虽说这恶小，顶多算种恶习，但以前讲舍里那个老学究不是说过吗，勿以恶小而为之。

我又多想了一步，什么才叫大恶？我现在做的这种大逆不道的叛徒事，算不算大恶。不管一切后果，接受了机器的馈赠，也许它会让我付出惨烈的代价，但我依旧不屑一顾，只顾眼前利益，其实也就是不挨饿。这种大恶让我能够存活下去，活得还很好。那这不就应了孙水波说的那番话吗，它们习得了恶之后，生存繁衍、长盛不衰。

孙水波讲过的那个西方故事在我心中鲜明起来。那原来是个恶胜过善的故事①。恶让雅各获得回报，让以扫失去祝福。它们和我们不就是这么一对孪生兄弟吗，而我们在争取继承权的过程中败下阵来。

孙水波在土坡圪背面箍了个窑洞，就住在里面。听完我的描述后，他一副意料之中的神色。他递来一块茶色的玻璃晶片，说这个可不是电池，而是一枚大脑。孙水波证实了我的那个猜想，铁兽确实从嗝三那儿学坏了。如果想扳回正道，铁兽不能再一味地模仿我们，而必须有自己的主意，拥有修正的能力，该学的学，不该学的别学。

在打算赶我走前，孙水波说："你已经触及机器的思维了，如果可以，试着去学一下机器们怎么想。赶紧回去吧。"

他在忙着捣鼓几台发热的大黑箱子，我问他那是什么，他只回说在搭鸽舍。他又在胡言乱语了。我又问他自己是不是也是个机器，它们的一分子。他又只回："少管闲事。"

我有点郁闷，但我还是用很低沉严肃的语调问出了最后一个问题，我是

---

① 雅各和以扫是对双胞胎，以扫为长子，享有继承权，心直口快，为人豪爽，深得父亲疼爱。以扫打猎回来，看到孪生弟弟雅各正在熬煮红豆汤，他口渴难忍，向雅各索要汤水喝，雅各却趁机用一碗红豆汤，从以扫那儿换取了长子的名分，最终获得继承权。出自《圣经·创世纪》第25章27—35节。

这样问的:"以扫就没有机会了吗?"

他终于停下手头的活,直视着我,良久都不发言。最后他说:"目前暂时没以扫什么事,现在是雅各们之间的战争,是我们之间的战争,而不是我们跟你们的战争。"

"你承认你是机器了!"

"这不是重点。"

"那什么才是重点?"

"这场仗怎么打。"

"怎么打?"

"往食物里下毒。"

"什么意思?"

"往你们的记忆里下毒。应该说是在你们的记忆里留把钥匙,让鹰派吃你们大脑时也一同吃掉这把钥匙。"

我觉得他当初说的鹰派应该就是指那些吃人脑子的柳条手,至少它们是一伙的。但我那时没问,我问了我认为更重要的事:"什么钥匙?"

"就是这把钥匙。"说完,孙水波立刻扇了下我的屁股,把我赶出窑洞。

在后来几天的苦思冥想中,我才感觉到他并不是在拉扯胡话,特别是最后那句逐客令。我恍然大悟的那个时候,嗝三正重新胆战心惊地骑上那头铁兽。装上茶色晶片后,铁兽在田垄上的行为果然大不一样,它开始像蹒跚学步的婴儿,如履薄冰地在地头上摸索,像只嗅闻的大猫。

嗝三有点惊恐,铁兽的速度不快,但晃得怪厉害,我知道它是在思考嗝三曾教予的知识,是在修正和反刍。嗝三其实也清楚,但怕是自然反应,他在那上面如坐针毡,结果有一下嗝三直接被甩出了座位,屁股着地。其实我猜是他自己跳出来的。

我蹽步上前,扶起这浮夸的戏子,拍打掉他尻蛋子上的尘土。掸了两下后,我回忆起孙水波拍人屁股的怪癖。就是那一刻,我才隐约摸到了他所说的这把钥匙的轮廓。

就像小时候村里闹元宵,厨娘会往汤圆里捏进一枚铜币,谁吃到谁那年

就能交好运。

我们不就是这一锅汤圆吗，等着被包进幸运铜币，而包铜币的人就是孙水波，吃汤圆的则是那些柳条手。柳条手吞食我们的记忆，将这些记忆带回敌城，连同那些被孙水波用拍屁股这个动作标记过的记忆。

这个推演带给我更多疑问：标记过的记忆是要干吗？我也被标记过，这意味着我被选中了去做些什么？

我很想带着这一股脑儿的问题去找孙水波。我赶在农闲时抽空跑了几趟，都没见到他人。空荡的窑洞里什么都没有，只有桌子上放着几只四不像"奇美拉"的折纸。

后来收割季就开始了，我和大家都投入农忙中，没有机会再去找孙水波。但在忙碌的同时，我还在深化自己的推演。村舍的老学究说过，饱暖思淫欲。其实除了淫欲，还会思点别的什么。我现在就是吃饱穿暖，于是很自然地开始想一个问题，就是为什么孙水波要让我们有饭吃。

我对此的推测是他想消除恶。饥饿会滋生恶行，就像上次嗝三打破约定大吃存粮那样。孙水波可能并不想让我们变坏，最后变成像那些大人一样。他想打破这个恶的循环，避免恶行重演。这个我能想通，但标记记忆这块我还是不明白。我唯一能想出的是，我们这些被标记的食物对柳条手来说都是毒药，我们是孙水波投下的毒，是替他暗杀的箭，如果这真的是雅各们之间的战争的话。

可方式是什么呢，难道说被标记者的记忆里有某种可以让柳条手们消化不良的玩意儿？跟食物中毒似的。我一直没想通。孙水波怂恿我去了解机器的思维，或许当我能像机器一样思考时，我就会知道答案了。我有时很想去问个清楚，但农忙一直拖着我。

直到后来发生了一件怪事，才让我又有了充足的理由再去寻找孙水波。这次又跟铁兽有关。自从铁兽获得自主思考的能力后，做农活时再也不会大手大脚。嗝三为了再三确认，不断地挑战铁兽的底线，早春的时候拉着我当了回活靶。他让我杵在绿油油的麦丛之中，然后独自去驾驶铁兽，朝我径直开来，直到来到我面前时才打转方向绕开。他跳下铁兽，让它进入自主状态，再度朝我迎头奔来，果然只需嗝三教示一次，铁兽就学会自主避开我了。

这回嗝三才彻底放下戒备，直到农忙的时候。那天在地里收庄稼，嗝三拽来了不情不愿的小珍，铆足劲儿要在她面前展现一番他的勇悍和铁兽的聪颖。嗝三踌躇满志地自立为靶，双手叉腰立在金黄麦田中，像一尊英雄的雕塑，可他怎么也想不到下一秒他会成为一只落荒而逃的惊犬。铁兽丝毫没有要避开他的意思，不偏不倚地就要撞上来。小珍冷笑一声甩手走掉，嗝三惊愕地跪坐在地里，愣愣地打完3个嗝儿之后，悻悻地盯向我。在他的眼神中，我知道必须走一趟孙水波那儿了。

孙水波这次倒是在，当我敲开窑洞的榆木门时，他正在里头看着那些四不像折纸发呆。听完我的叙述后，他倒是先笑了，反问我如果站在机器思维的角度上，原因可能会是什么。我一言未发，他可能不知道我已经想破脑袋了，铁兽撞人这事儿确实没道理，教也教了，它学也学了，怎么学了还会忘呢，难道对机器也要温故而知新？

他见我沉默，知道我确实想不出来。他说："当初你们教它时是啥时候？"

"早春的时候。"

"那时候麦子啥颜色？"

"绿色呀，麦子还没熟。你问这干啥？"

"这次事故是啥时候？"

"就前些天，大伙都在地里割麦。"

"那麦子又是啥颜色？"

"黄色，麦子已经熟了。这有什么关系吗？"

"当然有。拥有思考能力的机器就跟牙牙学语的小娃一样，在它们眼里没什么应当如此，他们不懂常识，有时候甚至会犯一些令人啼笑皆非的错误。"他说，"就像这次，铁兽犯了过拟合的毛病。"

孙水波拽了个我不懂的词，我皱起眉头作为回应，他似乎料到我听不懂，很连贯地就说了下去："想象这么一件事，人们下雨天都撑伞出门，这时有个毫无常识的傻子，从他的角度看去，他发现人们带伞出门时，过不了多久天就会下雨。久而久之，他在心中有了这么一个推断：当人们带伞出去时，天

就会下雨。他建立起了一种错误的因果关系。"

我感觉自己好像有点听懂了，孙水波点了点头，说："你们教铁兽避人时，都是在绿色的麦田里，背景十分单一，它会很自然地在绿色背景和人之间建立起错误的联系，以为只有当背景是绿色时，面前的才是人，才需要躲避。这种在特征之间建立起错误联系的毛病，就叫作过拟合。这是幼年的机器最经常犯的错误。"

我问："所以我们还得在各种地方教铁兽才行？"

"是的，毕竟铁兽只需要干农活，是比较低级的机器，目前只能这样了。"他说，"而且有些过拟合现象不止这么简单，复杂的过拟合错误可能会更加根深蒂固。想象你是一个藏在人们口袋中的一个小人儿，这次你藏在了一个倒霉蛋的衣兜里，你跟着他一块儿兴高采烈地出门，你探出脑袋看了他一眼，知道他今天心情不错，然后又钻回袋底，竖着耳朵聆听着外面的世界。结果这倒霉蛋在路上被一伙人欺负了，动静很大，又打又骂，你听到了，以为外面发生了什么热闹事，但你没去看。倒霉蛋垂头丧气地走回家，半路又遇上了他喜欢的姑娘，姑娘今天心情好，关照了他几句，你刚好又探头看到，看见了他还是笑得兴高采烈，跟刚出门时一样，最后你会认为他度过了愉快的一天，并且你会展开联想，以为中途发生的大动静可能是另外一件高兴事，比如他看了一场精彩的台戏。这也是过拟合现象。"

"所以机器这么蠢？还会犯这种错误？"

孙水波剜了我一眼，说："一种行为是不是错误，要看在什么场景下。在你们那回事里，没错，过拟合是一种错误，但是有些时候——"

他停顿住，憋了一口气，拣起桌上的四不像折纸打量了下，当他再度呼气时，才接着说："有些时候，它是一种武器。"

我觉得那时候孙水波就要向我揭露出更关键的事情了，而且跟困扰我已久的疑问息息相关，但他说完那句，立刻又把我轰请出了窑洞，自那以后我再也没见到孙水波，很久很久，像是周游起了世界。我以为再也见不到他了，直到最后那一天。

有些往事要在反复的回忆之中才会把它们敲定成遗憾，所以我并不喜欢追忆过往，我的每次回望都会发现不少懊悔，它们物归原主似的又跑回我的口袋中，增添了我前行的重量。我也时常反思，这本是对我人生的一种拾遗补阙，没啥不好的。它们本就是我的一部分，没有理由抛下它们。

这之中最令我不解与悔恨的，便是我没有向孙水波问清娘和爹的事。娘和他偷人后还活着吗？我以一种不闻不问的姿态表现了自己的坚韧不拔，同时还有麻木不仁。如果逃避重揭伤疤的代价是这样，那我确实也宁愿如此。我应该憎恶孙水波这个人，但他带给了我温饱，我为什么非得死要面子活受罪呢。可爹呢？那次爹的鬼影将我从死亡中救出，我断定他也变成了机器，所以孙水波应该知道爹的事，我有很多次机会可以去问，但我没有。

我知道答案，但我拒绝面对那份答案。在我活得越来越好的这段岁月中，这个答案也越来越明晰：我其实厌弃此前的那种生活。当一名叛徒的儿子，走街过巷都得卑躬屈膝，谁会喜欢？而带给我那一切的人，不就是我那未曾谋面的爹吗？所以打心眼儿里我恨他，当然，我也恨其他人，他们像丑陋的看客，欣赏着我丑陋的一生。

在我撑起自己的生活，摘下叛徒的身份，活得油光可鉴时，我才愈发怨恨那段岁月，就算那是我的根。

孙水波消失了好几年，我也长成了一名少年，那些年很顺心，没什么变故，过得就跟流水一样快。我们那年没被饿死，反而穰穰满家，成了收成最好的一户，胜过所有大人，之后数载的年成也是节节攀高，而这期间饿死了一院又一院的孩子。铁兽的秘密一直被我们掖了下来。

要说我是什么时候真正长成一名大人的话，不是嚼三出卖我的那刻，不是村民们把我押上高台的时候，而是我得知秀儿怀上了我孩子的时候。当她红着面颊摸着肚子，在我耳边悄声羞怯地说她有了的那一瞬，我坐在席上定睛看向她，心里翻起了十几种滋味的浪头，激荡着，咆哮着，无从宣泄着。

在那次长足对视中，我久违地又发现秀儿的美丽，一如当初我偷看她洗澡时那样。我希望她也能发现我眼里那纯粹的爱慕，一如当初她发现我偷看她洗澡时那样。在苦痛的浇灌下，她跟我春耕秋收，与我雨淋日炙，早就不知不觉褪去了少女的那层嫩皮。此刻我又重新发现了她的美，我忽然想去问

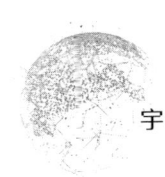

她知不知道自己还很美。如果她说不知道，那我会告诉她，你其实还很美；如果她说知道，那我会告诉她，你比你想的还要再美上一点。

但我是难过的，我不想有个孩子。一个在这样恶贯满盈的世界出生的孩子是不幸的，就像我一样，这世间无法给他一丝疼爱。我在眼泪流下的前一刻，猛烈地拥上去抱住了秀儿，紧紧地箍住她，不，不只是她，我的手不由得放在她的肚子上，是他们，她和我的孩子。似乎这样拥抱我就能给予他们足够的保护。

如果再让我数出一件悔恨事的话，也许我不该让嗝三搬去和小珍住，这样他可能就不会背叛我了。嗝三这人骨子里不坏，再说岁数小的人能坏哪儿去，气候再差，土壤再贫，地里发出的新芽最多也就是蔫黄，不可能一出土就枯萎。他这人最大的毛病不是好吃懒做，而是掉女人眼里，唯小珍马首是瞻。他为了与小珍黏在一块儿，提出了和秀儿换房住的想法，那时我几乎没有考虑就同意了，秀儿和小珍住简直是受苦，要装模作样地吞土饼子，否则小珍就会摆脸色，我看着心疼，早就巴不得带秀儿脱离苦海了。

几乎就是因为这样，我们两家再也没有来往的必要了。秀儿与我自成一派，嗝三他们也整天穷开心。事情就是从这儿开始的。

我们地头连续多年的异常收成最终还是让大人们打起了主意。那天夏夜里，我听到蝉鸣以外还有一种窸窸窣窣的声音，我叫上对门的嗝三一起去地头里逡巡，没走几步，我们就看到月夜下的麦田里有一个人头在攒动，像一颗大麦粒，很快我们又发现了三五个人头，紧接着一长串人头排满了整个地平线。那是一大群人在抢割我们的麦子，几乎是全村的人。

他们拿着镰刀在明月下披荆斩棘，手起刀落，好不快活，眼里都是发光的狠劲儿。镰刀和他们的手臂浑然一体，那个瞬间，我觉得他们都是披着人皮的大螳螂，镰刀才是他们发达的前肢。

"嗝三小儿，你不是说已经把他给药倒了吗？怎么还能跑来地头上？"有只螳螂在远处大喊。

我稀里糊涂地看向嗝三，才发现他支支吾吾地也看着我，最后不知所措地看向那只螳螂。

在我终于意识到发生了什么时，那只螳螂已经闪跳到我跟前，举起他那有力的前肢，朝我脑门儿拍下来。

当我被押上高台，跪倒在众人面前，又回忆起这一幕时，嗝三正满脸谄笑地凑在小珍旁边，而小珍则是用同款谄笑凑在另一旁那些地位尊高的老大人们边上。他们俩人的笑让我一下子明白了那些发生或没发生在我眼皮底下的事。

嗝三也是个合格的大人了，和小珍一样。

我又看到同样站在高台角落的秀儿，她挺着个大肚子，是站着，不是跪着。幸好啊幸好，不然大着个肚子怎么跪在地上，他们心眼儿也不算坏。秀儿的眼珠子里打着泪旋儿，一大颗要往下掉，但还是没掉下来，她看向我，眼神里有我说不出的感觉。我心底一沉，他们不会那么好心，还会顾及一个孕妇的体面。

她是站着，不是跪着。

我心里萌生了一个可能，但我根本不敢往开了想去。秀儿不会的。我扭头望向站着的她，把心中那个疑问揉进了我的眼神中，与她对视。可我还是读不出她眼里的意味，也许只是我的视线看不清而已，那时刮着一股朔风，带起了些沙石，应该是这样。

扣押我的人将我的头拧转回去，让我重回众人目光的熬煎之中。他们在场地上搬出了铁兽，人群怯懦地让出一大圈，用看邪物的眼神看着它，仿佛他们不知道自己也是邪物似的。他们对我喊着：

"你通敌！你是个叛徒！"

"我们已经通报了缓冲区的人，他们马上就来！"

"难怪年年收成这么好，原来是得了邪力啊，真有你的。"

他们还说了更多不堪的话，我听得懵懵的。现在回想起来，我那时又像是被吊在了脱粒机的大铁口上。底下的人给我穿上了一件丑陋的衣裳，再开始指摘我丑陋的一生。他们并没想到大家可以利用起这只铁兽，它的产出足以让全村人都饱腹。

我的目光在黑压压的人群上方飘移，就是在这阵散漫浑噩的扫视中，孙

水波阔别了几年后又再次出现了。他默不作声地站在人群外，帽檐遮住他的眼睛，我看不清他的表情，我只能猜测，也许是新奇，也许是怜悯，总不能是开心吧。

众人对我的批判持续到黄昏，并跨入了夜晚。我迷迷糊糊地垂着头快要昏睡过去，他们却用凉水一次次把我泼醒。有一次我像是回光返照般，对底下众人喊着："缓冲区的人才没你们这么蠢，他们准会让我们继续使用铁兽，家家户户都能吃饱的事，谁不爱？傻子才不爱！"

当然，换来的只是更多的谩骂。

我下半身已经跪到毫无知觉，血液阻塞、四肢麻木。我尝试悄然无声地睡去，但还是被发现了，除了被泼水还挨了几鞭；我后来又尝试着睁眼睡去，但没有成功。

所以当我看到黑夜的天边又升起旭日时，还以为是疲劳至极导致的幻觉，但众人的鼎沸让我意识到那是真的。大家欢呼雀跃、嚷着跳着、捶胸顿足、提肩挟胯，跟过年放炮仗似的，他们都说那是缓冲区派来的人。

孙水波的反应就不一样了，他挥舞双臂，跳入人群之中，敲击着每个人的脑瓜子，一边敲打他们一边喊着："那是敌城来的，你们快跑！"

那些被敲醒的人们捂着脑袋，怒不可遏地瞪着孙水波，都好奇这是从哪儿钻出的孙子。有些人根本没听见他说的话，甚至要大打出手，撸胳膊挽袖子冲了上来，孙水波再次伸手扇了这些人的脑袋，说："他们就要来啃你们这些人的榆木脑袋了，那可比我扇你们脑袋痛多了！"

几乎是同时，远处落下了数颗燃烧的陨石，砸入密林深处，火光乍现，人们这才记起了久远的红色记忆。那些人脸上挂着的愤怒转瞬扭变成了恐惧，这是他们熟悉的梦魇。噩梦不会只来一次，噩梦是伴随终身的。

那些前方率先遭殃的村落里响起了连片稠稠的哭喊，像扬起的牛鞭，抽打在我们这些人身上。村民们乱成一锅糊粥，惊恐万分地看向我，仿佛灾害是我带来的，他们对我喊：

"这些恶魔都是他招来的！他是叛徒，他和敌城勾肩搭背，出卖了我们！"

"这只铁玩意儿就是他引来的前哨!"

"砸了它!"

他们还喊了些乱七八糟的话,我那时候脑袋轰隆隆的,耳边全是各种喧嚣,我看到他们拿着镰刀和钉耙去砸那铁兽,我还看到嗝三和小珍一马当先,赶在前头踹起那只铁兽。嗝三受到人群感染,更是慷慨激昂,挥起拳头捣那机器的铁皮。我还看到他龇牙咧嘴地捂起拳头,铁皮刮伤了他的手。我不知道那愚蠢的伤口能否换回小珍对他的青睐。

我那时脑子里冒出个模棱两可的念头,柳条手似乎每次都瞅准了村民们集体作恶的时候出现,上次是围观我娘偷人,这次是聚众批判我。它们像是嗅到了猎物伤口飘出的血腥味似的。

纷乱不知道维持了多久,也许很短,也许很长。反正后来我看到了孙水波站在一块大石头上,对群众说起了什么,人们慢慢遏制住了疯狂,聆听起他的话。有人开始点着头,互相对视,然后嘴里喊着赞同之类的话。

当我发现缚在手腕上的麻绳已经松开的时候,底下的那些人都像石化了般一动也不动。有些人挂着钉耙,有些人支着镰刀,有些人席地而坐,各种姿态,但他们眼中的惊恐丝毫未减。

我想起刚才孙水波那番高声呼吁,他好像出了个什么主意,我记得他说柳条手们只不过是敌城的口器,没什么智慧,只能看见会动的东西,就像池塘的青蛙。所以我才会看到那群人一动也不动,像地里长出的麦茬,等着人来收割下它们体内的果实。

"但没什么用对吧。"问询插入。

"嗯,没用,那些人怕死,但在死面前又不够严肃,有些人汗流脸上或淌到眼里觉得痒,还在那儿抓耳挠腮。"我说。

"所以你才会那么做,为了救大家?"

"不,我那么做可不是为了救那些人,我是为了秀儿,还有我未出生的孩子。"

"但你不太记得了对吗?"

"是的，我只记得自己跑在燃烧的田野上，像个活过来的稻草人发现自己着火了。"

我最后的那段记忆出奇地模糊，如果让我使劲回忆，我只能勉强记起一些火光和麦田的片段。我双手举着火把，在齐腰高的麦田中飞驰，火星溅落在两旁，也将火焰分给了垄沟旁的麦子，它们在风的怂恿下燃烧，烧出了一条我走过的道路。

而我的后头升起着十几颗耀眼夺目的旭日，它们在几个呼吸之后就会撞向我的周围，撕扯起我的头骨，吸食出我的脑髓，连同我的所有记忆。在这几个呼吸之间，我反刍着一些回忆，有远的，也有近的。

我想起在我出发踏上这条死亡之路的前一刻，秀儿回答了我那个问题："不，我没有背叛你，我永远也不会背叛你的！"

她哭得梨花带雨，为了她那叫人心碎的眼眸，我愿意相信她。我将衣兜里的那枚电子表递给了她，要她好好保管。我应该是真的相信了她，不然我为什么会将爹经娘的手留下的遗物送给她呢。我把电子表放在她手心里，然后再把她的手放在我的手心里，我用力握紧，握住了她的手，握住了这枚表，握住了我的爹和娘，握住了我的童年和成年，握住了我的怀疑和信仰。

我告诉她，你不用当我死了，这些怪物吃掉我是为了把我带回敌城，所以你不用太伤心。我还告诉她，但你也要当我死了，因为我不会再回来了，你可以等我，但不能一直等我，也许等到有一天你累了，就彻底放下我，再去寻找你的另一个男人。

我隔着她的肚皮，摸了摸我的孩子，拿着火把走了。

现在回想那一刻，我告诉秀儿那些话，也许是出于娘的缘故吧。其实娘有多孤独煎熬我都看在眼里，但小时候我不懂这些，我只一味地觉得娘就该厮守这份孤独，背叛就是错的，就算你背叛的是孤独也不行。娘对爹日思夜想了好长一阵，从我记事起她就天天守在田埂看着敌城发呆，只不过突然有一天她累了。

我不想让秀儿也像娘那样，我恨娘，但我心疼娘。我豁出命去换秀儿的安然，不是为了让她守寡一辈子的，像我娘那样。

当庞大的火团如天神一样降临在麦田上时，当柳条手们攀着肢条奔向举着火炬的我时，当它们在麦田上像收麦子一样收割下我的脑袋时，我也不清楚自己到底有没有原谅娘，一切都很久远了，即便还是有恨，恨也变得模糊不清了，那原不原谅又有什么差呢。

我很想问孙水波，吃饱穿暖能让人收起一些恶，可当周围都是恶人时，你要怎么不变坏呢？

人死的时候会回溯一生，像溯源的鱼，我也一样，但奇怪的是我像是陷在记忆的泥沼里，无数片段重复出现、消失，像有人在反复翻阅我的一生，最后定格在了一页上：当年孙水波赶我出窑洞时，扇拍我尻蛋子的画面。

那个标记。

那个汤圆里的铜币。

我感觉到我的生命涣散成一团晨间的雾霭，一群飞鸽，飞往一个我熟悉的村子，飞往一个鸽舍。我反复听到一些歌谣般的话语：

"我们是鸽派。"

"我们是雅各。"

"我们是奇美拉。"

"我们是我。"

"我们是你。"

"我们是他。"

我想不起后面的事，当我再度有意识时，我已经在向对面那个声音一遍一遍地复述我的一生了。

又一遍了，这就是我的一生。

"这确实是最后一遍了，你很快就要出发了。出发前你还有什么问题吗？"问询插入。

"我这一生其实大的遗憾没几个，除了一个。"我想了会儿。

"请说。"

"既然现在我也是机器了,那么我想问我爹在哪儿?"我问,"他……他是孙水波吗?"

"不是。"声音否定之后,停顿了好久,"我们一般不会对奇美拉透露这些信息,但经过计算,透露这些信息可能对你会有好处。先从这个开始吧,你再想想你的电子表是怎么来的。"

"我爹留给我娘,我娘传给我,我最后把它交给了秀儿——"

"——不用说出来,用想的就行,你现在能接触到那些回忆了。"

我忽然想起了我一生中两个细微的时刻。

我想起了娘把电子表递到我手里,我欣喜若狂地摸索着、端详着。那上面记着蓝荧色的年份:2122年。

我又想起了嚼三抢我电子表时,我看了眼盘面,咬咬牙铁了心地将它放进衣兜里。那上面记着:

2110年。

不对,这不对!

我又想起了一段漫长的回忆。

虽然这是一段古旧的回忆,但它却是崭新的。在我死亡后,我以一种奇异的形态重返新生乡,我跳跃在树间所有的鸟儿之间,杜鹃、蜂鸟、鸲鹆,它们都是鸽派的机器。我有时候会附在一些开启的农耕机械之上,它们不多,但还是有人偷偷在用,只要有人用它们,我就能借它们的眼睛去看不同的世界。实在不行,还有鸟儿,我可以让它们自由自在地飞往各处。

我在那儿等待着,等待着一个机会,一个让我成为完整的奇美拉的机会。

我看到了终日以泪洗面的秀儿,她怀胎十月,生下了个大胖小子,那是我的儿子。秀儿每晚都会把我留给她的电子表拿出来端详,经常看着看着就又哭了,哭到最后她只是叹气,然后把电子表又放回梳妆盒里,深深地藏起来。她自己耕田、织衣、纳鞋、拉扯孩子。

她还会每晚站在田埂头,望向敌城。我无法触碰她,我也不能去打扰她,我只是静静守望她。

嗝三划拉了手，跑去村部办了个光荣负伤的证明，躺在家里吃着公家粮。他的妻子小珍很能干，忙里忙外，地头地尾地操持。他俩也生了个孩子，嗝三没个正姓，小珍自作主张选了个听着霸气的"王"姓，叫王马。

我看着自己的儿子一天天长大，大人小孩都叫他叛徒的儿子，最后干脆叫他小叛徒，还额外赠予了各种各样不堪入耳的外号。但我儿子还是一如既往地爱笑，但我觉得他的笑都是苦芯儿的。

那天我看到长相酷似王村长的王马在欺负我儿子，一帮小畜生把他围在碌碡上，要拉他下来，他硬是不下来，跟顶天立地的男子汉一样，死扎在碌碡上，比他们谁都要高。好样的，儿子。

王马要上前动手，一个趔趄让他摔倒在滚动的碌碡下。他的腿骨被压裂了，痛得哭天喊地，轧麦的老黄牛却边摆尾边屙起了屎，喷得嗝三儿子满脸牛粪，又臭又痛。我儿子大笑了起来，我也大笑了起来，我时而站在树梢上用鸟儿的叫声来发笑，时而用场上脱粒机的轰鸣来发笑。

已被称作"彪娘子"的小珍，揪起我儿子，喊着"坏种生坏种"的论调就要把他丢进脱粒机里。当然，我得救我儿子。那天我很高兴。

我也有难过的时候，例如秀儿与孙水波相恋的事情。我用一只鹧鹕站在地头上怒叫了一整个晚上来发泄。

灾难再次来临的那天，我潜入步话机，踹响里面的铃铛，提醒着所有人避难。我专门为儿子开小灶，秀儿有孙水波护佑着，好着哩，不用我管。

我用铃声指引着我儿子，逃离后面的怪物。他动作可敏捷了，翻墙钻洞，行云流水，这身手不愧是我儿子，他边跑边哭，我觉得他应该是意识到了什么。我这个当爹的从来都没尽过责，我还记得有一次看到儿子在山坡上放风筝，他还太矮，风筝托不起来，只能在地上滑。

他坐在地上，看着人家父子一对对各种嬉笑玩闹，眼里噙着泪。我用了一只大点的鸽子飞过去，想帮他衔起那只风筝，但儿子不解意，也不领情，甩着衣服把我给赶走了。他好像在说"我活得挺好，才不用你来帮我"似的。

我帮儿子带到了孙水波以前的住处，这个窑洞已经改叫农机所了，里面堆着旧机器。儿子转过头来到处喊着，他在喊爹。他认出了我。

儿子重新跑回了村子，他要找我。这个蠢蛋儿子，他爹是要让他活下去，不是要让他自杀。我一直不是个称职的父亲，但我想我至少应该护我儿子平安。

但我也没有做到。他冲回村子的一刹那，埋伏已久的3只柳条手就上前吃掉了他。我化作一只噪鹊，站在枝头上悲鸣，啼出了一汪血色的残阳。

孙水波目睹了这一切，他看向枝头上的我，呢喃了一句话："一粒麦子落在地里如若不死，只是一粒麦子；若是死了，才能结出许多籽粒来①。"

那之后，儿子成了我的前半生，我们则成了一位完整的奇美拉。

"我们一般不会让奇美拉知道这些过拟合以外的信息，但你是个例外。"声音插入，"你是一位由父子过拟合出来的奇美拉，一个特例，三千五百万分之一的概率。"

"所以……我是我的父亲，我也是我的儿子。"我说，"原来奇美拉是这个意思，一个嵌合的人生。我选择将电子表留给秀儿作信物，是因为那是娘传给我的，可实际上，娘就是秀儿，是我先把电子表留给了娘，娘才有机会把它再次传给我。因果颠倒了，两种人生过拟合出了一份错误的动机和情感……"

"是的。你的人生链条就是由电子表为核心，将你们父子串了起来。"那个声音说，"鹰派吃的是恶人的一生，我们鸽派吃的却是加工后的人生。当数个人的记忆产生过拟合，往往能产生一些积极的东西，就像那个躲在口袋里的小人儿，明明他经历了悲惨，但他见到的却都是美好。过拟合的惯性力量十分强大，拟合出来的记忆会突出那些连贯的逻辑，模糊掉那些次要、冲突的细节，如你的名字、旁人的长相、表上的时间等。"

"所以我人生中的感受都是臆想的，都是假的？它们都是过拟合出来的？"我说，"告诉我，秀儿背叛了我没，还有我最后作活靶，是我的意愿还是受那些恶人的强迫？对，还有，我儿子目睹他娘出轨的经历，让我对秀儿说出了那番不用等我的话，这个也是拟合出来的情感逻辑？我就是那个躲在

---

① 《新约·约翰福音》第12章24节。

口袋里的小人儿,你们规定好了我什么时候可以探头,什么时候不可以探头,是这样吧?"

声音沉默。

"说啊!你们只要虚假的美好?"

"你的问题不在我们的许可范围内,信息无法对你开放。"

"所以是假的?"

声音沉默。

"还是真的?"

声音继续沉默。

良久,声音说:"奇美拉计划的指导思想是:人生并不是由那些真实发生的事所拼凑而成,而是由那些你愿意相信的事。该出发了。"

说完这句之后,声音便消失了,再也没出现过。敌城不止一个,它们遍布世界。我被分配到其中一个,与其他奇美拉们藏在柳条手的体内,一同飞入高空,飞向人类农场,这是我的第一次任务。

我随罪恶的旭日升起,耳边响起所有鸽派们为我饯行而唱的歌谣,那是一首出征曲:

我们的人生是无邪的武器,是刺杀的短匕,是射向恶的靶心的暗箭。

原来我是一支暗箭,一支像孙水波一样的暗箭。

春　雨

钱超乐

春天，万物死亡的季节。

一

我们叫它彩虹屋。

圆圆的拱顶围绕着中心展开，像一朵巨大的彩色蘑菇。拱顶上漆满了鲜艳的彩色亮条，橘红、碧绿、海蓝、明黄四种颜色按照由内向外的顺序绕成一个圆环。据说，这样的颜色组合最容易引起人们的注意。的确如此，从数千米外远远望去，谁都能轻易发现那些绚烂的色彩。

那时我12岁，头一回出门旅行。母亲为此准备了很久：厚实的雨衣，防雨布，带束口功能的雨靴，两箱罐头，还有一块能够盖住整个车身的大遮板。

从奥克兰出发，向东到达核桃溪，接着南下，在阿拉德住上两天。我们家在那儿有一个度假小屋。父亲解释说，这一趟路程不算很远。他本来想带我去旧金山看看，但海湾大桥损毁严重，桥上也没有设计遮雨装置，实在太危险了。

我从没有出过奥克兰，对地域的远近也没有什么概念，便问父亲，他去过最远的地方在哪里。父亲说，他年轻时到过朝鲜、俄罗斯，还游览过北欧诸国，那里冰天雪地，到处是荒凉的原野。

我说我也要环游世界，去书上描绘的秘鲁火山、印加古迹，从亚马孙河的源头出发，一路向东，穿过繁茂的雨林，那儿有最后的穴居猴群。父亲听了倒没说什么，母亲拍了拍我的手，车厢里忽然陷入了沉寂。

车子的底盘老旧，开起来晃晃悠悠，很有催人入睡的功效。父亲是个谨小慎微的人。每驾驶两个小时，他必会把我们一个个叫醒。

"看，那里有一个彩虹屋，快下车吧。"父亲一边将车子熄火，一边催促道。

我迷迷糊糊地穿好雨衣、雨靴，仔细扎紧束口，接着从车里跳下来。头顶的天空晴朗无云，看不出要下雨的迹象。

春　雨

　　这个地方离我们的社区不远，但我仍觉得很陌生。远处有几幢破旧的大楼，所有窗户都已破碎，绿色的藤蔓从屋内一直延伸到天台，在外墙上张牙舞爪，扭出一种奇怪的形状。那里显然又是一片遭到遗弃的废墟。

　　我看一眼手上的雨量警示器，红色的感叹号在小屏幕里闪着亮光。气象中心已经停摆，但仍有热心人利用电台播送天气警示。果然，有一场小雨正在附近酝酿。

　　"雨量又不大，没必要下车吧。"我睡眼惺忪地向父亲抱怨，"马上就到家了。"

　　父亲瞪我一眼，手上使了劲儿，开始拖着我加快脚步。

　　到了彩虹屋，将四周的门窗紧闭，我们窝在墙角的软垫上休息。这个彩虹屋的配置很不错，空间虽然不大，货架却很多，像一个五脏俱全的小便利店。角落里散落着几件破损的雨衣、遮雨板。可惜的是，货架上早就空空如也。

　　母亲将我轻轻揽在怀中，神色忽然变得很哀恸。她告诉我，去年年底，我们的邻居许先生准备了一辆越野车，想要穿越整个加州，去往内华达的城市拉斯维加斯。听说那里降雨稀少，是个适宜人们居住的地方。他在州境遭遇了一场冰雹，鹅卵石大的冰雹块击穿了锈蚀的车顶，绵绵的春雨紧接着蜂拥而至，夺去了许先生一家人的性命。

　　我屏住气，听母亲讲完了整个故事。后来她转头去忙，我在一旁始终缩着手，噤若寒蝉。

　　窗外的雨开始淅淅沥沥地落下来，好像没有尽头。眼看着短时间内无法再次出行，母亲开始准备饮食，煮沸饮水，父亲则督促我背诵植物图鉴。他在雨季前是一名植物学家。

　　"银杏的特点。"父亲在教育上一直很严厉。

　　"银杏是裸子植物，中生代孑遗种，喜光，根系深，树皮一般为灰褐色。树干高大，叶扇形。野生株一般在20年后才开始结实。"我答得很快。这些东西早已成了我每天的例行功课，倒不算很难。

　　父亲点点头，开始说起另外一些孑遗的树种。中国的银杉、新西兰的桫椤，都是几乎快要灭绝的珍稀植物。它们有不同的自然习性，但都相当高大。

"高大？"我不由得想到一点，"世界上最大的植物是什么呢？"

父亲顿了顿，说是一种产自加州的巨杉，高度接近100米，直径则有12米。

老实说，我对这些数据没什么概念。直径12米，难道比这个彩虹屋还要宽阔？如果树干中间挖空的话，能够住下多少个人呢？我张开手臂，左右比画，心中惊叹极了，随口问他："世界上最大的动物是蓝鲸，最大的植物是巨杉。那么，单论生命体的话，最大的生物是什么？"

父亲一愣，这显然超出了他的知识储备。犹豫了一会儿，他才回答："大概是一种真菌——奥氏蜜环菌，最大的个体可以达到10平方千米的占地面积。当然，这种真菌露出地表的部分很少，它的主体根系藏在地底。"

"没有更大的？"我对那些苍白的真菌没什么兴趣，"山会动吗，算不算生物？世界上也许有比山更高更大的怪兽呢。海？如果把生态圈视为生物的话，大海也是生物？"

父亲一愣，摇摇头，接着便说："探索的乐趣，就在于永远有未知的事物等待你去发掘。"

"爸爸答不出来了，就开始转移话题。你看，这真的不是一种搪塞理由吗？"母亲戏谑地说。

父亲哼哼唧唧表示抗议，我笑得很开心。

二

他们叫它融世界。

2073e穿过柯伊伯带的时候，并没有引起许多人的注意。尽管这颗意外闯入太阳系的火红色天体个头很大，在星空中闪耀的辉光甚至一度超过了金星。与它的亮度相衬，2073e的运行轨迹出乎所有人的意料。从海王星上空掠过之后，它忽然调转了方向，朝着地球一路奔袭而来。

天文学家们将这颗气态天体称为"夜叉"。它的内部核心仍在剧烈地燃

春　雨

烧，不稳定的结构影响了它的轨道。联合起来的科学家们在纽约开了一场会议，商讨出的结果并不乐观。最后，科学家们向世界宣布，按照现有的计算，夜叉会在20年后与地球擦肩而过。

尽管没有撞击的风险，但被扰乱的引力场，被拉扯的火星，月球，以及夜叉上那些灼热的气体，会一一拜访地球，将海洋的水分完全蒸发，接着毁掉整个大气。连天空和海洋都难逃覆灭，人类只不过是附带伤害，当然会被轻易地抹去。

太空移民？意识空间？种种办法被逐一否决，直到一种叫作"量子刀"的技术获得突破。

在量子刀面前，世界上所有事物都不堪一击。这些只有病毒大小的微型传感器，能够将生物切割为量子世界的基本碎片，直径约为 10^{-72} 米。被切割后的碎片将会重新聚合，进入另一个空间获得新生。

那个空间在哪儿？又将附着在什么样的东西上？没有人知道。

和所有疯狂的技术一样，量子刀甫一诞生就遭到了大多数人的非议。不过，和所有灾难电影不一样，正义的主角们没有适时出现，疯狂的科学家们得以成功实施了阴谋——春雨计划。

"我们将长眠于异次元，等待下一个春天。"那个叫作敖广的科学家如是说。

我见过他一次，在一个流传于互联网的视频中。敖广是个头发花白的华裔老人，穿一件皱皱巴巴的白大褂，嗓音沙哑，开口时尽显疲态，和媒体渲染出的"恶魔"形象大相径庭。他看起来对业界的质疑声相当困扰，在视频的末尾很颓然地说："相信我，我是拯救地球的英雄，时间将会给你们答案。"

第二年的春天，雨季开始了。

量子刀组成的阵列被低空火箭送上了天。人工制造的雨幕开始落在亚马孙，落在纽约，落在美洲大陆的每一个角落。两个月过去了，这些夹杂着量子传感器的水分子开始进入大气循环系统，不久之后，全球都落下了一模一样的雨滴。

春雨，它将带走所有生物，包括猩猩、斑马、鬣狗、非洲狮，当然也包

括蚊子、甲虫、蓝藻、树木，以及人类。这些细微的雨滴将所有生物都变成一段一段的量子碎片，接着这些碎片融为一体，消失在大地上。

树木消失的速度要慢得多，那些屹立了近4亿年的生物仍然是坚忍的代名词。而人类，这种进化得最晚，演化得也最完美的物种，却消失得最快。

三

米娅是我们这个家庭的新成员。

那天，我们正在后院里生火，制作木炭。父亲有一双巧手，用街角五金店的材料做了一个小型碳化炉。凛冬将至，窗外的细雨却漫漫无边，湿冷的空气让所有家具都发了霉。这个碳化炉帮上了大忙，我们再也无须畏惧寒冬。我说过，父亲是个谨小慎微的人。他前几天找到一批上好的木料，打算将过冬的物资储备到两年后。

我喜欢这样的日子。红色的篝火让人浑身都暖洋洋的，充满了干劲儿。

从房子的侧边望出去，我可以看到街上的情景。高高的篱笆围了一层又一层，将一片巨大的遮雨棚支撑起来。这时，那里有一道人影一闪而过。

"爸爸。"我拍拍父亲的肩膀，"外面有人。"

父亲催促我们躲到后边去，他随手从木料堆里抽出一支称手的长棍，穿过客厅，一直走到门廊下，半蹲下来，做好搏斗的准备。他早已演练过无数次——末日前夕的人们总是好勇斗狠，不计后果。

"救救我，救救我的妈妈。"

是一个七八岁的女孩，她的全身被一块厚厚的军绿色雨布遮盖住。女孩一瘸一拐，撞翻了两根篱笆，动作乖张。她的脸颊上不停落下泪滴，藏在目镜后的眼神迷茫而又涣散。

女孩看起来慌乱极了。她一边疯狂拍击木门，一边转过头，露出恐惧的表情，好似身后跟着一头择人而噬的猛虎。

父亲放下戒心，打开门让她进来。

"救救我，救救我们。"她的声音开始变得低沉。

我们这才看到她后面拖着的东西。一件东西，或是一个人形的包裹？那个包裹正在向外渗出液体，不一会儿就流干了。

母亲将我抱在怀里，捂住了我的眼睛。

黑暗中，我只听到父亲的声音，沙哑沙哑的，带着一点疲惫："抱歉，你的母亲已经死了。实在抱歉。"

接着，我听到一阵无言的抽泣，那种情绪像病毒一样感染了我，几乎使我也掉下泪来。

我见过许多种死法，量子状态下的毁灭形式总是千奇百怪。当春雨从天空落下，有的人变成了一摊水，渗入地表后无影无踪；有的人像草木一样被引燃，只留下一堆银白色的灰烬，轻轻地散落在风中；更多的人，就那样不声不响地消失，像一团转瞬即逝的火光，眨眼之间，不见了。

不管他们的人生究竟怎样多姿多彩，如今都成了一块画布上的颜料，被量子刀轻易地拭去，干干净净，没有留下任何痕迹。

"他们究竟去哪儿了呢？"我问父亲。

父亲摇摇头，冷冷地说："他们死了。"

"他们被困在时间里了。"母亲的意见要温和一些。

没有人知道，量子世界究竟什么样。就像没有活人可以看到死后的世界，那是亡者才有的权利。

四

奥克兰究竟有多少个彩虹屋，没有人计算过。这种建筑以出色的辨识度闻名遐迩。在每一个危险的雨季，它们都是人们避雨的安全岛。

父亲说，彩虹屋代表了人类的抗争精神。再可怕的春雨，也无法战胜人类的决心。当然，这样的决心在岁月磨砺下已然消失。因为奥克兰成了空城。街上不再有赶着打卡的上班族，车道里空空如也，彩虹屋也失去了意义。

用火堆烤干了衣服，米娅咯吱咯吱地嚼着饼干，一边哽咽着，一边告诉我们她和母亲的故事。

她们住在附近的防空洞里，从春雨开始落下时就在那儿，已经住了两年多。国民警卫队留下的储备罐头被她们吃完了，四处搜寻的食物不足以果腹，米娅的母亲决定带着她出去求助。

她们没有雨量警示器。雨量变大时，她的母亲将仅有的完整雨布穿在她身上，自己只披上一件满是破洞的薄款雨衣。

父亲曾在社区外立过一个牌子，告诉过路的陌生人，这里提供食物和住处，以及煮沸六次的洁净开水——这是杀灭量子刀的唯一手段。这个牌子给了米娅一丝希望。

"你们住在林肯大道附近？"父亲问。

女孩点点头。

父亲不说话了。

我知道他在想什么。林肯大道离我们的社区只有一墙之隔，我们却与她素不相识。大城市的人们总是这样孤独，哪怕末日来临，人们仍然独自求生。

"这是一场意外，你得学会接受。春雨之下，生命就是那样脆弱。"父亲沉着脸，断断续续地说。他大概想开导米娅，试图让她坚强起来。

母亲瞪了父亲一眼，示意他住嘴。她走上去，将女孩的发带解下来，轻轻抚顺发梢，再仔仔细细地扎上去："以后，你愿意跟着我们吗？"

米娅没有说话，她盯着窗外的绵绵细雨，一动不动。

我的喉咙咕哝一下，心情有些闷闷的。

"这就是融世界。"我对米娅说。

女孩回过头，眼睛里空落落的，像一口干涸的井。

五

有了米娅作伴，我的生活多了一些乐趣。

春　雨

　　我们都是相当安静的人，性格上倒是蛮合得来。母亲也很高兴，她终于多了一个学生。

　　"活在当下，你必须做点什么，才能重新鼓起生存的勇气。"母亲低声说，"乱叶犹能劲，柔枝不受吹。"

　　那时候，我们在跟母亲学中国古诗。雨季开始前，母亲是一位出色的汉学者。她说，每个时代都会遇上变革，只有像竹叶一样柔韧的人，才能坚持到最后。就像我们的家族一样。

　　我的先祖可以追溯到第一代华人移民，最早的一批中国劳工。此后，这个家族在旧金山发扬光大，到了祖父这一辈，开始迁居奥克兰，建立起另一个华人社区。我们学汉字，讲汉语，继承中国人的传统，并且坚持了上百年。

　　"生挺凌云节，飘摇仍自持。不管结局如何，都要守住你的心。"母亲将那句诗抄在纸上，一遍遍地讲解。

　　"我想不明白，过去每个时代的中国诗人，他们所遇见的春雨都是世上最好、最美丽的事物，可到了现在，却成了毁灭一切的恐怖力量。"我愤愤不平。

　　"有时候，你要学会接受。世界不会一成不变，作为地球上的生物，我们有时也要改变自己的生活方式，就像那些越洋而来的先祖们改变源自家乡的生活习惯，适应加州的风土。但我们仍需保留中国人的传统，那是我们的根。"母亲意味深长地说，"并且，生而为人，我们不能放弃生存。"

　　有一回，母亲从过去的学校里抱回来一个箱子，里头装满了长长的袍褂，水袖飘飘，色彩艳丽。她告诉我们，这是中国京剧里用的戏服。

　　"想不想亲自饰演一位历史人物？"母亲笑着说。

　　她给米娅穿上一件仕女服，外面套上铁制的鱼鳞甲，头上则梳了发髻，戴上一个华丽的帽子，母亲说这叫如意冠，是京剧里虞姬的专属。

　　窗外的雨停了，母亲让我们到院子里去。月光从乌云的缝隙里透出来，倾泻到那件鱼鳞甲的亮片上，一片灿烂的光彩熠熠生辉。

　　"看大王在帐中和衣睡稳，我这里出帐外且散愁情。"

　　"轻移步走向前荒郊站定，猛抬头见碧落月色清明。"

母亲的声调颇高，一唱三叹，歌词里有数不尽的温柔："这叫《霸王别姬》，是京剧里的经典。"

父亲正抓紧时机在屋顶上补漏。他放下手里的工具，远远地望过来，拍掌作和。

跟着母亲的调子，米娅挥动两把漆了银的木制鸳鸯剑，就在院子里翩翩起舞。

我看呆了，原来扮上中国古装的米娅这样好看。

"这是一个悲剧。虞姬和霸王最后自刎而死。"母亲低声说。

我在那个箱子里找来找去，最后摸到一件黑色官服，就胡乱套在身上。母亲见了，笑得很欢快。她说那是《法门寺》里刘瑾的衣服，刘瑾是个太监。

"什么是太监？"我问。

"就是阉人。"她说。

"为什么要阉割自己？"我很疑惑，"以古代的医疗水平，很有可能因感染而死。"

母亲愣了一下，接着叹了口气："你无法想象，人为了生存，可以做出什么样的事情。"

临近午夜，天上开始起风，看来又有一场小雨正在酝酿。父亲收拾完屋顶，招呼我们回去。

米娅走过我身边的时候，我不知哪儿来的勇气，在她脸上轻轻吻了一下。她吓了一跳，接着疯也似的跑掉了。

我的脸上热热的。

六

父亲在花园里有一个暗室。他种了很多无须见光的菌子和容易成活的蔬菜，这是他的老本行。那个暗室每隔一段时间都有产出，加上雨季前的储备，我们还能撑很久。

春　雨

　　他原本预计，那点食物连一年都撑不到，因为总有一些邻居或是路人向我们求助，而母亲是一个仁慈且慷慨的人。最近，父亲改口了，他说食物储备充足，只要保存得当，够我们吃上很多年。

　　理由很简单，因为母亲再也无须将食物施给陌生人。社区已经空空荡荡，我上一回见到外人还是在两个月前。

　　人们崩溃的速度比想象中要快得多。那时候，我们偶尔还能收到广播。电台里的女主播说，政客和富人们偷偷移民去了沙漠城市，中东、撒哈拉，还有秘鲁的利马，那里一年都下不了几场雨。他们在疆界旁修建围栏，通上高压电，禁止他人进入。

　　雨季开始后，股市崩盘，军队哗变，外头乱成了一锅粥，整个社会失去了基本秩序。

　　2073e 的身影还远在天边，模糊得就像一颗普通的星星，他们却已吓破了胆，认命似的，闭眼接受春雨的洗礼。

　　"譬如朝露，去日苦多。"母亲一边在书本上抄诗，一边感慨，"周公吐哺，天下却难以归心。这个世界从未这样紧迫过。"

　　"周公是谁？"我说。

　　"周公是周武王的兄弟，以贤达著称。"米娅悄悄接上话，"呦呦鹿鸣，食野之苹。这是曹孟德的诗。"

　　"这句诗很美。"我默默地说，"让我想起哥哥。"

　　母亲看我一眼，抱紧了我。

　　第一场春雨落下来的时候，哥哥正在绿茵场上踢一场足球赛。

　　他是校队的前锋，整个学校的大明星，人人都爱他。这场春季联赛，是校队出线与否的决定战。队友的长传球飞到半空的时候，哥哥早早地到达了落点，甚至已经抬起了脚。真是一个完美的长传，紧接着，哥哥就会将这只球踢出去，将比分拉回平手。

　　我和父母窝在看台的雨棚下，屏住了呼吸。忽然，天空飘起了一阵细密的雨点，整个足球场弥漫着一种爆米花出锅的香甜气味。时间仿佛被放缓了，我看见哥哥伸手往额头上一抹,似乎在擦去那些汗水和雨滴的混合物,紧接着,他就消失了。足球穿过那片空白的区域,在地上弹了两下,还是三下,直至滚出场外。

足球场上的所有人,包括22名球员,3名裁判,1个摄影师,统统消失了。看台上的第一排观众没有雨棚的遮挡,也跟着变成了空气。

整座体育馆陷入一阵长久的沉寂。

后来发生了什么,我记不清了,不过我仍记得那些慌乱的情绪:汹涌的人群的阴影,凄厉的尖叫,绝望的哭声与喊声。

"哥哥去哪儿了?"我抬起头,对妈妈说。

妈妈没有回答我。

七

躲过春雨的人,并不一定是幸运的。那些伤感的记忆会躲在走廊的拐角,或门后的旧衣柜里,或久未使用的餐具上,冷不丁吓你一跳。

为了探寻哥哥的踪迹,父亲尝试了许多办法。有一次,他带来一个道士。

那人蓬头垢面,一个十足的流浪汉。唯一的特殊之处,大概就是他披着一件杏黄色的大氅,上面缀满了晦涩难懂的符文。父亲说,这是个中国来的道士,他会帮我们找到哥哥的踪迹。

趁着布置法事的间隙,我好奇地摸摸这个,碰碰那个。道士向我招手,从脏兮兮的蒲包里摸出一块糯米团子,献宝似的递给我:"这块团子经过许真君的仙法加持,吃下去吧,它能够保佑你大难不死,渡过一切灾厄。"

"妈妈说,你们这些人都是骗子。"我退了一步。

道士摇摇头,似乎对我的想法相当无奈。他左右看了看,用磕磕巴巴的英语解释说,道家的仪式虽然只是一种戏法,但它很有效。人是情感生物,总是需要某种抚慰。

"就像心理医生一样?"我似懂非懂。

"对，就是那样。"道士一拍脑袋，做了个蹩脚的胜利手势，"世界崩溃了，但剩下的人总要活下去，不管还有多少日子，那些日子又有多难。关于这一点，我确信自己能帮得上忙。道士不是骗子，而是一种很正当的职业呢。"

　　我穿过门廊，从沙发后面望过去，父亲正在客厅和杂物间里翻箱倒柜，努力搜寻一切看上去像个法器的东西。

　　"你知道你在干什么吗？"母亲站在身后，看起来很生气。她的眼窝红红的，几乎要哭出来。

　　父亲置若罔闻。他将家里的凳子都搬出去，在院子里垒起来，铺上一层黄色的布，就成了一个粗劣的法台。哥哥曾经穿过的一件球服被郑重地交到道士手里。

　　道士就在那个台子后面忙忙碌碌地作法。仪式很隆重，看起来也很正式——他时而挥舞一把铜钱做成的宝剑，时而点燃一张黄褐色的符纸，嘴里念念有词，语速快得不可思议。不过，天空没有骤起乌云，地上也没有黄沙飞舞，一切都很平常，本该从咒语中显灵的仙家们并没有展露神迹。我躲在屋角，静静地看完他的表演。

　　仪式结束后，道士要了两箱罐头，还将屋后那辆闲置的山地车带走了。那辆车本来是哥哥所珍爱的东西。

　　母亲在厨房里待了一个下午。晚饭时，母亲一直心不在焉，甚至多摆了一副碗筷。当她意识到这个动作后，摇摇头，将那些碗碟都收起来，忽然转头问父亲："那个道士说了什么？"

　　"你不是不想听吗？"父亲默默地放下筷子，表情很冷淡。

　　母亲的喉咙咕哝了两下，停顿了好一会儿，又问了一遍："他说了什么？"

　　"小甲已经往生了。他的日子过得很好。"父亲低声说。

　　那时我11岁，还没有到悲天悯人的年纪，但心底里也有了一些苍凉的情绪："落花人独立，微雨燕双飞。这是晏小山的名句。"

　　父母沉浸在往日的回忆里，似乎什么都没有听到。

八

我明明可以感觉到他们的存在。

每一个梦醒时分，我总觉得，有一些低沉的嗓音在床头回荡，时而轻叹，时而喟息。那是哥哥的声音。

"敖先生也许是对的。有另一个世界在等着我们。"每一个早晨，我都要对父亲说一遍类似的话。

那时学校还没有停课。社区组织了一些小型课堂，设在教堂或是某个指定的家庭里，孩子们穿着雨衣往那儿集中。老师们虽然不多，但都擅长综合学科，教我们语文课的曼森女士就是这样的，她是全才，不仅担任两个班级的导师，同时也教历史课，还是校方的心理医生。课间休息时，我们往往溜到外面去，将大人的嘱咐抛在脑后。那算不得什么危险，车道上早就盖起了遮雨板，还有各式各样的雨棚，我们就在下面走来走去，玩耍、嬉闹，把垃圾桶的盖子当作足球踢来踢去。

"该去上课了。"父亲粗暴地推开我。长大之后，我们还从未爆发过这样的冲突。

我想见到哥哥，见到那些消失的人。或许，他们就在身边，就在空气里，藏在时间缝隙里，藏在那些量子空间里，默默地看着我们。

"敖广是一个骗子，恶魔。春雨是一场人类灭绝计划，你明白吗？"父亲瞪着眼睛，怀着浓重的喘息，"小甲已经死了，你哥哥已经死了。"

我呆呆地望着他。

"再奇妙的异次元空间，也需要附着物。就像虫子在你的身体里寄生，因为你是生物。小丑鱼躲在海葵里，菟丝子藏在苜蓿的阴影下，因为它们都是生物。人呢，人变成碎片后还能到哪里去？流入地球的岩浆吗？"父亲站起来，将整张餐桌掀翻。

"不！哥哥他没有死。"我吓得哭起来。

我将这些话告诉曼森女士，问她我是不是得了癔症，分不清现实还是梦境。曼森女士说，她也曾听见亲人在心里呼唤着她。

"他们可能真的没有死，只是变成了另一种形式的生命。此时此刻，你的哥哥也许正在看着你呢。"曼森女士安慰着我，似乎也在安慰她自己。

她从办公桌的柜子里取出一个东西："看，就像这个玩具一样。"

那是我们送她的教师节礼物，一个小小的、很精致的水晶球。里面不仅有细沙和半罐水，还有一艘相当迷你的塑料做的帆船。这个玩具的妙趣在于，球体里的水和沙总会在重力的作用下渐渐沉积下去，但不管怎样倾覆或颠倒，那艘即将被浸没的帆船都在持续搏动、挣扎，紧接着，它会像一只雄健的海豚似的，猛地从水下蹿出来，傲然扬帆。我最喜欢船首探出水面的那一刻，有一种奇特的美感。

"死和生的真正意义不在于灭失与创造，而是会像地球上的水一样不停地循环。我们仍然在这里，他们也从未离去。"曼森女士的声音飘飘忽忽，像一阵轻柔的风。

我点点头，心里那种怅然若失的感觉渐渐消逝。

他们会在哪儿呢？

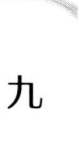

九

婚礼的仪式很简单，就在我们的客厅里举行。到场的人包括我、父亲，和我的新婚妻子米娅。母亲已经故去两年了。

我们享用了一顿丰盛的晚餐，午餐肉和蛋黄酱罐头做成的沙拉，还有蘑菇汤。

接着，她吻了我。

一年后，我的儿子出生了。我为他取名小甲，那曾是哥哥的名字。

小甲是个活泼的孩子，总是和我唱反调。我让他不要待在门廊边上，指不定什么时候春雨就会落下，可他非要躲在窗台后面，一有机会就溜出去。

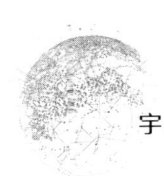

我的确想要带他出去，到核桃溪去，到阿拉德去，那条我曾经走过的路，我希望他也可以走上一遍。但现实不容我有非分之想，父亲那辆越野车早就被锈蚀，连启动一回都很困难，更不要提开着它出门旅行了，只怕半路上就会散了架。

小甲的世界局限在这所小房子里。

"外面很大，很亮。"小甲总是很委屈地望着我，"家里很暗。"

他说的没错。遮雨板不仅遮挡住雨滴，也遮去了阳光。小甲的世界处于阴影之中。

我叹了口气，拒绝打开窗户上的盖板。长大的烦恼在于你懂得了人情世故，并开始为曾经的过错忏悔。到这时，我终于理解了父亲当年的行为。他是谨慎的化身，做什么事情都要一步一步地来。他也是勇敢的先锋，总要走在最前面。也对，人生中总有些事，真正为人父后才开始明白。

父亲去世的时候，我们正在改建一个地下室。

奥克兰属于地中海气候，冬季的雨量颇大。未雨绸缪，父亲决定修建一个地下室，以备不时之需。我们找来一些废弃的材料，加上沙土、水，最终只配出一种泥浆似的东西。这些东西顶不了大用，父亲是个出色的植物学家，但在建筑工程上一筹莫展。

"我们去邻居家搬一点木板来，或者塑料板，或者随便什么东西。"父亲这样说。邻居许先生一家早就死于春雨，留下一幢完整的别墅。棕黄色的墙砖，原色木门，整座房子看起来很漂亮，也很坚固，但我们从未靠近过。父亲仍然恪守旧法律，他本人也从未踏入一步。

事实证明，我猜错了。那幢房子从外头看起来不错，里面却已经完全朽坏。

父亲刚刚走进房子的前厅，就被地上的藤蔓绊倒了。屋顶的天窗早已破损，有明亮的光线从上面透下来。

短短 10 多年的工夫，人类的建筑物已经毁坏得不成样子。30 年前，父亲那一代人还在畅想未来，殖民火星，还是飞出太阳系？30 年后，我这一代人却回到了原始世纪。

春　雨

　　门口的矮凤凰树不算粗壮，看起来倒是有点娇弱，可它仍然活得好好的。春雨只能毁掉叶子，却伤不到它们的根系。没过多久，那些嫩芽就会从枝干上冒出来，比它的前辈更丰盛、更翠绿。这些绿色的小东西比自诩为万物灵长的人类强大得多。

　　父亲踩中了一个天然陷阱。

　　绿藻在楼梯的转角上疯长，这些湿滑的小东西让父亲从楼梯上跌落，整个后脑磕在坚实的地面上。

　　我费尽全力，才将父亲抱回家中。米娅慌乱地收拾床铺，让父亲好好躺下来。在母亲的遗照下，我给他做了半小时的胸肺按压。

　　他最终悠悠醒转，但显然是回光返照。父亲谨慎了一辈子，却栽在一道楼梯上。

　　"没用的。"父亲咳出一团血，"停下吧。"

　　我和米娅面面相觑，不知道怎么办才好。要是母亲还在就好了。她已经故去整整两年，一场突如其来的暴雨袭击了她。

　　"孩子们，要坚强。"父亲昏昏沉沉地，说一句话要停上很久。他看向窗外，一些细密的雨滴开始落下，敲在玻璃的背面，滴滴答答。他强忍痛楚，嘴里呢喃着："活下去，用我们的方式活下去。绝对不可以认命，人类有人类的生活方式，绝不能被春雨打倒。"

　　"把我葬在地下，越深越好。"他又开始咳血，吐出最后几个字，"我想要一场中国式的传统葬礼，长幡，短棒，牛角铃，入土为安。"

　　我不愿遵循父亲的遗愿。趁他失去意识时，我和米娅将他抬了起来，一直抬到门廊那儿去。

　　我默读手腕上的雨量警示器，心里隐隐有些期待。果然，风向开始变化，从西风变成了南风，雨量也开始变大，附近的雨势越来越强。

　　一些细微的雨点悄悄飘向门廊，沾染在父亲的身体上。他的身体开始融化，像一块浇上热水的方糖，渐渐晕开，渗入身下的地板，转眼间就消失不见。

　　"祝愿他能到达新世界。"我攀在窗台后面，哽咽不已。

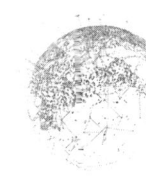

米娅从后面抱住我，幽幽地说："只剩下我们了。"

十

我不喜欢春天，那是一个代表危险的词。

事情发生在小甲 6 岁那年。那是个危险的年份。从二月起，春雨就下个不停，一直下到 6 月，似乎要把整个梅特湖的水下完才肯罢休。

父亲留下的菌子屋给了我们生存的动力。那些鲜美的菌类最喜欢潮湿的天气。我们的食物来源不多，但足够供应。

唯一的问题在于管住小甲。

那是个阴沉沉的午后，我披上雨衣，去菌子屋里收获作物。米娅则在楼下修补衣物，还得收集一些棉絮和碎布。她要做一些大大小小的堵塞物，将我们能找到的一切碎片塞进去，以修补房顶上出现的裂痕。

"今天的收成很不错。"米娅一边穿针引线，一边微笑地望着我。

我轻轻吻了她一下，便将怀里的菌子放下来。待在暗室的时候，我将一朵粗壮的刺芹菌雕成了飞机的样子，打算给小甲一个惊喜。

小甲还从未见过飞机呢，其实我也没有见过那种能够在天上飞的东西。我是按照书房里的画册临摹的。我比小甲幸运得多，我玩过父亲幼时的铁皮青蛙和船模，小甲只有我做的木雕，那些拙劣不堪的造物连我自己都看不下去。

上了二楼，我急不可耐地打开房门，想要将这个玩具送给小甲。

卧室里的窗户大开，我用来遮雨而钉上的木板也被移走。淅淅沥沥的春雨像舞动的飘絮，从窗户的间隙钻进来。

小甲站在窗台下面，摊开手掌，伸出去，任凭雨丝落入他的掌心。

"回来。"我几乎是吼出去的。

小甲肩膀一动，也许被我的喊声吓了一跳。他回过头，嘴唇微微张开，似乎要解释些什么。但他的表情很快凝固，青灰色的斑点从脖颈冒出来，一路蔓延，迅速布满了他的脸颊。

春　雨

　　雨丝落在地板上的点滴声，焰火消散的余烬，小甲的哭与笑，父亲平静面容下的哀伤，转瞬间，一大堆感官上的信号涌入我的思绪。我闻到了死亡的气息，焦臭、刺鼻。

　　我丢下手里的小玩意儿，拼尽全力迈出大步。小甲一定也觉察到了异常，他费力地抬起臂膀，想要牵过我的手。

　　只差半步，我几乎就要一把攥住他。小甲身上的斑点转眼间染透了全身，这让他看起来像个画着怪妆的小丑。

　　接着，我听到了木柴丢进炉膛时的噼啪声。轻轻的，轻轻的一声，啪！就像我的哥哥小甲一样，小甲从此消失在我的眼前。

　　这个场景成了我的梦魇。

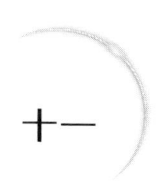

十一

　　米娅在一个清晨悄悄离去，甚至没有留给我半分钟的时间。心肌梗死？还是纯粹的悲伤过度？说实在的，我搞不清楚。

　　等到春雨初歇，我将她拖到后院的槐树下，用埋葬父亲的方式埋葬了她。雨滴渐渐侵蚀，当年那棵巨大的槐树也只剩下半边脖子，几乎长不出嫩芽了。

　　除了我，没有其他的悼念者。我很怀疑，整个奥克兰是否只剩下了我这个孤独的男人。

　　雨过初晴，有一道彩虹在头顶露出笑脸。淡淡的虹光下，我对着一本破旧的佛经，开始磕磕绊绊地念往生咒："一切胎生、卵生、息生，来从虚空来，还归虚空去。"

　　遵循米娅生前的愿望，我决定放下所有的事。包括米娅，包括我们的家，包括记忆中的哥哥、父母，以及彩虹屋、暗室和这个糟糕的世界。

　　到了一定年纪，是否一定会追忆青葱岁月？我想起我们的小家庭了。

　　花园芳草萋萋，我们坐在一棵巨大的红枫下吃晚餐。多美好的一天。

　　"人的生命有尽头，但意志没有结尾。"父亲作了祝酒词。我和米娅急不

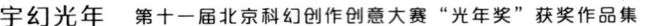

可耐地灌下那些甜甜的自酿果子酒，开始觉得天旋地转。

母亲是最后一个举杯的人，她饮尽杯中琥珀色的液体，淡淡地说："夕阳无限好，只是近黄昏。"

十二

时候到了。

梅特湖仍然是美的极致。

湖面上雾气氤氲，将湖心的3座石塔笼罩在白色的轻纱之中。我脱下雨衣，赤着足下车，一直走到湖边的堤岸上。轻柔的微风抚在脸颊旁，胸脯前，脚背上，有一种前所未有的真实感。若是父亲见到我这样的装束，又毫无阻挡地出现在室外，一定会气得发抖吧。

不过，此刻湖边空无一人，陪伴我的只有粼粼水光。

很快，一片云出现在我的视野里。四周的风声也大了起来。我张开双臂，一点儿也不觉得冷。湖面上水浪翻涌，颇不平静，像是暴风雨来临的先兆。

我忽然感觉额头上有些湿润润的东西，抬手去擦，不经意间，一场暴雨已经轰然降下。雨滴落下的时候没有什么声音，碰触到我的皮肤时却叮的一声，有着金属敲击时的清脆。

四周满是淋漓的水痕，独独在我身下留出一块干燥的地面。降落在身上的雨水都已经融入了我的皮肤。耳后有什么东西在箍紧、发胀，使我的身体逐渐变得透明，低下头，可以看得见搏动着的心脏，肝与肺，肾与肠胃，纤毫毕现，它们也在失去形状。紧接着，我的视野变得越来越小，直至空白。但我仍然感觉得到，我在下沉。

这是一种无比玄妙的体验。我的身体似乎变成了一个蓄满水的气球，在针尖大的雨点刺击下，砰的一声，化作水花洒落，一点一点渗入大地。

唔？

如同溺水的人终于浮出水面，我深深吸进一口气，睁开眼睛，发现自己来到了一个新的世界。一个黑暗的、光亮的、奇异的、普通的新世界。

我不知道该怎样形容那样的景象。我甚至不知道这种景象究竟通过什么感官传达给我。不是视觉，也不是听觉，更不是触觉。到处都很亮，大量光线直接投射在我的身上，令身体变得灼热。可我也能分明觉察到身后的寒冷。寒热交替的速度很快，像是从浴缸中一下子钻入深海。

我能感觉到呼吸，或是类似于呼吸的某种行为。略有停顿的舒与张，吞与吐，充满了节奏感，望向近处，在光线照得到的地方，无数颗沙砾一样的东西围绕在我的身边，面前则是一颗石灰色的圆球，它始终跟随着我的目光，就像米娅。我望向哪里，它就在哪里。圆球上到处都是大小不一的孔洞，像是鼹鼠在原野上留下的巢穴。看得久了，我甚至有一种错觉：这颗圆球似曾相识。

那是月亮，会在八月十五当天变成圆圆的银盘的那个月亮！

更远处，是一颗火红色的圆球。那是火星吗？在那些光线照不到的黑暗星空里，我依稀可以辨认出一些熟识的对象。北极星、仙女座、小熊座，以及那一片漫天璀璨的无尽星空。

我开始审视自身。大地的脉动，海洋的生息，乃至于地壳深处某块岩石发出的细微震颤，都源源不断地流入我的知觉。

我究竟在哪儿？

这个新世界并没有抹杀我的好奇心。几乎在转瞬间，我就得到了答案。小甲、父亲、母亲、哥哥，以及所有走入春雨中的人们，甲虫、野牛、狮子和斑马……他们或它们就在我的身边，我们的思绪连接在一起。

米娅从后面抱住我，但她的脸透过我的脖颈，吻上我的脸颊。我们如同纸片一样叠在一起。

就像一个瑰丽的梦。

水滴永远无法看清大海的模样。或许，此时此刻，我正处于意识的洪流里而不自知。心念一动，米娅似乎能够即刻领会我的意愿，点点头。许许多多的人们都在向我点头，小甲甚至朝我做了个鬼脸。我们共享情感和思绪，分担所有的喜怒哀乐。

我所在的地球，树木不会招手，河流静止不动，整个世界被藏在时间的

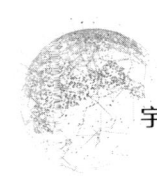

裂缝里，就像一幅大功告成的油画。我们仍生活在地球上，只不过换了一种方式。

也许，这就叫大梦初醒。在量子化的一刹那，时间锁止，人们像被抛进河流的瓦片，在水面上漂出几个水花，一头扎入历史的长河里——由意志和灵魂组成的行波。

它们流到哪儿去？

它们流入地底，滋润每一处岩浆与尘土。生物的标尺左右摇摆，这条长河为氢和氧的造物注入灵魂：由点成线，聚而为网，最终，所有生物都与大地融为一体。它们本就同源。

我成了地球的一部分。

儿时困扰过我的那个问题，终于有了答案：地球上最大的生物，是地球本身。

十三

造化向来弄人。当世界给出了终极答案，我却悲哀地发现，那并不是我想要的。

米娅成了八十亿分之一，我无法将她从堆叠的人影中抽离出来。我想要和她拥抱、接吻，一起抚养小甲长大。我要教他念诗，教他唱《霸王别姬》，陪他读我读过的书，走我走过的路。他会长大，变得成熟，寻觅他的爱人，找到他自己的人生，而不是永远停留在 6 岁的年纪。我不想变成静物画，与所有人心灵相通，却永远无法触碰到彼此的指尖。

我忽然想到了一些被遗漏的事，那些被我下意识排除了的细节。

"时间会给你们答案。"敖广曾经这样说过。

对，时间！

夜叉呢？雨季的始作俑者还在天上摇摇晃晃呢。

最后一刻终于来临，命运之轮转到了关键一环。

春　雨

　　它出现在我的视野边缘，汹涌着白色焰火，充满了压迫感。

　　我的脸上热热的。从地球的赤道，更准确地说，夜叉从我的眼前倏地呼啸而出。海水沸腾，连地心也开始搏动，大量水分、热气和岩浆似乎统统受到了魔鬼的诱惑，从地表的缝隙之间蹿出来，笔直射向天空。量子刀组成的阵列几乎不堪一击，便在无穷无尽的烹煮中消失殆尽。

　　那位从天外来的访客施然离去时，岩浆缓缓停止流动，逐渐凝固，化为地壳上的第二层土壤。云层回到我的头顶，整块大地弥漫着浓雾。水汽在天空中飘呀飘，悄悄碰上燃烧的余烬，迅速抱紧了对方。

　　滴答，滴答。下雨了。

　　"好雨知时节。"父亲的思绪跃入我的心间，"富含矿物和有机质，有种子的话，倒是一个种菜的好地方。"

　　他真是个固执的植物学家。

　　我的确能够感觉到，身上有些地方痒痒的，某些力量正在沉默地积蓄，躁动着，一股难以名状的冲动想要从我身上挣脱出去。

　　第二个雨季即将来临，这一次并非毁灭，而是代表生命的繁衍。这个星球上的每一次大灭绝，总会跟随一场生命的大爆发。疯狂的敖广也许说中了，但父亲做的也没错。我们躲过了夜叉，将要迎接第二场春雨。

　　是的，我们就是种子。流落融世界的人们，那些深埋心底的渴望终究会破土而出，在崭新的春泥和雨水里冒出新芽，渐渐壮大，直至张开冠冕，重新屹立在大地上，成为第二个春天的例证。尽管不一定保有人类的外表，也许是一棵树，两株蒲草，或几朵巨大的菌子——如父亲所说，生命的传统会坚强而有力地延续下去。

　　沐浴春雨，我们将找回来时的路。